中国古典小说丛书

热血痕

[清] 李亮丞 著

江西美术出版社
全国百佳出版单位

图书在版编目（CIP）数据

热血痕/（清）李亮丞著.--南昌:江西美术出版社,2018.10（2020.5重印）

ISBN 978-7-5480-6188-5

Ⅰ.①热… Ⅱ.①李… Ⅲ.①章回小说—中国—清代 Ⅳ.①I242.4

中国版本图书馆CIP数据核字（2018）第139085号

出 品 人：周建森
企　　划：北京江美长风文化传播有限公司
责任编辑：楚天顺　朱鲁巍　康紫苏
责任印制：谭　勋

热血痕

REXUEHEN

（清）李亮丞　著

出　　版：江西美术出版社
地　　址：江西省南昌市子安路66号
网　　址：www.jxfinearts.com
电子信箱：jxms163@163.com
电　　话：010-82093808　0791-86566274
邮　　编：330025
经　　销：全国新华书店
印　　刷：河北盛世彩捷印刷有限公司
版　　次：2018年10月第1版
印　　次：2020年5月第2次印刷
开　　本：690mm×960mm　1/16
印　　张：19.5
ISBN 978-7-5480-6188-5
定　　价：46.00元

“中国古典小说丛书”出版说明

所谓“古典小说”云者，其义有二焉：一曰，但凡古代之小说，皆可谓之“古典小说”；一曰，但凡技法未受泰西影响之小说，亦可谓之“古典小说”。然此特就今人之观念言之耳。

揆诸坟典，“小说”一词，出自《庄子·外物篇》，其言曰：“饰小说以干县令，其于大达亦远矣。”由此观之，庄子所谓“小说”，不过琐屑之言，以其无关道术，故以小说名之耳。

炎汉成、哀之世，刘向、刘歆父子典校秘书，检讨百家学说，取桓谭《新论》“小说家合丛残小语，近取譬论，以作短书，治身治家，有可观之辞”之意，把《伊尹说》《鬻子说》诸书，归为“小说家”之书，而《汉书·艺文志》(以下简称《汉志》)继之。夷考其说，“小说家者流，盖出于稗官，街谈巷语，道听途说者之所造也”(语出《汉志》)，此亦非后世之小说也。

唐修《隋书》，其《经籍志》立论本诸《汉志》，以小说为“街谈巷语之说”(《隋书·经籍志》语)。当此之时，小说之名虽同，而其类目稍广，举凡《燕丹子》《世说》《迩说》之属，皆可入诸小说名下。

后晋修《唐书》，其《经籍志》立论与《隋志》无异，以《博物志》隶小说，此为“神异志怪之书”入小说之始。

天水一朝，欧阳文忠公撰《新唐书·艺文志》(以下简称《新唐志》)，以《列异传》《甄异传》《续齐谐记》《感应传》《旌异记》等“史部·杂传类”之书移于“小说类”。至是，小说之部类日棼。

及元脱脱修《宋史》，《艺文志·小说类》承《新唐志》之旧而增广之。

明胡应麟以小说繁夥，派别滋多，于是综核大凡，分小说为六类：一曰“志怪”，一曰“传奇”，一曰“杂录”，一曰“丛谈”，一曰“辩订”，一曰“箴规”。至此，小说一类已蔚为大观，脱《汉志》“街谈巷语”之成规。

清修“四库”，《总目提要》（以下简称《提要》）别小说为三派，“其一叙述杂事……其一记录异闻……其一缀辑琐语”，而又损益之。考诸《提要》，则损益可知：一曰，进“丛谈”“辩订”“箴规”为“杂家”；一曰，隶《山海经》《穆天子传》诸书于小说。小说范围，至是乃稍整洁矣。其分目虽殊，而论述则袭诸旧志。

曩者宋元明清之史志，难觅“平话”“演义”之书，此特士夫习气，鄙其为末流所使然也。史家成见，一至于斯。今人刻书，自当脱古人窠臼。

说部诸书，以文体分，有“白话”“文言”之别；以体裁分，有“话本”“传奇”“演义”之别；以内容分，有“佳话”“世情”“侠义”“家将”“神魔”之别。细玩其文，既有劝世之良言，亦有“诲淫诲盗”之糟粕，而抉择去取，转成读说部书之第一要务。以此之故，编者特于说部诸书择其精者，辑之而为“中国古典小说丛书”，凡百余种。

然说部之书浩如烟海，其精者又何限于区区百十之数？此次出版，难免遗珠之憾。然能俾读者因之而省择取之劳，进而得窥说部精要，示人以津梁，则尚不违出版“中国古典小说丛书”之初心。

说部之书，多出自书坊，脱误错乱，在所难免，故于“取其精华，去其糟粕”外，尚需广施校雠，始得成其为可读之书。以此之故，编者多方搜罗以定底本，精排其版以美其观，躬自校雠以正讹误，然后付诸枣梨，装订成书，以飨读者。

限于编者学力有限，书中疏漏之处，在所难免，尚祈广大方家、读者诸君不吝批评斧正。凡能指出书中一二谬误者，皆为吾师，吾人不胜感激之至。

戊戌仲夏上浣，邵鹏军序于丰台晓月里

目　录

闲煞英雄，销不尽，填胸块垒。徒惆怅：横流无楫，磨刀有水。侧注鹰瞵横太甚，沈酣狮睡呼难起。叹鲁阳、返日苦无戈，空切齿。

局中人，都如此，天下事，长已矣。且抽毫摅臆撰成野史。热血淋漓三斛墨，穷愁折叠千层纸。愿吾曹、一读一悲歌，思国耻。

——调寄《满江红》

第一回

作臣妾勾践权忍辱　舍妻儿陈音独寻亲

太史公曰："怨毒之于人甚矣哉！"嫠妇衔仇，嘤嘤啜泣；匹夫饮恨，霍霍磨刀。人生不幸而为人所辱，辱我者我仇也，彼岂真有所恃，而敢于相辱？我实不克自立，而自取其辱。人将辱我，我不能预防之，是无谋；人方辱我，我不能抵制之，是无勇；人既辱我，我不能报复之，是无耻。无谋者愚，无勇者怯，无耻者鄙。一事辱我，事事相逼；一人辱我，人人效尤。迁延隐忍纷至沓来，不唯人不齿我于人类，即自问亦不堪以人类自待。酒阑灯灺，倚枕沉思：我之受辱始于何人？我之辱不胜辱，受无可受，始于何事？蓦然记忆，历历在心。遂觉辱我之仇，非但不戴天，不反戈，不足以泄我之恨！我即左手把其袂，右手抉其胸，吸仇之血，寝仇之皮，剁肉成泥，剉骨扬灰，仇死矣，且无噍类矣，犹嚼齿作恨恨声。当时观者，群哗然以为快事；后世论者，咸侈然以为美谈。无他，乘间辱人，尘世间每有此不平事，报仇泄愤，交际上以此为平等。吾窃不解受辱者何所甘而不思报？更何所畏而不敢报？吾为受辱者悲，吾为报仇者欢。然而受辱易也，报仇抑何难耶！修睚眦之怨，殊非雄才，逞血气之勇，尤易偾事。力不能敌千人，万人未足多，时不可乘十年，百年未为晚。唯事事为受辱计，刻刻为报仇计，一身受辱，若手，若足，若皮，若毛，均为报仇用。一家受辱，若妻，若妾，若子，若孙，均为报仇用。至于一国受辱，若妃，若储，若勋，若戚，若臣，若民，若草，若木，均无一不为报仇用。存一不甘终受之心，立一必有以报之志。众口不能间，百折不能回，事机未至，如倦鸟伏丛阿；事机既来，如怒马脱羁勒。利剑断沤麻，疾风扫败叶，填胸积恨尽泄无余，宁非快事！非然者，受辱不报，身不能立，有身者耻；家不能立，有家者耻；国不能立，有国者耻。此《热血痕》一书所由作也。

看官：你说这件事出于何时、何地？说起这件事来，不但读过书的人都晓得，就是那驵僧菜佣也有多半晓得的。不过此事的原委，就中的曲折，大半不能尽悉，只因书上所载，或仅撮其大略，或又出以深文，看书人每每囫囵看过。且此事之旁见侧出者，不暇一一搜考，遂致绝好一段传奇故事，不能尽人而知，绝好一副救世妙药，不能对症而愈。你说可惜不可惜！待小子先将这事的源头铺衍起来。

这件事出在周朝列国时，大江南面有一吴国，是泰伯之后，国势强盛。吴之东邻，有一越国，大禹之后，国势与吴相等。吴越两国世世积仇，其先越之宗人为吴王祭余所获，使守艅艎。宗人乘祭余大醉，解祭余佩刀刺杀之，吴人共杀宗人。周敬王二十四年，吴王阖闾领兵伐越，时越王勾践在位，统率大军与吴王战于槜李。越国先锋灵姑浮挥戈刺阖闾，中其右足，伤其将指，血流如注而死。太子波早死，太孙夫差嗣位，使内侍十人轮流立于庭中，夫差出入，内侍必扬声呼其名曰："夫差！尔忘越贼之杀尔祖乎？"夫差应曰："不敢忘！"时时警惕，誓报祖仇。周敬王二十六年春二月，吴王夫差起倾国之兵，命伍子胥为大将，伯嚭为副将，带领一班战将，从太湖泛舟，直攻越国。樯帆顺风，戈矛耀日，吴国军士一个个摩拳擦掌，大有平吞越国之势。探子报到越国，越王勾践临朝，召集群臣商议迎敌。大夫范蠡，字少伯，出班奏道："吴国衔槜李杀其祖父之仇，朝夕图报，养精蓄锐，至今三年。大志既愤，众心必齐。与战必不得利，不如敛兵坚守，伺其有隙，乘其稍疲，或望幸胜。若此时会战，必败之道也。”勾践沉吟未答，大夫文种，字会，亦出班奏道：“以臣愚见，不如遣一能言之士，卑词请罪，以乞其和，俟吴兵退后，再作良图。”勾践道：“二卿言守言和，未免长他人志气，灭自己威风。吴与我世仇，若不出战，必为所轻，后将侵陵不已。二卿且退，看孤破吴，直如迅风扫秋叶耳！”范蠡、文种咨嗟而退。勾践尽起国中丁壮，共三万人，命诸稽郢为大将，宁须为副将，仍命灵姑浮为先锋，畴无余、胥犴为左右翼，勾践亲督大队，往椒山进发，与吴兵相遇。

次日，越国先锋灵姑浮挥戈讨战，夫差命牙将仇良出阵。仇良手横大刀，带领小舟二十只，军士五百人，来至阵前，大骂：“越狗死到临头，还敢对敌！”灵姑浮亦骂：“杀不尽的吴豕，焉敢犯吾边境！”挺戈直进。仇良接住交战，至十余合，仇良力弱，刀法已乱，被灵姑浮拨开刀，一戈刺入肋下，挑落太湖中而亡。五百军士杀死百余人，余俱逃散。勾践闻报先锋得胜，大喜，整队直进。约行数里，夫差大军已到，雨下，不及布阵，一场混战，只杀得波涛矗立，蛟鳄潜逃。鏖战两时之久，吴兵渐次失利。夫差趋立船头，亲自秉桴击鼓，激励壮士。伍子胥、伯嚭挥动两翼，阵势坚固，排墙而进。夫差爱将王子地、原楚、诸无忌各将莫邪宝剑一口，吴鸿扈稽神钩二把迎风挥动。这三件军器都是神物，只见光芒射处，越兵头颅如滚瓜撒豆一般，越阵大乱，纷纷倒退。时值北风大起，灵姑浮正与伍子胥酣战，渐渐不支，忽见阵势已乱，急欲掉舟回阵，无奈风力太大，桡轻浪急，舟忽倾覆，可惜一员勇将，竟自溺水而死。胥犴敌住伯嚭，正在怙命相搏，被吴将原楚暗放一箭，正中胥犴面门，也落水而死。越国副将宁须急忙来救，奈吴兵势大，又有莫邪宝剑、吴鸿扈稽双钩飞跃伤人，如何能敌？正想奔逃，被伍子胥赶上，手起一鞭，把头打得粉碎。勾践大败而走，奔至固城，闭关自守。吴国分三路追赶，追至固城，围得铁桶相似。夫差意在绝其汲道，不出十日，越兵自乱。哪知山顶有灵泉，勾践取嘉鱼数头，以馈夫差，夫差大惊，攻打愈急。勾践留范蠡守固城，自率残兵五千余人奔会稽山，叹曰："孤悔不听范、文二大夫之言，致遭大败！"文种进计曰："为今之计，不如请成为上。"勾践道："吴不许成，如之奈何？"文种道："吴太宰嚭贪财好色，忌功嫉能，与子胥有隙，吴王畏子胥而昵伯嚭。若私入伯嚭之营，结其欢心，伯嚭言于吴王，无有不听。事成后，子胥虽阻之，亦无及矣。"勾践道："孤方寸已乱，任卿为之。"

文种乃选宫中美女八名，加以白璧二十双，黄金千镒，夜入伯嚭营寨，卑词下气，屈膝致词，竭力谄谀。伯嚭大喜，收了礼物，许在吴王前方便，留文种在营中。次日引见夫差，伯嚭备道那勾践使文种请成之意。夫差初意不允，经伯嚭再三劝说道："孙武子有言：兵，凶器，可暂用而不可久。越虽得罪于吴，而今勾践请为吴臣，其妻请为吴妾，宝器珍玩尽贡于吴，所乞于王者，仅一线之宗祀耳。王盍怜而许之？"夫差乃唤文种入道："汝君请为臣妾，须从寡人入吴。"文种俯伏道："既为臣妾，生死在君，敢不服左右！"夫差乃许。文种正要谢退，忽见伍子胥满面怒气，趋至中军，问吴王道："王许越和乎？"夫差道："已许之矣。"子胥连叫道："不可！不可！"吓得文种倒退数步，垂头静听。子胥谏道："吴越世仇，势不两立，吴不灭越，越必灭吴，越已归吾掌握，舍之必贻后祸。况又有先王大仇，今日不灭越，往日立庭之誓谓何？！"夫差不能对，目视伯嚭。伯嚭奏道："相国仇楚，何以不灭楚，竟许楚和耶？相国自行忠厚之事，而使王居刻薄之名，忠臣断不如是。"夫差喜道："太宰之言有理。"只气得子胥面如土色，叹道："吾悔不听被离之言，与此佞臣同事！"原来伯嚭自楚奔吴，是子胥引见阖闾，得为大夫。大夫被离曾告子胥道："伯嚭鹰视虎步，其性专功，贪佞擅杀，不可亲近。"子胥以伯嚭同忧苦，不听。至是果应其言，恨恨而出，谓大夫王孙雄道："越十年生聚，加以十年教训，不出二十年，吴其为沼矣！”王孙雄漫应之。

文种回见勾践，备述前事。勾践虽免目前之危，念及臣妾于吴，不觉双眼流泪，因王孙雄在越守押，伯嚭屯兵一万于吴山守候，只得回至越都，布置一切，将国事交文种治掌。带了夫人，止范蠡一人相随。先见伯嚭，谢其覆庇之德。伯嚭又一力担承，许以返国。勾践心中稍安，随伯嚭至吴，引见夫差，勾践肉袒，伏于阶下，夫人侧跪。范蠡将贡单呈献勾践，再拜而言道：“东海役臣勾践，不自量力，得罪大王，乞大王赦宥，使执箕帚，以保须臾之命，不胜感戴！”夫差道：“寡人若念先王之仇，今日安有生理！”勾践叩首道：“臣实当死，唯大王怜之。”时子胥在旁，目若闪电，声如巨雷，进谏道：“勾践机险，今为釜中之鱼，命制庖人，故谄词令色，以求免。一日得志，如虎归山，如鲸入海，后患实大！唯大王察之。”夫差不听，使王孙雄于阖闾墓侧筑一石室，将勾践贬入其中，去了衣冠，蓬首垢衣，斫芗养马。夫人衣无缘之衣，汲水洒扫。范蠡拾薪炊饭，面目枯槁，真是苦不堪言。这一段勾践臣服吴国的故事，不能不铺叙出来，原是这部《热血痕》的源头。看官作正传观也可，作楔子观亦无不可。

话说夫差胜越之后，论功行赏，自不必说。将所擒越国军士计六百余人，分给与随征的将官为奴，给数多寡以战功高下为差。战越之时，夫差爱将原楚箭射胥犴落水，这回分给官奴，原楚派给十二名。此中单讲一人，姓陈名霄，本是楚国人，随他祖父到越经商，在越四十余年，也就算越国人了。此次被擒，拨给原楚为奴。原楚这人，性情暴躁，只因膂力过人，临阵奋勇，为夫差所爱，官封右戎，宠幸无比。自从陈霄到了原楚府中，日里割草养马，晚间支更守夜，不得一刻安闲。府中大小人役还要不时的私差私派，稍有不到，非打即骂。陈霄到了这步地位，只得敢怒而不敢言，又想：“我国君王尚且如此，何况于我，只是我的儿子现已成人，近来不知怎样。但愿立志向上，将来或者有个出头日子，替国家出点力，替祖宗争口气，也不枉我抚养一场。”偷着写了一封家信，便寄回家。原来陈霄年届五十，妻室早故，只有一个儿子，名叫陈音，现今二十七岁，生得眉浓眼大，鼻直口方，膀厚腰圆，身长力壮。从小儿就好武艺，不是蹿山逐兔，就是泅水摸鱼。虽说每日照例到学校里读书，什么《三坟》、《五典》总不在意，不过略略得大概而已。放学回家，便抡刀舞棍，越弄越有精神。陈霄因世道扰攘，能文能武都是一样博取功名，就不十分管束，有时还请几个名师教导他。陈音到二十岁时，习得通身武艺，马上马下无一不能。娶妻韩氏，是越国土著儒家之女，深明大义，夫妻甚是和好。次年生下一子，取名继志。当勾践点兵时，陈音一心要代父出征，陈霄只是不肯，教他好好操习本事，将来自容易出头。一入军籍，杂于行伍，每每奇技异能，无由表现。这本是陈霄一片苦心。后来越国打了败仗，陈音不知父亲是死是活，朝夕号啕，寝食俱废。还是韩氏娘子解劝道："爹爹死活尚无得信，你像这样悲伤，苦坏了身子，岂不辜负爹爹期望？你总要保重身体，爹爹若在，你也好到吴国探视爹爹；若死，你更要整顿精神，替爹爹争口气！你想想我的话是也不是？"陈音本是个聪明人，不过思念父亲，急痛昏迷，经韩氏一席话提醒得明明白白，焉有不听之理？渐渐地温习旧业，照常寝食，只是不知父亲下落，心中总是郁郁不乐。光阴易过，到了十月，忽然接得父亲的家信，知道父亲未死，略略宽心。想起父亲给人为奴，书中虽未说出光景如何，看来定是苦楚难堪。想到这里，便是心如芒刺，坐卧不安，恨不得插翅飞到吴国，看看父亲。心中一急，将主意打定，把信念给韩氏娘子听了。韩氏听毕道："爹爹既在，你须往吴国探视一遭。儿子虽只得六岁，身体颇好，容易长成。家中薄田二十余亩，尽可度活，你不必替妻子担心。今晚将随身衣物打点妥当，明朝吉日就可动身。"陈音听了，不禁满心欢喜，道："娘子这样贤淑，真是我陈音终身之福！我也不必多说，总望娘子宽心，抚养孩儿，看他骨格不凡，将来定能发达。我此行到吴，能设法赎回父亲最好，倘吴国不许赎回，我就留在吴国，陪父亲一世，恐不能一时回来。”说到这里，不觉凄然下泪，咽喉哽塞。韩氏也自酸楚，因见丈夫如此，不敢哭出，只得说道：“这些话妻子自然明白，不必多嘱。你在路上须事事着意，步步留心，不可恃着自己本事弄出事来，最是要紧。”陈音点头应了。当夜，韩氏备了几样果菜，替丈夫饯行。陈音那里吃得下，不过略为领意。韩氏又将家中所有的金银全行搜出，一共也有三十余两黄金，一百二十余两白银，通共放在包裹里。陈音道：“你将家中所有全数付我，难道你家中不要过活吗？”韩氏道：“丈夫出外，盘费自然要多带些。且到了吴国，或吴国准赎人回，那时若是不够，你一个异方孤客，向谁告贷？妻子在家，现存的柴米，尽可支持三五月，到了明春，田中所出自能接济，即或一时短缺，本地本土也好通融，你只依我就是了。”陈音听了，也就无话可说。一夜已过，第二天清早陈音起来，韩氏已将茶饭端整好了。陈音用过饭，拜了宗堂，背了包袱，带了一把牛耳尖刀防身。看了看儿子继志睡熟，也不惊醒。他只对着娘子，说了句诸事宽心的话，韩氏点头，也说道：“路上保重，早去早回！”夫妻二人洒泪而别。陈音出了门，大踏步向吴国而去。正是：

丈夫当有四方之志，忠臣出于孝子之门。

不知陈音往吴，一路有何事故，且待下回分解。

第二回

逞横豪诸公子夺剑　争判断唐大尹挂冠

周敬王二十六年冬十月中旬，陈音出门，径往吴国，沿路无事，无非是饥餐渴饮，晓行夜宿。一日到了吴越交界的地方，地名西鄙，两国货物总汇于此。越国设一关尹在此征税，兼理词讼，本来是越国地方，凡是越货出口，吴货进口，均应越国征取，吴国从不干涉。近因吴国大败越国，勾践夫妇俱为臣妾，吴国便干涉越国地方的事，也在西鄙设一监事，名为保护吴国商人，实则干预越国政治。初时吴国监事尚与越国关尹遇事相商，积久玩生，吴国监事直把越国关尹视同赘瘤，动辄欺凌，硬行武断。越国关尹自知本国衰弱，无力与他相抗，只得事事隐忍，不过把些不紧要的公事分办几件，也就算尽心供职了。凡词讼系吴越两造，关尹须与监事会讯；断结一案，必须监事应允，方算定谳。若是监事断定，关尹以为未允，任你说破嘴唇，写秃笔颖，也是无用。最不平的是越人犯法，监事可以惩办，吴人犯法，监事将犯事人交回吴国办理，关尹不敢过问。这都因国势强弱使然，虽有实心任事的关尹，只好付之于无可如何而已。

是年，吴国在西鄙开一赛珍会，先期关照各国，凡有奇珍异宝，带至西鄙竞赛。愿出售者，会都事定价，务求平允，成交后，售货者纳十分之一于都事，以充会费，纳费后两无反悔，著为定例。于是齐、秦、楚、晋、卫、陈、宋各国均带珍品来西鄙赛会。会场之中各有陈设所，国大则货场大，国小则货场小。越国本是地主，且在大国之列，论来货场自应宽敞，无奈新为吴败，会都事哪里看它得起，把一个偏僻场角，覆点席棚，算是越国的陈设所。越国关尹也不敢争辩，只得叫越国商人将就地方陈设，总算与了赛会，开了眼界。那些讲志气的越商，有不肯来的，有到了会场，看此光景，掉头便去的，不过一些糊糊涂涂的商家随众热闹，也觉得十分高兴，内中间有一二家藏奇宝，不肯埋没，携到会场，显显藏珍的。一时各国商宦齐至，真个呵气成云，挥汗成雨。

会场热闹之时，正陈音行到之日。陈音到此寻下寓所，也就随众观览。仔细品评要寻一稀世之宝，实系没有。看来看去，走到场角，见本国的陈设所这般简陋，心中着实不快，只好付之长叹。正感叹间，忽然瞥见一个案上，横放一口宝剑，装制古雅，剑出鞘寸余，恰如旭日初辉，寒泽欲泻。一个年逾六旬的老汉，端坐一旁，相貌十分质朴。陈音上前声喏道："老丈宝剑可否赐借一观？"那老汉抬头见了陈音堂堂仪表，随即起身还礼道："大哥尽可赏鉴。"双手将剑递与陈音。陈音接剑在手，仔细审视，见鞘上镂刻精致，浑然天成，柄是錾金的，系两束淡绿穗绦。拔剑出鞘，约长三尺六寸，霜锋凛凛，冷焰逼人。剑柄握处镌的两字细如蝇头，凝目细看，是"盘螭"两字，知系宝物，苦不知此剑来历。赏玩半晌，仍然将剑入鞘，双手奉还，料到价值贵重，力不能买，不敢请价。那老汉似觉会意，说道："老汉列剑在此地，并无求售，不过世代家藏，无人识得，今日之会，各国均有人来，想遇一考古专家，考明来历，此神物不至淹没。无奈老汉守此七日，从无一人过问，真真可叹！今得大哥把玩一回，爱不忍释，总算是此剑的知己。敢问大哥尊姓大名？"陈音一一说了，转问老汉。老汉道："老汉姓卫名安素，今年六十七岁，世居此地，先祖曾有人授过武职，到老汉时，只以读书为事。”正谈论间，见一垂髫女子走至老汉面前，叫声：“阿公，回家吃饭。”老汉将女子手挽住，含笑答道：“我此刻腹中不饿，乖孙孙，你先回去，我停一会就回。”说罢将手一松，女子就庄庄稳稳地向北去了。陈音见这女子，年纪不过十四五岁，生得剑眉星眼，琼鼻樱唇，说话之时，露出两行细齿，白润如玉，前发齐眉，后发披肩，身材虽极窈窕，眉宇间却有一股英爽之气，令人可爱而不可狎。心中十分爱慕，问老汉道：“此女子系老丈何人？”老汉叹口气道：“此是老汉孙女，名叫茜儿，父母俱已亡故，有一阿姊，去年又病故了，有一阿哥，名叫卫英，九岁时失去，至今八年，杳无下落。茜儿今年十五岁，颇识文字，朝夕相依，堪娱老景。”陈音听罢，赞叹几声，随即告别。又往各处游览，偏见满眼俗物，不胜烦厌。

正想转回寓所，忽听人声喧嚷，抬头看时，见一人方巾朱履，红氅绿衫，满脸的奸邪，浑身的骄侈，手拿宝剑一口，笑容满面。后跟二人，似仆从模样。陈音见那人手中宝剑，很像适才所玩之物，据卫老说来是不卖的，如何又到此人手里？心中正在诧异，忽见卫老随后奔来，满面遑急，口中喊道：“青天白日，如何肆行抢夺！若不还时，老汉的这条老性命与你拼了！”一路喊，一路跑，已经赶出会场，看看赶上，不防东面来一醉汉，跄跄踉踉颠扑而来，正与卫老相撞，两人一起撞倒在地。卫老急急爬起，喘气吁吁，正待要跑，那醉汉早已爬起身来，劈胸把卫老扭住，竖起帚眉，圆睁环眼，大喝道：“你这老狗头，如何撞我？我活活将你这老狗打死，出口恶气！我毛狮子岂是被人欺负的吗？！”说罢，握起拳头，刚待打下，陈音正要上前解劝，只见卫老抬起头来，连声叫道：“毛大哥，不要动手，是老汉！”只见毛狮子停住手，定睛片刻，改了笑脸道：“原来是卫大爹！为何这样慌张？”卫老道：“我的宝剑被诸伦那厮抢去了！”毛狮子道：“诸伦在哪里？我替你夺回来！”卫老用手向南指道：“去此快半里了。”毛狮子也不言语，一洒步向南追去，卫老在后紧跟。其时旁观的人都说道："今日姓诸的惹着毛神，倒有一场好热闹看。"一窝蜂儿都向南跑去。陈音也随后赶去，约一里之遥，见毛狮子已经将那人赶上，抢步上前，一个冷不防，劈手将剑夺过，道："宝剑把我！"那人蓦吃一惊，见宝剑被人夺去，大喝道："你是什么人？敢夺我宝剑！"毛狮子将双眼睁得圆彪彪的，喝道："你夺得别人的，我就夺得你的！你把老爹怎么样？"那人见毛狮子凶恶，自己不敢向前，喝后面两人跟仆道："你与我打这恶棍！"二人趋步上前，毛狮子左手握紧宝剑，伸出右手，握起毛拳，对准前面一人劈脸打去，打个正着，鼻血直流，两眼立时肿起，蹲在地，捧着脸嗳哟连声。后面一人正要回头跑去，被毛狮子赶上前，抬起右边的毛腿一脚踢去，正踢着那人的腰际，也就扑地倒了，毛狮子抢一步，一脚踩着那人的背心，毛脚毛手乱打了一顿。大骂道："你这般倚势欺人的小毛虫，老爹今日活活将你打死，出口恶气！"倒是卫老已到面前，连忙劝说道："毛大哥，剑已到手，饶他去罢。"毛狮子又将那人踢了两脚，始将那只脚松开。那人连爬带滚地去了。毛狮子还在眼光四掣，意欲寻觅夺剑那人。卫老连忙挽了毛狮子的手道："去罢，且到酒店喝三杯。"毛狮子听了，笑容可掬道："怎好又扰大爹？"说罢将剑递过道："大爹收好。若是这般小毛虫再来吵大爹时，我来替大爹出力，打死了他我去偿命！"卫老连劝带拖，把毛狮子拖至西面一家酒店去了。陈音想："这人虽说粗鲁，倒是个有肝胆有血性的人。哎！若是我越国的人都能这样，何至被别人欺负到这般地步！"

只听毛狮子在酒店里拍桌狂叫道："这般吴豕，动辄欺负人！我们的主上又被他制住了，事事由他们摆布，我受这般吴豕的腌臜气不少。我如今打定一个主意，遇着他们一个不讲道理的，我就一顿毛拳，打他一个臭死，纵然抵命，替我国的人出出气也是好的。一半也是我国的人不好，见别人强盛，就去趋奉他，奴颜婢膝，反被别人看得不值一个狗屁！这样下去，我国还能够……”一句话未完，忽然人声鼎沸，由南来了一个黑大汉，带领二三十人抢进店去，势甚汹汹。陈音急速趋至店首一看，只见黑大汉同毛狮子扭作一团，桌凳碗碟纷纷落地，余者二三十人也有帮黑大汉打毛狮子的，也有将卫老扭住，夺了宝剑的。先前夺剑那人骑一匹白马也到了门首，此时夺得宝剑的，将剑递与那人。那人在马上接了，挂在腰间，厉声喝道："打死这个恶棍不值个屁！"陈音见毛狮子被众人打得头破眼肿，遍体鳞伤，跌倒在地，不能动弹，又见卫老周身衣服撕得稀烂，额角流血，不由心中火冒。正待向前打个不平，忽见来了七八人，像是公门人役的模样，走进酒店，将那黑大汉与卫老一并带住。黑大汉面上也是皮破血流，二三十人一哄而散，马上那人先自去了。毛狮子不能走动，用板门将他抬起，一行人到关吏衙门去了。

陈音知道今日不能审讯，只得闷闷地转回寓所，行至半路，忽见卫老的孙女儿哭哭啼啼向关吏衙门而走。陈音知道是去看他阿公的，叫道："茜姑娘，不必去，来，我告诉你。"茜儿猛听有人叫她，停住脚，拭了眼泪，一看认得是午间同她阿公说话的，就叫了一声："伯伯贵姓？怎么说？"陈音将姓说了，又将她阿公的事细细告诉一遍，说道："谅来此事不甚要紧，如今你阿公已同那黑大汉收隶起了，你到衙门去也是不能见面，且待明日过堂再说。"茜儿竖眉睁眼，为难了一会，道："多谢伯伯，凡事还望伯伯照应。"说罢向北走去。陈音道："我送你回去，以后你不必出来。"茜儿谢了，前行引路，陈音后跟，行不半里，已经到了。茜儿让陈音进屋款茶，陈音道："不消了。"见茜儿住的是平屋两间，左倾有一竹篱，内种蔬菜。房屋虽不高敞，却甚雅洁。茜儿叩门，是一个中年妇人开门，挽了茜儿的手进去，茜儿还回过头来望陈音，大有凄惨之状。

陈音循路回寓，一进寓所，听得店中客人一个个都是议论毛狮子的事。一个说："毛狮子是个热性人，虽然嗜酒无行，却专肯扶弱抑强。世界上这等人倒不可少。可怜今朝吃了大亏，恐怕性命难保嘞！”一个说：“毛狮子这个人专于醉酒骂世，惹是生非，倒是死了清净。”一个说：“今朝的事与毛狮子什么相干？恃着几分蛮力，硬行出头，这苦恼是自己寻出来的。”一个说：“诸伦那厮平日倚着他叔父的势力，惯行欺人，我们越国人不知吃了他多少的苦！”陈音听了，接口道：“兄台，那诸伦是个什么样人，就这样无法无天嘞？”那人望了陈音一眼道：“兄台有所不知：他是吴王爱将诸无忌的侄儿，广有家赀，在这西鄙的生意真真不小，平日间夺人田地，淫人妇女，谁敢正眼觑他一觑。”陈音道：“难道官府也不能制他吗？何不告他！”那人叹气道：“吴国的官府都是巴结他的，越国的官府更不敢侵犯了。如今又得了个勇士，就是今天打毛狮子的那个黑大汉，此人姓椒名衍，本是我们越国东海的人，他的父亲名叫椒邱䜣，从前在淮津饮马，马被淮神吃了，入水与神决战，伤了一目。后到吴国，自夸其勇，为要离所辱，心中怀恨，欲刺杀要离，被要离折辱他一番，自己触窗而死。他这儿子椒衍自小时便有勇力，只是横行好赌，为乡邻所不齿。目前来此，光景十分狼狈，后来与诸伦的仆人交好，得近诸伦身边，无论奸淫掳抢，都是椒衍向前。诸伦有钱，椒衍有力，谁敢奈何他！”陈音听了，沉吟道：“椒衍是我们越国东海人吗？”又问道：“诸伦住居在什么地方嘞？”那人道：“就是向南一直去，离此不过三里，一座石桥过去，转西，一座三层楼的大庄院，周围俱栽棘刺，听说里面设得有机板伏弩，怕人谋害他，所以盗贼从不敢去偷他。”

陈音也不言语，别了众人，回房用了晚饭，倒在床上，心中踌躇道：“我此回出来是寻找父亲，万万不可在此耽搁。只是卫老丈今日所遭之事，我心中实实忍受不得，若不是寻亲之事在身，我今天早把诸伦这个狗头打死了。”停了一会，又道：“难道我就恝然而去了吗？想起那孙女儿那样光景。实在不忍。咳，且待明日再定罢！”翻来覆去也就睡了。次晨起来，已是巳牌时候。只听一客说道：“椒衍那厮昨晚已被诸伦要出去了。”陈音诧异道：“难道我国关尹就全不做主吗？”那客道：“我国关尹为此事与吴国的监事抗辩，怎奈监事总说诸伦是他吴国人，要依他吴国的法律。关尹也就无法了。”昨日同陈音说话那人在旁叹口气道：“你们还不知道，毛狮子今晨已经伤重身死了！”陈音一听，着实难过，急问道：“毛狮子死了，我国关尹难道不向监事索凶手来办吗？”那人道：“何尝不索凶手？监事说道，他吴国的法律杀人的不办罪，罚银十两作为死者的殓费。如要办罪，殓费不科，将凶手交他本国定办，我国关尹不能过问。”陈音又问道：“卫老汉的宝剑何如嘞？”那人道：“还问宝剑！监事说他价卖之物，翻悔图诈，又勾串恶棍行凶滋事，要罚他二百两银子才得脱罪哩。”陈音复问道：“卫老汉卖剑有何凭证？”那人道：“据监事说来，会都事处诸伦已经缴有会费银一两，说剑是十两银子买的，此刻剑是归于诸伦了。椒衍之罪已由诸伦缴银十两，逍遥无事了。毛狮子无亲人领埋，已拖向丛冢里窖了。卫老汉此刻只有措办罚款赎罪了。这件事就算结了。”陈音正待开言，忽见一人由外走进，对着那人叹气道：“二哥，你晓得么，我们关上的唐大尹今日为诸伦的事，与吴国监事极力争论，几至用武，怎奈不能争转分毫，一时气愤不过，现已挂冠而走，不知去向。你看可叹不可叹！”陈音听罢，捺不住心头火起，一股愤气直往上冲，鼻子里哼了几声，匆匆出店而去。一些人见了陈音的光景，也不知什么道理，仍然聚在一块说那不相干的闲话。正是：

燕雀不知鸿鹄志，蛟龙岂受鱼虾欺！

不知陈音匆匆出店，做出些什么事来，下回分解。

第三回

激义忿独盗盘螭剑　蹈危机再上绾凤楼

话说陈音愤恨出店，口中私念道：“杀人的倒无事，苦主反监禁起勒罚；杀人的倒只罚银十两，苦主反罚银二百两。天下竟有这不公平的事！”一路恨声不绝，不觉已到茜儿门首，见茜儿正立在门口，眼睁睁朝南翘望。陈音到了面前，茜儿方才看见，叫道：“陈伯伯屋里坐。”陈音应了，进得门去，也不暇看屋中的布置，开口问道：“你阿公之事你可晓得么？”茜儿道：“晓得了。今朝早起有关上的衙役来此，说道阿公罚款二百两方得脱身。”陈音道：“姑娘的意思如何？”茜儿道：“只要我阿公无事，已将家中所有的衣物全部典质，凑足二百两之数，烦我干妈带至衙门去缴，想来阿公快要回来了。”陈音道：“姑娘干妈可是昨日替姑娘开门的？”茜儿道：“正是。”正谈论间，卫老已同一中年妇人进门，见了陈音颇觉诧异，道：“陈大哥如何光降寒舍？”陈音急忙站起道：“老丈受惊受屈了，小子因此放心不下，特来探听。”卫老连声称谢。一面叫茜儿泡茶，一面叹气道：“这样的黑暗世界真真令人气闷死！只是诸伦那厮夺我的宝剑，老汉拼着性命定要同他拼一个死活。可叹毛大哥因老汉受伤而死，老汉实实痛心！”说着双泪长淌，说话不出。陈音也是伤感。茜儿将茶端整好递上，见她阿公在那里伤心，也靠在身边流泪不止。陈音道：“已过之事不必提起了。老丈说要与他拼个死活，看来卵石不敌，也是枉送了性命。依小子之见，若将宝剑弄到手里，还是离开此处为妙。”卫老道：“若不与他拼命，宝剑如何能到手里？”陈音道：“老丈就拼了命，此剑还是不能到手。事宽则圆，老丈暂时忍耐，小子以三日为限，定来回复，再作商量。”说罢立起身来告辞一声，出门而去。卫老意欲挽留时，见陈音已去了一箭之远，只得说道：“恕不送了！”

陈音也不回头，一直向南行去，过一石桥，向西一望，果见一个大庄院，墙高檐耸，周围都是合抱不着的大树，间有几处垂枝墙内，墙内大树也有垂枝墙外的。树外一壕，约有三丈的水面，深浅不知，安设吊桥七八处，大约是日间放下，夜里收起，大门向南设有木栅三层，排列刀矛，均有人看守，东西北三面都是如此，不过路径窄些。墙内北面一楼高峙，看来若是站在楼上，四围百十里地面定行都归眼底，庄内的情形不必说了。偏西有草屋一带。陈音作为闲游，仔细看了一遍，转至大街，买了几件应用的东西，回至寓所，也不与众人交谈，进房歇息。躺在床上，肚里筹划了一番。渐渐天晚，用过晚饭，仍然躺下，略睡至二更时，一听寓中客人都已睡尽，寂无人声，陈音起来，将牛耳尖刀带在身上，又带了一个皮囊，内装石块铁弹钩索等物。换了一身黑色衣裤，蹬了薄底快靴，先将灯火吹熄，轻轻把房门一开，侧身出房，一听无人惊问，仍将房门拽好，轻步点地去。至后院空地，踊身一蹿，上了墙头，四顾无人，随落墙外，一直向南。

到了石桥，见诸伦庄内人声未静，北面高楼火烛之光正亮，隐隐有弦索歌唱之声。庄中更鼓已二更三点。忽见高楼窗外一个人影，头向下，脚向上，是个倒垂帘式，一眨眼人影已不见了。心中疑惑：难道另有贼盗今夜也来偷他不成？踌躇半晌，听更鼓早已三更，急忙洒步由西转北走去，到了壕边，一纵步已蹿过壕沟，沿壕转北，都是树林，曲曲折折穿林而走。看看已近墙头，见一槐树，大可十围，沿树而上，有一粗枝朝南垂入墙内，挨枝雀跃到粗枝上，缘枝蛇行，缘至墙头，轻轻落下，站定一望，墙外通是棘刺，墙内不知是何光景，不敢下去，只得沿墙而走。近高楼处有桂树一株，花开正盛，相离不过二丈，正拟踊身蹿去，忽听下面当厅一人高声叫道："公子吩咐，刻已三更二点，守夜人等切须小心，机板可曾安放，伏弩可曾整顿，稍有疏忽，尔等担罪不起！"一时人声噭应，听得嘣咙嘣咙的响声，大约是安放机板，整顿伏弩。移时声寂，陈音奋身一跃，扑上桂树，爬至树梢，见楼是三层，树梢已拂过二层楼檐。将腰一伸，已到二层楼檐，身轻步健，毫无声息，一个摘月势，将手一探，已翻上三层楼，扳着栏杆爬至南面，星光之下见一横匾，三个大金字隐约是"绾凤楼"。楼中灯光未灭，不敢落地，抱着柱，盘旋而上，攀着横木，挨近窗棂，伏在窗缝一看，暗暗叫声惭愧，只因那把盘螭剑正挂在此楼梁上。

一听更鼓正打四更，见时不早，用手把窗扇轻轻一拽，里面却是系好的，身上取出牛耳尖刀，插入窗缝，探至系处，用刀尖一拨，内簧已脱，乘势一推，窗扇随手而开。忽听嗖的一声，急急把头一偏，从耳畔刷过窗外，柱上噔的一响。陈音知道伏弩已过，钻进窗去，留神张望，见东西摆设桌儿，桌角上尚有烛泪两堆，余火犹明。当中悬一大琉璃灯，灯光四照，宝剑悬在梁上，四围都是光滑滑的，万万不能着手。心内十分作难，细细一想道："他既能挂上，我就能取下，只要寻着他挂剑的路道就容易设法了。"定睛细看，看出宝剑不是钉在梁上，却是一绳系定，绳从天板眼里穿出。端详一会道："是了，定是一绳扯拽而上。只要寻着他绳的结头，就容易到手了。"凝神审视，四壁空空，楼中除两副桌儿外，只当中一只铜凤高约八尺，双脚直立，粗如人臂。一想不错，绳的结头定在这只铜凤里。正要纵身而下，恐有声响惊动防守的人，反为不好。双手扳住窗扇，伸脚坠下，踏到楼板，一手松开，脚力一沉，楼板忽然活动，一面下壁，一面上翻，拍、拍、拍接连三声。陈音知道不好，幸得一只手未曾松开，紧紧扳牢窗槅，双脚一弯，将身向上一挺，忽听楼下一片声喊道："有贼人在此了，快快发火！"霎时火把齐明，庄内外一齐哄动。陈音这一惊真真不小，想道："性命休矣！"忙扳窗棂蹿上横木，溜柱而下，沿着栏杆爬至北面，纵身一跳，到了桂树上，伏着不动，手握牛耳尖刀，四下一看，见正厅上灯光照耀，许多守夜的人绑着一个大汉推进厅去。

晓得适间声嚷不是为的自己，方才把心放下。于是蹿到屋脊，一直到正厅屋上，伏在檐口看时，见诸伦当中坐定，大汉下面挺立，生得面黑睛黄，声粗气猛，厉声骂道："今夜被你所擒，剐杀由你，像你这欺天蔑理势横行倚的狗奴，终久有碎尸万段的一日！"只见诸伦气得满脸发青，指着大汉喝道："你这贼到底是什么人，敢来犯我！"大汉吼骂道："你抢夺我的妹子，勒逼死了，我是来替妹子报仇的！总是你这狗奴死期未到，我既被擒，任你处置！"见一个家人走近诸伦面前道："这人就是小人前日说过东村的司马彪，那日触墙死的就是他的妹子。"诸伦点头，吩咐众人道："把这贼子拖至树林内，与我乱棒打死，死了挖个坑窖了就是。"众人答应一声，将大汉拥出庄去，诸伦回房去了。

陈音想道："此人性命眼见送掉在此，我不去救有谁来救？"随即连蹿带跃，跳在墙头，轻轻一纵身，攀着槐枝，溜至树杈坐歇片时，听更鼓已是五更，料来盗剑之事万来不及，正在烦闷，忽听人声喧嚷，约有十余人将大汉拥入树林，择一大树将他绑起来。陈音一想，许多人在此，我如何救他嘞？心中一急，想出个主意来了，不敢迟延，在树上如鸟移枝到偏西处，幸得也有一株槐树，不过离墙稍远，只得尽力一纵，已上墙头。在皮囊中取出引火之物，发燃火种，向草屋一掼，顷刻之间火光上冒，正值西风骤起，火势愈猛。庄中人众一齐惊醒，听正厅上呰呰钟响，接连不绝，满庄的人都向起火处拥来。

陈音一看，料道树林中的必然来了。急转身蹿至林内，举眼一看，地下火把尚自未熄，而两个人躺卧不动，仔细看来，喉间流血，想是被人杀了的。树根处几段绳索纵横，树上所绑的人却不见了。心中好生惊疑，想来总是他同来的人救去了。忽听鸡声四唱，天将放晓，不敢再延，几步跑至壕边，蹿过壕沟，由石桥转回寓所后面，跳入墙内，回至房中。

不一刻，天已大亮。靠在床上细细想昨夜的光景，忽然恨声道："我陈音如何恁地鲁笨！昨夜楼下拿人之时，全庄之人通在正厅，我何不趁此时摘取宝剑？真可惜！"懊恼一回，又想道："把楼中情形看来，系剑的绳头大约定在那铜凤身上，据这楼名'绾凤'二字想来更无疑义。不过铜凤立在当中，四围无靠，楼板上必设机板，如何走得拢去？"忽想起扳窗下楼时那样危险，心中又觉凛凛。停一会发狠道："我不将此事做到，算什么男儿！今夜再去，定将宝剑取回，方了我一片心事。"一夜辛苦，随即沉沉睡去。午后方起，洗脸用饭，到赛会场闲逛一回，归寓时天已傍晚，用过夜膳，静睡一会，又是二更天了。陈音照昨夜装束，仍由后院越墙而出，到了石桥，望见诸伦庄内灯毬火把照得内外通明，更鼓之声络绎不绝，想来必是昨夜拿了贼人，今夜分外防守得紧。在桥头略歇片时，仍由西面转北，蹿过壕沟，穿林而进。及到了昨夜所攀的槐树，却吃了一惊，原来今晨诸伦带了椒衍四围查看，说道："我这庄院与铁桶相似，贼人如何得进？"椒衍看了一会儿，指说道："贼人一定是从这些大树的垂枝翻越进墙。"诸伦看了点头，即吩咐家人将这些靠墙的树枝全行砍去。因此陈音来到槐树上一看离墙过远，大费踌躇，扬头四望，都是一般，只急得搓手搔头，无法可想。往树枝上一靠，突一小枝撑住皮囊，皮囊一侧叮噹有声，蓦然想起囊中钩索来，心中一喜，急将钩索取出，把索一理，溜下树来，走到墙根，见靠墙处通是棘刺约有一丈之宽。陈音将钩索用力一抛，却好端端正正搭在墙上，正要挽索而上。一想不好：此时向上身子尽可腾空，下来时岂不坠在棘刺里？想到此处便不敢动，对着棘刺闷闷地筹算半晌，想起壕上的吊桥来。它此刻收起不用，我将来靠在墙上，就无阻碍了。即将绳头拴在树上，去在放吊桥处，且喜不见一人，用尖刀割断绳索，弯弯曲曲将吊桥板拽至墙边，平斜靠墙，板长三尺余，一头抵墙根，倒十分稳靠。陈音解了树上的绳索，一步步走上桥板，至板尽处挽索而上，直上墙头。取了钩索装入囊中，又掏出粉石在墙上画了暗记。向北行去，且喜那株桂树未动，踊身一跃，扑上桂树，仍照昨夜由二层楼翻上三层，绕至南面缘柱而上，转眼已到窗棂，侧着身把牛耳尖刀拨簧，簧脱后窗扇一开，弩箭已出，蹲在窗棂见宝剑仍系原处，楼中摆列的同昨夜一样，想来楼板是不能踏的，东西两张桌离铜凤不过七八尺，窗离桌约有一丈二三尺，谅来尚可一纵而到。只是一来怕桌上设有机弩，二来怕脚点桌时略有声响，便要误事。想来想去，忽然醒悟道："夜来他们既在这桌上饮酒，此桌必然稳实，所虑不过响声。"停一晌，发狠道："咳！事已至此，也顾不得许多，且把靴子脱去，赤着脚跳去，就有声响，也就小了。"主意打定，将靴子脱了，顺手搁在窗棂上，往上提劲，奋力一纵，已落桌上，真个稳实，毫无响声，心中甚喜。再一纵落在铜凤背上，乘势一骑，用手把凤头凤尾凤背凤肚细细摸过，那里有点缝隙？好不着急。摸了三四遍都是如此，心就呆了，气恨不过，把手中的牛耳尖刀在那凤身上乱拄，不料拄到翅上，忽觉得翅处有点活动，便用手细细地按，果然按着机关，凤翅一张，现出一个窟窿，心中大喜。于是一只手按着机关不肯放松，一只手探入窟窿内，摸着一卷绳索拴在一个铜钩上，知是到手，将绳头理出，取下铜钩，把绳一松，抬头望那宝剑已缓缓地坠下，只是离铜凤约有五尺，伸手不能取到。人急智生，蓦然又想起囊中的钩索来，将剑放至分际，便把绳拴在凤翅内铜钩上，那剑便不动了。将钩索掏出，向剑鞘系处一抛，搭住了往怀中一带，剑已入手，用刀把绳割断，这只手一放，凤翅依然收好。

听更点已是四更三点，不便久延，拿着剑纵回桌上，再向窗棂一纵，将身坐定，把牛耳尖刀带好，把宝剑搁在窗盘上，取了靴子一一地穿上。私念道："剑已到手，去罢！"伸手去摸剑，吃惊不小，剑不知哪里去了！急往窗内外仔细一看，何曾有点影响。这一惊比昨晚踏住机板还要厉害。定了定神，只得溜上横木，沿着楼柱一直往上，攀着檐牙，摘月势翻上楼顶，爬至瓦脊上，四围看了一会，只见满天星斗，远处朦胧看不清晰，近庄处都是黑鸦鸦的树影，树外是壕，流水潺潺，除五更转点外寂无声息。看来时候不早，天又快亮，久耽搁便去不了。顺着瓦沟爬至檐口，一个倒垂檐势抱着楼柱溜下，踏住栏杆，叹一口气，见窗棂仍旧开着，望那悬剑处一口宝剑却依然端端正正悬在那里。这一惊比适才不见了剑的时候更加厉害。心中一横道："我还是要把它取下，方才转去。"正要盘在窗棂上脱靴，耳边忽听一阵声响，惊得陈音手足无措。正是：

漫夸摘月拿云手，还有惊天动地人。

不知陈音听见是何声响，弄得手足无措，小子若不说明，看官定猜不着。请看下回。

第四回

洒热泪大哭毛狮子　冒奇险三探绾凤楼

看官你说陈音听的是何声响，这样惊慌？原来五更已尽，四邻鸡声乱唱，天时发晓。陈音一想，再延片时便不能脱身了，只得循楼而下，由杨树蹿上墙头，寻着暗记，将钩索搭好，一步步挽索而下。到了桥板摺下钩索，几步跑至树根处，将钩索收在囊中，仍将桥板弯弯曲曲拽回原处，安放停当。蹿过壕沟，急急跑回寓所，越后墙而进，悄地进房，窗上已白。坐在床上想来，此事真正古怪："我明明白白将剑取下，为何霎时不见？及上楼顶张望转来，为什么又端端正正挂在那里？若说是他本庄人取回，就该惊起防夜的，何得毫无动静？若说是外面去的人，就该掣剑而去，何得又归还原处？好生令人难猜！"猜疑一会，身子困倦，沉沉睡去。巳牌时方醒，起身梳洗用饭毕，出得房来，听同寓的说道："今日有许多不相干的人去丛冢里追悼毛狮子，听说甚是热闹，我不懂得这些人为什么喜欢做这些不要紧的事？"陈音听了，默无一言。走出寓所，向丛冢处走去，果见许多人，有执着束刍的，有挑着纸钱的，有携着壶酒的，有扛着花圈的，纷纷扰扰，甚是热闹。仔细看来，不是与毛狮子相契的屠狗辈，就是与毛狮子至交的卖菜佣，又有的是彼此同场的博徒、朝夕同醉的酒友，求一搢绅世家读书士子半个也没有，大众到丛冢里寻着毛狮子的新坟，具束刍的焚束刍，有纸钱的化纸钱，壶酒列于坟前，花圈放在坟顶。也有搔首无言的，也有顿脚长叹的，也有满面戚容的，也有放声痛哭的。内有一人像是毛狮子的酒友，大声号啕道："毛大哥！你每到醉时，便讲做事要热肠，待人要血性，遇有不平不是挺身向前，就是拔刀相助。你而今受了委屈而死，谁有热肠，谁有血性，挺身拔刀替你申辩？反被那鼓唇舌弄笔尖的人说你是恃蛮多事！想你九泉之下定然不肯甘心。你我交好一场，携得白酒三杯，你须要像生时那样的爽快吃个大醉，从此沉沉大睡，再莫管世间的闲事，倒落得个身安意适，反有那鼓唇舌弄笔尖的人赞扬你是安分良民！"

大众正哭得沉痛，忽见来了十余个监事处的巡役，手执短棒没头没脑地乱打，将众人赶散。焚不尽的束刍掼得遍地纵横，化不尽的纸钱摔得满天飞舞，壶酒齐翻，花圈乱转。骇得一些人东奔西窜，一哄而散。此时毛狮子若是有灵，想来决不肯甘休，无奈孤坟横亘，万唤不应，只付之无可如何而已。且喜众人奔逃得快，没有一人被巡役拿着，还算幸事。

一路转来倒听得许多人说长道短，无非是讥笑这般悼毛狮子的人无味可笑。陈音听了仍是默无一言，闷闷地转回寓所，进房来躺卧在床，想起如今的时势，满腔热血正如波翻鼎沸一般。此时天气尚燥，不觉浑身出汗，坐卧不安。作书的：十月下旬为何天气尚燥嘞？原来周朝正月建子，周朝的正月是如今的十一月。陈音在西鄙时是十月下旬，照此时是八月杪。所以西风虽起，余暑未退。不然诸伦庄中的桂树如何花开正盛？放火时如何西风骤起？此处述明，后不再赘，看官自然明白。闲话休提。陈音发热一会，心定片时，也就无事。吃了夜饭横卧床上，忽见灯光一隐，窗上人影一晃。赶紧立身起来，开门出去，到窗外一看，哪里有个人影？只听得天边雁唳，草际虫鸣，夜色沉沉，满天星斗。心中诧异，私笑道："莫不是我的眼花了？"仍然横卧，天已二更，收拾停妥，照样将门虚掩，越墙而出。到了诸伦的庄上，蹿过北面壕沟，去至吊桥，正要将桥板拽起，忽听树林内一声大喝道：“贼人休走！”喝声中火把已燃。陈音见一人挺戈而前，当胸便刺。陈音不慌不忙，身躯一侧，恰恰躲过，趁势一步抢进，逼近那人胸膛，一牛耳尖刀当心一刺，刀快手沉，鲜血直喷，那人倒了。又听树林内锣声不绝，蓦地跳出两人，一人手执硕刀，一人手执长枪，都不言语，对准陈音便刺，枪先到时，陈音一手接个正着；砍刀已向头上扫来，陈音把头一低，用力把枪一拖，使枪的扑地倒了，枪已脱手。使刀的又把刀从脑后砍下，陈音往前一蹿，刀砍个空，乘势翻身转来，正待举枪刺去，使刀的早已赶上，劈头砍下，陈音一枪敲开刀，顺手一刺，正中那人的咽喉，刀丢一旁，倒地死了。先倒地那人却已不见。此刻锣声四面不绝，东北角跑出三人，两人挥鞭，一个就是适间使枪的，仍然挺着一杆枪，陈音弃了手中的枪，拾起砍刀在手，三人一拥而上。陈音抡动砍刀，只见刀光闪灼，霍霍有声，先听使枪的“哎呀”一声，枪已两段，此回不倒地，就拽开步跑了。两个使鞭的拼命相斗，刀光过处，又听一人叫声“不好”，躲闪不及，削去半边天灵盖，却见活不成了。还剩一个心慌手乱，被陈音用刀隔开鞭，转手一刀杆打倒，加一刀杀却。左右一望，见东南两面灯龙火把蜂拥而来，看看快到。陈音弃了砍刀，一挺身蹿上树去。顷刻之间，两边合拢来不下五六十人，举火四照，见地下杀死四人，贼人不知哪里去了，两面为头的道：“贼人谅在近处，大家须要留神，多燃火把，四面照看。且把尸首搬在一处。”此时庄内锣声大作，前后照得通红，更鼓声中隐约听得刀矛相撞、剑戟相碰之声。陈音在树上一想：“桥板不能取用，万难进庄，且庄内警觉，防守甚严，进得庄去也难济事。眼见盗剑之事也成画饼，宝剑不能到手，叫我怎么回复卫老？咳！”真个剑不到手，不但陈音不能回复卫老，我作书的又怎么回复看官嘞。事情到此真真难了！且莫性急，想来总有个交代。

只说陈音在树上为难了半晌，想道："此刻由墙头进去的话不要说完了，我想且由树上直到大门，既已绕过三道木卡，或者大门地方倒不十分提防，可以进去，亦未可知。"定了主意，攀枝拂叶，矫捷如猿。走不多远，下面有人喊道："乙哥，你看那树上不是一个人吗？"陈音吃惊非小，心中一急，伏在树上不动。听得一人答道："你真喝醉了，这时候什么人肯到树枝上去？走罢！"陈音听了，心中一宽。又听那人道："乙哥，你不要说我醉，你仔细看那里一团黑影，那人还在那里摇摇摆摆哩！"陈音听了心中一急。一人答道："就是你手指的地方吗？"那人道："正是。"一人笑道："说你酒喝多了，醉眼蒙眬，你只是不服，那是一棵杈槎，一团黑影是个鸦巢，风吹着摇摆。不要在此胡混，快快巡哨去！"倒听那人笑了，口中糊糊涂涂道："乙哥，到底多几岁了，吃了酒，眼眼有点发花。"说着话，掌着火把去了。陈音才宽了心，一口气蹿至正南，望那三道木卡，更鼓不绝，恰是三更一点。火球照耀，刀矛整齐，所踏的树枝离大门不到二丈，果然人都集在三卡，大门处不过三五人坐在那里。一纵身上了大门的门楼上，循墙而进，蹑至第二层屋脊，虽说下面防守的人不少，却无一人瞧见。望正厅上火光照得透亮，往来巡哨的络绎不绝。望绾凤楼上仍似前两夜静悄悄的，望南的门却大大敞开。想来必是前两夜开窗踏板有了形迹，因此另设机彀。却正望着一口剑，仍是清清白白、端端正正悬在原处。到了此际，顾不得许多利害，连蹿带跃直上正厅。正待扑上桂树，眼前黑影一现，风声一响，一件兵器劈面打来。陈音急向左边一蹿，恰恰让过。那人已出声大喊道："屋上有贼！"下面声如雷轰，内外俱应。陈音见势已急，只得稳住心照应四面。那兵器又横腰扫来，陈音用手中牛耳尖刀一隔，却十分沉重，虽被隔开，一只膀臂已震得麻木，急急转身逃走。哪晓得那人蹿高的本事也不弱，紧紧追赶，赶至二层屋上，四面火光冲天，陆续有人扒上房来，有用箭射的，有揭瓦打的。陈音此时眼观四面，耳听八方，哪里敢丝毫怠慢。

火光中见追赶那人正是椒衍，手中兵器是根齐眉铁棍，一眨眼已离身不远，一根棍由背后拄来，恰恰侧面又有屋瓦飞到，陈音把身一伏，棍摔个空，只听哗喇喇一片声响，却是飞瓦碰在棍上碰得粉碎。陈音用个鲤鱼奔滩势，早蹿在大门的门楼上，见大门一带刀戟如麻，齐声呐喊："贼已到此，快快放箭！"一霎时箭似飞蝗般向上射来。陈音或拨或躲，幸喜未着一箭。焦躁道："不将椒衍退去，怎能脱身？"无奈手中的刀太短，不能得力。心中一急，计上心来，用手在囊中掏取铁弹，正待发出，只听椒衍喊道："休使暗器！"陈音一惊，私念道："他如何就会知道？"回头一看，见椒衍用棍一隔，一个金黄色的家伙噹的一隔格去数丈远。陈音趁这空里回手一铁弹，恰好打着椒衍的右眼，血光一冒，"嗳哟"一声倒在屋瓦上，一根铁棍哗喇喇从屋瓦上滚下，却听有人在下面也是"嗳哟"一声，与椒衍相应。这些人见椒衍伤了，就成了蛇无头而不行。诸伦虽在下面吆喝，瞎吵瞎闹有何用处。陈音此刻抖擞精神，铁弹蝉联而出，向前的都被打倒，在大门口放箭的也被打伤三五人，大势便乱了。陈音从箭林中一蹿到了树枝，跳跃如飞，不敢向木卡处走去，转到西面树枝尽处，早到壕边。虽远远听得人声鼎沸，眼前却无一人，蹿过壕沟，径上石桥，回头见火光蜿蜒已到壕边，更鼓早已四更。

闷闷走回，越墙进房，将门拴好，将灯点起，坐在床沿懊恨道："今夜一闹，绾凤楼是不能再去了。且今夜杀死四人，连前夜共杀六人，势必惊动官府。我的面目众人通已认得，此地亦不可住了。我离此地原是容易，只是卫老处如何回复？"越想越难过，闷闷沉沉倒在枕上，用手将枕一移，觉得有物触手，一翻身坐起来，取出一看，看官：你道是什么物件？正是陈音三次冒险、到手复失的那口盘螭剑！正不知此剑如何到了陈音枕上，只见剑鞘上夹着一张纸条，陈音取来在灯下一看，上写的是十六个字：

取真易假，释彼之疑；牤山不远，与子为期。

陈音此际倒发了呆，手握宝剑坐在床沿细细揣想，忽然醒悟道：“是了！第一夜救司马彪必是此人；第二夜趁我着靴之时将剑取去，必然亦是此人；今夜椒衍追我甚急，助我暗器的必然又是此人。但不知那口假剑又是几时悬上的嘞？哦，我上楼顶探望的时候，他就趁这个空悬上了。呀！我晚饭后窗外的人影想来还是此人。难道那时就送宝剑来吗？定因寓中人多犯眼，恐有不便，等我出去，门是虚掩的，他将剑送来枕上，一些也不错！”心中一动道：“此人这时候在我窗外也未可知。”立起身，轻轻开门出去，四围一张，连雁唳虫鸣都不听得。回房坐下道：“牤山不知在什么地方，好叫人难猜！”

只听得更鼓已转四更二点，心中一急道：“时候不早了，我明晨就要动身，不趁此时将剑送还卫老，少迟就要误事了。”在包袱中取了一锭银子带在身上，忙忙地吹灭了灯，轻轻地走出了房，将门拽好，依然走至后院，一纵上房，向北而去。不消一刻，早到了卫老屋上，侧耳一听不闻声息。轻轻落在天井里，见朝东一房灯光未灭，伏窗一听，听得卫老叹口气道：“乖孙孙睡罢，此时不来是绝望了。明日我与诸伦拼命去！”又听茜儿道：“阿公，千万不可，不要枉送了性命，丢下孙女靠着何人？总要慢慢想法才是。”陈音用手敲窗，卫老惊问道：“什么人？”陈音应一声：“是我！”随听脚步响，将门开了。陈音知卫老家中别无眷属，跨进门去，卫老见陈音手握着盘螭剑，不待开言，倒身先拜。陈音急忙扶起道：“快休如此！时候不早了，早定计较为是。”茜儿也走拢来扶起阿公，一起坐下。卫老问道：“大哥此剑是如何到手的？想来不知受了几何惊骇，费了几何力气！”陈音道：“此剑到手，另外还亏一人，我也不及细表。我劝此刻收拾动身为上，恐到明日，诸伦那厮定然发作，就有许多不便。我明日就动身的。”卫老听了，看着茜儿道：“我们此刻就动身可来得及？”茜儿道：“所有值钱的前日已经典尽了，所剩的不值什么。随身物件容易收拾。”陈音道：“如此，愈速愈妙。”公孙二人即时收拾起来，略微有几两银子放在包裹内作盘缠，宝剑卷在铺盖里。茜儿道：“隔壁干妈不必惊动了。”一听已是五更，陈音催促道：“好动身了。”卫老背了铺盖，茜儿揹了包裹，所有粗件家具一概弃了，匆匆出门。茜儿忽喊道：“阿公，北面墙上是什么影子，一晃就不见了！”卫老看不清白，兀自痴痴地张望。陈音料是送剑那人，也不提出，只催快走。随即问道：“老丈向哪里去？”卫老道：“我有妹丈在山阴，此时且到山阴栖身。”茜儿道：“陈伯伯，我太姑爹姓伊名举。陈伯伯若到山阴，务到我太姑爹处。”陈音见茜儿精细，越是喜欢，此时约走了半里之遥，卫老道：“大哥请便。”陈音道：“天尚未明，我送你几里，到了可以雇车的地方，我就放心了。”卫老知是不能推却，只得高一步低一步向前走去。走了五里，到一地方叫乔村，看看天将发晓，一行人歇在一株大树下。陈音道：“老丈，天快亮了，恕不再送。”身上取出银锭递过：“老丈在路上贴补茶水之费，沿路小心，早到山阴为妥。”卫老愕然道：“这是什么道理？萍水相逢，多蒙费心，取回宝剑已是感谢不尽，如何敢领厚赠？老汉有几两银子尽可用到山阴，大哥也是出门人，留着自用。”万不肯收。陈音执意要送。二人虽各有意思，倒弄出客套样子来了。只是茜儿立起身道：“阿公，听我说……”正是：

世路崎岖何足异，英雄意见总相同。

不知茜儿是何说法，且看下回分解。

第五回

忍辱难堪勾践随辇　衔仇图报陈音磨刀

话说陈音将盘螭剑取还卫老，送至乔村，更送银一锭，卫老决意不收，彼此推却。茜儿立起身道："阿公，听我说：我们承陈伯伯的美意取回宝剑，护送到此，因见我们一老一小，心中不忍，加赠银两，这是陈伯伯救人救彻的意思。我们若是不收，陈伯伯心中定然难过，就是我们替别人做了这样的事，也是要照此做去方才心安。天快亮了，我劝公公率性收了罢！"陈音听了，满心大悦，默说道："此女将来未可限量。我今番出力冒险真值得了！"卫老也就不再推辞，但道："老汉只得愧领大哥之恩，老汉只有图个结草相报！"言罢涕泣交流。陈音立起身嘱咐道："一路小心，我去了。"卫老随即立身道："大哥好走！"心中甚是凄惨。倒是茜儿毫无恋恋不舍之意，只说一声："陈伯伯，恕不转送了！"

陈音急急转回西鄙，越墙而进，到了房间，舒了口气道："这才了结我一桩心事了！想来他公孙此去定然平安了。"哪晓得依旧弄出事来，卫老丢了性命，茜儿受尽苦辛，后文自有交代。此时只说陈音挨至天一发晓，将包裹打好，给清店赀，出了寓所，足不停趾向吴国而去，思父心切，毫无耽延。十一月初旬到了吴国，到了盘门，一见人烟辐辏，市面繁华。正行之间，只听鞭声不绝，行路的人都纷纷向两边分开，一人说道：“大王出来了，快站向旁边去！”陈音知是吴王出来，也随人众挤在一旁。少时人声寂寂，马蹄得得，金瓜铁斧，白钺黄旄，以及豹帜龙旗、朱幡翠羽依次而过，又见香气氤氲，乐音沉细，军仗过去，方是珠围宝盖，玉辇金鞍，吴王端坐车上，气象十分尊严。忽见车前一人手执马箠低头而行，气如槁木，面似死灰。陈音心里正在疑惑，私念道：“吴王车前杂着这样一个人，是何原缘故？”恰好身边一人指着吴王车前一人说道：“那手执马箠的，就是越王勾践。”陈音一听，仔细一看，果然是越王。原来越王低头而行，加以面目改色，一时认不出，此刻认清，霎时面如喷血，连耳根通红了，不觉两脚都软，不忍再看，埋着头挤至众人背后。吴王过去时看的人议论纷纷，有叹惜越王的，有讥笑越王的，有说此时不诛勾践，将来难保不报仇的，并有说像这样人谅不能做出事来的。陈音一一听在耳里，真是刀扎心肝，油煎肺腑！

沉闷一会，慢慢地转过气来，信步行到蛇门近处，寻一寓所。小二引进房，放下包裹，洗脸吃茶不必细说。小二搬饭进来，陈音问道：“你可晓得原楚原将军么？”小二正放碗箸，倒停了手，眼望着陈音道：“你认得他吗？”陈音道：“虽不认得，却与他有点交涉。他的府第在哪里，你可晓得？”小二安好杯箸答道：“离此甚近，就在蛇门内东面，门口有‘右戎府’三字的就是。我怕你认得他哩！”说着出房去了。陈音吃过饭，见天色尚早，换了衣服，一路问人，到了蛇门向东一望，果然一座高大府第，较之诸伦庄院气象格外整肃。见府门口坐着几个彪形大汉，不敢造次，缓缓地踱来踱去，总不见父亲的面。天已不早，只得转回寓所。一宿已过，次日起来，侵早就往蛇门逡巡了一会，仍是不见。回寓用了几口饭，又往蛇门。刚到蛇门，瞥见几个人各牵一匹马由东而来，向蛇门外走，一一挨身过去。末后牵马的一人正是父亲，面目黧黑，越显老了。正待开口，陈霄早已看见，递一眼色，陈音不敢声张，远远跟随在后，一径出了蛇门，约走两里，转向西去，又一里许，到了旷野，疏疏落落有几株树木。陈霄随众放马，不时偷觑陈音，见陈音趄至南面一个土堆上，有五六株小树，隐身在那里。陈霄放了一会马，匆匆地将马系在一株树上，携了斫草的家伙向东行去。此时众人通牢牢地系好了马，也携了家伙斫草，纷纷四散，各行各路。陈霄趁众人不留意，由东转南，几步上了土堆，陈音见父亲来了，双膝一屈，伏在地上，放声痛哭，一句话也说不出。陈霄眼中扑簌簌地掉下泪，问道："我儿是几时到此？今日得见我儿一面，为父虽死也是瞑目！媳妇与孙儿可好么？"陈音挥泪答道："父亲放心，媳妇孙儿都好。父亲为何这样憔悴？"陈霄叹气道："儿呀！为父既然给人为奴，哪里还有得安闲的日子过。这是为着国家的事，为父死是应该，毫无怨恨，只望我儿努力向上，将来挣得一官半职，为国出力，替为父争一口气，方不辜负为父的苦心。儿在此万万不可露面，恐生别祸，要紧要紧！"陈音道："儿此来些须带得有点金银，一心赎父还家，不晓得吴国准赎不准赎？"陈霄道："近两日听说有许赎的话，不知真假。儿在司马衙门仔细打听就晓得了。我儿在何处栖身？"陈音道："儿在这蛇门西头鼎新客寓。转去儿就到司马衙门打听，父亲须要宽心，保……"

一句话未完，忽然一片声喊道："陈霄的马跑走了！"陈霄脸上立时变色，也不顾儿子，迸着一口气跑去。陈音不敢后跟，只得探头瞭望，远见一匹马前蹄高举，鬃毛纷披，向东跑去，一竹篱拦路，一闯而倒，内是花园，菊花满眼，大甏小盆，高下罗列，被马一冲，纷纷乱落，地上的菊花蹂躏得秋影迷离。寒香四散。惊动了园丁，上来两人左右拦截，费尽气力始行将马扣住。见一人进内去了，父亲随后追赶，三步两跌，汗气上冲，不由一阵心酸。好一会方到花园处，见父亲向扣住马那人连连作揖，那人掉头不理，父亲用手去接马勒，被那人一推，父亲一个踉跄跌倒在地，苦爬爬的站起来，见那人一手扣住马，一手指着父亲大骂，只因隔得远些，听不出骂些什么。正在心内凄楚，忽见先进去的一人出来，后面跟着五六人，一起围上，将父亲扭住，取出绳索绑在一棵树上。里面又走出一人来，身躯高大，看不清眉目，后跟四人，到了花园，一些人都垂手侍立。这人指着父亲，嘴唇略动，众人一起应声。这人仍带四人进去了。众人手中各执皮鞭，轮流上前向父亲身上乱打。此时心中哪里还按得住！几步跳下土堆向东跑去。半路里已见众人放下父亲，一个人扛在背上，一拥进去了。一个人牵着马，到草场里招呼众人，都带着马回转蛇门而去。

陈音此时把这花园周围一看，连着是一个大院落，大门朝西修得十分整齐，大约里面至少也得五六十间房，但不知是什么人的住宅。离宅一箭之地，见一老头儿弯着腰在那里剉草。急走上前去，向老头儿声喏道："老丈辛苦！"老头儿抬起头见了陈音，伸起腰来答道："什么事？"陈音指着那宅问道："请问老丈：这是什么人的住宅？"老头儿听了，瞪了陈音一眼，摇头道："大哥想来不是此地人，这住宅里的人都不晓得吗？这就是原楚原将军的别墅，日常来此。刚才一个放马的溜了缰，把花园闯坏了，原楚恰在此地，出来吩咐人将那放马的打得九死一生。这些放马的尽是越国的囚虏，由他作践，听说死得不少，也是可怜。"陈音听了，称谢一声，转身而走，老头儿依旧在那里弯腰剉草。陈音绕墙走了一遭，打定主意夜间进院相机行事。看看日已偏西，正待回寓，忽听"呀"的一声，向北的侧门大开，见两人扛着一个蒲席卷筒，上插锹锄，不觉心中突突地跳，不敢上前动问，只得远远跟着，不到一里，一片荒地杂树丛生。二人歇歇，抽出锹锄挖了一个坑，把蒲席卷筒掼下，远望着露出一双脚，套着草鞋，脚肉枯黑，认定是自己父亲，心中一痛，眼睛一黑，一跤跌在草地上，昏了过去。直到扛尸的两人掩埋好了，转来时见草地上僵卧一人。一个道："这人想是发痧倒了。"一个道："这样天气不见得是发痧，不如行了方便，叫醒他，也算是件好事。"说着用脚踢了两踢，叫道："快快起来！”陈音此刻悠悠苏醒，回过气来，狂叫了一声，睁眼见两人立在身边，一蹶站起来称谢一声。一个对着那人道：“可是好。”回头对着陈音道：“你为什么躺在此地？”陈音道：“小子在此寻人，走迷了路，一时昏晕，不知不觉地倒了，多蒙二位关念，感谢不尽。”两人也不回言，一径去了。

陈音呆立一会，对那几株杂树哑哭一场，闷闷沉沉，转回寓所，茶饭一点不进口，躺在床上泪如泉涌，只不敢哭出声。挨到天晚起来，取出一套衣服鞋袜，扎束停当，锁着房门，对寓主人道：“今夜在友人处有事不能回来，烦费心照应则个。”主人应了。陈音离寓一直出了蛇门。月钩挂天，露珠布地。急忙忙跑至坑边，四顾无人，身旁取出牛耳尖刀将土挑开，新堆之土通是松的，不一会现出蒲席，跳下坑去将蒲席拦腰抱起，挣上坑来，放在平地，将蒲席抖开，月光下一看，正是父亲，满头是血，眉青目肿，身上衣服破碎不堪，透破处血迹模糊，肉开见骨。真个肝肠碎裂，呼天抢地，不觉号啕大哭起来，直哭得宿鸟惊啼，树枝乱颤，天地失色，星月无光，泪尽血流，悲痛不止。心想将尸移埋别处恐露了眼，倒有许多不便，不如仍埋此处，再行设法搬归。慢慢地将身上的破衣撕下，血肉粘连处不敢用力去撕。心中一想道，不如寻个有水的地方洗拭干净。放下父尸，立起身来四处张望，寻来寻去，且幸靠北不远就是个溪涧，连忙跑回，抱了父尸一步步走至涧边放下，就将尸身上脱下来的破衣蘸水来洗，浑身洗得干净，血肉粘连处通收拾好，把带来的衣服取出穿上，又换了鞋袜，仍然抱回原处放下。跳下坑去，用刀连挖带掘，足足一个更次，约有六七尺深，走上坑来，四面去寻些落叶衰草，陆续抱至坑边，匀匀地铺理平整，然后将父尸轻轻放下，上面盖了蒲席，脱下的破衣卷作一团塞在身边。又痛哭一回，方将土照旧堆上。去寻了一节竹枝，插在土堆侧边，做个记号。大约已是四更天气，坐在土堆侧边，哭了又哭，伤心道：“我若不来，父亲不同我说话，马不至逃跑。马不逃跑不至闯坏花园，又何至鞭打而死！倒是你儿把父亲害了。只是原楚那厮这样横暴，我不能替父报仇，何颜立于人世！”想到此际，便觉气往上冲，提起精神来，睁目剔眉，真有一刻不能容忍的光景。只是认不清那厮的面目，心下一沉道：“事怕有心，总有窄路相逢的一日！”天将发白，向着坑磕了几个头，默祷道：“父亲阴灵不远，儿不能替父报仇，枉为人也！望父亲在暗中保佑，儿总有日来此搬取父亲回家安葬。”

祷罢起身，曲曲寻路而回。到蛇门时城门恰开，入城回寓，开了房门进去，不脱衣服睡下，直睡到午后方醒。起身来略吃了一口饭，走到街上逛来逛去，只想碰见原楚，认个清白，以便寻仇。一连十余日总不一遇，心里焦躁起来道：“似此耽延岂不把人急死！”沉闷一会，恍然道：“是我自己昏聩了，那日剉草的老头儿不是对我说过吗，原楚那厮日常到别墅去，我何不在别墅近处守候他，总容易碰见。”定了主意，便去原楚的别墅前后远远游眺，见那些放马的日日照着时限来爬山沿涧四处剉草，不得一刻闲空，触目伤心，自不必说。原来原楚这十余日受了感冒，卧病不出，所以陈音寻了多日从不一遇。这日，原楚病好了，骑了一匹骏马出了府门，带了人役一直向别墅去。陈音正在悬望，突见一个骑马的，身躯高大坐在马上，神情很像那日颐指众人的那人。心中一想是了，急急转至路旁缓步迎上，见那人生得浓眉方面，眼光凶恶，脸肉横生，一双眼直往陈音身上一起一落地盯视。陈音面不改色，垂手在一旁不动。顷刻过去，径入院中。陈音放开大步一口气奔转寓所，心中犹自乱跳。想道：“原楚那厮倒恁地厉害呀！他把眼光注定我身上，必有疑我之心，我若不快走，必为所害。今日无事总算侥幸。”果然原楚进至院中，便吩咐人役道：“我看适才在院前路旁立着那人，眉气眼光大大的，不怀好意。尔等派几个精干的出院去，不问皂白与我抓进来，待我细细地盘问他。”人役听了，便议出几个精干的，出得院来，四处寻觅，那人早不见了。试替陈音想想，真算危险！真算侥幸！陈音既然认清了原楚，勉强按着痛父的悲伤，到了夜间，带了牛耳尖刀，去到寓屋后面的溪边细细地磨。溪中水声呜咽，天上月色清凉。磨了又磨，把刀锋磨快了，又把刀尖锋铓磨好，连刀背刀柄通身磨得雪亮，在溪边扯了些乱草，把刀拭得明晃晃的，用指头在刀口试一试，真个吹毛可断，剎石立开，心中大喜，掌着刀默祷道："刀呀！我自小儿把你佩在身边，从未离开。今日望你脔割仇人的头，饱吸仇人之血，你须要替我好好出力，方不负我平日宝重你的意思！"刚刚祷毕，忽听树枝上戛然长啸，扑的一声腾起一只老枭，飞过溪那边去了，溪中的水一股风吹得波纹绉绿，浪影翻青，月色刀光，照耀得闪灼不定。正是：

急难相随唯白刃，雠仇不报岂男儿！

不知陈音如何报仇，下回自见。

第六回

勇陈音挥刀报父仇　老宁毅擎杯谈国事

话说陈音衔原楚杀父之仇，心中苦痛，溪上磨刀，磨好了藏在身边，朝夕踩探原楚行止，总不得个下手之处。光阴荏苒，早已十二月，正是“草枯鹰眼疾，霜落马蹄轻”的时候。陈音心中急痛不过。一夜，正筹划好第二日探好原楚的宿处，夜间前去行刺，就是冒险也是说不得了。挨至次日午饭后出寓，行至大街，突见人众拥挤，刀枪旗帜络绎而来，又有人驾着猎鹰，牵着猎犬，负弓挟矢，夹在中间。后面一匹大白马，鞍上驮着一人，恰是陈音横亘在胸提念在口的原楚。后面有一二十匹马，都驮得有人，簇拥过去。陈音想道：“必是城外射猎，我何不跟到城外，远远窥伺，或者有个机会也未可知。”一直跟在后面，出了胥门，径到石子山，人马一起屯住。原楚指示放火烧山，札下围场，霎时火光遍野，烟色漫空。陈音望见左面有一小山，树木蓊蓊，高与石子山相埒，相离不满三里。只因原楚凶狡，不敢由正路行去，恐露了眼，反受其害。因此拨草牵藤，藏藏躲躲地爬至小山，钻进树林去，沿山脚的地方一片平地，不过时常有人来采樵，斫了树木，剩下树桩，又夹些桠桠杈杈，颇碍行路。陈音道：“我不过要上山顶去瞭望，此地着他做甚！”东弯西转，爬上山顶，远望围场处，火熄烟消，刀枪旗帜已排列得整整齐齐。一时豺狼乱窜，狐兔齐号，遍山都是。围场中树的白旗临风挥动。一些人纵鹰嗾犬，弯弓放箭，人声嘈杂，马足纵横，兴高采烈，争先恐后，乱纷纷的，缭得眼花。骑马的东驰西突，认不清谁是原楚。陈音叹道："照此情形，今天又无望了！"坐在地上丧气垂头，闷坐一会。抬头时忽见山脚左面一人骑着马驰骤而来，大约是追赶野兽。心中一动道："莫不是原楚那厮吗？"立起身，正想奔下山来，再细看时，骑的是匹青马，且马上人的身躯也不及原楚高大，心便灰了。又眺望半晌，想来无益，重叹了一口气，懒懒地从右面曲折下山。到了山脚，瞥见一只大鹿腾踔而来，眨眼已从眼前过去，后股上中了一箭。忽听辔铃声响，急急扭过头来一看，一匹白马驮着一人，拨风似的急骤而来，一认正是原楚！急急抽出牛耳尖刀，一想那厮马快势猛，断然拦遏不住，一眼瞥见树根处有一巨石，约六七十斤，叫道："好了！"急急摇出土来，举在手中，抢一步向前，在路边一株大树后隐身，尚未站定，马已奔至前面。陈音举起石，喝声"着"，一石砸去，恰中马头，石巨手重，将马头击破，那马一声长嘶，前蹄一跪，后蹄一掀，把原楚颠下马来，倒在地下。陈音纵步上前，举起牛耳尖刀，对准原楚头颅刺去。原楚忽然腾身一跃而起，齐巧躲过，手上的弓已经落地，顺手拔出腰间宝剑。陈音第一刀刺了个空，复一刀对原楚的咽喉刺来，原楚用剑一拨，当一声响，火光乱迸，两人通吃一惊。原楚一看，认得是那日在别墅前路旁立定那人，不敢怠慢，把剑舞得滚圆，恰如蛟龙夭矫，一股白光上下旋绕。陈音的牛耳尖刀连挑带划，好似穿梭往来，闪灼不测。战到酣时，两道光芒绞作一团，两人身躯忽伸忽缩，四个脚步乍合乍离，好一场恶斗！陈音刀法虽熟，无奈尖刀太短，原楚剑长，终占便宜，若非陈音矫捷，早着原楚的手了。陈音见不能取胜，又恐后面有人追寻来反难脱身，心中一急，不敢恋战，把刀对他肋下喝声"着"，原楚横剑一隔，陈音掣回刀，趁空转身迈步而走，钻进树林。

原楚那里肯舍，大喝：“贼人休走！”跃步追来。陈音左穿右跳，十分矫便。原楚本是马上的将官，步战之时已是吃力，又在树林左追右赶，直累得浑身是汗，气喘眼花。陈音正往前蹿，忽听背后一声响，回头看时，原楚扑地倒了。急转身一跃上前，向原楚背上坐。原楚飞起右脚一蹬，想踢陈音，哪里能够着身？倒将一株拱把大小的树踢断，力真不小了。陈音左手撑着原楚的颈项尽力一按，只听原楚哼一声，手中剑就松了，陈音右手的牛耳尖刀向颈项一截，鲜血一喷，截下头来。陈音立起身，把头摔在地上，骂道：“势贼，你也有今日！”见原楚衣甲绊在一个木桩上，桠杈穿插，好像经人用手扎上似的，才晓得原楚是因此倒地。一阵牛耳尖刀把头砍得稀烂，又在身上截了几十刀，方说道：“这才出了我一口无穷恶气！”

陈音喘息一会，步出林来一望，后面无人追寻，死马倒在地上，见那脚镫黄澄澄，知是金的。又见勒口也是金的，心想道：“寓所不能回去，包裹中的金银通丢了，不如把这两件金器取作盘费。”先将金镫割下，再用刀尖去马口里一绞，挖出金勒，也割了下来。怎奈没有包袱，又将原楚身上的里衣撕下一块卷好镫勒。忽听銮铃之声络绎不断，知是有人追寻来了，掮了包裹，急急钻进树林，由原楚尸身上践踏而去。

原楚将士等寻到那里，见马死在路旁，又在树林内寻获原楚尸身，刀眼无数，头颅剁得粉碎，即时号召别路追寻的人到来，告知此事，四处捕贼，毫无影响。只得将原楚的尸首收拾，扛回城中，报奏吴王，自然有一番大搜索。鼎新寓的主人听得此事，过了几日不见陈音归来，甚是疑惑，投凭里正，扭锁进房，查点什物，包袱内黄金三十余两，白银八十余两，以外只有衣服两件，铺被一副，床角挂一皮囊，内装钩索铁弹等物。里正惊疑，研问来客情形，后由小二口中话出：“此人来时，开口就问原楚原将军的府宅，是我告了他，余者从未提起。”里正沉吟半晌道：“是了，目前原将军被人刺杀，想来就是此人了！”又蹙着眉问寓主人道：“此客是几时出去的？”寓主人道：“初九夜里出外，次日绝早回来。二十三日午后出去，至今未归。”里正跌足道：“越发是了！原将军正是二十三日被人所刺。”随附着寓主人的耳悄悄道：“你窝藏刺客，伤害长官，你这罪名可了不得。你想想！”寓主人听了，吓得面上青黄不定，呆了一会，用手悄悄地把里正衣服一扯，里正会意，一同到一僻静房里。寓主人向他咕噜了半天，里正闭了眼坐在那里，忽而点首，忽而摇头，忽而皱眉，忽而叹气。主人又向其央求了半天，将一个包裹塞在他手里，他又故作为难了一会，只说一句：“客人包袱内的怎样？”寓主人又轻轻地说了两句。里正慢慢睁开眼，先咳嗽了两声，方道：“我与你至交好友，这是天大祸事，我不替你担待些儿，如何对得住平日的交情？银钱两个字算得什么！你我大丈夫做事，还要替换生死，全凭的一副热肠，满腔血性，才算得是好汉子，银钱值个狗屁？只是我若是不收下，你又不放心，我暂时替你存着，你要用时只管来取。”又拍拍胸脯道：“此事都交在我身上，你快将客人的东西全交给我，不可少了分毫，我自替你布置，包管无事。”寓主人急忙将查点之物全行交与里正，里正解开包袱仔细看过，收好告辞。寓主人还说了多少承情不了、后报有期的话，方才分手。大约这等事，他们里正一般做公的人要蒙蔽起官府来，官府们只图省事，没一个不甘心俯首听他的，还要称赞他些“公事谙练，办公勤能”的上等考语。多少大有出入的要案都由他们上下其手，何况这点无人发觉的小事，就算冰消了。

且说陈音杀了原楚，一直向西爬山越岭，牵藤附葛而行，都走的丛林荒岭，幸未遇着一人。大约走了二十余里，离石子山已远，天色渐渐地快黑下来了，想道：“此时十二月下旬，到了夜间，全无月色，又值北风凛冽，寒气侵人，身边又无铺被，荒山之上寒气愈大，如何度夜？”四顾近处，不见一个人家，心中着实为难，便坐在一块大青石上停息，见身上斑斑点点血迹不少，一想倘若遇着人必然盘诘，许多不便。一看寒烟影里白茫茫一个水荡，我不如往水荡那里把血迹洗去，再寻个栖身的地方。立起身转下山来，到了水荡，放下包裹，将身上的盖衣脱下，一一地将血迹洗洁净，对着水光一照，脸上也有几点血痕，掬水洗过，挣身立起，忽听清磬一声，穿林度水而来。其时冷雾横山，晚烟笼树，陈音顺着磬声听去，料来相隔不远，急急跑至山腰，四下张望，见北面山坳里，树林丛中露出绀瓦，鱼鳞层叠，鸱吻高撑。迸口气向北跑去，一刻到了，果然是座庙宇，门额“太清宫”三字，只是清荡荡的，山门虚掩。陈音叫道：“可有人么？”连叫数声，方见一人，年逾五十，驼背跛脚，慢条斯理地出来，问道：“什么人，大呼小叫？”陈音向前声喏道：“失路之人，求借一宿，万望方便！”那人把陈音上下打量一回，又问道：“你姓甚名谁？是哪国人？到此何事？”陈音道：“小子陈音，越国人氏，迷道到此。”那人也不再问，只说一声：“且随我来。”进得庙去，那人关好山门，将陈音引至西廊，指着一个房道：“你就睡在此间。”陈音谢了，进房一看，倒还干净，支板作床铺草为褥。见那人已经去了，就坐在板上歇息。少顷，那人携了一盏灯，夹着一卷布被进来，陈音连忙将灯接了，那人放下布被道：“夜间寒冷把来盖身。”陈音感谢不已。那人道：“肚中想是饿了，我去与你端整茶饭来。”说罢出房，一会用大盘托了进来，摆放在一张桌上。陈音一看，一碗肉汁，一尾鱼，一盘麦粉卷子，三碟菜蔬，还有一壶酒，两双箸，两个杯。陈音甚是不安。那人将大盘倚在当壁，随即坐下，叫陈音坐了道：“大哥，你的肚子饿了，先吃几个卷子，再喝酒，我先喝酒陪你。”陈音也不客套，用了十来个卷子，随意吃点菜，已将饥焰塌下去了。只因那人如此举动，颇为疑惑，陪着喝了几杯酒，问道：“请问居士在此几年了？庙中另外有什么人？”那人此刻酒已半酣，撑着杯叹口气道：“不消问起，喝酒罢！”陈音越是疑惑，再喝几杯又问道：“寒夜无聊，居士何妨略道一二，以解岑寂？”那人又满喝了一杯，方答道：“你不是说你是越国人吗？”陈音道："正是。"那人道："越国自会稽大败，臣妾于吴，此刻不知越王在吴是何光景？越国的时势又不知是何光景？"陈音听了，触动满腔的心事，也叹口气道："越王在吴受尽屈辱，每日砍草饲马。吴王出游，越王手执马箠，步行随辇，观者任情讥笑。夫人身穿无缘之衣，汲水除粪。范大夫柴炊爨，石室相随，真是难堪！"那人听了，早噙着一包眼泪，更问道："越国近来时势嘞？"陈音道："国事是文大夫掌管，一班旧臣仍旧分任各事，均以国耻难堪，尚能实心任事。"那人听了点点头道："还好，但不知可有洗刷国耻的一日？"陈音问道："居士莫非也是我越国人吗？"那人道："何尝不是！我是甬东人氏，姓宁名毅，椒山之战我亲在行间，副将宁须是我族兄，死于伍员之手，我为右翼牙将，与伍员所部左翼相持。族兄战死，我死命抵御，手刃吴将三人，杀死吴兵不少，怎奈莫邪宝剑与那吴鸿扈稽二钩十分厉害，把我胸前筋骨划断。所以我的背至今驼了，把我左脚的腱骨戳伤，所以我的脚至今跛了。当时多亏了我部下一个步校名叫利颖，平日受我深恩，舍命把我从乱军中背出来，离了船，凫水上岸，将身上的衣甲换些银两，买药敷了伤痕，一路千辛万苦问道逃至此处。路上就听人传言，知是君王夫妇臣妾于吴。我那时一恸几绝，利颖再三劝解，自念天不祚越，受此大辱，你我都是越国的一分子民，食毛践土，世受国恩，太平之世仰赖君王抚育，无虑不周，无微不到，省刑薄敛，救灾赈荒，哪一点不是君王的仁厚？不幸否运相乘，国势衰弱，强邻压制，欺夺随心，真令人裂眦滴血，握拳透爪，恨不得以颈血相溅，出口恶气！其实这般愤激，每每偾事，不但毫无益于国计，且反使国家多受其损。只要把这国耻两字镌在心里，联络众心，筹划远计，大家在富国强兵上用一番精力，心坚气奋，艰险不辞，哪有做不到的事？！就说身不列朝位，言不入公卿，伏在草茅作几部稗官野史，吐一吐胸中的义愤，提一提国民的精神，也不枉国家有这个子民，方是郑重国耻的道理。你说是不是？"陈音听了，甚是佩服，连连点头，又接着说道:“我此时成了残废，空怀幽愤，莫遂壮心，可望天可怜我，眼睛里亲看着把国耻雪了，死在九泉也自瞑目!”不禁点点滴滴洒下泪来。陈音尤觉伤感，涕泪模糊，立起身道:“原来是上官，失敬了!”宁毅道:“快休礼套，酒冷了，且喝两杯再说。”大家喝了一会酒，吃了几样菜。陈音问道:“上官到此，难道这庙从前无人居住吗?利颖这人如何不见?”宁毅道:“此话慢讲。我观大哥气象不凡，且眉宇之间大有一种沉郁悲壮之气。何妨对我提说一二?”陈音把自己的事细细说出，宁毅一面听一面称快，听到刺杀原楚时，拍案大叫道:“快事!我要满饮一杯!”斟满酒一汲而尽。陈音说完，宁毅道:“足下既这样的忠孝，且有这般的本事，又在英年，正是分君忧雪国耻的伟器。但不知此刻的主意作何计较?”陈音道:“匆忙之际，主意尚未打定，还望上官赐教!”宁毅默然片刻，拍案叫道:“有主意了!”正是:

喜同老将联杯饮，更为英雄借箸筹。

宁毅替陈音打个什么主意，下回自有分解。

第七回

考军器楚国宝臂弓　入盗群利颖锄蟊贼

陈音此时侧耳静听，宁毅捻着几茎髭道：“战阵之事与时为变，方今列强并峙，考求战务精益求精。我国军政腐败，器械窳钝，用以制境内萑苻尚能得用，倘以国家之兴衰系于一战之胜负，此等军械只好借以壮仪表，张虚声耳！遇战辄北令人愧死！苟有深思渺虑之士能审其所短，设一奇想创一奇器，制其所长，何难称雄一世。想来一物之兴必有一制克之物，盾兴而矛艰于攻，牌出而箭失其利。只要肯专心致志，哪里有想不出的道理。不过如今的人总没有恒心，遂至别人随意创一物件，便震而惊之，缩颈挢舌，你说可笑不可笑？就是依样葫芦，学人步武，袭其貌似遇其神真，也是事事受制于人，有何用处！我替你一想，现在楚国的弩弓天下无敌，弩之所向鸟不及飞，兽不及走，楚国之强，恃此以御邻国。你何不去到楚国学习弩弓，学成回越，教习一军，吴不足灭矣！”陈音道：“听说楚国的弩弓，其中施机设枢，不肯传人，恐到楚国没一个投师处，如之奈何？”宁毅道：“大哥既然原籍楚国，到了楚国或者弄出机会来，得偿所愿，也未可知。大凡丈夫做事，只要拿定主意，振起精神，立一个做不到不止的心，总是十有九成的。”陈音甚以为然，道：“承上官指示，我而今就一心往楚国去。”喝了一杯酒，又问道：“上官且把来此的情形，何妨说个大概。”宁毅道：“我同利颖是三月间到此，此处已不是香火地方，早成了盗贼巢穴，共是七个强徒，盘踞在此，白昼杀人，黑夜放火，毫无忌惮。贼人见我已成残废，没得用了，便想杀我，因见利颖身强力猛，一心要利颖入伙。我同利颖悄地商议，若不相从，定为所害，不如暂时相附，慢慢设法剪除他。利颖便应允了。他们出去，我就留守，利疑听我计划，把这般贼人明诱智陷，陆续诛了五人，现今只剩两个，一个唤做辛都，一个唤做蒙劲，这两个比那五个尤为狡悍，今日午后带了利颖出去，说离此十余里有一富家，名叫曹渊，那人一身好本事，广有积蓄，近来新买两匹好马，十分神骏，两个贼人久想去劫掠，只畏曹渊了得，不敢冒昧。昨日打听得曹渊有事往鸠兹去，今日动身，家中不过些幼妇小孩杂役佣工，毫不足畏。动身之时我嘱利颖好生留心，善觑方便，不知可能除此两贼？大约也快回来了。倘是两贼同回，你只将灯光吹灭，不出声息，天明即去，我也不来照应你。”陈音听了奋然道：“既有贵部，小子不才，与贵部合诛此贼，谅也不难！”宁毅道：“这样也好。两贼回来，你总须吹灭了灯，免他动疑，到得下手的时候，我自来唤你。”陈音应了。

正说间，山门拍得声响，陈音叶的吹灭了灯，静悄悄坐在铺板上听候信息。宁毅点烛在手，出外开了山门，只听马蹄得得，连着人的步声一路进来，又听得关山门的声响。到了西廊停了，听得两人哝哝唧唧了一回，忽然宁毅大叫道：“甚好，甚好！只可惜蒙劲那贼逃了。陈大哥快出房来！”陈音摸出房门，到了廊沿，烛光中见一年约三十岁的人，面如削瓜，气象猛厉，一手拿根铜棒，一手牵着一匹铁青色的马，马背上驮一革囊，不知装些什么，立在那里，知是利颖。宁毅指着陈音，告利颖道：“这是我越国人陈音陈大哥，真算个忠孝汉子！”利颖把陈音一相，知是一个豪杰，挽着缰绳，恭恭敬敬作了一揖。陈音还礼不迭。宁毅道：“此处不便说话，叫利颖把马拴在后院，到东廊房里再谈。”利颖牵马去了，陈音跟着宁毅先到东廊，宁毅推开房门让陈音进去。陈音见房内虽不华丽，却十分整洁，箱笼什物堆得不少。宁毅将烛插好了道：“待我去西廊把酒菜收拾拿过来。”陈音道：“上官步履不便，且待我去。”说罢携烛到了西廊，将桌上的酒食全放在大盘内，捧过东廊。利颖已将革囊抱到房中。宁毅问利颖道：“想来你也饿了，厨下酒菜现成，快去搬来，大家吃个饱，你好把今天的事细细表说，虽不能下酒，大约总可以喷饭。”说罢一笑。利颖出房去，顷刻也是用大盘托来，摆满桌上。陈音一看，又添了一大碗焖猪肉，一只大肥鸡，一碟卷子，一碟馒头。宁毅招呼坐下，通不言语。利颖一口气喝了两大碗酒，然后将鸡肉馒头往口中乱塞，像是饿极了的光景。三人狼吞虎咽饱吃了一顿，利颖一起撤去，拭净了桌面，大家用汤漱过口，坐下吃茶。宁毅笑道：“只因此刻吃饭要紧，耽搁工夫，倘若将来有人把我们今天的事做成书，照此做去，看书人倒要急坏。闲话休题，你把今天的事说来听听。”利颖道：“今日我同二贼出去，到了曹渊庄上一打听，曹渊果然往鸠兹去了。我们见天色尚早，伏在近处树林里，挨至黄昏，计划停妥，辛都去庄外草堆上放火，我同蒙劲持械闯进，辛都后来接应。照计而行，辛都先去，一霎时哔哔剥剥，草堆上火起，烈焰腾空，黑烟乱滚，曹渊庄上的男子都拿了水桶铁钩救火去了，我同蒙劲手执器械大吼着闯进庄门，一些妇女正立在阶上望火，见了我们，吓得乱跑乱窜，好似蝴蝶纷飞，躲藏得影子俱无。我同蒙劲直扑正房，见房门紧闭，两脚踢开，冲将进去，听得床下窸窣有声，知是有人躲在那里，不去管他。蒙劲便去开箱倒笼，搜刮金珠宝玩，装入革囊，还想奸淫妇女。经我再三搁阻，说恐久延误事，方肯出房。去到马房里，只见这一匹铁青马，那一匹枣骝想是曹渊骑去了。我牵了这匹马出来，就将革囊搭在马背上，刚刚走出庄，救火的人把火救熄转来了，见了我们，齐喊有贼，又不敢向前，倒被辛都挥动钢鞭打得个鸡飞狗跳墙，也是藏躲得影子俱无。”

陈音插口道："你们闯进庄去，难道这些妇女通不叫喊一声吗？"利颖道："妇女们的胆是最小不过的，一见是强人进屋，魂也不知飞在哪里去了，就是有个把胆略壮些的，叫喊一两声，那救火之时唬唬的风声、烘烘的火声、泼水声、钩索声、更加些众人的嘈杂声，哪里还能听见。"陈音就不言了。宁毅道："后来怎么样？"利颖道："我们出了庄时，蒙劲牵着马在前，辛都紧跟马后，我又在辛都后，各执火把。一路转来，走到一个山麓边，左面逼山，右面悬崖。我在后面屡想将辛都推下岸去，恰好这匹马一只后蹄掀起来踢辛都，辛都一退，紧靠着我，我口叫一声'辛大哥当心'，暗用铜棒在辛都腰眼上一挺，脚下一扫，辛都骨碌碌地滚下崖去。蒙劲回头来问道：'怎么样？'我故意惊惊慌慌地喊道：'怎么了？怎么了？辛大哥被马踢下崖去了！'我也照着蒙劲一样向崖下张望一晌，不但听不着人声，连火把的影子一些也不见。原来此崖高有十余丈，崖底是一条小溪，溪边通是怪石嶒崚，如刀似笋，从高处跌下去不成个肉丸，总成个肉饼。我日间早看在眼里，两面通不能下去。我只得照着蒙劲叫了几声呵呵而已。"

陈音、宁毅听到此处，都哈哈地大笑了一阵。宁毅忽然道："陈大哥的包袱然何不拿过来？今夜作个竟夜之谈，不必睡了，快去拿过来！"陈音急急地去至西廊，把包袱并牛耳尖刀连布被通卷过来放下。宁毅道："陈大哥包袱硬挺挺的，什么东西？"陈音道："就是刚才对上官说道的那副金马镫同那金勒口。"宁毅道："我倒糊涂了，且放在那里，明日再说。"向利颖道："你往下讲，蒙劲那贼嘞？"利颖道："我那时仍想照样处置蒙劲，只是山径太窄，不能由马身边挤过去，心想只剩蒙贼一人，尽能对付他，心便稳了，慢慢地总有隙可乘。走过山麓，蒙贼一时内急，将马缰索递给我，便蹲在草地里出恭，铁锏握在手中，火把掼在地上，口里再三说辛大哥死得可怜，我们明日定要来寻寻他的着落。我一面答应一面想道，不趁此时下手，更待何时？用左手挽着缰索，右手举起铜棒，对着蒙贼劈头打下，叵耐那贼眼明手快，把头一偏，用锏来挡却来不及，一铜棒正打在那贼左肩窝上，蒙贼狂叫一声，连爬带滚跑进树林里去了，远远地大骂道：‘我誓不与你这负心贼甘休！想来辛都之死也是你这负心贼所为。两日不着三日着，总有死在我手里的时候！’我也不理他，夜黑林深，不敢追赶，我就跨上马背一径回来了。”陈音道：“这样看来，此贼决不肯甘休，早晚须得提防。”利颖道：“蒙贼那厮本不是我的对手，如今又伤了左肩，越发不必虑他了。”宁毅道：“蜂虿尚然有毒，祸根不除终是后患，他焉肯容易把这巢穴离开？这里许多东西又焉能舍却？”正说话间，果然听得墙外大喊道：“负心的贼，快快与我滚出来！”利颖听了，便抓了铜棒跑到前面，开了山门，大喊道：“蒙贼快来领死！不把你这一窝儿贼诛灭净尽不显我的手段！”黑影一冒，蒙劲早到庙前，挥锏便打。利颖舞动铜棒乱戳乱捣，蒙劲左肩伤重，那里招架得来，只得趁个空，一溜烟往右面逃跑，跑至转角。利颖忽然一声大喝：“贼人往哪里走？”黑暗中白光一掣，蒙劲叫声不好，把头一低，刀锋过处，挑脱裹巾，连头发削去一半，只吓得魂不附体。利颖早已赶到，蒙劲脚快，往刺斜里便跑。利颖要赶，陈音叫道：“利大哥，穷寇勿追，况在黑夜。”利颖止住脚大喊道：“蒙贼，你要是不想活命，你尽管多来几次，谅你这孤鬼游魂能做什么！”蒙劲跑进树林里，千负心贼万负心贼地骂个不了，又骂道：“你这两个负心贼，一个废物，一个饿鬼，若不是我等收留，早已填了沟堑，哪晓得是这样的狼心狗肺！”利颖还在门外骂，陈音道：“骂有何益处？进去罢。”二人转身时，又听蒙劲骂道：“你勾引党羽来占的道儿，难道我就不能邀请别人吗？你这负心贼，好好留心！”二人也不理他，进厅关门，到了东廊，对宁毅说了。宁毅蹙眉道：“蒙贼不足虑，若是真个勾结人来，倒是厉害。况且明枪易躲，暗箭难防。此人未除，须善作计较。”陈音极口称是。宁毅道：“贼赃不下二三万，我的本意把贼除尽，将来散给贫苦之人。如今此事办不及了，现在年节已近，陈大哥就过了年去，一则可以畅叙，二则防备那贼，三则缓缓想一个或行或止的善法。陈大哥以为如何？”陈音想来不错，点头应了。

谈论一会，天就大亮。用过早饭，利颖又问了陈音的事情，陈音又说一遍，利颖听了，只乐得跌脚拍掌道：“可惜这送剑的人不晓得他叫什么名字，我要遇着他那才乐嘞！”陈音道：“不但名姓不知，连面貌还不知是个什么样哩！”利颖道：“磨刀报仇，大是快事。我要在那里，替你加戳几刀也畅快畅快！”宁毅道：“我昨夜细细想来，这二三万贼赃好在都是轻便之物，容易收拾，不如此时扎束好，趁这两日悄然搬回越国，将来济我越国的贫苦，多培得本国的一分元气，也算略尽得个人的一分心思，何必在这吴国地界担惊受怕？二位以为何如？”陈音道：“好是最好，路上须加意谨慎，不可大意。”利颖把所有的积蓄通搬出来，黄的金、白的银、珠宝古玩，璀璨满目。宁毅道：“陈大哥没有碎银，此有碎银一包，带在身旁，路上方便。被盖甚多，随便拣一套带上，夜间方能御寒，皮棉衣服却也不少，可随意取几件。陈大哥的金镫勒，不如换了金锭，以免累赘。”陈音也不作假，一一收好，将金镫勒交出。直至午后方才收拾妥当。陈音去在马房，把马相了又相，头至尾八尺，背至蹄七尺，倒也神骏。相毕转至东廊，宁毅道：“今夜蒙劲那贼来不来不可知，大家总要防备，若不来时，我们明日就动身，也不在此过年节了。”陈音、利颖闻声称是。宁毅见天色不早，去到正殿，击盘烧香毕。大家吃了晚饭，且喜一夜无事，天明收拾动身。宁毅对陈音道：“大哥到楚国弩弓习成，早回越国，只在军政司处就可打听我的居址。”陈音应了。利颖将马牵出庙来，扶宁毅上马，背了包裹与陈音洒泪而别。

陈音见他二人去远，放开大步向西而行。只因离吴都太近，不敢走大路上，只拣小路行走。行路多少不计，走至天已傍晚，看前面只有一座茅屋，周围土墙，靠墙处大小不一有几十根杂树，壁缝里漏出灯光。陈音道：“我就在这人家借宿一夜，明日再走。”一直行去，到了门首，正待扣门，忽听里面有妇女哭泣之声，甚是凄惨，便停了手。想道："里面的妇女哭泣得这样，我如何好去惊动她，只不知她为着什么事如此伤心？我不免就在这屋旁边寻个地方歇宿，慢慢地去窥听，或者听出原委也不可料。"想罢，见离屋不远有一草堆，便走至草堆南面，放下包裹，轻轻将草拨一窝铺，被盖摊好，余物作了枕头。取出干粮吃饱了，正想去寻水吃，忽听妇女之声，哭喊救命。正是：

世间坑陷难填尽，夜半啼声不忍闻！

不知陈音听了作些什么举动，下回详叙。

第八回

黄泥冈陈音救弱妇　苦竹桥赵允款嘉宾

话说陈音听得哭喊救命之声，急在包裹上抽了牛耳尖刀，两步赶至那人家东面墙外，里面哭喊之声越是紧急，大有喉破声嘶之状。急急一纵步跳进墙去，一听声在南面房间，一个健步抢至房门，灯光之下，见一妇人仰卧在地，一个男子骑在身上，把妇人的上下衣服乱扯。听妇人哭喊道：“恶叔强奸嫂嫂，天雷救命呀！”陈音听了，心内火起，一步跨进房去，向男子屁股上一脚踢去，用力太猛，男子“哎呀”一声从妇人身上一扑过去。陈音赶过去，正想用脚踩在那男子背上，男子早已一蹶劣站起来，在腰间掣出一根铁锏，劈面打来。陈音眼快手快，伸手接着，将牛耳尖刀顺着铁锏削去，那男子又“哎呀”一声松了手，想寻路逃跑。陈音早已颠转他的铁锏，趁势向他胸膛一挂，那男子立不稳脚，仰面而倒。陈音用脚踏住胸膛，正要把牛耳尖力刺下，一想不可，事情未知底细，杀死了人反要遗害别人。此时地上的妇人已经爬起，整理了衣服，见外面来一大汉把叔子脚踏在地，急喊道：“好汉，不要放走他！”陈音道：“嫂嫂可寻一根绳索递我，将他绑起再说。”妇人忙在门后取了一根绳掷将过来。陈音接着，用手去擒那男子的两手，男子用右手支拒，陈音擒牢了去擒左手，倒毫不费事，一擒过来，将绳绑好两手，转过身来绑两脚，两脚乱蹬乱踢，陈音拖过铁锏在脚盖上一敲，呛一声便不动了，一齐绑好，绳索一紧，两头一凑，弄成了一把弓，卧在地下。

陈音正待跨出房门，妇人爬在地下磕头不止道："今夜若非恩公，小妇人性命必丧于此贼之手。万求恩公莫去，替小妇人做个主！"陈音道："嫂嫂请起，有话好说。"妇人又磕了几个头，方才起来，端了一个杌子安放房门口，道："恩公请坐。"陈音坐下，方看那妇人，年纪不到三十岁，生得眉目清秀，举止端庄，虽是满脸泪痕，却没得一点悍泼的样儿，只觉凄婉可怜。问道："嫂嫂到底是件什么事？地下卧着这人可是亲叔叔？"妇人正待开口，不觉触动伤心，号啕大哭起来，哭了一回，方拭了眼泪道："恩公不知：此地名黄泥冈，小妇人姓孙，今年二十五岁，丈夫姓蒙名杰，春初往楚国去了。家有一个婆婆，年纪六十二岁。"指着床上道："一个孩子，今年两岁，名叫阿桂。"指着地下绑着那人道："那贼是丈夫的叔伯兄弟，名叫蒙劲。"陈音立起身道："原来却是此贼！"举灯一照，蒙劲紧闭双眼只是哼。人道："恩公认得他吗？"陈音道："虽不认得，却晓得他的行为。嫂嫂且说今夜的事。"妇人道："恶贼近年来专与强盗结党，杀人放火，无恶不作。丈夫在家就不准进门，他也一二年从不到此。今日午刻忽然来家，小妇人吃了一惊，问他来此作甚，他说他的积蓄被人霸占了，弄得腰无一文，要到潜邑去寻个什么朋友，没有盘缠，晓得婶婶有点银两，借我一借。小妇人的婆婆道："我能有几两银子？你哥哥不在家，不知几时回来，家中用度正没法支持，哪得有来借你！'这恶贼听了，恶狠狠地去抢我婆婆的箱子，婆婆拖住不肯放手，恶贼丢了箱子，将婆婆一推，可怜婆婆年老的人，跌倒在地，箱子压在身上。恶贼就拧住箱向婆婆胸脯上拄了又拄，四无邻居，无从喊救，小妇人拼命上前，怎奈恶贼力大，一掌将小妇人打倒。小妇人爬起来时，婆婆已经呕血死了！"说着，眼泪像断线的珍珠一般。陈音一眼瞅着蒙劲，皱了皱眉，鼻子里哼了一声。妇人道："婆婆此刻尚停在西屋里，未曾收殓。恶贼扭断锁开箱搜寻，只搜得白金十余两，口口声声道'断不止此'，硬逼小妇人将所有的快快取出。小妇人此时见把婆婆殴死，同这恶贼拼命，恶贼把银子抄在怀里，说道：'此刻我有别事，夜间再来摆布你！'一直去了。小妇人此刻丈夫不在家中，儿子又小，婆婆死了，又无钱安埋，一直哭到点灯时。恶贼来了，反说出雷劈火焚的话来道：'哥哥不在家，你不如跟了我，带你去一个地方，包你终身快活。'小妇人气得要死，大骂：'你这豺狼不如的恶贼，总有天雷劈头、天火烧身的一日！'恶贼见小妇人不从，便把小妇人推倒在地，硬行强奸。幸得恩公来救，想必是恶贼的恶贯满盈了！总望恩公做主。"说罢又恸哭起来。陈音道："既然如此，这贼万不可留了！只是嫂嫂寡妇孤儿，此地也不可住。不知蒙大哥几时才回？嫂嫂可别有栖身之处？"妇人道："栖身之处只是相隔太远，在齐国的济南，是小妇人的舅父，姓赵名允，住在济南苦竹桥。小妇人孤孤单单如何走得去？"陈音道："这个地方你丈夫可晓得？"妇人道："晓得的。"陈音道："既有地方，再作商议。且把恶贼收拾了，以便办理别事。"

蒙劲此时倒告饶了道："我从今后再不敢了，饶了我罢！我以后做好人就是！"陈音笑道："你认以前不是好人还算明白，世上多少做一辈子的恶人，至死也不肯认嘞！你要饶你，你能叫你婶婶活转来，我就饶你。"妇人喊道："恩公饶他不得！"陈音也不答言，把蒙劲拖向西屋去。妇人也随后跟来。到了西屋，见床上停一死人，点了一盏灯在脚下，把蒙劲拖至床前，叫妇人道："嫂嫂可有香烛？拿来点上。"妇人进西房里取出香烛点起来，又倾了一碗酒放在床前杌子上。陈音道："我要看看你这恶贼的心肝是个什么样子？"一手撕破胸前的衣襟，牛耳尖刀向胸脯里一戮，顺手一绞，把心肝挖出来摆在杌子上。妇人哭道："婆婆！恶贼心肝在此，婆婆阴灵不远，早升天界！"陈音已将蒙劲抛至天井里，用手巾拭净了手。妇人道："恩公肚中想是饿了，小妇人且去烧饭来。”说罢去了。陈音仍还转到南房门口的杌子上坐下，细细筹划此事如何办理。心中想来想去，总难十分妥当，却又不能不走。沉吟一会道：“顾不得许多，凭心罢。”

妇人已将饭搬在正屋里安放好，请陈音吃饭。陈音蓦然想起自家的包裹，对妇人道：“我去就来。”抢行几步，蹿出墙去。妇人不敢阻拦。见陈音去了，蒙劲尸首横在地下，心中害怕起来，去至房里，看见儿子仍然沉睡未醒，就坐床沿，蓦然想起家中只自己一个年轻妇女，不觉满面发热，心中突突地跳，周身都觉软瘫了。灯影一晃，陈音已挟着包裹被盖转来了。妇人忽然醒觉道：“这人来去并不开门，都从墙头蹿进蹿出，到底是个什么人？”心中越觉害怕，见了陈音倒弄得手足无措。陈音见了，心中明白，道：“嫂嫂请放心！天地在上下，鬼神在四旁，我陈音是个戴发嚼齿抑强扶弱的男子汉，稍有亏心，天地鉴察，鬼神不容。嫂嫂请放心！”妇人听了，立时回过脸色，立起身拜道：“恩公原来姓陈，小妇人一命悬于陈恩公之手。陈恩公这般居心，真是小妇人重生的父母。”陈音道：“且吃饭去，好作筹商。”妇人引至正屋，陈音坐了，见妇人立在一旁，便说道：“嫂嫂休拘礼数，想来已是饿了，且坐下同吃，我好把我的来由对嫂嫂略说一二，也免嫂嫂心疑。”妇人也就坐下，一同吃饭。陈音把自己的事说了个大概，妇人心中一块石头方才放下。陈音道：“吃过饭将你婆婆的尸首安埋在屋后，恶贼的尸首，走时一把火烧了房屋，就灭了迹，只怕烧房屋之时惊动乡邻，倒有些不便。”妇人道：“这事休虑。陈恩公来此之时，难道不见吗？周围通无人家，谁来管账？倘是乡邻逼近，恶贼断不敢这般凶恶了。只是烧了房却如何处？”陈音道：“我送嫂嫂到济南。”妇人一听，便不言语，甚有为难之状。陈音道：“我的话说明在先：一路之上兄妹相称，就无妨碍。我包裹中颇有金银，尽可用到济南，嫂嫂请放心。”妇人倒身下拜，涕泣道：“陈恩公这样用心，我孙氏只有供奉长生禄位牌，朝夕跪祝，尽我的心！”陈音连忙起身道:“快休如此！天气不早了。”孙氏起身来，等陈音用过饭，递上一碗茶，陈音喝了。孙氏要收碗碟，陈音道:“不消了，且将你婆婆安埋好要紧。”孙氏取了两床棉被将婆婆裹好，当作棺木，寻出一把锄头，孙氏掌灯，陈音掘土，一个更次安埋好了。孙氏进房将随身用的衣物打成两小包，卷了一副被盖，余物不要了。对陈音道:“陈恩公，后面有一匹驴儿，是婆婆买来磨麦粉的，倒好骑着上路。只是陈恩公如何嘞？”陈音道:“再不要这样称呼我，我今叫嫂嫂是妹妹，妹妹就叫我做哥哥罢。我只步行，总赶得上。”孙氏道:“真正僭分了，容后再图报罢。”商议定了，天将发亮，陈音将蒙劲拖至房里，等孙氏牵出一匹黑驴，抱了阿桂先走出门，陈音一把火烧起来，草房着火，烘烘地燃起来了。背了包裹出门，等孙氏背了孩子上了驴儿，包袱被盖搭在驴背上，扬鞭而走，陈音后跟。

一路兄妹相称，往济南进发。日间分桌而食，夜间异房而居。走不多几日，眼见户户桃符，耳听声声爆竹，已是新年。逃难之人哪里还管什么年节。走了十余日，看看离济南不过百十里。那一天大雪纷纷，好似鹅毛乱滚，龙甲纷披，把那远山近树都如银装玉琢一般。朔风怒吼，湿云低垂，全身上下冷如水浇。这一匹驴儿一步一滑，孙氏在驴背上用布裙兜好阿桂，步步留心，生怕跌倒。卯时起身，行过午牌，只走得二十余里。歇下吃了午饭上路，走不到半里，陈音忽然腹痛起来，让驴儿先行，寻个僻静处出恭。一会站起，即往前赶，约走了一里地，哪里有孙氏母子的影子？连忙爬上一座土山，四围一望，只见白茫茫一片平阳，有几株老松雪中压倒，有几竿枯竹雪里横斜，远远的虽有一二处人家，都是茅屋，被雪封满，成了雪堆。这一急，不但把寒冷忘了，就是腹痛也立时好了。站了一会，忽然得了主意道:“我不免寻着驴儿的脚迹跟去，自有下落。”跳下土山，果见路上驴儿的脚迹分明，又夹些人迹，看来不止一人。情知有变，急急跟寻。不到半里，见脚迹尽处是个茅屋，一排三间，矮小得很，后面围着竹篱，一扇竹门开在那里。绕至后面由竹门进去，走到檐下一听，孙氏在屋里大嚷大哭。一个年老声慢的妇人道："狗儿，你又做出这宗事，恐天下不容你嘞！"一男子吼声道："你这老厌物，总有许多屁放！不做这宗事，活活把你这老厌物饿死！"又一男子懒声慢气道："二哥，我们商量正事，她老人家的话不要听就完了。"先前那男子道："江老爹前日不说要寻个媳妇么？我们把东西留下，把人送给江老爹，连孙儿都有了，必然重重地酬谢我们，你说好不好？"那个男子尚未回言，陈音早将包裹卸下，藏在乱草堆里，扯出牛耳尖刀，大喊一声："蟊贼，做的好事！"一脚踢开后门抢进来。一个男子先跑了，一个拖了一根木棒，一言不发对陈音打来。陈音左手接住，右手从木棒下往上一弹，"喳"的一声成了两段，对准那人小腹一刀戳去，只听"哎呀"一声，鲜血直喷倒在地上。急出门寻那一个，踪影全无，哼一声道："便宜了这狗男女！"见驴儿拴在檐柱上，孙氏此时已走出西屋，叫声："哥哥！倘若稍迟一步，妹妹的性命就没了。"陈音又到房里寻那老妇人，已在东屋里用带自勒死了。陈音道："妹妹，此地不便久停，速速上驴动身为是。"孙氏将包袱等物搭上驴背，抱了阿桂上驴。陈音已将包裹取出。上路而行，当夜寻了宿头，一夜无事，次日雪仍不止，也只走得三五十里。第三日雪霁，午前就到了济南。问到苦竹桥，孙氏下驴，见门前坐一庄汉，上前说了。庄汉认不得，转身进去，片刻跟一年约五十余岁的人出来。孙氏一见，上前称舅父，陈音一见，知是赵允，也上前声喏。赵允一起让进庄中，庄汉牵了驴儿进去。陈音见这庄内虽是耕种人家，倒也十分洁净。赵允让陈音坐在东偏房，问了姓名，递了茶，跟着孙氏进里面去了。少时出来，对着陈音深深一揖道："外甥女若不是恩公搭救，哪有性命！又蒙千里相送，真令人又感又敬！"陈音谦让了几句，立起身道："小人有要事在身，就此告别。"赵允哪里肯放？叫人杀鸡宰鸭，留住陈音，款待得十分恭敬。至晚收拾一间洁净房间让陈音睡觉。陈音连日辛苦，倒睡了一个十足。次晨起身吃过饭，定要动身。赵允再三苦留不住，只得送了二十两路费，不由陈音不收。孙氏出来，手拿一封信叫道：“恩公到了楚国，若遇见拙夫，务乞交到。但愿恩公前程万里，一路平安！”说罢洒了几点泪，将书递与赵允转付陈音。陈音收好了道：“当得留心。”辞谢了赵允便行，赵允与孙氏一同送出庄门，见陈音走远，方才进去。

陈音上了路，向楚国而走，约行十日，到了一个地方，但见洪涛滚滚，浊浪滔滔，虽是水落大气，仍是一望无涯。沿岸寻觅船只，忽见桔芦败苇中缕缕烟起，急走向前叫道：“可有船只？渡我一渡！”听得有人一连应了几声，又听推开芦蓬声、解缆收板声、咿咿呀呀摇橹声，一只小船摇出芦林，一人立在船头掌篙，一人在船后摇橹，四只眼睛望陈音。到了陈音立处，前立的一人叫道：“客人请上船。”陈音不问皂白，一步跳上船去。正是：

容里孤身须着意，世间跬步有危险。

陈音到了船上，几乎丢了性命，且听下回详解。

第九回

败晏勇大闹洪泽湖　劫昭王独霸云中岸

却说陈音在苦竹桥辞了赵允，向楚国而行，到了一个大湖叫洪泽湖，寻了一只小船过渡，跳上船去，“咚”的一声，将包裹丢到舱里。船上二人打了一个眼照，齐问道：“客人想已饿了？这洪泽湖有四五十里的水面，一时不能过去，且做饭吃了，再行开船。天色又不早，大约今晚就在船上过夜。”陈音道：“做饭吃了开船也好，出门人随便哪里好歇。”二人听了大喜。一个瘦小的跳下船系了缆索，一个黑壮的烧火做饭。瘦小的系好了缆索跳上了船，对陈音道：“客人可要喝酒？”陈音道：“喝点御寒最好。”陈音一面解了包裹，打开被盖，一把明晃晃的牛耳尖刀抖在舱板上。瘦小汉子吃了一惊，问道：“这把刀可是你自己用的？想来武艺不弱！”陈音笑道：“出门之人将来防身，讲什么武艺。”做饭的黑壮汉子道：“这洪泽湖常有水贼，抢劫客人，可要小心些！”陈音道：“三五十个蠡贼不在我眼里，来了你们不要惊慌，自有我对付他。”二人通不言语，呆望了一会。那黑壮汉子道：“这样很好，我们才放心哩！不知客人到哪里去？”陈音道：“到楚国去。”黑壮汉子道：“既往楚国去，何不搭船，直由淮河转到大江？楚国此时迁都于都，号曰新郢。至夏口转入汉水，直到新郢，岂不比旱路方便？”陈音道：“好是最好，何处有此便船？”黑壮汉子道：“这不难，离此不过五里水面，有个白云荡，时常有那长行的船，我与那些船主大半相认。吃过饭我送你去，可好么？”陈音道：“很好。”须臾饭熟搬来，大家吃了几碗，酒便忘了，收拾好。

解缆开船，慢慢摇去，傍晚已到，果见一只大船，帆橹齐备，篷窗关好，泊在那里。瘦小汉子喊道：“晏大哥，我替你送财来了！”叫了两声，后梢上钻出一个人来，年纪四十以外，颧高额阔，脸黑睛黄，微有胡须，应声道：“老三，谢你关照，今日不巧。”瘦小汉子道：“怎么说？”那人道：“船被人包了。”瘦小汉子道：“我们船上是个单身客，只有一个包裹，偌大的船，搭一个客人碍什么事！”那人还在迟疑，黑壮汉子道：“待我上去对他说说罢。”将小船挨拢去，一步跳上大船。那人道：“老大舱里去坐。”一同进去，好一会出来道：“行了。”对陈音道：“我替客人费几何辱舌！客人请过去。”陈音称谢，取出一块银子，约有五钱，递与他，二人也不争论，收了。陈音卷了被盖，掮上大船。大船上那人招呼水手在后梢寻了一个空地。陈音铺了被盖，见小船已去，倒身就睡。忽听中舱连声叫船主，船主应声后，中舱有人喝问道：“此船既经包给与我，然何又搭外人？速速撵下船去！”船主央告道：“夜黑水深，将他撵向哪里去？只求贵人暂容今夜，明日定行撵他。”中舱的人道：“一夜原不要紧，晓得是个什么人？万一是贼，做出事来，你可承担得起？总总撵去为是！”船主再三代恳，中舱的人道：“带来我看看，到底是个什么人，只经我的眼睛一看，是好是歹自不失一。”船主来叫陈音，陈音此时无法，只得随船主去到中舱，有仆役带了进去。陈音见正面坐一年约六旬的人，像个贵人模样，面圆体壮，气象倨傲。旁边一个少年，不过十五六岁，生得甚是清秀。那贵人见了陈音，瞪着眼，歪着头问道：“你是什么人？为甚这时候赴到我船上来？我看你这样儿断断不是个好人，你与我快快下船去罢！”陈音正待申诉，那贵人又道：”我的眼睛不知看过多少人，说你不是好人，决乎不错。你也用不着分辩，快快与我滚！”只气得陈音眼中火冒，鼻内烟生，一口气冲出中舱，忽听那身边的少年道：“爹爹这时候撵他，实系无处走，望爹爹且容留他过了一夜，明晨撵他，想来不见得就出坏事。”那贵人为难一会道：“你年轻人，不曾在外边经练过，哪晓得外面的厉害？稍有点不留心就要吃大亏。既是我儿替他求情，且容他过一夜罢。”又对船主道：”我将此人交给你，你要留心提防，有了错误，我只问你！”船主应了一声，同陈音到了后梢，敷衍了几句就去了。

陈音越想越气，翻来覆去，哪里睡得着。不一时人声寂静，连日辛苦的人，气过一会也就沉沉地睡着了。忽然满船大乱，人声闹嚷，睁眼看时，火光照得通红，正想跳起身，哪里能动？两手两脚通通绑好，面前站着一人，正要举刀劈下。陈音一想是了，只得哀求道：“饶我个全尸罢，死了也感激你！”那人倒停了手，把陈音提起，“扑通”一声掼下湖去。此时是正月下旬，天气寒冷得很，湖水又深，掼下去焉想活命？哪晓得陈音自小儿水内的工夫就练得十分纯熟，水内可伏得一个昼夜。陈音落到底，用口把绳头咬松，慢慢地退脱两手，再将两脚松开，迸口气向上一冒，加一劲冒出水面。听船上哀告之声，正是那个贵人，又夹着妇女啼哭之声。陈音轻轻泅到船尾，此时船上的人都在中舱，且喜船尾无人，急急把湿衣脱下，又去了袜，扭作一卷塞在舵眼里。身上只穿一条裤，无奈两手空空没有寸铁。蓦然想起上船之时，瞥见篷上插得有一把鱼叉，悄悄摸上去，且喜鱼叉尚在，抽出来捏在手中，去摸包裹被盖，哪里还有？想扑到中舱，又恐人多地窄，施展不开反而吃亏。可惜铁弹不在身边，不能远取，忽想起一个主意，摸到烧饭舱里，取了十来个碗，在舵眼里扯出湿衣，用一件将碗裹紧，余下的仍塞进去。鱼叉夹在肋下，碗包系在背上，摸到桅杆，滑溜溜爬上桅去，双脚夹紧，将碗包移至前面，大声喊叫：“救命呀！救命呀！”果然中舱有两个人钻出头来。陈音喝声：“着！”一碗飞下，听得一声“哎呀”，再一碗，又是一声，二人连声呐喊：“桅上有贼！”火光一晃，中舱拥出十余人，仰头上望，齐喊拿贼。陈音一手一碗如联珠弹一般，手不停挥，碗不虚落，只打得一个个头破血流，眼珠突出。忽见一人爬上桅杆，陈音只作不见，仍用碗打下面的人。内中一个手拿板斧的正是船主，对准一碗飞下，船主用斧一挡，碰着旁边一人，伤了额角，爬桅的人已相离不远，陈音一鱼叉当头戮下，直透脑门，那人双手来拖鱼叉，被陈音用力一提，趁势一挑，将那人“扑通”一声掼下湖去。不知那人是不是掼陈音下水的人，不必问他。船主此时急得暴跳如雷，大叫道：“且把桅杆砍倒！”有三五个未受伤的正待动手，陈音早已溜下来，大喝道：“鼠贼，怎敢害人！”鱼叉一摆，对着船主当胸便刺，船主用斧敲开，回手砍下，陈音掉转鱼叉又一拨，叉尖已至船主面门，船主头一偏，把右耳划去半个。一连几叉，杀得船主手慌脚乱，大叫众人快快动手。先时众人看得呆了，此时听得叫，大家短刀长棍围上前来。陈音不慌不忙，舞动鱼叉，忽左忽右，忽上忽下，火焰横飞，响声不绝，杀得落花流水，只剩船主一人，招架不及，虚砍一斧，回头一跳，扑下水去。陈音想下水追赶，一则夜黑难防，二则恐带伤的贼坏了船上的客人。此时带伤众贼见船主赴水逃去，一起跪在船板上叩头讨饶。陈音道：“尔等要留狗命，都去船头舱板下伏着，少时自有发落，若是动一动，就追了你的狗命！”众人喏喏连声，揭了舱板伏在下面。

陈音跨进中舱，见那贵人绑了手脚，像个捆猪模样，额角上受了伤，血流满面。那少年也绑了，倒在一边。后舱里有个人影，贴着门帘还在那里发抖。陈音到了贵人面前道：“贵人受惊了！”贵人初时被贼人细绑了手脚，只骇得魂飞魄散，口中乞命，心里发昏，后来听见有人杀贼，心中一喜，醒过来私念道：“不知是个什么样的英雄！什么样的豪杰！”叫佛叫天叫个不住。此刻对面一看，就是适才说他决乎不是好人的那人，真羞得面如血泼，头似火烧，自骂道：“我是个老杀才，老瞎狗！我的大恩公，千万不要记我老糊涂的过！”陈音只当没听见，拾了一把板刀，把鱼叉靠在一旁，走近贵人身前举起刀来，那贵人惊得面如土色，大叫：“饶命！”陈音不理，把上下的绳索割断，又将那少年的绳索挑脱。此时贵人伸手伸脚，一会儿，扑地跪在船板上，那感激涕零、糜顶捐躯、莫报高厚的官样文字，此刻倒是真而又真了。陈音连忙跪下扶起道：“贵人不必如此，折煞小人了！”此时少年也跪了，后舱的人影也出来跪了，却是个十七八岁标致女子，并有两个人从前舱板下钻出来。陈音倒吃了一惊，仔细一看，不是贼人，却是那贵人的仆役。先时贼人动手就钻进舱板下去的，此时听得清清楚楚。知道主人无事，放胆钻出来也跪了。陈音一一让起，扶贵人立定，贵人一定让陈音坐，陈音再三口称不敢，贵人倒急了，立起身道：“恩公不肯坐，我们大家仍然跪下。”说罢就要跪下去。陈音连忙拦着道：“小人坐，小人坐！”于是贵人正坐，一男一女坐在肩下，陈音对面斜签着身子坐下。两个仆役寻了茶水来送过，立在舱门口。贵人问道：“恩公尊姓大名？贵府哪里？此行何往？有何贵干？”陈音通了姓名籍贯，把投楚学弩的话说了，转问道：“贵人尊姓大名？是何贵国？如何坐了此船？”贵人道：“老夫王孙无极。”指着少年道：“小儿王孙建。”指着女子道：“小女季华。楚国人氏，右尹王孙繇于是我胞兄。昭王返国时，我曾授职宗伯。今因小儿患病，在本国百般医治总是无效。此行在齐国就医而回，由陆路到此，雇得此船，哪晓得是只贼船！适才得罪恩公，竟把好人认作贼，把贼认作好人，我这对瞎眼应该挖去才是！贼人动手时将我绑了手脚，那船主举刀待砍，小儿情急拔剑救护，怎奈年轻力弱，加以众寡不敌，格斗一会儿也被贼人绑了。”指着舱门口道：“这两个狗才不知躲在哪里，小女哭哭啼啼推开篷窗意欲赴水，贼人围拢去拦阻。正在危急，幸得恩公搭救了我一家性命。且喜恩公要到敝国，正好同路，再图报答。”陈音立起身道：“贵人不可这样称呼。倘蒙贵人携带，自愿随侍，到了贵国，诸事还望照应！”王孙无极拍着胸道：“一概在老夫身上！”又说道：“老夫有一句话相屈，务望恩公应允。”陈音道：“贵人有话尽管吩咐。”王孙无极道：“老夫一生只此一儿一女，爱如掌珍。小儿年纪虽幼，专好武事。老夫见恩公英雄，十分倾爱，叫小儿拜恩公为兄，小儿朝夕得恩公教导，老夫感谢不尽，且路上也方便些，恩公万不可推却！”陈音听了，心中暗喜，说道：“小人怎敢高攀？”王孙无极道：“这是什么话！”王孙建早已立起身来，对着陈音磕头下去，口称“哥哥”。陈音急忙跪下还礼。季华小姐也过来见了礼。陈音与王孙无极磕头，口称“老伯”。王孙无极哈哈大笑，吩咐仆役道：“从此尔等称呼大恩主，早晚要小心伺候，与小主人一般。”仆役同声应了“是”，上前叩了头。

此时大家高兴，几乎把刚才的事都忘了。王孙无极要吩咐暖酒备菜，畅饮快谈。陈音道：“待小侄把这班蟊贼开发了再行陪侍。”王孙无极道：“要紧要紧！”陈音觉得身上冷了起来，才想起身上只得一条湿裤。跳至后梢，细细地才寻着包袱，取了衣服穿好。包袱中取出牛耳尖刀，去船头上掇开舱板，叫道：“快快出来！”两个仆役掌灯照着，见这些人都是头破眼肿，共有十三人。到了中舱门口一字儿跪倒。陈音立在舱门口，在灯光之下仔细一看，见一个个身强气壮，喝问道：“好好从实直说，饶尔等的狗命，若有半句支吾，休想活命！”两个黑面汉子爬一步向前，一个道“小人王成”，指着一个道：“他叫逢魁。船主叫晏勇，武艺了得，水中本事也不弱，专在这洪泽湖劫夺客商。我与逢魁驾着小船四路招揽客商。今日招揽得王孙贵人，见他行李富足，送上大船。刚才送好汉来的两个也是一党，我们下了手，得了财，他们有份的，大约此时也快来了，这是实话，冒犯好汉，真正该死！”说罢磕头，众人也跟着磕个不了。陈音又问道：“晏勇赴水逃到哪里去，你可晓得？”王成道：“我们的党羽各处水路都有，总巢穴在楚国云中，为头的叫做洪龙，本是大商，被囊瓦勒财逼逃在云中为盗。此人生得碧眼虬髯，满身筋络暴起，两臂有千百斤气力，能在水中伏个昼夜，使两根水磨鸳鸯拐，二三百人不能近他的身，年纪不过五十。楚昭王逃难到云中，就是洪龙劫了，一个楚臣叫王孙繇于代昭王中了一戈，此刻听说做了楚国的右尹。昭王回国命斗辛在云中筑了一城，派人驻守。哪晓得洪龙的势大，守护巢穴的船只有二三百艘，四路行动，往来劫掳的不下五百只，哪里把驻守的几百老弱兵丁放在眼里！日常听得晏勇说，洪龙的意思，说江汉淮泗，羽党早经布满，俟有机会，先夺楚国江汉一带，顺流而取吴越，占了江南，再图西北，立志甚是不小。晏勇是否到那里，不得而知。”陈音正待往下盘问，忽然船头上一声大喝：“匹夫休得夸口！”嗖的一声，一个铁弹向陈音面门飞来。正是：

本来兽困犹能斗，更有袅雄不易图。

不知陈音如何对敌，下回分解。

第十回

收雍洛陈音得臂助　杀蓝滔蒙杰留爪痕

话说陈音正在盘诘群贼，忽听嗖的一声，一颗铁弹飞来，急将手中牛耳尖刀一匾，一声响，碰在船板上。接连又是一弹，陈音接在手里回手掷去，正碰着第三弹飞来，弹碰弹火花迸出，一起碰向湖中去了。陈音抢步向前，忽然脑后风声一响，知是暗器，头一低，从顶上飞了过去，只听得船头上叫声“呵唷”，“扑通”一声，那人倒下水去。陈音急回转身来，一步蹿上船篷，船尾上也是扑通连声，不见一个人影，四面一望，黑邓邓的毫无声响，倒在大船侧面一只小船如飞而去。急下篷来，船已去远。前后搜过，转到中舱，群贼见陈音霍掷腾跃如狮子一般，只吓得垂头缩颈，环跪求饶。陈音用刀指着王成、逢魁道：“你这两个贼徒，饶你不得！”二人骇慌了，把头磕得应山响。陈音哪里睬他，伸手提起王成到船头上，一刀剁了头，抛下水去。逢魁立起身要跑，陈音抓着他的背脊也提到船头，照样地剁下水。还剩十一人，真是身似筛糠，头如捣蒜。陈音笑说道：“像你这宗脓包，也配作贼！尔等既想活命，明日好好地驾舟，把贵人送到地方，自有重赏。尔等可愿？”众人连忙磕头道：“蒙好汉不杀之恩，决不敢有丝毫怠慢！”陈音道：“谅尔等颈上只有一颗头，倘有些须差池，我且把牛耳尖刀的滋味与尔等尝尝就结了。”众人齐声道：“不敢，不敢！”陈音见内中三人带伤甚重，指着道：“你三人留此无用，我放你逃生，速速去罢！”三人连连磕头，流泪哀告道：“我三人伤势已重，眼见不能活命，承蒙好汉厚恩，死在这船上也自瞑目，倘或挨得出活命来，情愿一生侍候好汉，赴汤蹈火，死也不辞！”陈音愕然道：“你三人此话可是真心？”众人都和声道：“若有假心，神天鉴察！”陈音人笑道：“很好，很好！既是这样说，通通起来，各人去将息，天明时好开船。”众人欢欢喜喜，叩头起来，陈音带进中舱，与王孙无极叩了头，方出来到后梢去歇息，说不尽许多感激的话。

王孙无极见陈音处置妥当，心中甚是喜悦，大家坐下饮酒，细谈一会，天已亮了。那带伤轻的八个人早已收拾好篷帆桨索，专等示下开船。陈音甚喜，便吩咐开船。八人一起动手，推篷打桨，齐声吆喝，却又作怪，船不行动，大家诧异。陈音忽然记起，笑道：“是了，舵眼里塞的湿衣未曾取出。快取出来就行了。”众人向舵里一看，果然一卷湿衣，取出来递与陈音。一时打桨如飞，船发如箭。陈音见这十一人心真，也放了心。王孙无极叫人取了陈音的被盖到中舱铺好，略为安歇，船由洪泽湖经淮转江。一路上陈音把己身的事详细说出，王孙无极甚是畅快，王孙建尤为倾服，赞叹不绝于口。陈音在路上日间安睡，夜里巡防，有时与十一人讲论武艺，逆江而上，转入汉水，一路无事。直到新郢，一行人收拾上岸，雇了人夫扛行李。正要动身，船上十一人一起跪倒，为首的叫做雍洛道：“一路上蒙好汉开诚相导，又指点武艺，我们通是父母所生，也晓得点忠孝廉耻，从前误入匪党，行些没王法没天良的事，此回算是死中得活，我们大家商议定了，不论如何总跟着好汉过一世，有用我们的去处，我们舍命向前，就是丢了性命，落得个好名声，总胜如作贼。好汉若是不肯收留，我们十一人通死在好汉面前，表白我们的心事！”说罢磕头，一个个流下眼泪。陈音听见，又是欢喜又是为难。王孙建在旁听了道：“哥哥收了他们罢，莫辜负了他们这片心！”陈音道：“贤弟有所不知，愚兄承老伯不弃，借着庇阴，总是仃伶一身。这十一人作哪样的安顿，将什么来留养嘞？”雍洛急说道：“好汉放心！我们早经筹商好了，现成的偌大一只船，我们只在近处趁些生意，尽可过活。只要好汉不抛弃了我们，早晚听候驱使，有一个效力处，替好汉出点力，略略有点报答，就是我们十一个人的心了。”陈音尚未开口，王孙无极听了道：“贤侄不要为难了，就收了他们罢！”陈音方才应允。十一人欢天喜地叩头起来。留两个人看守船，其余九人也帮着招呼行李进了城。

陈音见这新郢都城宫殿巍峨，市廛热闹，人烟稠密，货物丰盈，称羡道：“果然新建的都会，另有一番气象！”不一时到了王孙无极的府宅，自有府中人役收接行李，一番忙乱自不必说。王孙建陪陈音在客厅上坐，王孙无极带了季华小姐先进内宅，良久良久，有婢女出来招呼道：“夫人叫少主人陪陈小恩主到上房去。”王孙建陪了陈音走到上房，陈音见王孙无极对面坐个五十余岁的妇人，面貌十分慈善，下首坐一个二十余岁的妇人，珠围翠绕，生碍十分娇艳。王孙建先上前向年老的叩了头，再向年轻的请了安，方对陈音道：“这是母亲，这是姨娘。”陈音也向前照样地叩头请安。都立起身来还礼，年老的道：“此回多亏贤侄救了一家人性命，我们把贤侄当作亲骨肉看待，贤侄不要客套，尽管诸事随便，小儿还望教导。”又向王孙建道：“你哥哥初次到此，地方不熟，无事时可同哥哥去游玩游玩，只不可生事。”王孙建应了。王孙无极道：“你就同哥哥在东花园住，一路辛苦，去歇息罢。”陈音辞了，同王孙建出来，叫来的九个人回船去，“我无事时再到船上来。”九个人应声去了。陈音同王孙建住在东花园。王孙无极摆酒洗尘，又与陈音制办衣服，不必多赘。

陈音一心只想学习弩弓，闻说二太子章精练弩弓，教习弓队都是太子章，无奈不能近身。心中闷闷不乐。王孙建见陈音不乐，就约同出外闲逛，到了一家酒楼，叫做醉月楼，十分宽敞热闹。二人拣了座头，酒保放下杯筷，搬了酒菜来。二人慢斟闲谈，甚是快畅。见对座一人坐在那里，自斟自饮，生得削瘦、尖鼻薄嘴，鼠眼狼头。酒保去添酒上菜，说不尽那巴结的媚语。这时来了个老头儿，满脸枯黄，浑身褴褛，双眼挂泪，轻轻地走到那人身边，低声下气咕咕噜噜不知说些什么。忽听那人把桌一拍，大喝道："再休放屁！有一点不照我所说的话办到，你只当心你这几根老骨头！"那老头儿吓得倒退了一步，不敢作声。那人只顾吃酒，也不理他。老头儿为难了一会，又走近一步，先作了一个揖，忍着气复又在那里苦苦哀求，只是听不出所求何事。忽见那人把手一扬，哗喇一声，却将一碗汤泼在老头儿的头上，淋淋滴滴，碗已砸破，老头儿的额角被破碗打伤，流血不止。那人怒冲冲指着老头儿喝道："再放屁，打死你这老狗！"老头儿用衣袖揩掉头上的汤，倒弄得满脸是血，退得远远的放声大哭。此时闹动了酒楼的人，围上来观看，见了那人都不敢作声。

正巧楼梯上走上一个人来，生得面如油漆，剑眉环眼，身材七尺以外，年纪三旬以内，气象甚是勇猛，衣服却甚敝坏。见一些人围在那里，用手把人丛一分，看的人纷纷倒退，挤到里面见了光景，也不知是个什么事由，因见老头满脸是血，就走到老头儿面前问道："老头儿，什么事被人家打得这个样子？快快对我说，我替你出力！"老头儿尚未回言，那人把黑汉瞅了两眼，立起身来，哼了两声，先下楼去了。老头儿对这黑汉道："大哥，你不晓得我的苦楚！"说着又痛哭起来。黑汉道："哭有什么益处？你快说罢！"老头儿拭了泪道："老汉名叫屈永，走了那人名叫蓝滔，是我外甥，他的母亲是我的妹子。老汉今年六十七岁，住在东门外渔湾，先年家道殷实。蓝滔的父亲名叫蓝国璜，甚是忠厚，却贫苦得了不得，老汉一力关顾他，求名不成，改作商贾，都是老汉资助。又将妹子许配他，结了亲戚，就生蓝滔一人。且喜营运得法，不到五年狠狠地发了财。老汉的运气一年不如一年，也不到五年，真真的一败涂地，妇人死了，儿子已经成立，去年又死了，只剩下一个女儿名叫玉英，今年二十岁。蓝国璜在时倒凭良心随时周济，不料三年前也死了。蓝滔掌了家私，就大变了样子。老汉上他的门，动辄辱骂，还说老汉欠他家的银钱无数，受过他多少气不要说了。如今他巴结上蓝尹亹大夫，认了同宗，气焰更大了。去年十二月，他因晓得小女有几分姿色，就捏造凭据，指出证人，说老汉亲收了他五百两身价，许与做妾，硬要娶去。老汉哪里肯服，与他理论，他不由情讲，反将老汉送在巡司衙门，巡司不由分诉，昨日将老汉笞责五百板，硬断老汉将小女送给他家。小女晓得了，在家中寻死觅活，老汉无法，只得去哀求他，他那守门的又不准进去。今天打听他在此饮酒，所以赶到此地哀告，他不但不准情，反将老汉作践得这个样儿。大哥想想，老汉虽穷，总是世宦人家，焉肯将女卖人做妾？况姑表至亲，何能做此乖伦背理之事！他这样凶横，老汉父女只有拼着两条性命对付他罢了！”说罢恸哭不已。黑汉听了，气得暴跳如雷，狂吼道：“这等忘恩负义、猪狗不如的匹夫，与那样谄势欺贫、奴婢不如的赃贼，岂可容留在世害人吗？这匹夫住在什么地方？你引我去，我替你出气！”一手挽了老头儿，踉踉跄跄下楼而去。一些围着看热闹的人一哄散了。陈音对王孙建道：“这个黑汉倒是个直快侠义的汉子，怕的弄得不好，反使老头儿吃亏，本想问问黑汉的姓名，恐人多口乱，闹出事体来，连累老伯。好在老头的姓名居址通晓得了，再听信罢。”王孙建称是。又饮了几杯，会账下楼而回。

到了第二日，听得哄哄传说渔湾的蓝滔，昨夜被人窬墙而进杀了七口，粉墙上各处留下血手印，一只左手是枝指的，只盗了三百银子。渔湾的巡司夫妻二人也被杀死，仍然留下枝指血手印。这个强盗倒厉害嘞，杀了人还敢留下血印！现今渔湾挨户搜索，哪里有点影响。又听说前日被蓝滔送在巡司衙门，打了五百板的屈老头儿父女两个也不知去向了。都猜杀蓝滔与巡司的人定是屈老头儿支使的，两个人通搜寻不获，真真是桩奇事。陈音听了，心中甚是快活，对王孙建道："世间原有仗义扶危的人，可惜此人姓名不曾问得。"王孙建也甚是叹惜。这件事过了一月半月也就冷了。

陈音总想学习弩弓的机会，无奈呆呆痴想，机缘不凑，心中甚是烦闷，叹气道："我越国受吴国的压制，君王受辱，人民被欺，真有不可终日之苦！似此天不从人，淹滞楚国，不但人寿几何，转眼老大，到了精力衰颓，虽有报国之心，苦无任事之力，只好挥挥老泪，于国事丝毫无补。且恐积久成惯，人心大半苟安，为人奴隶，为人犬马，渐渐地隐忍习惯，把国仇国耻通撇在九霄云外，那还了得吗！"想到此处，不觉毛骨悚然，汗出如雨，大有坐不安席、睡不安枕的光景，甚至有时或怒或笑或骂或哭，像个发了痴的样子。王孙建不时劝解，哪里劝止得住。王孙无极夫妇也十分感叹，时时替陈音想法，时时替陈音留心。过了月余，一日王孙无极归来，对陈音叹气道："贤侄，天下竟有这等不凑巧的事，真要叫人气死！"陈音摸不着头脑，问道："老伯为着何事这样焦急？"王孙无极道："我今日去参见二太子，二太子问我到齐国的情形，我趁此把洪泽湖遇盗，盗贼如何凶狠，我家如何危急，贤侄如何英勇，仔仔细细铺张得天花乱坠。二太子听了甚是高兴，问贤侄是哪国的人，如今人在何处。我也说了。二太子听说是越国人，心中加倍喜悦。"陈音听了不明白，问道："二太子喜悦越国的人，是何缘故？"王孙无极道："你还不晓得吗？如今我楚国王妃是你越国的宗女。从前王妃生大太子启，王妃自尽了。现在王妃生二太子章，吾王十分敬重，二太子甚承宠眷，故此吾王把这弩弓的事专委于他，是二太子教习弩弓队。我想二太子既然喜欢贤侄，我就趁此把贤侄引进二太子身边，岂不是个绝好的机会？哪晓得正谈得入港，忽然闹了乱子，真要叫人气死！"陈音惊问道："却是为何？"王孙无极道："只因二太子听说郑国有一个翡翠瓶出售，高过三尺，宝气精莹，十分欣慕。

去年派人往郑国，不惜万余金买得这瓶带转来，路过云中，被云中岸的水贼洪龙劫去了，杀死十余人，逃得性命的赶回来报信。二太子听了，赫然震怒，拍案道：‘洪龙那贼，从前劫我父王，至今未曾拿获，今又劫我的翡翠瓶，真真目无王法了！那守城的人在干什么事，难道耳聋目瞎了不成？！我定然奏明父王，先把这庸懦无能尸位旷饷的狗才正法了，再起兵到云中，捣那洪贼的巢穴，擒着那贼碎尸万段，方泄我胸中之气！’我听了就对二太子奏道：‘臣在洪泽湖遇着的水贼晏勇，正是洪龙贼的党羽，若不剿除，后患甚大。’太子点首，立时就要进宫，我就辞了回来。贤侄，你说气人不气人！”陈音听了，踌躇了一回，道：“既然如此，小侄倒有个计较。”王孙无极道：“什么计较？”陈音道：“还是求老伯再去见二太子，出兵之时，小侄愿随大军同往，效一臂之力，如能拿获此贼，得二太子的欢喜，岂不是个好机会吗？”王孙无极顿脚道：“你看我真个老糊涂了，遇着这样的好机会，我竟不晓得把贤侄引进，岂不可惜！这也是我当时气昏了。还好，还好，我此刻就去！”说罢就要起身，陈音拦阻道：“老伯不必性急，二太子不知几时出宫？出宫来又要派兵选将，总有几日的忙乱，明日再去不迟。”王孙无极点头道：“贤侄这样英雄，又这样的精细，我真是喜欢你了不得！”对着王孙建道：“你将来要学你哥哥这样才好。”王孙建立起身，先应了一声是，随叫声父亲，道：“哥哥去时，儿也要去，一来替国家出点力，二来替哥哥分点劳，也不枉为人在世！”王孙无极道：“你年轻骨嫩，从未经过战阵，断断去不得！”王孙建道：“儿同哥哥相处几个月来，多蒙哥哥随时指点，遇事教导，受益不少，颇觉得胜前百倍。若说不曾经过战阵，自古的元戎大将，哪个是生出来就经过故阵的？孩儿定要同哥哥去！”王孙无极听了，同陈音商议道：“贤侄与小儿朝夕相处，小儿的本事贤侄是尽知的，贤侄看来到底去得去不得？”王孙建此时一双眼睛光溜溜地望着陈音，生怕哥哥说他去不得，心中的急切通露在满脸上。正是：

初生之犊不惧虎，至小之蚊能食牛。

不知陈音是何说法，王孙建能否同去，下回分解。

第十一回

王孙建随征云中岸　皇甫葵大战燕子矶

话说陈音要随征云中岸，借此替二太子出力，为学习弩弓地步。王孙建听了，鼓动了少年的锐气，豪杰的雄心，一心要同陈音前去。王孙无极不知道儿子近来的本事如何，到底去得去不得，问于陈音。陈音道："论贤弟近来的本事，水斗陆战俱有进步，去是尽去得的。只是贤弟年纪尚轻，老伯只有贤弟一人，云中岸地势险恶，攻取甚难，倘有疏虞，如何是好？依愚兄相劝，贤弟暂时按捺性子，历练几年。大丈夫生当乱世，只愁没有本事，何愁没有用本事的去处？"王孙无极连连点头称是。王孙建愤然作色道："这就是哥哥的不是了！"陈音愕然道："然何是愚兄的不是？"王孙无极笑道："你哥哥是一片金石良言，你倒派起他的不是来了！岂不是胡闹吗？"王孙建道："爹爹休说孩儿胡闹，哥哥时常对孩儿道，'人生一世，总以忠孝为先，任你天大的本事，若把忠孝两字亏了，不但算不得英雄豪杰，连那知君臣的蜜蜂儿、跪母乳的小羊儿都比不得。'"面对着陈音："这话可是哥哥说的？"陈音道："正是。"王孙建道："这就是了。云中岸的水贼洪龙，从前吾王出奔之时，乘危劫夺，岂不是君仇吗？洪龙那贼以戈刺王，是伯父以身代受，至今伤处尚未痊愈，岂不是父仇吗？君仇不报，如何是忠？父仇不报，如何是孝？哥哥刺杀原楚是报父仇，来楚学弩要报君仇。自己要忠要孝，如何叫小弟不忠不孝？倒要请教哥哥！”一席话说得激烈响亮，不但陈音听了心中甚是佩服，王孙无极听了也是欢喜，随对陈音道：“贤侄，你就带他去罢！倘有差误，能够忠孝两全，就是膝下无子，也是快活的。”又对王孙建道：“你此去事事要听哥哥的约束，不可任性狂为！”王孙建立起身来，答应了几声是。王孙无极道：“你们把随身用的东西收拾好，以免临时错乱。”陈音道：“此去云中岸，水战当先。求老伯唤两个好手缝工来，缝两套水靠。贤弟你还要制件短兵器，长枪大戟水里全无用处。”王孙建道：“小弟就制哥哥说的鹅毛刺罢？”陈音说好。王孙无极进内去了，王孙建心中的高兴自不必说。陈音向雍洛等十一人告知此事，雍络十一人个个踊跃，准备一切不提。

次日王孙无极见了二太子，陈奏此事，二太子允奏，着将二人带领进见。二人随王孙无极进去叩头礼毕，二太子吩咐起立，一见二人英姿卓越，气概雄豪，心中十分欢喜。先问陈音履历，陈音从从容容对得简明。二太子道：“壮士原籍楚国，越是好了。而今既入越籍，暂为客将随征，有功之日从重封赏。”陈音叩头谢恩。二太子又问王孙建几岁，王孙建奏道：“十六岁。”二太子道：“如此英年，勇于报国，甚是可嘉。暂时不加封号，到了营中再行授职。大军起行时，你二人自行投见元帅，孤这里自会嘱咐元帅看觑。到了营中好生努力，擒得洪龙转来，孤再与二位把盏贺功。”王孙无极父子也叩头谢了恩，随即辞出，回到府中。过了数日，朝命下来，斗辛为水陆大元帅，薳季高为陆路先锋，申黑为水路先锋，孙承德为参谋，武城庸为陆军接应，郤勃为水军接应，屈光督运粮草。战将百余员，水陆兵丁四万。王孙无极带了陈音、玉孙建二人去斗辛府中参见。斗辛已领了二太子的嘱咐，又见二人英勇，十分钦敬。命陈音带小船三十只为巡绰官，王孙建下愿另行授职，愿随陈音一船。斗辛允了，二人就留营中，王孙无极自回。

此时五月天气，莺飞草长，日暖风和。斗辛统带水陆人马望云中岸进发，真个旌旗整肃，盔甲鲜明。陈音与王孙建带了雍洛等，把自己的船当了座船，督率三十只小船，陆续而进。风平浪细，船稳桡轻，不多几日到了云梦城。城中驻防的将官名叫卢伯，平时也夸说些行伍的本事，到了需用时却就模模糊糊起来。驻防云中将满二年，颇有积蓄。那日传齐哨弁，正言厉色地吩咐道："诸位可晓得斗元帅领率水陆大军来剿水贼么？"众人应道："晓得。"卢伯道："诸位须知道，此回是个大差，与往常的差事不同。诸位赶紧传示下去，叫满营军士要把旌旗儿弄得齐齐的，刀枪儿磨得亮亮的，衣甲要鲜明，船只要洁净，不可一毫怠慢！还有一桩顶要紧的事：大队到时，唱名迎接要提起中气，放开喉咙，跪下去要一字儿排齐，站起来要一起立好。趁着笙箫并作，铙鼓齐鸣，何等的威风！方显得我云中城驻防的军队办公勤能，操练精熟。大帅见了，只要得他个含笑点头，你我的升官发财就不难了！这是行伍中秘密要诀，不可不知！"众人齐声应是，各人吩咐各哨准备。卢伯又亲自查看，试验几次，方放了心。不一日前队已到，卢伯一番迎接，自不必说。接着元帅到了，卢伯顶盔贯甲，挂剑负弓，迎着船头跪接，手擎红简，高声唱名，驻防的五百军士果然都听哨弁的指挥，齐齐整整一跪一起，很有步伐。元帅见了，真个含笑点头，吩咐中军官传见。卢伯听了，立起身来，凝神屏气，小步徐行，上了座船。中军官领进中舱，行了参见礼，侍立一旁。元帅命坐，卢伯打一躬道："大帅虎威在此，未将何敢僭坐！"元帅道："有话细谈，将军不必推逊。"卢伯又打一躬，方斜签着坐下，用半边屁股尖搭在几上。元帅问道："卢将军在此驻防两年，这云中岸里外的形势，贼人出没的踪迹，虚实如何，请道一二。"卢伯应了个"是"，停了好一会说道："云中岸的形势险恶得很……"就不说了。元帅问道："究竟如何险恶？将军可详细告我。"卢伯此时一张脸急得通红，哼噔一阵，却一句话也答应不出。元帅皱了皱眉，又问道："贼人的出没，将军可晓得？"卢伯踌躇半晌，对道："贼人出没，诡秘得很。"也就不说了。元帅问道："究竟如何诡秘，将军可探听得一二？"卢伯此时更急得项胀筋粗，满头滴汗，连哼哼也不能哼哼了。元帅发怒道："你这虚糜国帑、纵贼殃民、侵吞粮饷、庸懦无能的狗才！国家的武官都要像这个样儿，那还了得吗！本帅此来，奉了大王之命，拿问你这狗才！本帅恐有委屈，特传你面试面试，果然一事不知，要你这狗才何用？"说罢，看卢伯已不在椅上了，低头一看，却匍匐在船板上，捣蒜般地磕头，连连口称大帅的恩典。元帅冷笑道："像你这样卑鄙不堪的东西哪里配做官！"吩咐中军官押下去，摘了印，解回郢都问罪。中军官应了一声，卢伯知道不能挽回，又磕了两个头，方爬起来，双眼挂泪，随着中军官出去，摘印交代，不必多赘。

斗元帅派了牙将孟经驻防，申黑众将扎下水寨，薳季高、武城庸等陆军已到，扎了旱寨。陈音与王孙建等结了一个小水寨在后，不时巡绰。斗元帅传令：无论军民人等，有晓得云中岸的形势，贼人的踪迹者，许其报名进见，本帅不次拔用。次日，有云中城驻防的一个老火军王庆报名求见，斗元帅传进，赐了一个小座，问道："你是何处人？可晓得云中的形势，贼人的虚实？"王庆道："小军王庆，本地云梦人，今年五十四岁。这云中岸未被洪龙占据的时候，小军一径在里面打柴捕鱼，水道山路颇甚熟悉。云中岸离此三十五里，前十余年洪龙占据了，小军卖点零物小食，仍然不时进去。里面靠北一山，极其险峻，名叫插天岭，洪龙做了正寨，累石成城，作为第三关。当中横亘一冈，名叫卧云冈，冈的右面有一个鸦嘴滩，左面有一个铁崖，是卧云冈的两支膀臂。鸦嘴滩水面虽平，却弯弯曲曲，水里都设得有铁链暗弯，尖桩水栅，船只不谙水道万难进去。铁崖水势最陡，直向崖脚冲去，日夜奔腾，船不能到，作为二关。前面一石，靠着江边，形同燕子，名叫燕子矶，沿岸钉下木桩，船的暗道忽左忽右，不是熟手断难拢岸，作为第一关。三关的后面，石崖孤悬，下面通是流沙泥淖，不但船不能行，人也不能走到。两旁的小道都被洪龙塞断，汊港纷歧，最难认识，只有节节攻打，步步为营，方能济事。这就是云中岸的形势。”斗元帅听了，瞑目沉吟，一会又问道：“贼人的踪迹嘞？”王庆又对道：“贼首洪龙，本国汉川人，年纪五十岁，气雄力大，善使两根水磨鸳鸯拐，水中岸上俱甚了得。从前本是富商，只因小事被前任令尹勒罚了万金，还吃了许多亏，一口气不忿，约了平日结识的好汉，挈家到此，霸据称雄，江汉滩泗，党羽不知多少。第一关的守将皇甫葵生得面如蓝靛，暴眼红须，使一支点钢枪，重七十余斤，运动如飞，本事十分高强，性情却十分急躁。两员副领，一名韩夔，一名东郭煌，都是一般的骁勇，手下喽兵五千名。第二关的守将王翼，生得身材瘦小，深通水性，武艺虽不十分了得，却是足智多谋。四名勇将：一名周奎，一名王子虎，一名张信，一名游龙，一个个都有万夫不当之勇，手下军士五千名。鸦嘴滩的守将黄通理，是一员老将，年纪将近七旬，使一柄大砍刀，万人难近。铁崖的守将洪涛，是洪龙的侄儿，年纪不过二十岁，精悍矫捷，贼中号为飞虎将军，使一支方天画杆戟，运动时洒水难透。各人手下喽兵五千名。第三关正寨洪龙镇守，谋士名叫华勋，是宋国华督之后，此人诡计百出，江淮一带多布党羽，云梦地方，扼守形势，都是华勋的主谋。骁将八名：一名蓝建德，一名颜渥，一名卜崇，一名郝天宠，一名唐招，一名西门铎，一名苏飞，一名严癸，通是勇悍绝伦。副将数十员，喽兵一万，船只计五百余只，各关分派，真似铁桶一般。离燕子矶东面五里有一烂泥沟，扎下一个旱寨，守将牛辅，副将洪铸，喽兵三千名，结为犄角，以便接济。这就是云中岸的形势。”斗元帅听了，略点了点头，问道：“贼人的财用出于何地嘞？”王庆回道：“云中岸纵横二百里的地方，多出鱼虾，贼人到有事时充作兵丁，无事时捕鱼为业，出产也就不少了。插天岭一带从前都是荒地，华勋命人开垦，谷米桑麻，十分饶足，以及蔬菜果实，无一不产。贼人不过四万人，尽够吃用。还有那各处的羽党，俱有常例，不能计算，兵械旗帐明目张胆地源源运来，所过之处，谁敢盘问他一声？”斗元帅问道：“难道这云中岸纵横二百里的地方都听他的管辖吗？捕鱼的人难道就不同他争利吗？”王庆回道：“地方虽不归他管辖，洪龙这贼从不扰害附近的居民，且时常得他些好处，因此相安。只有捕鱼一事，非有云中岸的牌记，是无人敢私取一鱼，妄捞一虾的。风闻近来有一个老头儿，倒许他各处捕鱼，却只准驾一小舟，只准载人五名，不知是何缘故，未曾探听详细。”斗元帅见王庆说得有条不紊，心中甚喜道：“不想你一个火军，倒能这样的留心！暂时充作向导，有功之日从厚封赏。”王庆磕头谢恩起来，自有中军官带了下去，听候差遣。

斗元帅次日升帐，众将参见已毕，斗元帅吩咐道：“昨日听王庆说来，洪龙这贼既然这般骁杰，加以党羽众多，形势险恶，诸位须得戮力同心，固不可贪功躁进，一则误了自家的性命，二则挫了国家的锐气。若是畏葸不前，贻误军机者，本帅定行按法惩治！”众将齐声应诺。随传令命薳季高带了本部人马往烂泥沟屯扎，武城庸随后接应，只要择要扼守，不许牛辅等往来接应，便算功劳。薳季高与武城庸领令去了。又命申黑带领船只一百号，水军三千，直取燕子矶，郤勃随后接应，王庆为向导，须要小心在意，申黑等领令，督率水军直逼燕子矶，结成阵势。

此时皇甫葵正由大寨回来，把守水栅的军士报知：楚国水路先锋申黑，带了三千水军前来讨战。皇甫葵听了，立时披挂起来，令东郭煌守关，带了韩燮并小头目数名，拨船五十号，开了水栅，将船一字儿排开。皇甫葵立在船头大叫道：“楚国不怕死的，快来领死！”申黑手提金蘸斧，举眼一看，见敌将生得蓝脸红须，威风凛凛，知是皇甫葵，又见战船坚洁，兵械整齐，料来是个劲敌，便应声道：“来者想是皇甫葵？朝廷哪些薄待尔等，胆敢啸聚亡命，占据险隘，蔑视王法，扰害客商！今日大兵到此，还不悔罪投诚，乞饶狗命，反在阵前耀武扬威，少时就擒，碎尸万段，悔之晚矣！”皇甫葵呵呵大笑道：“你这般狗官，开口朝廷，闭口王法，平日剥削百姓，欺蔑公家，居心行事哪一件不比强盗还狠！手辣心毒，无恶不作，我们做强盗是朝廷的罪人，像你这般狗官又是强盗的罪人！人说强盗假仁假义，强盗尚晓得‘仁义’两个字是好的，肯去假它，像你们这般强盗不如的民贼，竟不晓得仁义是何物，假也不肯去假，反在人前装腔作势，真真是不知羞耻的蠢料！”申黑听了，气得面红颈胀，大喝道：“狂贼休得逞口，照斧！”劈头一斧砍下，皇甫葵用枪架住，喝道：“匹夫通下姓名！”申黑厉声道：“楚国斗元帅麾下，水军前部先锋申黑便是！”说罢又是一斧，横腰砍去，皇甫葵使动点钢枪，连架带刺，舞得呼呼风响，不上二十个回合，只杀得申黑力软筋酥，汗如雨滴。楚阵上的偏将涌上四人，刀枪并举，围住皇甫葵，大声喊杀。皇甫葵哪里放在心上，一支枪横遮直隔，左刺右挑，片刻之间，偏将中一人丧命，一人落水，申黑见势不好，只得虚掩一斧，拨转船头、败下阵来。皇甫葵也不追赶，哈哈大笑道：“这样不济事的脓包也要充作先锋来吓唬人！”说罢收队，闭了水栅进关。申黑见敌将不追，方放了心，慢慢地将船收拢，虽然失了两员偏将，且喜船只兵丁无甚损伤，就在离燕子矶五里地名小渡结了营寨。次日郤勃已到，二人见面，申黑诉了败阵的情形，郤勃道：“胜负兵家常事，何足介意！此时天色正早，待我前去会他一阵。”申黑道：“皇甫葵那厮真个骁勇，将军不可小觑他！”郤勃道：“难道怕他骁勇，就罢了不成吗？”说得申黑无言回答，只好催动战船，一起进发，不消一个时辰，已到了燕子矶，抵栅讨战。皇角葵得报，仍带韩夒出阵，两阵排开，郤勃挥起双鞭，直冲过去，皇甫葵正待接战，韩夒早已挺戈向前，接着厮杀，战到十余合，皇甫葵见韩夒战不下郤勃，舞枪夹攻。申黑见了，急忙挥斧抵住皇甫葵，四人绞做一团，只杀得阵云乱卷，骇浪横飞。正酣斗间，忽听叫声哎哟，扑通一声，一将跌下水去。正是：

战死沙场号雄鬼，磨砻铁戟认前朝。

不知阵亡是谁，且看下回分解。

第十二回

芦花港水擒皇甫葵　燕子矶夜战郝天宠

话说申黑、郤勃与皇甫葵、韩燮四人正在酣战，韩燮敌不过郤勃，战到三十个回合，被郤勃一鞭敲开长戈，横腰扫去，将韩燮打下水去。皇甫葵见失去了韩燮，气得暴跳如雷，撇了申黑，来战郤勃，郤勃接住厮杀，皇甫葵枪杆沉重，骤如风雨，不敢怠慢，舞动双鞭，死力抵敌，申黑挥斧，双战皇甫葵。枪影与鞭斧交飞，鼓声与波涛并作。皇甫葵越战越有精神，战到一百余合，申黑二人不得半点便宜，料难取胜，看看天色渐晚，申黑用金蘸斧架住皇甫葵的点钢枪，喝道："天色晚了，明日再来取你的首级！"皇甫葵哪里肯依？大叫道："不取你两个的头首，誓不回关！天色晚了，举火再战，逃的不是英雄！"一面说，一面抡枪穿梭般向二人刺来，二人只得拼命相斗，又战三四十个回合，便觉得支持不住了。此时两边已将灯球火把发燃，照得水面通红。正在危急之间，忽然一队船只从刺斜里如飞而来，船头一员大将，金甲绿袍，神威抖擞，面黄如蜡，吼声如雷，手使截头大刀，大叫："贼徒休得逞能，某来擒你！"申、却二人认得是督粮官屈光，心中大喜，一时精神陡长，一柄斧、一把刀、两条鞭忽上忽下，忽左忽右，围定皇甫葵。这屈光是楚国的头等上将，皇甫葵虽勇，战了半日，气力也就溜乏了，哪里当得起屈光这支生力兵？又战了三十余合，皇甫葵把枪向郤勃的咽喉一点，喝声“着”，郤勃一闪，皇甫葵趁势尽力用枪杆把申黑的斧头敲开，震得申黑两臂麻木。屈光的大刀砍下时，皇甫葵从刀口钻过，跳离船头，掉船逃去，屈光等见皇甫葵骁勇，又因地势险恶，天色黑暗，不敢穷追，只得收队，仍回小渡结寨。原来斗元帅知道皇甫葵猛勇，深恐先锋有失，命参谋孙承德同屈光前来助阵，却好战败皇甫葵，救回二将。申黑与郤勃见了孙参谋，备说皇甫葵十分骁勇，连日交战的事。孙参谋笑道：“匹夫之勇，何足道哉！三位将军辛苦了，且去安息，明日自然有计擒他。”三人谢了，各自安寝。孙参谋唤王庆近前，详细问了附近的地势。

到了次日，便令郤勃前去引战，许败不许胜，只望西面沿岸插有尖角红旗处走去，自有救应。又令申黑领战船五十只，去西面芦花港尽头处埋伏，皇甫葵到时，截住去路，用铁索将港拦断。又令屈光领战般五十只，在芦花港口埋伏，望见皇甫葵进了港口，领船截住港口，船上多备弩弓柴火，以防冲突。又令王庆领弩弓手一千名，去芦花港两岸芦苇深处埋伏，并带挠钩手二百名，趁势夺取船只。王庆领令，带同二将去了。孙参谋督率偏将另作准备。郤勃领卒战船，到了燕子矶抵栅讨战。不到一刻，皇甫葵已带领船只，开栅而出。郤勃见皇甫葵去了盔甲，头上扎的青绢包中，身穿细软短甲，脚登黄皮快靴，手仗两条虎尾铜鞭，唿哨而出。战船未曾列齐，却早直冲向前，并不言语，挥鞭便打。郤勃见皇甫葵来势凶暴，急急举鞭相迎，尽力抵敌，勉强支持了七八合，无奈皇甫葵双鞭沉重，雨骤风驰地上下不定，实实招架不住，只得败下阵，棹船而走。皇甫葵哪里肯舍？紧紧追赶。郤勃一直望尖角红旗处鼓棹如飞逃去，将皇甫葵引至芦花港，进了港口。皇甫葵大笑道：“哪怕你飞上天去！”说罢催船赶来，刚进港口，忽听一声唿哨，屈光领了战般，将港口截断。皇甫葵毫不在意，催船直进，忽见郤勃的船只四散，港尽头处申黑领着战船一字儿拦截水面，口中大叫道："皇甫葵狂贼！你今日已到绝地，插翅也难飞出，好好地卸甲投降，或者饶你一死，若是恃强不悟，稍时擒住，碎尸万段！"皇甫葵听了，也不言语，挥鞭来战申黑，鞭斧交加，狠命拼斗。郤勃招集船只围裹上来，呐喊助战。王庆伏在芦苇丛中，急忙招呼弩弓手放箭，一声梆子响，两岸箭如飞蝗船向贼船队射去，皇甫葵船上的喽兵纷纷落水。皇甫葵将双鞭舞得蚊龙腾踔一般，夹岸的箭射来，一箭也不曾着身。酣战两时之久，皇甫葵看看自己船上的喽兵死了大半，谅难取胜，只得拨船转来，想冲出港口。屈光早已将故船摆列得齐齐整整，立在船头大叫道："皇甫葵！此时还不投降，更待何时？"皇甫葵见了，知道不拼命恶战一场，断难冲出，咬紧牙关来战屈光。屈光并不接战，只命弩弓手放箭，将浇了鱼油硝磺的柴草着了火，向皇甫葵的船上抛去。片时火发，布帆橹索一起都燃，趁着风势，黑烟四塞，烈焰腾空。申黑、郤勃早已赶到，喊杀之声震动山谷。王庆也带着弩弓手，驾着小船，围将拢来。皇甫葵见所领船只烧毁殆尽，自己的船上只剩自己一人，船已横了，只得右手挥鞭，左手摇橹，冒烟突火，奋勇冲突，拦路的都被打下水去，无人敢阻皇甫葵的去路。屈光觑得亲切，见皇甫葵将次冲出重围，急取一张铁胎硬弩，搭上一支狼牙箭，对准皇甫葵的咽候射去，喝声"着"，皇甫葵正在奋力冲杀，一时人声风声火喷涛喧，哪里听得弦响，只觉得一股冷气冲到面前，知道不好，将头一偏，却中在肩窝上，弩劲镞利，直透骨里，左手立时运动不得。又见船上四处着火，只得踊身一跃跳下水去。屈光见了，正待命人下水，瞥见一只小船冲波破浪而来，船上共是四人，两个立在船头上的，早已跳下水去。屈光急忙招呼小船摇拢来。问船上的人："下水去的两人是谁？"一个面黑的应道："小人名叫鲍皋。"指着那个黄瘦的道："他叫鲁直。跳下水去的两个，一个年长的叫雍洛，一个年幼的叫王孙建。雍洛与我两人都是巡绰官陈音的部下，王孙建是王孙宗伯的令嗣，陈音结拜兄弟。今日奉命巡哨，来至港口，恰遇交战，正待上前助战，见皇甫葵赴水，因此下水追赶。”正说话间，忽然水面一开，王孙建与雍洛已把皇甫葵擒获，提出水面，鲍皋急叫道：“快提到这里来！”雍洛听了，与王孙建扛着皇甫葵踏水如平地一般，到了屈光船头，先将皇甫葵抛进船中，随即跳上。此时皇甫葵已弄得气如游丝，面如金纸，双眼紧闭，四肢不动。原来皇甫葵虽然猛勇，水性却不精习，跳水之时，不过想逃性命，却被王孙建二人不费丝毫气力将他擒获，哪里还能动弹。屈光先叫人救熄了火，对着王孙建、雍洛道：“若非二位到来，此贼势必漏网，二位之功不小！”王孙建等二人谦逊一会，仍回小船，各处巡绰去了。屈光命人将皇甫葵衣甲剥了，用牛筋粗索捆绑起来。会齐申黑、郤勃、王庆等，领率战船望小渡而回。

行不列五里，忽听战鼓雷轰，人声鼎沸，屈光催船直进，早见本营的探船迎面而来，一人手擎令箭，高叫道：“屈将军速速督率全队前去破贼！”屈光接了令箭，问交战的情形，探子道：“自屈将军们动身后，孙参谋命人在沿江一带来往梭巡，见皇甫葵追赶却将军过去，知已中计，随即着人留心贼人的探船，遇着时将贼中探子杀了，取了衣帽腰牌，扮作贼谍，去骗东郭煌从速接应。东郭煌果然倾巢而出。孙参谋带领满营偏裨伏此等候，恰好等着，正在厮杀。孙参谋有令：命申将军带队四面围裹，不准逃脱一船一人，千万要紧！屈将军同郤将军作速前去助战！”屈光听了，即使申黑照令而行，带同郤勃、王庆等杀上去。果见孙参谋正在督战。那东郭煌生得面如削瓜，使一支方天画戟，喝咤霍跃，如狂虎一般。虽然十余个偏将围住喊杀，都只是左右遮拦，并没得一人敢当其锋。屈光心中大怒，吼声道：“匹夫休得猖獗！照刀！”手挥砍刀劈头盖下，东郭煌用画戟一隔，敲在旁边，回手便刺。屈光不敢怠慢，抡刀接战，郤勃又到，双鞭并举，丁字儿厮杀，大战三十余合，东郭煌一人怎当得两员骁将，左盘右旋，没得半分儿放松，只杀得喘气呼呼，满头如汗，渐渐招架不来，被屈光觑着一个破绽，急用砍刀一卷，逼住画戟，纵一步跳过船去，轻舒猿臂，拦腰一把横提在手，掷过般来。郤勃挥起一鞭，打得脑浆迸出，死在船上，拔出腰刀割下首级。此时屈光已将贼船上的头目擒斩殆尽。偏裨众将见屈光擒了贼将，一个个勇气百倍，枪挑剑劈，如破瓜切菜一般。贼众见首将被杀，齐跪船头乞命。孙参谋急急传令不准妄杀一人，叫贼人脱了衣甲，缴了军械，一起过船听候发落。其余逃走的都被申黑四面围得水泄不通，或杀或绑，真个不曾逃脱一个。

孙参谋即时传令，命本国军士将贼人的衣甲装束起来，仍用贼人的船只，命申黑带同王庆假作东郭煌赚进水栅，得了关隘，放火为号。屈光、郤勃随后接应。又怕栅内水路不熟，误触木桩，在降兵中选了几个生得诚朴的，抚以好言，许以破关后从重录用。几个降兵得了性命，又望后日的封赏，都已齐声答应，真心效力，一个个给还衣甲，在前引导。到了水栅，大叫开栅。守栅的喽兵见是本关的船只，将栅开了。此时天色傍晚，申黑督船进栅，一路弯弯曲曲，到了关前，陆续登岸，发燃火把，见关门大开，几个贼目在关门口迎接。申黑一声暗号，大家动手，众贼措手不及，杀得半个不留。守关的喽兵见势不好，呐一声喊四下逃奔。申黑叫人寻些柴草堆积起来，放了一把火，霎时火光烛天。屈光见了，知已得手，督众急进，正待上岸，忽见正北上一队船只，火光如龙，急骤而来，转眼已到面前。火光之下，见前面两只大船上立着两员贼将，一个面如噀血，五绺长须，红袍金甲，手横两面三尖刀，认旗上斗大一个“郝”字，料是贼将郝天宠。一个面如傅粉，厚膊细腰，白袍银铠，手捻撒缨烂银枪，认旗上斗大一个“苏”字，料是贼将苏飞。齐声大喝道：”匹夫！焉敢入吾重地？”屈光知是贼兵救应，见来的两将一般的威风锐气，只因苦战一日，又饥又疲，正想入关休息，无奈贼将来得急骤，一时回避不来，只得强打精神，横刀立在船头，大喝道：“尔的巢穴已破，还敢肆口猖狂，速速退去，暂缓尔等一死！”苏飞挺枪便刺，屈光举刀相迎，枪似雪花乱落，刀如电火飞腾，大故二十余合。郤勃在旁，见屈光有些招架不及的光景，急挥双鞭上前助战。郝天宠见了，举起两面三尖刀拦住厮杀。火把齐明，喊声大作，四员骁将恰如猛虎争餐、游龙戏水一般。无奈屈光、郤勃竟日苦战，未曾片刻歇息，怎当得郝天宠、苏飞都是健将，看看要败下阵来。恰好孙参谋领了全队赶到，见屈、郤两将渐渐支持不住，急忙吩咐偏将八员，四员从左，四员从右，一起绕至贼阵后呐喊放火，搅乱贼的阵势，贼将退时休要阻挡，即速退回。八员偏将领令而去。郝天宠与苏飞正在抖擞精神奋力厮杀，忽然阵后喊声雷动，火焰冲天，霎时之间阵势大乱，恐中敌人之计，不敢恋战，急急撇了屈光、郤勃往后救应。屈光、郤勃不敢追赶，约住船只，缓缓而退。少时八员偏将已陆续退回。孙参谋即命屈光督同八员偏将就此设立水寨，不许出战，夜间小心提防劫寨。军士传餐，轮班休息。吩咐毕，带了郤勃等，命人扛着皇甫葵，到了燕子矶，申黑迎接入关，将皇甫葵囚禁起来。略为休歇，分派众将四处搜查，各守要隘，连夜申报元帅，大兵从速前进，以便大举不提。

却说郝天宠、苏飞二人退后救应，见敌将已去，扑灭了余火，休息半晌。苏飞道："军师恐燕子矶有失，才命我二人前来救援，不想头关已失，皇甫葵等不见下落，谅来凶多吉少。楚兵此时业已入关，我二人谅难夺回。依我之见，今夜去劫他的水寨，定能得胜。"郝天宠道："暂时休动。头关失了，定有逃脱的喽兵到此，问了详细，再作计较。"果然关上的逃兵络绎不绝地奔来，郝天宠唤至面前，细细地盘问。逃兵道："今日午前，皇甫头领带队出关，留东郭头领镇守。午后，东郭头领得报，说皇甫头领被围在芦花港，即时带领全队前去救援，只留几个小头目守关。黄昏时分被楚兵冒作两位头领，赚进水栅，部下军士与我们一般的装束，一时不防，被他冲进关去。几位小头目都被杀了，小的们见大势已去，只得逃来报信。"郝天宠问道："皇甫头领等的生死，你们可曾听得？"逃兵道："一些不曾晓得。"苏飞道："皇甫葵等的生死问之无益，此时且去劫了他的水寨，再作道理。"郝天宠道："孙承德那厮机谋百出，屈光匹夫力敌万人，贤弟休得任性，依愚兄之见，且将船只扼住要路，连夜申报大寨，从速添派大兵，夺回头关，方见万全。"苏飞道："哥哥之言固是，只是被他布置周密了，要想夺回，越是费手，不如趁他初到之时，尚未布置，楚兵今日大胜，必不准备，且去劫了屈光的水寨，乘势去夺头关，一个迅雷不及掩耳，有何不妙！"郝天宠再三不肯，无奈苏飞执意要去。只得命人一面申报大寨，一面整顿船只，同苏飞来劫屈光的水寨。三更以后，到了水寨，远远望去，灯火分明，细细听时，更鼓络绎。郝天宠道："我说那厮必有准备，你只是不信，不如趁早去，扼住隘口为是。"苏飞哪里肯听，忿然道："既已到此，不论他如何的准备，也要与他决个胜负！"说罢，吩咐擂鼓。鼓声大起，一声呐喊，直向屈光的水寨冲去，渐渐逼近，水寨中毫无声响，好像全不知觉的光景。郝天宠见了甚是疑惑，急向苏飞道："看此光景，屈光定有诡计，不可前进，速退为妙。"苏飞道："就是龙潭虎穴，我也要去搅他一搅！"说话未了，水寨中一声梆子响，弩箭如疾风骤雨般射来。楚国的弩箭与寻常的弓箭不同，一箭可杀三五人、七八人不等。黑夜之间，如何抵敌。苏飞正待退回。忽见右面水湾火势冲天而起，鼓声如雷，一队战船冲波而来。苏飞急欲向前迎敌，左面水泊里火光又起，鼓声相应，也是一队战船破浪而至。两面一齐大叫："休得放走贼将！"正是：

月湾映水鱼惊避，树曲如弓鸟脱逃。

不知苏飞二人如何抵敌，且看下回分解。

第十三回

受箭伤屈将军死战　凿船底老英雄解围

却说苏飞同郝天宠二人去劫屈光的水寨，忽见两路船只冲波破浪而来。苏飞的意见要与郝大宠分头迎敌，郝天宠道："屈光那厮既有准备，黑夜之间恐中他的诡计，只宜约住战船，缓缓而退，谅他也不敢追来，方为上策。"苏飞听得有理，吩咐转舵，郝天宠在前，苏飞押后，缓缓退回。楚军果然不追，两路的火光也不见了，四围的鼓声也不响了，远远望去如前静悄悄的，不过灯光几点，更柝数声而已。二人退到六七里时，停船商议，一面吩咐喽兵造饭。郝天宠道："天将发晓，我二人留此无益，不如退到二关，与王头领商个长策，夺转头关，方为稳妥。"苏飞允了。吃饱了饭，鼓棹向二关而去。

且说屈光见来船退去，吩咐军士四路紧守，不可疏忽，自己也就卸甲安息。到了次晨，孙参谋到了，迎入寨中。孙参谋道："据王庆说来，二关的守将王翼，此人足智多谋，手下的勇将不少，加以鸦嘴滩、铁崖左右犄角俱是能将，不可轻敌，且待大军到来再作计较。将军此处紧要，须加意提防，倘有疏失，关系不小。"屈光道："参谋不必过虑，谅洪龙等不过乌合之众，久羁天诛，便尔猖獗。末将今日愿督率本部直取二关，生擒王翼，捣入贼巢！"孙参谋道："将军忠勇，素所钦佩。但行兵之道，不可畏缩以偷生，亦不可躁进以取败……”屈光不待说完，急躁道：“参谋只管催取大军随后而进，末将就此前去，如有疏失，甘当军令！”随即立起身来，催取盗铠，立时披挂。孙参谋此时心中又是钦敬，又是为难，谅难阻挡，只得说道：“将军既是执意要去，定卜成功，我自命申先锋随后接应。大军一到，即时进发，将军总宜小心谨慎为是。”屈光点头应了，孙参谋辞去。吩咐陈音，拨人随后照料，陈音分派去了。屈光命军上起锚鼓棹，直取二关。此时足有十分锐气，鼓勇前进。不到两个时辰，早到了卧云冈。说也稀奇，不但不见旌旗之影，并且不闻金鼓之声，静荡荡的，真有空山不见人之象。此时屈光的锐气早去了一分，只得停了船只，自登船楼四下瞭望，哪里有点影响，真正猜测不出。此时锐气早去了二分。下得船楼，选几个精细水军，各驾小舟分两路去侦察，速来回报。水军领命分头去了。屈光立在船头，呆呆地等候，急切不见转来。此时锐气早去了三分。又停半晌，只见从西路去的小舟转来了，到了大船头，屈光急问道：“如何？”水军道：“小人驾着小舟从西绕去，约有五七里水面，都是静悄悄的。一路汊港甚多，湖草铺满四处。张望又寻不着一土人探询，只得转来回复。”屈光听了，沉闷不言。又半晌，从东路去的小舟也转来了，到了大船头，屈光急问道：”如何？”水军道：“小人驾着小舟从东绕去，约有六八里，水面都是空荡荡的，一路沙石甚杂，水势急溜，往来许久，只见一只小小渔船，船头坐一年逾六旬的老汉，注视小人目不转睛。小人正要向前探询，那渔船却斜掠过去，似箭离弦，霎时不见。只得转来回复。”屈光听了，越是沉闷，此时锐气早去了四分。呆呆地望着卧云冈，想不出一个主意，只得命军士造饭，独坐舱中暗想道：“似此情形定有诡计，不如将船约退，徐图讲取，方为妥当。”随命水军立时起锚，退五里结寨。此时锐气去了一半。军士听了，起锚驾橹，正要掉转，忽听卧云冈上鼓声如雷，眨眼之间遍山遍岭都是旗帜，乘风招展。又听四下里鼓声相应，大有山摇浪涌之势。屈光大惊，急命停橹，准备厮杀，手横大砍刀，立在船头等候敌军。好一会，始见一队战船由西面荡出，来约有二十余号，缓缓地向北棹去，好像不见敌人一般。屈光急命人上船楼瞭望，少时回报道："向北望去，湖草甚深，贼船向草丛里钻进去了，不见动静。"屈光正在惊疑，又见一队战船由东面荡出来，仍是二十余号，慢慢地向南棹去，也像不见敌人一般。屈光又命人上船楼瞭望，少时回报道："向南望去，沙碛辽阔，贼船向沙滩嘴转过去了，不知去向。"屈光此时弄得莫名其妙，进退两难，锐气直去了六分。心中忿然道："既已到此，总要与他厮杀一场，任他布下天罗地网，我也要去闯他一闯！"

随点壮丁五百名，快船二十余号，余者退五里结寨。屈光带领船只从西面向南直进，果然行了五七里，静悄悄的一个土人也不见，日影西斜，波光平泛，仍往前进。又行了五七里，还是静悄悄的。心中正在纳罕，忽听前面大声叫道："屈光向哪里去？某在此等候多时了！"屈光急抬头看时，只见靠北岸处斜排二十余号战船，船上一杆认旗，斗大一个"周"字。当中一只船头上立定一人，面黄睛暴，结束整齐，肩担长戈，威风凛凛。急命人将船掉转迎上前去，不问姓名，举刀便砍。那人挥戈接战，上上下下战了二十余合，那人虚掩一戈，掉船而去。正待追赶，又听后面叫道："屈光不必赶他，这里来，我与你战三百合！"回头看去，见一队战船由北冲出，一字儿横截湖心，船上一杆认旗，斗大一个"苏"字。屈光认得是苏飞，厉声叫道："杀不死的狂徒，焉敢犯我！"急掉回船与苏飞相拼，未来往往也战了二十余合，苏飞用枪架住屈光的刀道："日已西沉，让尔回去，明日再取尔的首级！"屈光哪里肯舍，无奈苏飞已将战船约退，依旧向北棹去。屈光意欲贤追，果然天色已黑将下来，汊港纷歧，恐有失误，只得约齐船只，徐徐退回。约行三五里，下旬天气，满天星斗，月色毫无，四望茫茫，不辨方向。心中颇怀疑虑，此时锐气已去了七分。忽然前哨报道：”湖心有船阻路，黑暗暗不见灯火，呼之无人应声。”屈光听了，急将坐船抄上前来，朦胧望去，果然约有二十余号船只顿扎湖心，声影俱无。正待命人呼唤，一声鼓角发于水上，霎时火把齐明，船上一杆认旗，斗大一个“游”字，认旗下立着一员贼将，黑面虬髯，乌盔黑甲，手提双斧，杀气腾腾，大声喝道：“屈光休想转去！快快弃刀受缚，免污吾手！”屈光大怒，挥刀便砍，那人举斧相还，反反覆覆又是二十余合。屈光早被周奎、苏飞遛乏了，见那人斧沉手快，谅难取胜，正想退下，忽然二十余号战船从汊港里唿哨而出，围裹上来，又换了一杆认旗，火光之下斗大一个“郝”字，知是郝天宠，横着三尖两刃刀，急骤向前，大叫道：“屈光匹夫已入重地，还敢猖獗吗？”举刀助战。屈光想要勉勉强强再战二十余合，实在精力困乏，万难支持。此时锐气足减了八分。没奈何，只好拼命招架，正在苦故，忽听贼人大叫道：“你的船只均被烧尽，还不投降，更待何时！”屈光听了，向北一望，果然火光烛天，人声鼎沸，知是本寨有失，又见随身的船只也是七零八落，不由心中慌乱，手一松缓，被郝天宠劈面一刀砍来，屈光叫声不好，将头一偏，额角上早已划破，血流如注，急急抖擞精神，舍死接战。贼船中一声梆子响，箭如雨点般射来，屈光纵有三头六臂也难招架，将大砍刀横挑直隔，右盘右旋，任尔手脚溜滑，左肩窝里中了一箭，直透骨里，左手立时无力，又被游龙一斧敲开砍刀，当胸一斧砍来，屈光虽穿重甲，斧刀过沉，甲裂胸伤，鲜血喷出。屈光知难脱身，大叫道：“今日是我尽忠之日了！”此时锐气直减去了九分。

正待横过刀锋自刎，忽听贼船上一片声嚷道：“坐船舱里通进水了，快快靠岸！”霎时之间纷纷向西岸移去。屈光见了十分诧异，随带船只冲回原路，船也不见一只，人也不见一个，又见所带壮丁只剩一半，大半受伤，所带船只虽是全数，多半毁坏。心中忿恨，顿足道：“我一时负气，不听参谋之言，以至于此，有何面目去见参谋？不如死的干净！”嗖的一声，腰间拔出宝剑，向咽喉抹去。忽然船头侧面水中冒出两人，一纵上船，倒把屈光大吃一惊。两人抢步向前，齐声道：“将军快休如此！”屈光定睛一看，方认得是水擒皇甫葵的王孙建、雍洛。问道：“二位何得到此？”王孙建正要申说，雍洛道：“且休讲话！屈将军伤势过重，必须收拾才好。”王孙建看时，果然胸脯上鲜血模糊，左肩窝里一支箭深入骨里，心中甚是难过。屈光此时十分锐气变作十分疼痛了。雍洛命人将盔甲解脱，取盆水来，用净巾揩去血迹，裂下一片旗角把胸膛束好，又在舱板上铺好被褥，嘱屈光睡下，双手去拔箭，说道：“将军且忍痛楚。”屈光笑应道：“死且不惧，忍痛何难！”雍洛用力一拔，倒将箭杆拔断，箭镞仍在骨里，分毫未动。王孙建及左右军士无不失色，屈光却神色如常。又见雍洛蹲了下去，用口衔着箭簇，用劲把头一扬，嘶的一声，把箭簇咬脱，肩窝里血流不止。雍洛起身，也将净巾揩去血迹，用旗布把肩窝扎好。问道：“将军身体如何？”屈光早挣起身来应道：“虽觉有点疼痛，无大妨碍。”众人无不叹服。

大家坐定，王孙建方说道：“我二人擒了皇甫葵之后，不分昼夜四围巡绰。今晚黄昏后，奉了陈巡官分拨，驾只小船悄悄往卧云冈左近哨探，听得喊杀之声，知是将军与贼人交战，本想向前助阵，自量船小人单，无能为力。远远望见将军被围，心中好不焦急。依小将的意思要舍死冲进重围，是雍大哥拦住道：‘徒死无益，还须想个急法方妙。’正在愁苦，忽然来了一只渔船，船上共有五人，一个老汉坐在船头，凑近前来低声问道：‘船上的四人可是楚将？’我们倒不敢作声。那老汉道：“老汉并无歹意，快休瞒我，我有话讲！’我们见他人也不多，想来惧他作甚？应声道：‘我们正是。有何话说？’那老汉道：‘既是楚将，你国屈将军身陷重围，死在转眼，不去救援，在此何益？’我们听他说话很有意思，答道：“正在此无法可设。’老汉笑道：‘你四人既来巡绰，水性谅来精通，可随老汉来。’说罢一腾身钻下水去，声息毫无。他的船上又有三人陆续下水。我二人命鲍皋、鲁直守船，也跟着下水。老汉在前，我等在后，到了交阵处，老汉在腰间皮袋里取出钻锤凿破贼人船底，我二人恍然大悟，也用随身军器向几只大船底乱凿乱挖。那老汉甚是矫捷，领着三人，半晌功夫凿漏了贼船十余只，我二人也挖破了三五只。听得上面声嚷：'将船撑到岸去。'正要约同那老汉上船，与将军见面，早已一人不见了，心中好不诧异！"屈光急问道："二位可问他的名姓？"王孙建道："慌忙之际，哪有功夫问他的名姓。"屈光也十分叹惜。王孙建又道："我二人因寻那老汉，耽搁片刻，将军的船也离远了，急急赶来，幸得将军未曾下手，稍迟便误大事！"屈光叹道："现在身受重伤，死何足惜！贼人如此猖獗，不知何日方能扫除！"

正在说话，忽听汉港里鼓声大作，冲出一队战船横截去路，却是周奎、苏飞由汉港抄出，齐声高叫道："屈光匹夫！尔的巢穴已毁，还不投降，求免一死！"屈光听了，双眉倒竖，切齿有声，立起身索取衣甲。王孙建二人拦住道："将军身负重伤，只宜休息，我二人不才，愿退敌军！"屈光只是不听，经左右的人再三劝止。王孙建取了一支画戟，雍洛取了一柄大砍刀，扎束停当，各到一个船头上，大喝道："鼠辈偶然得志，便尔狂妄！着家伙！"王孙建战住苏飞，雍洛战住周奎。火把高举，战鼓齐鸣。屈光立在舱口见王孙建手腕灵活，一支戟如苍龙戏水，丹凤翔林，私念道："此子倒有这般武艺，将来未可限量！吾国又添一员健将。"又见雍洛的大砍刀也是运动如法，十分叹羡。无奈周、苏二贼手段强硬，只杀得个平手，死战不退。正在焦躁，忽见从北面来了一队战船，如流星赶月般急骤而来。声势甚猛。屈光骇然道："再添敌兵，吾命休矣！"一转眼，战船已到，火光之下，见认旗上是个"申"字，方晓得是申黑的援兵到了，满心大快。申黑挥斧冲入贼队，直劈横砍，势如猛虎，贼兵纷纷退去。王孙建、雍洛见有救兵，精神陡长，一支戟、一柄刀风驰雨骤。周、苏二贼见阵势已乱，又见敌将猛勇，只得唿哨一声向两面退去。申黑还要赶杀，屈光高叫道："申将军不必追赶，屈某在此！"申黑方才把船队约住，跨上屈光的船头，见了屈光模样，知受重伤，说道："救援来迟，致伤将军，心实惶愧！"屈光笑道："将军上阵，不死带伤，何足介意！"王孙建、雍洛又来相见。屈光道："此时不暇细谈，你二位可去寻着鲍皋、鲁直回营。申将军在此助我，誓复一败之仇！"申黑道："临行之时参谋敦嘱道：将军胜了，须择扼要地方扎营，徐图进取。将军若败，务必从速转去，守护燕子矶水寨，以防他变。千叮万嘱，深恐将军违拗致误大事。"王孙建二人也从旁苦劝。屈光此时虽不气馁，也觉得带伤过重，万难力战，只得应了。王孙建二人辞去。屈光与申黑带领船只折回，一路上始将被围遇救、受伤自刎的情形详细告知。申黑十分叹息。不到两个时辰，早到了水寨，却是火影全无，一人不见。屈光惊问道："难道我去了，水寨就撤了不成？"申黑也吃惊道："我动身之时，参谋是派郤勃替将军镇守，为甚此时人影俱无？好令人难猜！"屈光道："我留此地，将军且到关上探看转来再议。"申黑应了。船靠了岸，申黑叫人牵过马，带了十名军健，匆匆上岸而去。屈光独卧舱中纳闷。不过半个时辰，随申黑上岸的一个军健急急跳上船来，直进中舱，气急败坏地道："启禀将军，大事不好了！"屈光这一惊也足有十分。正是：

未泄出十分锐气，转吃了一番大惊。

欲知后事，且看下回。

第十四回

偃月塘屈采报兄仇　飞云渡洪涛施神勇

却说屈光大败而回，独卧舱中纳闷，忽然随申黑上岸的军健回报道：“大事不好了！”大吃一惊，一蹶劣挣起身来，急问道：“何事不好？”军健回道：“小人随申将军上岸，约行三里，到了高阜，听得鼓声大作，遥望关上火焰冲天。申将军顿足道：‘关上必然有失！’急命小人转报将军，火速带兵前往。”屈光听了，心中一急，眼前一黑，胸脯窝疮口齐裂，哇的一声，吐出一口鲜血，倒在舱板。左右大骇，上前看时，早已咬牙关，面如黄蘖，突然大叫一声：“气死我也！”须臾气绝。

可怜赤胆忠心将，
化作黄泉异路人！

左右见屈光死了，惊得手足无措，面面相觑，只有流泪而已。倒是军健略有主意，对左右道：“屈将军已死，留此无益。此处离烂泥沟不远，且将船只移向烂泥沟近处，报知蘧将军，再定计较。”左右听了有理，用锦被将屈光的尸身盖好，急急开船向烂泥沟而去。

原来屈光被围之时，既郤勃战败之际。只因苏飞、郝天宠折回二关，对王翼说了备细，王翼道："头关即失，皇甫葵等谅来凶多吉少，明日必有楚兵到此。"既命周奎、游龙、苏飞、郝天宠四人四面埋伏，以待敌军。果然杀败屈光。又命王子虎、张信绕到燕子矶，先破他的水寨，破寨之后，如此如此，头关可复。王子虎、张信受计而行，到了水寨鼓噪而进，郤勃却未防备，被他冲进。片时水寨大乱，郤勃披挂不及，抢鞭在手，向前抵敌。怎奈王子虎、张信十分凶猛，张信用力逼住郤勃的双鞭，王子虎觑得真切，举起铁锏当头劈下，正打着郤勃的右肩，立时握鞭不牢，掉在船板，只将左手的鞭来支隔，被张信一刀撇开，纵过船头，拦腰一把提起来，掷过本船，贼兵用绳索绑了。楚兵见主将被擒，纷纷上岸逃走。王子虎、张信令人将死楚兵的衣甲剥下百十套，把与贼兵穿好，就用孙参谋赚关之计，照样做去。百十余名喽兵依计而行，一拥上岸，赶着楚兵混在里面，一齐向头关跑去。到了关门，一起乱嚷道："水寨被贼人破了，却将军已被擒去。速速开关，救我们的性命！"守关的牙将听了，不敢做主，急急报与孙参谋。孙参谋听说，急上城楼，命人用火把往下一照，果然通是楚兵，叫关的声音一阵紧似一阵。抬头往后一看，却不见有贼兵追赶，心中略一踌躇，便对逃兵道："黑夜之间难分真假，且喜贼兵尚远，尔等可向山径僻处暂躲一夜，明晨进关不迟。"一起楚兵皱着眉头哀恳，一起楚兵挺着颈项乱闹。孙参谋越发疑心，大声喝道："不到明晨决不开关！尔等速去！"说罢急下城楼，传集牙将等从速布置一切。传命众军饱餐，准备抵御攻关。城垛上竹木礌石备得十足。不到一个时辰，果然贼兵咆哮而来，火势冲天，鼓声震地。王子虎、张信挥兵一拥而上，即有数十架云梯向城垛靠来。哪晓得贼兵一松手，云梯通共倒了。王、张二人心中疑骇，不知是何缘故。原来孙参谋早防他云梯攻城，用些粗竹巨木支在垛口外，参差不齐，云梯如何依靠得稳。王、张二人见云梯无用，命人多用火箭射上关去，垛口上却擎起竹排，沿城一带的房屋早用水浇过，火箭射上去，一起都熄了掉下来。关上转将滚木礌石向贼兵多处打下，打死贼兵不少。王、张二人弄得无计可施，又不敢逼城攻打，相持两时之久，毫无半点便宜。看看天将发晓，孙参谋目不交睫，四面巡视，一点不敢疏虞。忽然贼队扰乱，晨光中见申黑挥斧而前，王子虎接住厮杀，约战十余合，张信上前夹攻，申黑看看抵敌不住，瞥见西面火光闪灼而来，势甚急骤。少时一队人马早到关前，当先一员大将，紫袍金甲，手挺方天画戟，恶狠狠闯进贼阵。贼兵当之辄糜。王子虎让张信战住申黑，提起铁锏拍马向前，那将舞动画戟，呼呼有声，杀得王子虎骨软筋酥，满头是汗。张信见了想去助战，申黑哪肯放松，双斧一起一落，势如风雨。王、张二人只有招架之功，并无回击之力。孙参谋此时看得清晰，见阵中一杆认旗，斗大一个“薳”字，知是薳季高到了，心中大喜。即派四员牙将，各带三百人，从东西两门出去助战。亲自在城楼上援桴擂鼓。楚兵见薳季高得胜，一个个奋勇当先，只杀得贼兵东逃西窜，人头如瓜滚，鲜血似水流。王、张二人见大势已败，不敢恋战，一起退走，奔至水寨上了船只，押着郤勃转回卧云冈去了。

孙参谋见贼兵退尽，大开关门迎接，薳季高连忙下马，同申黑走进关中，一同步行，到了帐中坐下。孙参谋对着薳季高道：“若非将军相救，此关断然难保。”薳季高道：“末将因屈粮官的部下将屈粮官的尸身载至烂泥沟……”孙参谋急问道：“怎么，屈粮官死了吗？”薳季高将屈光成败气死的情形一一对孙参谋说了。孙参谋痛哭道：“屈粮官忠勇性成，遇战当先，今日身亡，楚国失一股肱，不才折一膊臂矣！”说罢，号啕不止。薳季高与申黑也是泪流满面。孙参谋急命人去烂泥沟迎取屈光的尸身。忽又想郤勃，急问左右道：“水寨失守，可知郤将军的下落？”申黑道：“末将到水寨时，人影俱无，甚是疑惑。水寨的逃兵难道一个都不曾到关吗？”孙参谋道：“我真是糊涂了，逃兵到关口，称水寨打破，郤将军被擒。我因恐中贼人的诡计，不敢开关，此时天已发晓，大约逃兵也快进关了。”须臾水翼逃兵纷纷投进关中。孙参谋命人点名归伍，幸无贼人混在里面。唤两个来问了详细，果然郤勃被擒。大哭道：“只因屈粮官一时气愤，致失大将二员，我将何颜会见元帅！”蘧季高与申黑竭力劝解道：“胜败兵家常事，俟大兵到来，谅此小寇，难逃天诛！”孙参谋默默无言。左右搬上酒饭，大家胡乱用些，暂时安息，孙参谋倒在床上，翻来覆去，哪里睡得着。忽然坐起道：“如此如此，可复此仇。”午后屈光的尸身已到，一番的哭奠不必细说，香汤沐浴，棺殓停妥，就葬在关外。

不一时探子报道：“元帅的大队已到关下。”孙参谋等出关迎接，斗元帅进关，立了帅府。众将参见毕，孙参谋将以上的情形一一禀知。斗元帅听说屈光战死，郤勃被擒，只气得长髯飘动，虎目圆睁，愤然道：“擒尽狂贼碎尸万段，方泄我胸中之恨！”孙参谋献计道：“不才想得一计在此，如此如此，可复此仇。”斗元帅听了，点头称善，拔了一支令箭去传陈音。少时陈音进府参见，元帅吩咐道：“明日如此如此，速去准备。”陈音领令，正要退出，斗元帅问道：“王孙建等可曾回寨？”陈音答道：“今晨已经回寨了。”斗元帅道：“二人替屈粮官解围，力敌贼兵，忠勇可嘉。照此努力，本帅自有重赏。”陈音鞠躬道：“为国效力，分所当为，何敢望赏！”说罢禀辞出府，自回船上准备。

到了次日，孙参谋写了一封书，命人去到卧云冈投递。书中所说，要将皇甫葵调换郤勃，大家在飞云渡会齐对换。王翼见了书，批了准字，付与来人去了。对众人道：“孙承德来书，将皇甫葵来换郤勃，倒无折便宜之处，只怕他另有诡计，不可不防。”众人称是。王翼唤过周奎吩咐道：“周头领领战船二十号，押了郤勃去飞云渡对换皇甫葵。对换之后，他若没有动作，头领也不必妄动；他若来冲杀，只须略战数合便向绿杨湾退去，我自有接应。”又唤过游龙吩咐道：“游头领领二十号战船，去绿杨湾埋伏，让楚兵追了过去，截住他的归路，周头领转身夹攻，定可获胜。”又唤过王子虎吩咐道：“王头领领二十号战船，去飞云渡左近埋伏，他既敢冲阵，后面必有接应。且等楚兵追赶周头领之后，他的接应兵必起，便截住厮杀。”又唤过郝天宠吩咐道：“郝头领领二十号战船，也去飞云渡侧近埋伏。见王头领与楚兵接战不必相助，领战船向北而去，作出打燕子矶之势。如另有接应兵，此时必起，可截住厮杀。若无另起接应兵，前路楚兵必退，郝头领与王头领两面夹攻，何患不胜！”又唤过苏飞吩咐道：“孙承德因屈光败死，郤勃被擒，心中愤恨，必尽起燕子矶的全队拼命而来，燕子矶必然空虚。苏头领带二十号战船到燕子矶，四面纵火烧关，若元大将镇守，军心必乱，头关可复。”又唤过张信吩咐道：“张头领领二十号战船，随苏头领进发，在燕子矶水路埋伏，楚兵败回锐气已失，拦住厮杀，楚兵必败，可乘胜夺回头关。”六员贼将称赞道：“王头领有此谋略，哪怕楚兵百万！”王翼摇首道：“孙承德那厮机诈百出，我虽然这般调遣，终有点放心不下。”又唤过两员副头领吩咐道：“二位可分路去鸦嘴滩、铁崖两处，报知黄洪二将军：一面紧守汛地，一面来飞云渡近处救应一切。”又命一员副头领去烂泥沟报知洪涛：趁蘧季高不在，作速出战，我自紧守此关，谅来无大妨碍。六员头领和三员副领各领命而去不提。

且说楚营下书的人回转燕子矶，将回批呈上。斗元帅即时升座，唤过屈采密嘱道：“如此如此。”这屈采是屈光之弟，武艺不在乃兄之下，性如烈火。屈光死了，屡次哭讨令箭，要去报仇。斗元帅与孙参谋极力劝止。此刻得了将令，摩拳擦掌，带着王庆而去。又唤过成允密嘱道：“如此如此。”又唤过斗荡密嘱道：“如此如此。”又唤过养子敬密瞩道：“如此如此。”又唤过公子申密嘱道：”如此如此。”又唤过斗必胜密嘱道：“如此如此，”又唤过公子成英、梁邱密嘱道：“如此如此。”又唤过蘧季高密嘱道：“速转烂泥沟，如此如此。”九员大将各受密计而去。斗元帅督同申黑守护燕子矶，另作准备。孙参谋带了一队战船相机策应。安排已定，一夜无话。到了次日，屈采押了皇甫葵，带了战舰，直到飞云渡。周奎早到，列齐船只，立在船头大喝道：“我皇甫头领何在？速速献上，还你的郤勃！”屈采命人将皇甫葵带至船头，大喝道：“还我却将军来！”周奎也将郤勃带出。两面都是去了衣甲，赤着身体，剪着两手。周奎道：“各放小船一只，当中对换。”屈采应了，两边俱用小船荡至适中之地，两船相接，郤勃、皇甫葵互跳过船。楚兵催桨归阵。贼兵荡桨转去，将近大船，忽然水面起两个漩涡，冒出两个人来，扳着般边用力一撙，喝声“下去！”立时船翻，皇甫葵与荡船的通落水中。周奎见了大骇，霎时之间，水面上泛出血色，见两个人各提一个头首，从水面上走到楚阵，如履平地。骇异一阵，不觉勃然大怒道：“匹夫焉敢欺人！”顿忘了王翼的吩咐。挺戈直上，来战屈采。屈采挺枪相迎，略战数合，掩一枪便退。周奎哪里肯舍，鼓棹追来。屈采弯弯曲曲引到一个所在，四面都是芦苇，屈采停了船，笑叫道：“这里来，与你战三百合！”周奎一看是偃月塘，蓦然醒悟道：“不好了！”一句话未完，成允带了一队战舰截去归路，横矛大叫道：“周奎！留下头颅让尔归去！”周奎到此没法，只得抖擞精神，与二人厮杀。怎奈两将都异常骁勇，略一松手，被屈采一枪挑入左肋，倒在船头，血流如注。成允跳过船去，拔出宝剑，割了头颅，提在手中，厉声喝道：“敢动者以周奎为例！”贼兵吓得胆战心惊，齐跪船板上乞降。屈采要一起洗杀，替兄报仇。成允附着耳说了几句，屈采方才依允，问了贼兵的口供，叫贼兵穿了楚兵的衣甲，楚兵穿了贼兵的衣甲。对陈音附耳道：“如此如此。”陈音领计，带了假楚兵，屈采、成允带了假贼兵，屈采，成允在前，陈音在后，向绿杨湾而去。游龙正在扬头扬脑地张望，忽见周奎的认旗过去，后面楚兵紧接而来，认旗上一个“屈”字，一个“成”字。游龙急将战船横截出来，举斧便砍。陈音假意跌下水去，可怜一些贼兵仓促之间不能分诉，只杀得头颅乱滚，鲜血长流。屈采、成允早折转船头，逼将拢来。游龙见了急来船头问话。屈采觑准咽喉，一矛刺去，刺个正着，游龙叫也不曾叫一声跌下水去，谅来不能活了。贼兵弄得糊糊涂涂，哪里还敢厮杀！识水性的凫水而逃，不识水性的只好伸颈挨刀。屈采倒杀得畅快，洗戮净尽，伸了一口气道："此刻方出了我十分的怨气！"成允道："我们快到卧云冈要紧。"陈音上船扮作周奎，带了假贼兵在前，屈采、成允带了楚兵在后，离了绿湾直向卧云冈而去。

却说斗荡带了一队战舰，来至飞云渡不远，果见二十号贼船，林认旗上是个"王"字，一直棹来，大叫道："认得王将军否？"斗荡大笑道："区区小丑，何足道哉！"王子虎大怒，舞起铁锏向斗荡劈来。斗荡舞动泼风刀急忙相架。双锏似流星赶月，大刀如滚雪飞花，酣战四十五个回合，正在相持不下，郝天宠领了二十号战船掠阵而过，大叫道："尔的巢穴尚且不保，还敢在此恃蛮！"说罢催船向北棹去。养子敬舰队恰到，拦住去路，手执长锋宝剑，大喝道："匹夫向哪里去？养将军等候多时了！"郝天宠急举三尖刀迎面刺去，养子敬舞剑相还，长锋枪似苍龙探爪，三尖刀如银蟒翻身，两处杀声相应，约有半个时辰。公子申与斗必胜却从两面抄来，公子申舞动双枪，帮着斗荡，斗必胜舞起双锤，帮着养子敬，只杀得贼兵七零八落，王子虎、郝天宠死力抵敌，满面是汗，喘气呼呼，看看就擒。忽来一队贼船，直冲向前，船头立一少年贼将，银盔银铠，面如傅粉，唇若抹朱，相貌堂堂，威风凛凛，挺一杆方天画戟闯入阵中。斗必胜撇了郝天宠来战那员小将，那员小将唬唬唬一连几戟，戟沉手快，势如撒豆，哪里招架得来。公子申瞥眼望见，撇了王子虎来帮斗必胜，那员小将全不在意，运戟如飞，戟锋总不离二人的面门喉颈，只杀得二人眼花缭乱。斗必胜一错眼，手腕上早着一戟，戟杆过处，将公子申右手的枪杆碰成两截，二人吃惊，不敢阻挡，只得退开。王子虎、郝天宠见有救兵，方才定一定神，那员小将早冲近前去，戟尖上弹起一个花圈，把斗荡的泼风刀、养子敬的长锋剑当的一声一起荡开，只震得二人两膀酸麻，汗流浃背，急急退下。小将在前，王子虎、郝天宠在后，一冲出围，无人敢挡。四将面面相觑。养子敬愤然变色，回顾左右叫道："取弓箭来！"这子敬是养由基之子，神手世传，箭不虚发。按过手来，搭箭拽弓，对准那小将的脑后射去，喝声"着！"正是：

啼猿神手惊天下，射虎奇能试够中。

未知小将性命如何，下回自见。

第十五回

破卧云王翼中奇计　探铁崖陈音奋雄心

话说养子敬见那员小将救了王子虎、郝天宠冲出重围，心中愤怒，取弓搭箭，对准那员小将脑后射去，喝着“着”。无奈两膀酸麻，弓力不足，箭头不准，一支箭从那员小将耳轮擦过去。那员小将毫不惊觉，一直向卧云冈去了。楚将四员商议一会，只得遵着密嘱，跟向卧云冈去，策应屈、成二将。

却说陈音扮了周奎，假作败兵之势，逃回卧云冈。屈、成二将紧紧追赶，直到卧云冈，人声鼓声哄成一片。王翼听了，直上城楼瞭望。探子报道：“周头领被楚兵赶杀甚急，特来报知。”王翼急下城楼，派了四员副领守关，自己带了五百名精兵冲下关来，拨了船只来救周奎。快到面前，周奎早被屈采一枪挑下水去，周奎的认旗也飘飘荡荡地倒了。王翼吃惊非小，督率四将向前，屈采、成允略战数合便退。王翼把一些假贼兵救上岸去，一拥进关。屈、成二将领了楚兵跟踪而至，逼关攻打。王翼急急上关策应，忽然关内人声鼎沸，四面火起，却是王孙建、雍洛等十一人及所带楚兵二百名发作起来，关内大乱。王翼情知中计，急急下关，带了十余员小头目并亲随数十人，开了西关逃出关去。王孙建、雍洛斩关落锁，迎接屈、成二将进关，将郤勃安顿养息伤痕。屈采问道："王翼何在？"王孙建道："王翼弃关逃了。"屈采道："谅去不远，我追他去。成将军在此安抚。"说罢，带了本队也向西关而去。遥见一起人正在上船，屈采着急，急急招呼本队战舰向西移来，少时船到，一拥上船。此时王翼已离去三里水面。催船紧赶，看看赶上，大叫道："王翼奸贼，还不束手受缚，逃向哪里去！"王翼着急，正想泅水而逃，忽然鼓似雷鸣，船如箭发，一队战船冲到面前，当先一船，认旗上是个"洪"字。王翼见是洪涛，心中狂喜，大叫道："飞虎救我！"洪涛命王子虎守护王翼，命郝天宠押着后队，挺戟在前。屈采已到，见洪涛年幼，哪里放在心上，笑喝道："乳气尚臭，也来逞狂！速速退去，饶尔一死！"洪涛并不回言，挺戟便刺，屈采横枪一隔，觉得十分沉重，心中吃惊，用尽全身气力，接着厮杀。枪戟飞腾，如两条蛟龙搅海一般，约战二十来个回合，屈采已是气喘汗流，渐渐支持不及。却好养斗四将赶来，一拥上前，围着洪涛，刀枪锤剑上下翻飞，洪涛不慌不忙，把方天戟舞得呼呼风响，挡开刀口，隔着枪尖，架过双锤，逼转长剑。屈采见策应兵到，抖擞精神，一支枪穿梭在洪涛面在他前胸脯上弄影。郝天宠见了，恐洪涛有失，急舞三尖刀来战屈采。屈采回过枪尖，向郝天宠咽喉一划，郝天宠横起三尖刀往上一隔，屈采早将枪头掉转，用个拔草寻蛇势，向郝天宠两脚一扫，喝声"下去！"郝天宠立脚不住，跌下水中。王翼见了，急跳下水救起郝天宠，抱上自己船上，郝天宠早吞了几口水，弄得腹胀头昏。洪涛见郝天宠落水，又见屈采枪法厉害，谅难取胜，恋战无益，用力把戟杆一弹，戟尖上起个大花圈，五件军器一起挡开，虚掩一戟，掉转船头，保住王翼便走。斗养四将还要追去，屈采道："二关已得，且到关上守护要紧。洪涛那厮必来攻关，再擒那厮不迟。"

众人听说得了二关，大喜，急急向卧云冈来，进得关去，见孙参谋已经入关，相见毕，孙参谋道："我已探听明白，苏飞、张信去攻燕子矶，谅他必败。屈将军同陈巡官速去策应。众位留此守关。”屈采、陈音领命而去。屈采在路上与陈音道：“又好痛痛快快杀他个血溅肉飞！”陈音道：“将军英勇，不亚督粮官，末将十分佩服。”屈采笑道：“什么叫做英勇，不过不要命罢了！”陈音道：“武将上阵，只要有个不要命的念头，便能建立奇功。多少偷生怕死的深恐坏了性命，退退缩缩，到底把性命丢了，不但误了国家大事，还落个骂名千载，你说可笑不可笑？”屈采听了，把陈音十分敬爱，二人谈谈笑笑，早离燕子矶不远。却见一队船来，是公子成英与梁邱二将。屈采跑至船头，高叫道：“二位何往？”公子成英也与梁邱出立船头，应道：“我二人奉了元帅将令去卧云冈。屈将军何往？”屈采道：“难道燕子矶就没事了吗？”公子成英道：“张信那贼被我二人杀败，只剩得只身逃走。苏飞那贼去攻关，被元帅督同申先锋用伏兵杀得一个不留。元帅亲斩了苏飞，即命我二人到卧云冈策应。”屈采哈哈大笑道：“好极好极！”就此合兵一处折回卧云冈。到得关前，果然洪涛会齐鸦嘴滩的守将黄通理前来攻关，正在攻打甚急。屈采对众人道：“洪涛小子十分了得！听说黄通理那个老贼也是个骁杰，我们总得想个法子退他才是。”公子成英作色道：“难道他二人是三头六臂不成？我倒要试他一试！”屈采摇头道：“我是已经试过了，厉害，厉害！”公子成英只是不服。梁邱道：“我们不如分兵去攻他鸦嘴滩、铁崖两处，卧云冈之围自然解了。”公子成英、屈采道：“好计！”陈音摇头道：“大难大难！”公子成英问道：“却是为何？”陈音道：“末将与王庆等各处俱已哨探明白，铁崖的山势如削，全无进兵之路，沿崖一带水势紧急异常，不但船不易到，就是深通水性的人也难泅过，是个明险。”公子成英道：“他的兵难道是飞出来的不成？”陈音道：“他出兵时只在南面悬梯而下，过后即将悬梯拽起，我们如何得近？”公子成英又问道：“鸦嘴滩却又为何？”陈音道：“鸦嘴滩外面似甚平衍，水里都没有铁链暗弩、尖桩木栅，是个暗险，仓卒也不能攻入。”公子成英与屈采、梁邱俱皱着眉头："难道这两处就不攻取了吗？"陈音道："那两处须得慢慢设计，自有攻破之时。此刻只想这卧云冈如何解围的是紧要。"众人想了一会，陈音道："末将想得一计在此，如此这般，诸位以为何如？"众人拍手称妙。各人将船只移至僻处，到了黄昏后，带了火绳焰硝悄悄去卧云冈，分四面上去，各做准备。此时王翼督同洪涛等攻打半日未能取胜，已是疲倦，暂时休息。二更以后，忽然西面山坳里火光冲天而起，鼓角之声震动山谷。王翼急命洪涛前去迎敌。洪涛急急提戟上马，带了本队向西跑去，约走二里，火影全消，人声俱寂。勒马四望，黑黝黝的不见影响，只得回营。将待下马，东面山坳里又是鼓声大作，火势烧空，喊杀之声不绝。王翼听了，急叫洪涛休得下马，速向东去迎敌。洪涛带着本队向东去了，不到一刻，遥望火光已绝，喊杀无声。正在心疑，西北角又是火起。急命黄通理前去哨探，黄通理尚未起身，东北角喊声又发，急命王子虎前去。霎时之间，几处的声响全无。三人陆续转来报知。王翼道："此是孙承德疑兵之计，只须紧守营寨，不必理他。"顷刻之间，忽东忽西，忽左忽右，不是鼓鸣，就是人喊，不是火势飞腾，就是火星起灭，一连十数次，已闹到四更天气。贼寨中料是虚张声势，全不在意，大半偷空歇息。不料楚兵从四面扑进营去，火光毫无，人声不作，逢人便砍，遇马便杀，好似千百只猛虎在营中东闯西突。立时贼营大乱，洪涛与黄通理手执军器要寻人厮杀，却不得一个头脑，乱糟糟无处用力。城上早见贼寨扰乱，知有人去劫寨，急派斗荡、公子申从西关出去接应，养子敬、成允从东关出去接应。城上擂鼓助势，四将冲进贼营，斗荡、公子申遇着洪涛，一场恶战；养子敬、成允遇着黄通理，丁字交锋。王翼一见大势已坏，同了王子虎落荒而走。却说斗荡、公子申哪里敌得住洪涛，看看遮拦不住，且喜公子成英冲到，大叫："小儿休得逞强，照枪！"一个怒龙探爪势，直扑洪涛的心窝。洪涛将戟一竖，一个旋风，三般兵器一起碰开。公子成英暗吃一惊道："真好手段！说时迟，三人举起兵器攒蜂地递上前去；那时快，陈音却好扑到，一蹲身，把牛耳尖刀在马腹上一划，立时腹破，将洪涛撞下马来。公子成英急用枪向洪涛咽喉戳去，洪涛左手握着枪头一跃而起，右手的戟一摆，一个大撒手，好似一匹白练，丁丁当当将四般兵器一裹，洪涛趁势向乱军中一钻，早已不知去向。公子成英此时惊得呆了，叹口气道："此贼不除，终是后患！"陈音道："贼既逃去，不必说了。东边喊声正高，我们速去策应。"大众向东跑去，却是成允、养子敬同黄通理厮杀，梁邱也在助战，三人裹住老将。黄通理的一口刀风车一般，舞得呼呼有声，三员将只有招架之功，并无还手之处。公子成英正待骤步上前，黄通理用刀杆荡开成允、养子敬的枪矛刀锋，向梁邱劈去，梁邱侧身一躲，黄通理把马一挟，哗喇喇乘势突围而来，向黑暗处逃去，众人赶去，声影全无。公子成英道："这一老一少倒是一对儿，以后须好生对付他！"众人莫不惊叹，只得把些贼兵乱杀，尸首堆山，枪刀满地，跪着乞降的一一收了军器，却不见了王翼。陈音道："且进关去再作计较。"

大家一同进关，孙参谋接着，大喜。陈音忽然失声道："屈将军然何不见？"大众一起惊觉，都发起慌来。孙参谋唤过王庆吩咐道："你熟此地路径，速领众人前去寻觅。"王庆领了众人正走出关，忽见屈采横枪在肩，满面是血，右手提了两个人头，低头走来。众人齐叫道："屈将军何处去来？"屈采方抬起头，见了众人，立定脚长长地舒了一口气，两只手把人头擎起道："你们来看，是何人的首级？"陈音用火把一照，见一个是王翼，一个是王子虎。众人问道："你从哪里取得来？"屈采道："贼寨乱时，我一时内急，去草地里出恭。正蹲下去，见两个人影匆匆过去，我便悄悄地随后追赶，足赶了三里方才赶上，王子虎在前，王翼在后。只听王翼道：'只得去见大王，请兵来复此仇！'我蹑步凑上前去，用枪向王翼背心一戳，王翼哎哟一声扑地倒了。王子虎回过头用锏来劈我，不到三两个回合，也被我一枪糊里糊涂地戳去，戳翻在地，割下两个首级。此时也不内急了。”众人道：“屈将军报了兄仇，又得大功，明日同你贺喜！”说说笑笑已进关门，见了孙参谋述了一遍。孙参谋道：“令兄九泉之下谅来也是快活，畅畅地出了一口怨气！众位且去安歇，我自申报元帅，速进大兵。”众人谢了，各去饱餐一顿，高枕而眠。

孙参谋备了申文，派人去报元帅，默默画计，攻打鸦嘴滩、铁崖两处。左思右想，毫无计策。次日斗元帅已到，众人迎接进关，参见毕，孙参谋将众人的战功叙明呈上。斗元帅见了，唤过屈采、陈音道：“攻取二关，是你二人的首功！”此时申黑镇守头关，屈采拔充先锋，陈音拔充水陆都巡官。二人拜谢。余者各有赏赐。只有郤勃忧愤成疾，病卧在床。斗元帅一面告捷，一面命人修整城垛，盘查米粮，编插降贼，磨砺刀枪，忙了数日。与孙参谋商议攻打鸦嘴滩、铁崖之计。孙参谋道：“此二处不取，不能制贼人的死命。数日来，洪龙那厮不见动静，久闻华勋奸诈百出，须防他的暗算。”斗元帅道：“无论他有何暗算，总须取鸦嘴滩、铁崖两处。只是两处地势奇险，守将凶悍，参谋可有妙策？”孙参谋道：“不才连日思索，实不曾有善法。”陈音近前鞠躬道：“末将承元帅的起拔，愿宽限三日，去到两处，或者寻个路径，遇个机会，也未可知。”斗元帅大喜，允了。

陈音退下，只带王孙建、雍洛二人，离了卧云冈，先到鸦嘴滩巡视一回，无路可进。然后转到铁崖，见正面东向崖石如斧劈剑截，高约八九丈，寸草不生。崖之南面有铁栅一道，围着船只。水里通罩铁网，多系铜铃，利刃如笋，万难挨近。岸之北面水流浪涌，一泻如注，奔腾有声。大家呆看了一会，陈音道：“不知崖的西面是何形势？我到夜间泅水过去探个明白。”王孙建道：“这样水势如何泅得过去？大哥不可造次！”陈音道：“事已至此，只得冒险一行。”王孙建、雍洛再三劝止。陈音道：“二位贤弟好意我岂不知？只是我来楚国何事？若不冒险立功，何能遂我来楚之意！”王孙建道：“既是大哥要去，我愿同行。”陈音不允，只令与雍洛在此守候。用了夜膳，陈音带了牛耳尖刀，穿了水靠，往水里一扑，浪花回旋，人影不见。王孙建对雍洛道：“大哥的水性真真令人羡煞！”雍洛点头，四只眼眼望着水急处，只见波翻浪滚，心中甚难放下。却说陈音到了水里，逆流而行，看看快到崖根，一个巨浪拍胸而来，把陈音打退两丈之远。陈音定一定神，又并一口气，排浪而上。那浪势如排山倒海般对面压来，陈音身子挺一挺，只想抵过这个浪头便好拢去。无奈浪势太大，仍被打退。只得冲出水面换一换气。此时六月中旬，月明如昼，见那北来水势堆银滚雪，月光入水如万条金蛇，蜿蜒不绝，浪沫溅胸，涛声震耳。陈音此时甚是为难，忽然想到君虏父亡，大仇在身，不觉一股热气从腿跟直透头顶，哼了一声，泅下水去，顶浪前进。却也作怪，一股劲早冲透浪头，直到崖根。看官：看到此处，切莫疑神疑鬼。大凡人生做事，要想博个美誉，建点奇功，总没有便易得来的。到了那艰难险阻的地方，心一灰颓，越觉得艰难险阻，一步也行不动。只要打定个虽死不辞的主意，任他刀锯在前，鼎镬在后，毅然直进，艰难处也就容易了，险阻处也就平坦了。精神专注，真个像有神鬼扶持，天地呵护一般。那曹娥投江负尸，周处入水斩蛟，岂不是个榜样吗？陈音到了为难之际，只因想到君父之仇，心中便定了个虽死不辞的主意，便觉全身出神，浪头无力，一直冲到岸根，急急冒出头来向北一望，不禁大喜，叫声：“奇怪！”正是：

精神到处鬼神避，意气专时金石开。

欲知后事如何，且看下回分解。

第十六回

听高歌陈音遇赵平　行秘计蒙杰劫通理

话说陈音到了崖根，冒出头来，向西一望，叫声“奇怪”。原来铁崖之水本不急骤，只因春夏之交，水势一发，北面一股涧水横冲而下，便把铁崖的水势冲动，弄得浪势拍天，涛声震地，涧水之西仍是平荡荡的。陈音大喜，急急泅过对岸，却是绿茸茸一片平地。上了岸，坐在草地上，见铁崖西面一带丛林紧接后关，离水五六丈，仍是崖石如削，只有一株老崖树倒垂向下，离水面约有三丈，记在心里。再向西望去，一带绿杨，月光之下觉得拂露笼烟，葱笼可爱。陈音立起身，向西行去，到了绿杨深处，忽听啪啪啪乱响，一会有人高歌，歌曰：

> 自平王之东迁兮，叹王纲之解纽；齐桓仗义以勤王兮，实为五霸之魁首。拔管仲于囚虏兮，爵宁戚于牛口。豪际具有雄才兮，每遭时之不偶；颜憔悴而气衰颓兮，觉面目之可丑，无人赏于风尘兮，甘与草木而同朽。虽有赫赫之侯门兮，豪际不屑于趋候。世有重贤之齐桓兮，薰沐举火以援手。贤臣得志君享令名兮，列辟奉命以奔走。我生不逢其时兮，急急如丧家之狗。发斑白而齿摇落兮，痛残年之不久！日饱一尺之鱼兮，夜醉一杯之酒。呜呼噫嘻，富贵功名兮，于我何有！

陈音听来，音节沉雄，词调悲壮，觉得满怀怅惘，百感俱生。呆立了一会，叹道：“功名两字，成者不必自负，不成者不必自悲。时命所限，虽有奇才异能，从何表现？这副眼泪，古往今来不知多少人洒过！听他歌中之意，必是个年老英雄。我不免上前去主同他谈论，或能把他牵引出来建功立业，岂不是桩美事？”主意定了，趁着歌声寻去，到了岸边，几株垂杨下系着两只小小渔船，一只船上一个老汉盘脚而坐，左手搏着船板，右手举个大杯，翘起头在望月。轻轻走向前去，叫道：“老英雄何悲愤乃尔？”老汉倒吃一惊，见一人身穿水靠走到船边，连忙将杯放下，一蹶劣挣起身来问道：“什么人？”陈音声喏道：“小人陈音，特来趋候。”老汉听了，觉得十分欢喜，道：“陈巡官缘何到此？请上船来，屈坐一坐。”陈音倒诧异起来，暗道：“他如何会认识我？”心中虽是这般想，却早已一步跨上船去。老又让了坐，唤人起来烧茶暖酒，陈音拦阻不住，只得由他。须臾茶已备上，老汉叫人将残羹收去，重新添菜换酒。吩咐毕，对陈音道：“老朽久慕巡官大名，今承枉顾，荣幸无比。但不知巡官何事到此？”陈音道：“素昧平生，老英雄从何相识？请问老英雄尊姓大名？”老少道：“英雄二字，承当不起。老朽姓赵名平，齐国济南苦竹桥人氏。”陈音听了“苦竹桥”三字，急问道：“赵允是老英雄什么人？”赵平道：“是嫡堂兄弟。巡官如何认识？”陈音大喜。将夜救孙氏，送至苦竹桥之事大略说了一遍。赵平听了，心中十分钦敬，谢了又谢道：“此事真真好极了！孙氏之夫蒙杰正在此地。”此时船上的人正来上菜，赵平接来摆列好了，即对那人道；“快去叫蒙大哥起来，他的大恩人在此。”

那人跳过那只船去，不到一刻，带了一个大汉跨过船来。赵平面对着大汉，手指着陈音道：“这位陈巡官是你的大恩人，快快上前叩谢！”大汉弄得糊糊涂涂，睁起双眼，望着陈者。陈音一见大汉过来，先立起身，凑近一看，心中大惊，私念道：“这人可不是那醉月楼上，替那屈老儿抱不平的人吗？如何到了此地？”急急问道：“大哥几时到此？我与大哥曾有一面之识，大哥自不觉得。”赵平大惊道：“巡官如何认得蒙大哥嘞？”却又奇了，蒙杰也是大惊，暗想道：“据舅父说来，他是我的大恩人，我实不认得他。据他说来是曾经认识我，我实在记忆不起，真叫人闷煞！”陈音道：“不必拘礼，大家坐定，畅谈畅谈，倒是一桩快事。”彼此坐定，赵平方将陈音救他女子的事，照样说出。蒙杰听了，“哎哟”一声，连连称呼大恩人，立起身来，扑翻虎躯，在船板上拜个不停。陈音也立起身，连忙搀扶，哪里扶得住？蒙杰道：“既承大恩人拔刀救命之德，又累大恩人千里跋涉之劳，叫小子如何承当得起？”说了又叩，叩了又说。赵平起身，帮着拦阻，方才歇了。蒙杰道：“适才恩人道，曾经认识小子，小子却不明白，还望大恩人说明。”陈音道：“快休如此称呼，反为不便。”便将醉月楼之事说了一遍。蒙杰哈哈大笑道：“大恩人那时也在醉月楼吗？”陈音道：“嘻！你又是这样的称呼，该打该打！”豪杰道：“这个称呼出在我心坎里，叫我如何改得过来！”赵平道：“陈巡官既是这般说，照我称巡官罢了。”陈音道：“也太客气，不如以弟兄相称，方觉亲热。”蒙杰跳起身来道：“好极好极！我有大恩人这般一个哥哥，我真是快活一辈子！”陈音笑道：“却又来，你只说渔湾杀人，可是你不是你？”蒙杰伸出右手道：“大哥看我的手指。”陈音一看，大指边一个枝指，点头道：“是、是、是，此事做得爽快明白，是英雄举动，佩服佩服！蒙大哥然何到此？”蒙杰瞪眼道：“如何叫我是大哥？也是该打该打！”陈音笑道：“是我不是，从此大胆叫你贤弟。”蒙杰笑道：“这样我才快活哩！大哥问我然何到此，可问舅父。”赵平接着说道：“这是前月的事。那一天我叫小徒去前村里沽酒，转来道：‘酒店里病倒一个大汉，生得如何的魁伟，衣服却是破烂。店主人要扛他在荒效去，许多旁人劝解总是不听。我身上且喜带得有碎银，取出四五钱来递与店主人，叫他行点方便，在近处请个医生诊视，或能救转，也是一件阴功事。店主人见有银子，方才允了。’我听说，酒也不吃，急急带了小徒，赶到前村，一见面却是他。命小徒将他抬回，请人医治，才脱病不十日哩。”陈音道：“听说蓝滔被杀，失了银子三百两，贤弟拿向哪里去了？”蒙杰道：“小弟岂肯用这样的银两？我通把与屈老儿作盘费，往他亲眷处避祸去了。”陈音听了，称赞不止。又道：“尊嫂交我一信，可惜不在身边，明日取给贤弟。”

三人立着说了一会，烫酒上菜的人穿梭似的来往，听了这些话，一个个都觉得神气飞扬。赵平道：“我们要紧说话，站了半日，大家坐下用酒。”三人坐了，略用了酒菜。赵平道：“来踪去脉都交代清楚了，我们也要像说大书的，把惊木一拍道：‘花开两朵，各摘一支。剪断闲言，书归正传。’我认得巡官的话嘞，巡官来此巡哨几次，我都看见，就是假扮周奎那一天也在我眼里。我见巡官水势精练，心中甚是佩服。巡官到此是什么意思？请说明白。”陈音道：“只因洪涛那贼矫悍绝伦，铁崖又十分奇险，想来四围探巡，或者有点路径，碰个机会。幸遇老英雄，可有什么计较？”赵平皱着眉，叹口气道：“老朽正为此事为难。前日屈粮官被围，老朽遇着巡官的部下。”陈音急急接口道：“是了，那日凿船底就是老英雄了！斗元帅十分倾慕，屡屡嘱我留心探访。天赐良缘，幸得相遇！老英雄既有这举动，胸中定有成见，务乞赐教！”赵平道：“巡官言重。老朽到这里的因由未曾奉告。月刚过午，且多饮几杯酒，待老朽一一告诉。”蒙杰连三叠四地催酒，大家又酣饮一会。赵平道：“老朽自幼略通经史，酷爱刀枪，那马上纵横，水中起伏的勾当颇知一二。本想生当乱世，立点功业，无奈家世寒微，出身不易。做那微员末秩、媚上求荣的事情，心中想来，非但不屑，抑且不值，不如株守田间，清苦度日，倒可身由自主。近来我们齐国，陈氏专权，一些无知愚民受了陈氏的小恩小惠，都倾心悦服，眼见就有移祚之患。老朽手无尺寸，徒唤奈何！只好独自一人，着些空急，发点牢骚而已。今春正月，就是这里镇老鸦嘴滩的老将黄通理，是老朽的表兄，寄书与老朽，说这里洪龙如何的英雄，如何的仗义，如何的行仁，劝老朽来这里，一来帮着济困扶危，二来显显自家的本事，将来有机可乘，一般的吐气扬眉。连接数函，意思恳切。老朽围家中困守，甚是无聊，也就应了。带了几个小徒，一直到这里来，沿途探听，倒是劫杀财命的事多，救人危难的事少，江汉淮泗布满党羽，立志原也不小，居心却是不端，往后乘难劫了昭王，今年又夺了二太子的翡翠瓶，这不是明明的有意犯上吗？老朽见他这样行为，哪里肯为他用！屡次劝表兄舍此还乡。表兄近来也略略有些醒悟，所以洪龙那厮屡次要派老朽的职守，老朽总是婉言推宕。斗元帅领兵到来，洪龙要在飞云渡结个水寨，派老朽镇。老朽诡辞道："三关雄壮，又兼鸦嘴滩、铁崖两处拱卫，百万楚兵，谅难深入。何必零结水寨，徒分兵力。容老朽照常来往，探听楚兵动静，遇便策应胜于结寨。，洪龙允了。老朽不时把些不要紧的消息申报几件，敷衍塞责。洪龙甚是欢喜。那日屈将军被围，老朽因屈将军忠勇过人，十分钦敬，见他身受重伤，一时不忍。恰好遇着尊部，略为效力，救屈将军出围，并没有别的意思。如今洪龙因头二关俱失，守将败亡，烂泥沟的旱寨也被蘧将军用埋伏计赚了。洪涛、牛辅不敢出战，心中愤恨，屡欲倾巢相拼，都被华勋劝止。现在调取江汉淮泗的羽党，将次调齐，不日定有一场恶战。"蒙杰插口道："我替大哥出力，去杀他个倒海翻江！"赵平笑道："楚营中几多勇将，哪里用得着你！"陈音道："将来恶战，暂时不必管他。现今只要设法破了他的鸦嘴滩、铁崖两处，贼势自然穷蹙，便容易扑灭了。"赵平沉吟一会道："鸦嘴淮一处不必虑他，老朽自与表兄计较。只须设法攻破铁崖，擒了洪涛，便好成功。"陈音道："总求老英雄帮助一膀之力！此时天已破晓，不才回营禀明元帅，定了主意再来此地请教。"赵平一看，果然天已破晓，命人收了残羹剩酒，立起身来道："巡官不必久延，老朽送巡官转去。以后不必来此，若要会面，只在绿杨湾靠西一个湖荡，老朽在那里系只渔艇，日里张网船头，夜间笼个渔灯，就是暗号，那里相聚，彼此近便。”陈音应了，辞别要行。赵平吩咐徒弟解缆，鼓棹向南。陈音道：“如何向南行去？”赵平道：“向南而去，自有小港绕到绿杨湾，可免铁崖之险。这条水路，只有我船上的人晓得，是老朽近日寻出的，略有些水草碍路，已叫小徒们拔去。”说话之间，已到绿杨湾。赵平身靠船逢，用手指着一株大杨树，柔枝拂水，嫩叶舒眉，葱葱郁郁，好像极大的一柄翠盖，道：“相约之地即是此处，巡官切记。”陈音点头。赵平道：“已到绿杨湾，巡官自识归路，老朽不便远送。”蒙杰道：“舅父不送大哥，大哥又无船只，如何转去？”陈音笑道：“不用不用！”一扑入水，声响毫无。蒙杰看着水面，只见波纹荡漾，乐得手舞足蹈，哪晓得双脚一跳，船小力微，船一侧，把蒙杰颠下水去。赵平急忙跳下水，把蒙杰提上船来，弄得一身湿透，吐了两口水。赵平笑道：“你此刻真是淋漓尽致了！”蒙杰也笑个不止。棹船转去不提。

陈音泅到铁崖，上了船，换了水靠，对王孙建二人说了详细，二人称快，随即搬上早膳，大家用过。陈音略为歇息，即到卧云冈禀见元帅，详细说了昨夜之事。斗元帅大喜道：“何不将赵、蒙二人带到这里来？”孙参谋道：“耳目众多，泄了消息转为不便。既有这个机会，陈巡官且请坐下，大家商量一个计策。”陈音鞠躬道：“末将自应侍候驱遣，何敢僭坐？”斗元帅命人安了座椅，强令坐下，陈音只得告坐。筹商一会，孙参谋道：“如此如此，定能成功。”斗元帅与陈音同声称妙。陈音禀辞，到了夜间，取了孙氏家书去会赵、蒙二人。船到绿杨湾靠西，果见大杨树下一只渔艇，笼个渔灯，急急拢去，早已有人望见，招呼过船。王孙建等在船守候。陈音过船去，见了赵、蒙二人，先把书交与蒙杰，蒙杰接了，不暇拆看，塞在怀中。陈音把孙参谋所定之计细细告知。蒙杰跪起身来叫道：“妙极！妙极！就是这样办。”赵平踌躇半晌，方说道：“此计固妙，觉得心上有点过不去。”陈音道：“成大事者不顾小惠。老英雄若如此瞻徇，平生自命，其谓之何？”赵平毅然道："谨受教，两日后再会。"陈音与蒙杰见赵平允了，欢喜。陈音又唤过王孙建等过船，大家相见，通了姓名。赵平道："王孙公子青年贵介，如此英勇，令人欣羡。"又对雍洛等道："诸位改邪归正，屡立奇功，不愧豪杰。"众人谦逊几句，各自分手。次日，赵平带了蒙杰去至鸦嘴滩，屏去从人，同黄通理细细说知。黄通理低头不语，好一会方说道："洪龙虽非成事之人，却待你我不错，如此行去，总觉问心不安。"赵平再三劝说，黄通理只是不肯。蒙杰在一旁，见赵平说了又说，只说得舌燥口干，翻来覆去，几句话已是重三叠四了，黄通理执意不肯行，陡然一双环眼睁得圆溜溜的，油漆面上透出光来，用手在衣底下飕的一声，抽出一柄匕首来，冷气森森，寒锋凛凛，一腾身凑近黄通理面前，左手拧着黄通理的领衣，右手扬起匕首，恨一声道："事已至此，行也要行，不行也要行！你牙缝里若迸一个不字出来，立时头血相溅，休想活命！"正是：

豪杰只知行大义，英雄未忍负私恩。

不知黄通理如何对答，下回分解。

第十七回

离泛地洪涛落圈套　解重围蒙杰逞雄威

话说赵平去说黄通理归向楚营，暗图洪贼，黄通理因洪龙待他有恩，执意不从，蒙杰一时愤急，抽出匕首，拧着领衣相逼，黄通理神色不变，冷笑道："死了倒干净！"赵平忙走拢去，夺了右手的匕首，劈开左手的领衣，大喝道："休得鲁莽！"将蒙杰推开。蒙杰仍自怒气勃勃，侧着环眼，光灼灼瞪定黄通理，一声不响。赵平陪笑道："表兄不必固执，大凡英雄做事，大义为重，私恩为轻。洪龙虽有私恩于表兄，他所做所为不是劫财杀人，便是恃强犯上，将来青史上不过是云中一盗，表兄又算作什么人？我同表兄虽非世家巨族，总是清白门庭，一时失足混于贼中，没有机会还要想个全身远祸之计。今日斗元帅奉命来剿，头二关俱已打破，洪龙虽在调取羽党，谅来也不是楚军之敌，所恃者，表兄与洪涛左右犄角耳。洪涛那贼勇而无谋，终究必败。铁崖一破，鸦嘴滩孤立无援，焉能独存？万一失手，表兄以为以死报恩，别人议论起来，黄某是云中贼的死党。某日失守，某日伏诛，岂不污辱了你我的家声！就利害上起见，表兄也不可固执。"黄通理听了这一席话，倒觉得毛骨悚然，额角出汗，苍颜中泛出红色，甚是不安。见蒙杰在旁睁目竖眉，大有不能相容之势，又见赵平在旁，柔声下气，大有凄然欲泣之状，自想一生困顿，此际危难，不觉老眼中滴下泪来，软瘫在椅上，叹了一口气，瞑目不语。赵平见他醒悟过来，又说道："表兄是明白人，谅来不以愚弟之言为非，请速定主意，商量正事要紧。"黄通理道："愿从表弟之言，愚兄不替洪龙出力便了。"赵平道："我们去取铁崖，表兄原不必出力。除了洪涛之后，表兄须依孙参谋之计而行，方能成功。稍为游移，便误大事。表兄从速决断为是。"黄通理应了。赵平大喜，急将衣服脱开，露出膀臂，即用匕首一刺出血，对黄通理道："有渝此盟，神天不佑！"黄通理立时变色，也立起身来，露出膀臂，接过匕首，刺出血来道："今日之盟，神实凭之！"蒙杰急趋至黄通理面前，磕头下去道："我的老亲翁早要如此，岂不爽快吗？"黄通理急将蒙杰扶起，一起坐下，搬上酒饭用过。

赵平与蒙杰辞回，去至铁崖，见了洪涛道："少将军枯守此地，何济于事？何不去夺还二关？"洪涛道："二关被斗辛那厮布置得十分严整，夺还甚不容易。且此地关系不小，我若轻离，倘有疏失，大局坏矣！"赵平道："少将军虑得甚是。何不申请大王，添派一二员勇将来此镇守？少将军会同别将去夺二关，岂不胜似枯守！"洪涛大喜道："多承指示，即当遵教而行。除了老英雄，谁能当此重任！还望相助。"赵平道："久叨大王恩惠，愧无尺寸之报。如有驱遣，万死不辞。老朽还有个舍侄婿名叫蒙杰，虽然生性粗鲁，却有千百斤气力，诸般武艺无不通晓。老朽带来，现在帐外伺候。"洪涛大喜，急命从人相请，须臾蒙杰进来，洪涛离座相迎。赵平立起身叫蒙杰叩见。蒙杰叩头下去，洪涛扶起，见蒙杰生得身长气猛，品貌不凡，甚是喜悦，命人设座。蒙杰略为推让，彼此坐定。洪涛问蒙杰的来历，蒙杰说了。洪涛道："我的意思，就烦老英雄替我镇守铁崖，蒙壮士帮我去夺二关，不知二位意下如何？"蒙杰道："倘承不弃，愿随左右。"赵平道："铁崖关系重大，老朽独力难支，少将军还须申请大王另派能将前来坐镇。老朽帮着照料，庶免误事。”洪涛道：“老英雄的本事，久已佩服，何必过谦！我就此申请上去，看大王如何，谅来总是劳烦定了。”款了酒饭，随即备文申请。次日令下，派了王受福来铁崖帮助赵平镇守，另派淮水头领晏勇带领水军来帮助洪涛夺关，蒙杰随营，有功之日从重封赏。王受福已到，大家相见毕，王受福向着赵平道：“自头二关失守后，大王焦急万分，昨见少将军的申文，甚是欢喜，说老英雄肯如此出力，何惧楚兵？特恐老英雄过劳，特派不才来供驱遣，老英雄休得见弃。”赵平暗笑道：“何尝是派来帮我，明明派来监视我。谅你这宗蠢才有何用处！”只得随口应道：“老朽蒙大王的厚恩，愧无以报。见今大势何危，特来少将军处筹划筹划。少将军不弃，以重任相托，力辞不允。今幸将军到此，老朽愿听指挥。”洪涛道：“二位不必谦逊，天气尚早，我就此去夺二关。”立时披挂起来，另取一副黑色盔铠给与蒙杰穿了，问蒙杰喜用什么军器，蒙杰道：“还是大刀爽利。”洪涛拣了一柄六十四斤重的九环大刀，蒙杰接在手中量了一量，道：“将就好用。”洪涛见了，谅来勇力不小，甚是快活。随带蒙杰督领喽兵三千，别了赵平、王受福，下了铁崖，会齐晏勇，去夺二关不提。

且说陈音到了是日夜间，悄行到绿杨湾，会着赵平。赵平把两处的话说了，又道：“王受福那厮没甚用处，洪涛起身后，我让他在前关镇守，我在后关照应，他甚得意。他对我说各路的贼党均已到齐，内有两人甚是了得：一个汉水的头领名叫聂刚，楚国蕲水人，使两把截头刀，一件惊人的本事惯用飞锤，百发百中。一个江水的头领名叫邓环，秦国咸阳人，使一柄钢叉，一件惊人的本事惯用飞镖，也百发百中。现今洪龙自带悍将唐招、严癸、西门铎、蓝建德，在平山口结了水寨。华勋带了悍将郝天宠、张信、卜崇、颜渥，在三关结了旱寨，十分严密。鸦嘴滩添派了魏子楚协助我表兄；又派泗水头领公孙权督同费恭，会合洪涛，两路去夺二关。聂刚、邓环各领一队悍贼四路游戈。孙参谋之计虽妙，但恐蒙杰一人深入巢穴，万一失手，何堪设想！老朽想来，暗取铁崖、鸦嘴滩之后，用一个献果伏鸩之计，这般这般，尊意以为何如？”陈音听了，拍手称赞道：“老谋深算，真好真妙！我转去便与孙参谋议定，照此而行。”赵平道：“老朽此刻到这里来，是诳王受福，到自家船上取几件应用的物件，不可久延。巡官请转。”陈音点头而别。赵平带了徒弟自回铁崖。陈音回头，见卧云冈四面都有贼船，自家的战舰沿岸相拒，悄悄绕过贼寨，上岸进关。见了孙参谋，把赵平的话详细说了。孙参谋道：“我定之计，原力破他的左右犄角。赵老所定献果伏鸩之计，好是好极了，但是机栝甚紧，稍些露点破绽，为害不浅，接应必须紧凑。临时我自有斟酌。此刻洪涛等已到此地，你速派王孙建等潜往铁崖，准在明夜二更行事。”陈音应了，回到本营，吩咐王孙建并雍洛十一人，挑选二百名精壮，陆续绕过贼营，到绿杨湾聚齐。王孙建等甚是高兴，结束停当，先后而去。陈音见了，说不尽心中的喜爱。

到了次晨，洪涛带了蒙杰、晏勇从西面索战，费恭随了公胜权从东面进攻，战鼓雷轰，势甚猖獗。楚营中西面是斗荡、成允，东面的公子申、梁邱，各遵密计，坚守不动。贼兵几次冲上，两面俱被弩箭射退。洪涛等晓得弩箭的厉害，不敢十分相逼，早被射伤百余人，心中烦躁，只气得暴跳如雷，直到黄昏不得一战。此时王孙建等已在绿杨湾会齐，从小路绕至铁崖西面，到了老树倒垂处，恰好初更，见有巨绳七八条坠下，王孙建大喜，挽着巨绳攀援而上，约离二尺，一个结扣，手挽脚蹬，不费大力，转眼之间已到树根。雍洛等见了，吩咐众人陆续而上，不过两刻光景，二百余人俱上，只留五六人守船。王孙建带了众人去至丛林里，见硝磺柴薪放得不少，刀枪矛戟摆得甚多，各人取了称手的家伙，分带柴薪去寻高处堆积好，派四十人在此守候，只听前关杀声一起，便放火呐喊。随带雍洛等各挟硝磺柴薪，绕到前关，分头堆积，也派四十人照样守候，余人偷进关去，暗处伏着。须臾之间，斗必胜带了一队战船，一拥而到，火光照耀，旗帜飞扬，在崖下排列，做出攻关之势。王受福早到关上，见了大笑道：“漫道有我在此，我就高枕而卧，谅你也不能上来！这般举动，能够吓唬人吗？”正在狂笑，忽然一片声喊，暗中跳出人来，或左或右，或前或后，都是短装。关外霎时火起，络绎不绝，内外喊声与崖下鼓声相应。方才吃惊，提了蛇矛，一面命人去后面报与赵平，一面带了随身军士寻人厮杀。此时全寨惊动，忽然又听得后关呐喊，火势冲天而起，关内一时鼎沸起来。王孙建手挺画戟，早扑到王受福面前，劈胸便刺。王受福手忙脚乱，横矛接战。贼兵虽有二千人，分散在四面，一见火势烧空，杀声震耳，一个个吓得目瞪口呆，哪里能够向前，不过王受福身旁几十名亲随，还能勉强厮杀。怎当得王孙建少年英勇，一支戟神出鬼没，王受福哪能招架。雍洛等都是身强气锐，奋勇当先，把些贼兵杀得尸横遍地，血流有声。王受福心慌手乱，被王孙建一戟刺中左腿，正想负痛逃走，鲍皋见了，横腰一铁锤，将王受福打倒在地。王孙建正要举戟刺下，却见赵平带了一百余人抢步上前，用枪把戟隔住，顺手一枪，向王孙建面门挑来，王孙建不敢怠慢，挺戟相还，一个皓首苍颜，枪到处似神龙探；一个朱唇玉面，戟来时如猛虎翻身，果然各显神通，切莫视为儿戏。王受福在这个空里，早被亲随拖起，往暗地里观战，见赵平愈战愈健，王孙建招架不来，不到二十合，虚掩一戟，回身便走，楚兵一涌而逃。赵平紧紧追赶，楚兵纷纷跳下关去，跳不及的都被赵平用枪打倒，赵平左右的人上前擒了，用绳绑好。王受福大喜，扶着亲随一步一跛走到明处，接着赵平声谢道：“今夜不是老英雄，命早休矣！”赵平道：“救应来迟，头领受伤，多多有罪！老朽正在后关巡视，听得前关呐喊，又见火光冲天，急切要来前关，忽然后关火起，喊声大作，因此不敢离开。老朽准备迎敌，想前关自有头领支持，谅无妨碍。哪晓得等了一会，毫无话作。老朽醒悟过来，后关是敌人的疑兵，吩咐几个小徒在后关紧守，带人来前关策应。且喜头领未遭毒手。”王受福感谢不尽。

赵平命人将擒获的贼人好好监禁，一个个问了姓名，方带去了。赵平忽然跌足道："与头领闲话，误事不小！"王受福也惊道："误了什么事？"赵平发急道："铁崖四面壁立如削，贼从何处上来？此刻逃走又向何处下去？"吩咐军士多燃火把，速速开关追赶。众人听了，一起醒悟，点火的点火，开关的开关。敌兵去了，大家声势起来，齐声呐喊拿贼，倒比先时喊杀的声音还大，前后相应，声震山谷，追赶一阵，哪里有个人影？连崖下的船也不知哪里去了。赵平又吩咐多点些火把，从林里、崖石缝都要寻到，免生后患。众人加起火把，嚷个不住。这个火光直惊了攻夺二关的洪涛。洪涛索战，直到三更，楚兵不出。正在包躁，忽然军士报道：铁崖火起。洪涛急上船楼，一看果然火势冲天，知是有变，急下船楼，唤蒙杰、晏勇，吩咐："我去铁崖救应，你二人紧守在此，不可妄动。"二人应了。洪涛带了二十只船，一千喽兵，急回铁崖。约行三里许，鼓声大起，一队楚兵拦住去路，船头上是公子成英、屈采，各执军器，大喝道："洪涛小儿！巢穴已失，还向何往？"洪涛大怒，挺起方天戟向二人刺去，二人抖擞精神，奋勇厮杀。公子成英、屈采俱是楚国上将，双战洪涛，拼着性命，一毫不肯放松。洪涛一支戟左拦右隔，好似万朵梨花，纷纷乱落。公子成英、屈采两条枪，如蛟龙掠尾般上下盘旋。洪涛十分用心照应，正酣战间，水中冒出一人，双手扯着洪涛的两脚，喝声："下去！"一个冷不防被那人扯下水去。那人正是陈音，在水中拔出牛耳尖刀，割了洪涛的右膀，提出水面，跳上船头。公子成英二人大喜，见洪涛右膀已去，浑身是血，命人用绳绑好，横搁船头，陈音押着先行，转向卧云冈。将近贼营，一声鼓响，一队贼船横截水面，火光之下，蒙杰手横九环刀，大喝道："胆大狂徒，敢来冲犯？"陈音指着洪涛大笑道："洪涛被擒在此，谅你这无名小卒，焉敢当我！"蒙杰一见，果然是洪涛，浑身血污，捆了绳索，不得不勃然大怒，气冲冲挥起九环刀向陈音砍来。陈音举刀相还，一场厮杀，大有舍死忘生之状。此时贼寨中通晓得洪涛被擒，晏勇提一柄铁斧冲上前来，火光下认得是陈音，暗吃一惊道：“这人如何也在楚营中？倒是提防！”正想取出铁弹暗伤陈音，早被蒙杰刀杆一扫，把陈音扫下水去。蒙杰跳过船去抢了洪涛，跳回自己船上，楚兵近前的都被打倒，纷纷四散。晏勇大喜，跳过蒙杰船上，大家替洪涛解了绳索，才见洪涛右膀已断，晏勇心中甚为酸楚，急将洪涛扶起坐定，取了热汤灌下。洪涛悠悠苏醒，呻吟谢道：“若非二位相救，定然首领不保！”晏勇道：“都是蒙头领一人之力。”蒙杰正待回言，鼓声破空而来，却是公子成英、屈采督率船只冲杀前来。蒙杰霍地立起身，提刀走到船头，接着屈采交战。洪涛用左手挥晏勇速去助阵。晏勇提了铁斧，跳至船头，接着公子成英大声喊杀。斗荡、成允听了，急急挥军两下夹攻，直杀得贼兵四散奔逃，大半落水而死。蒙杰一杆刀保着洪涛，左冲右突，所到之处，楚兵纷纷倒退，无人敢挡其锋。晏勇也趁势杀出重围。蒙杰对晏勇道：“东面杀声正起，将军保着少将军速回大营，我且去东面策应。”晏勇应了，保着洪涛而去。蒙杰到了东面，两下正在酣战，火光中见公孙权被公子申双枪一搅刺下水来。费恭正想逃命，蒙杰吼声如雷道：“匹夫休得逞强，某来也！”挥起九环刀，冲到阵云深处，公子申举起双枪敌住。费恭见有救兵，重整精神，舞起钢鞭来战梁邱，看来各为其主，大有你死我亡之概。贼兵中见蒙杰这般奋勇，莫不交口称赞。忽听蒙杰大喝一声：“着！”果见一个头影飞落水中。正是：

绝世才能聊自表，将军辛苦为谁忙？

欲知公子申死活，试掩卷猜一猜下文。

第十八回

因敌出奇陈音变计　裹创请战屈采争先

话说蒙杰大战公子申，忽听大喝一声“着！”果见一个头影飞落水中。看官不必替公子申着急，明明是个头影，不是个头颅。公子申的头颅原是好端端在颈脖上，这个头影又是个什么东西嘞？却是公子申的头盔，被蒙杰一刀横劈落水。不但看官失惊，那时楚军中也有多少人失惊。后见公子申披着散发，虚晃一枪退下阵来，招呼梁邱棹船而走。蒙杰还要追赶，费恭拦住道：“夜深交战，不必穷追，恐中奸计。且将公孙将军尸首捞获，转回大寨再作计较。”蒙杰倒还听劝，就不追去。命人下水将公孙权尸首捞上船来，随同费恭转回大营。晏勇先到，洪龙见了洪涛这般模样，心中十分疼痛，眼中掉下泪来，命人扶到内舱，急召军医前来医治。洪涛把蒙杰拦路夺回，将陈音打下水去，奋勇解围之事告诉一遍。洪龙心中感激蒙杰不尽。此刻蒙杰报到，洪龙抢步出来，见一黑大汉，满脸是血，战袍上也是鲜血渍满，呆呆站在那里。费恭扯着他道：“大王在此，速去参见！”洪龙见了，谅来即是蒙杰，见蒙杰欲叩不叩，像个不知礼数的光景，连忙拦住道：“将军辛苦！不必多礼，且请落坐。”随即命人设了椅位，蒙杰乐得不叩头，唱了个肥喏，在旁坐下。此时洪龙坐定，费恭叩头起来，把东面交战，公孙权阵亡，蒙杰退敌之事详细说了一遍。洪龙越发喜爱蒙杰，便问蒙杰家世。蒙杰说了原委。洪龙道：“自从楚兵犯境，大将伤折不少，今得贤舅甥相助，何愁楚兵不破！今晚侄将军得保首领而归，实赖杰士之力。暂屈杰士为全军都先锋，破楚后重加封赏。”蒙杰此时不得不叩头称谢，立起身，叩过了头。洪龙命排酒宴，传集满营贼将都与蒙杰相见，把蒙杰的战功对众表扬，众人莫不叹服。一面命人好生服侍洪涛，一面命人将公孙权的尸首掩埋。宴罢各归泛地镇守，蒙杰就在中军安歇。到了次晨，王受福申文已到，详叙昨夜楚人劫关，赵平退敌之事。洪龙哈哈大笑，对蒙杰道：“贤舅甥如此英勇，真某佐命之臣也！黄通理也是贤舅甥亲戚，同心同德，区区楚兵，乌足道哉！”

洪龙夸耀不已，贼将中激恼了两人，双双挺身走出道：“某两人不才，愿领本部取还头二关，献与大王。”洪龙一看，一个汉水头领聂刚，一个江水头领邓环，满面愤怒，大有不平之色。大喜道：“二位猛勇名闻天下，前去定卜成功。二位贤弟带领本部先行，我与蒙先锋随后救应。”蒙杰见聂刚生得掀鼻突睛，钢须倒卷，邓环生得面如獬豸，声似豺狼，气概甚是骁勇，谅来是两个悍贼，恨不得立时与他恶斗一场。二人正待起身，忽然喽兵来报：孙承德派屈采为先锋，陈音接应，带领公子申、斗荡一班将佐来攻水寨。斗辛派公子成英为先锋，梁邱接应，带领斗必胜、养子敬一班将佐去攻旱寨。成允留守二关。洪龙大怒道：“斗辛匹夫，侥幸一胜，便敢深入重地，欺我太甚！我当与他决一死战！”晏勇道：“余人不足虑，陈音那厮甚是了得，必要先除此人。”洪龙道：“杀我皇甫葵，伤我侄儿，正是此贼。诸位兄弟若擒得此人，须交与我，亲手脔割，方泄我填胸之恨！晏贤弟如何认得那厮？”晏勇把洪泽湖的事说了一遍。洪龙正待说话，隐隐的战鼓声喧，料是孙承德兵到，命人去插天岭报与华勋，保守旱寨，胜败速报。命人去鸦嘴滩、铁崖两处，传示黄通理、赵平，楚兵尽起，二关必虚，可伺隙攻打，夺了二关来水旱两寨助战。鸦嘴滩、铁崖令王受福、魏子楚暂时领守，谅无妨碍。各人领命而去。即派蒙杰为正先锋，聂刚、邓环为左右翼，沿寨列阵，等候厮杀。少时楚营先锋屈采白袍银铠，耀武扬威，冲波破浪而来。聂刚见了，不等屈采阵势列成，手提两把截头刀，领队冲出，大叫道："来的速速纳下头首！"屈采见贼将来得凶勇，认旗上一个"聂"字，料是聂刚，大喝道："汉水一带被尔扰害，久稽天诛，敢来此地助恶，擒着尔碎尸万段，以泄汉水人民之愤！"说罢，刷的一枪，劈胸刺去。聂刚用左手的刀一隔，右手的刀早向屈采咽喉递来。屈采收回枪，用枪杆一拦，把刀敲在一边，枪尖一搅，直趋聂刚的下三部。聂刚把双刀往下一架，叉住枪尖，屈采用个苍龙搅海式搅开双刀，一般冷焰直透聂刚的右肋。聂刚右肋微微一闪，乘势一挟挟住枪头，正待用左手的刀来剁屈采，屈采用尽全身气力向怀内一掣，刚被掣脱，刀锋已到面门，招架不及，身子一蹲，额角已被划伤，流血不止，屈采忍着疼痛，把枪头在聂刚膝盖一敲，聂刚跳退一步，屈采方得缓过气来，用个雪花盖顶，枪如雨点般刺去。聂刚舞动双刀，如一对车轮，两道圆光敌住一条寒气，一场酣战。此时孙参谋全队已到，洪龙的水寨大开，两边列阵观战，齐声喝采。邓环忍耐不住，手抡钢叉冲至阵前，来助聂刚，公子申出阵大喝道："匹夫慢来！"舞动双枪敌住邓环。邓环钢叉风驰雨骤刺来，公子申把双枪挑拨勾刺，不敢丝毫放松。枪如两条龙，掉尾摇头赴沧海，又似独角兽，张牙舞爪下山冈。一场恶斗，见者一起吃惊。两面鼓声一阵紧似一阵。公子申左手一支枪忽被邓环一叉压住，一时不能掣回，急用右手一支枪向邓环当胸刺去，邓环将左手接着，用力一扯，公子申死劲一拖，两人力猛，当的一声，枪成两段。邓环连忙举叉劈面递来，公子申手快，趁势一起，用右手的半截枪逼开钢叉，左手的枪旋风般刺去。邓环眼明，叉杆一掉，敲过枪头，两人抛了半段枪，一叉一枪拼命厮杀。陈音看得亲切，见公子申枪不应手，渐渐支持不来，急在身边掏出铁弹，去在旗门影里，对准邓环扬手掷去。邓环“哎呀”一声，鼻血长流，拖叉便退。公子申已是手软力疲，退回本阵。聂刚听得邓环有失，正待撇了屈采来救，早见蒙杰手挥九环刀冲至阵前。楚阵中斗荡扬起泼风刀接着相斗。蒙杰舞动九环刀裹住自己身体，只见刀光不见人影。斗荡哪里攻得进去？弄得斗荡全无下手之处。洪龙急命唐招、西门铎分两翼去攻楚阵。楚阵中用硬弩射住阵脚，三番五次都被射回。斗荡攻蒙杰不进，手忙脚乱，被蒙杰刀尖挑脱斗荡前心的掩镜，吃一惊逃回本阵。蒙杰正要来帮聂刚，屈采见战聂刚不下，枪锋一吐，霍地掣回，退归阵中。聂刚与屈采战了百十余合，也是力乏，不敢追下。蒙杰还在寻人厮杀，楚阵中已鸣金收兵，冲上去弩箭如雨，只得同聂刚退回。洪龙着实夸奖了三人几句，吩咐三人且自安歇，明日再战。聂刚、邓环自回本阵，蒙杰仍在中军不提。

且说屈采回阵，与公子申称聂刚、邓环之勇。孙参谋道：“二贼不除，终是后患，必须设计先除二贼，再擒洪龙。”想定主意，唤过王庆道：“此处可有峡谷地方？”王庆回道：“东去十二里，向北一转，正有一条峡谷，地名小沟，两面都是峭壁，约有两里之遥。转过西来，便是乱石滩，水面虽阔，却甚平浅，隆冬以后，便成旱地。”孙参谋听了，便吩咐王庆：今夜便去那里，照前芦花港的布置。又向屈采、公子申吩咐如此诱战。又吩咐陈音带了王孙建、雍洛，明日如此如此。众人领计，各自准备。到了次日，屈采、公子申结束停当，各带小船二十只，去到贼营，单搦聂刚、邓环出战。聂刚早已穿好软甲，正待出战，邓环因鼻子打肿，养息伤痕，听说有人指名讨战，也要出来。聂刚极力劝止，提了截头刀，带了本队，禀过洪龙，冲出水寨，大喝道：“杀不死的匹夫！昨日饶尔不死，今日敢来猖狂，好好地洗颈受戮！”公子申不见邓环，喝骂道：“邓环怕死的贼徒，今日何不出来？”聂刚道：“你二人只管齐来，怯战的不算英雄！”摆开双刀，便向二人奔来。二人急架相还，连环厮杀，约有十余合，聂刚掩一刀便向刺斜里逃去，屈采不舍，抢前追赶。聂刚听屈采追来，心中大喜，暗取飞锤在手，见屈采追近，扭转身躯，手一扬，喝声“着！”一锤飞来，屈采躲闪不及，正中护心镜，打得粉碎，口吐鲜血，棹船便逃。公子申见了，随同逃走。聂刚紧紧追赶，一直向东，约有十余里，忽然不见了楚船，立在船头张望，见朝北转角处，一个人在那里垂钓。头戴箬笠，身披蓑衣。聂刚大叫道：“钓鱼的，可见楚兵向哪里去了？”钓鱼的抬起头来，用手向北一指，仍自低头下去。聂刚催船向北追去，见一条峡谷，楚国船只抛弃四散，一些楚兵在浅水中乱跑。急急赶到，自己不肯进谷，扼着谷口。一面命喽兵夺取船只，一面命会水的贼兵下水赶杀。正在忙乱，石崖上鼓声突起，滚木擂石纷纷打下。峡谷窄逼，无处藏躲，贼兵下水的大半被楚兵戳翻。聂刚情知中计，急叫速退。无奈大势已乱，哪里招呼得及，只得独自离开谷口。却见一只小小渔船摇荡而来，钓鱼那人仍是披蓑戴笠，立在船上叫道：“四面埋伏的楚兵不少，我来领聂头领转回大寨。”聂刚此时听得四围鼓声大震，不知伏兵多少，所带的人被滚木礌石打死殆尽，一时着慌，应道：“如此甚好，回到大寨从重相谢！”那人不言语，撑着小船在前引路，向西而行。不过一里，迎面来一只渔船，船上一个少年，对着渔人道：“骆哥哪里去？前面被楚国的兵船寨满，去不得了！”渔人道：“王小乙，你过这里来，后面船上是洪大王部下的聂头领，被楚兵引至小沟，险遭毒手。我要将聂头领送回大寨，前面既有楚兵阻拦，可有别路绕回大寨？”王小乙道：“此去乱石滩不远，绕过乱石滩，离大寨便近了。”聂刚听得清楚，急接口道：“就是这样，速去速去！”二人把聂刚领至乱石滩，水便浅了，聂刚的坐船不能行动。二人道：“聂头领可过小船来，坐船弃了，驾船的另坐一只，我二人同聂头领一只，过了乱石滩，便到大寨了。”聂刚哪里识得云中岸的路径，听随二人调派，弃了大船，过了渔舟。舟到乱石滩，骆哥在前，王小乙在后，聂刚倚了双刀，盘膝坐在中间，问二人道：“二位尊姓大名？住居何处？”骆哥道：“我叫落水，他叫亡命。把我两人的名字一捏，刚正是落水亡命。”聂刚一听话里藏有机锋，吃了一惊，急挣起身来，提起双刀，睁圆双眼喝道：“你两个到底是什么人？敢来捋虎须！”骆哥笑道：“不才雍洛。”王小乙笑道：“不才王孙建。”聂刚情知不好，一刀向雍洛劈去，雍洛一个筋斗翻下水去。王孙建早抢在聂刚背后，右手绾定鹅毛刺，左手在背心上尽力一掌，喝声“下去！”聂刚身子一晃，跌下水去。王孙建跟着跳下，且喜水不甚深，聂刚略知水性，三人在水中厮拼。三五个驾船的在一只小舟里，吓得缩住一团，哪里敢动。聂刚凶勇，二人制伏不下。忽见一只小舟放箭般到来，舟上的人发手一铁弹，正中聂刚面门，立时倒在水中。那人跳下水，按着聂刚，拔出牛耳尖刀割了首级。三五个驾船的魂不附体，叩头乞饶。陈音喝道：“饶尔等一死去罢！”带了王孙建、雍洛，跳上小舟，与公子申等会合，说道：“聂刚这厮十分狡猾，不肯进谷，我叫雍洛、王孙建如此这般，方得就擒。”公子申等称妙，约齐王庆收队而回。洪龙因聂刚独自出战，放心不下，见聂刚不回，急命蒙杰带同严癸速去救应。二人向东赶来，到了小沟，见一些贼兵被木石打伤的，脑浆迸裂，肢体不全，被戮翻的尸浮水面，血荡波心。聂刚不见下落。急转身时，鼓声大作，公子申领了战船截住归路，命人用枪挑着聂刚的头大喝道：“来者照样纳下头去！”严癸大怒，挥鞭向前，公子申接住厮杀。约十余合，公子申一枪刺透严癸的胸膛，死于非命，楚兵一拥而上。蒙杰叫军士速退，自己断后，楚兵不敢相逼，贼中毫无损失，缓缓地退回大寨不提。陈音同公子申回至大营，诉知聂刚不肯进谷，自己变计擒斩聂刚的事。孙参谋大喜道：“正该如此！行兵之道，必须随机应变，若是拘守成令，每误大事。”记了陈音大功。

蒙杰回寨，对洪龙说了聂刚被杀、严癸阵亡的话。洪龙感伤不已，叹气道："似此屡折大将，楚兵日逼，为之奈何！"蒙杰道："楚兵战胜，其心必骄，不如今夜前去劫寨，一战可以成功。"洪龙道："此计甚妙，正合我意。"即派蒙杰领第一队，攻楚中路，唐招接应。邓环闻知聂刚战死，心中愤怒，不顾伤重，自请去劫楚寨，洪龙派领第二队，攻楚左路。派蓝建德领第三队，攻楚右路。西门铎、费恭守寨，自带晏勇四面策应。各人领命准备去了。蒙杰暗将消息递过楚营。孙参谋知悉，随即升座，命斗荡领队绕到贼营后面埋伏，如此如此。命王孙建领队去到贼营前埋伏，如此如此。命公子申领队伏在本营左面，如此如此。命雍洛领队伏在本营右面，如此如此。命陈音督率鲍皋等四面策应。屈采带伤向前请命，孙参谋道："将军伤重，只宜养息，不可轻动。"屈采忿然道："些微小伤，毫无痛楚。今逢大敌，甘愿舍死向前！"孙参谋听了，十分起敬，踌躇半晌道："将军愿去，有一紧要地方，贼人败后必逃到旱寨，由平山口西去约五里，地名芳草坪，正是离水登陆的地方。将军领队去那里等候，贼人到了那里，见有埋伏兵，必然舍命冲突，将军不可怠慢。"屈采欣然领命而退，自去裂帛束胸，准备厮杀。孙参谋带了偏裨众将，去营后埋伏，等候动静。大寨空荡荡，只留些老弱传更打点，寨的四围仍是旌旗遍竖，灯火辉煌。二更以后，蒙杰在前，唐招在后，直向楚营而来，一直呐喊，扑进楚营，却是空荡荡的，大喊中计。此时邓环由左扑进，蓝建德从右扑进，一齐大惊。急急退时，孙参谋望见，鼓角齐鸣。公子申听了，由左抄来，雍洛听了从右抄来。喊声大震，火势飞腾。贼兵见劫了空营，早已心惊胆落，纷纷乱窜。公子申敌住邓环，雍洛敌住蓝建德，蒙杰见中路无人拦阻，叫唐招去助蓝建德，自己去助邓环。正待分头助战，忽然本寨中火势冲天，贼探报道："大寨失守了！"洪龙正在督战，听了探报，急回头看时，果然烈焰烧空，喊声远震，知道本寨有失，不禁跌足叹恨。突然一只小船急骤而来，一道白光，冷森森迎面一罩，大吃一惊。正是：

九渊兵伏诚难测，半着棋高未易争。

不知洪龙如何抵敌，且看下回分解。

第十九回

劫楚营洪龙受大挫　攻旱寨斗辛困重围

话说洪龙督战之时，听得探报，本寨有失，正在跌足叹恨，突然一道白光迎面罩来，大吃一惊，急将左手的水磨鸳鸯拐一扬，当一声，碰个正着，挡住白光。原来是陈音在四面策应，见一队贼兵往来催战，为首一人，手绾鸳鸯拐，气象威猛，年约五旬，后面跟着晏勇，谅来必是洪龙。雄心陡发，私念道："擒着洪龙，大事定矣！"鼓棹冲去，劈面一砍刀，怎奈洪龙眼快，瞥见小船来得奇异，早已留心提妨，白光一罩，便把鸳鸯拐一扬，碰开了，右手一拐递去，陈音急忙招架，约有十余合，陈音见洪龙双拐沉重，手段高强，暗暗叹道："果然名不虚传！"且喜劫营的贼兵听说本寨有失，无心力战，被楚兵杀退，排墙般倒下。洪龙不敢恋战，逼开陈音的砍刀，带了晏勇退还本寨。寨前闪出王孙建，抡戟大叫道："洪龙匹夫，速献头来！"晏勇见了，举斧便砍。二人交战正酣，恰好雍洛杀退蓝建德，随后赶来，一见晏勇，大叫道："晏勇，认得我么？"晏勇一看，认得是雍洛，见他身披软甲，是个将官模样，诧异道："他然何在楚营中，公然做了将官？"雍洛一铁棒横扫过来，晏勇正留心招架王孙建，躲闪不及，被雍洛一铁棒打中手腕，十分疼痛，情知不妙，觑个空儿扑下水去。雍洛跟踪下水，晏勇见了叫道："雍洛，我昔日不曾薄待你，为甚苦苦逼我？"雍洛道："昔日你与我不足言恩，今日我与你并非有怨。只是你平日行为不正，久干天怒，今来这里锄恶，我是堂堂楚国的将官，焉肯放松你！"晏勇大怒道："匹夫焉敢欺吾！"运动大斧，劈头砍下。雍洛抡棒相还，晏勇见雍洛水势熟习，棒法精通，着实吃惊，提心厮拼，怎奈手腕着伤，不能用力，七八个回合招架不来，回身便逃。雍洛趁他转身时，铁棒向他背心一捣，晏勇一扑，便往下沉，雍洛一手扭着他的头发，一手提着他腰带，身子往上一挣，冒出水面，踏着水提到船上，掷在船板上，叫人绑了。雍洛将晏勇撇在伏板下，领了船队追杀贼兵。

此时贼兵杀得七零八落，唐招身带重伤逃回本寨，遇着西门铎也是血流满面，诉说："被斗荡攻破大寨，费恭逃去，我又敌他不过，被他一刀刺着眉心，逃命到此。大王哪里去了？"唐招道："我也是身受重伤，幸亏蒙杰救护出围。邓环尚被围困，不知生死。"说话间，蒙杰救了邓环，飞奔而来，后面公子申紧紧追来。邓环面上伤痛未愈，又在重围中额角上中了一箭，见楚兵紧追，咬牙发恨，暗地取镖在手，对准一员楚将发去，那员楚将应手而倒。接连四五镖，楚将当头的俱被镖伤，陆续倒下。公子申见了，吩咐众将不必穷追，即时停桡不赶。邓环见了，会合唐招、西门铎等，商量行止。忽然楚兵四合，把众贼围在垓心。众贼虽然勇悍，怎奈都受重伤，只有蒙杰一杆九环刀抵敌一面，危急万分。幸得洪龙因大寨失守，趁晏勇战住王孙建时，便四路去招集残兵，想来夺还大寨。听得喊杀之声不断，舞起双拐，首先冲入，挡者纷纷倒下。邓环等见了洪龙，呐一声喊，随定洪龙透出重围，蒙杰押后，楚兵退去。洪龙对众贼道："今夜一战，狼狈至此，如何是好！"邓环道："事已至此，且到插天岭再图恢复。"洪龙听说，只得如此，带领残兵往插天岭而去。约行三里，见一队战船停集在一个沙碛边，火光忽明忽暗。洪龙道："此处若有伏兵，我等性命休矣！”众贼亦皆失色，急急命人前去探视，却是洪涛、蓝建德、费恭领着败兵在此停歇。招来会合，向旱寨奔回。顷刻到了芳草坪，正待舍船登岸，鼓声大震，破空而来，霎时之间，火光蜿蜒，如飞而至，船头立一大将，头顶银盔，身穿细鳞白甲，素袍长枪，威风凛凛，大喝道：“等候多时了！快来受缚，免污吾手！”洪龙等一看，认得是屈采，面面相觑，做声不得。蒙杰愤然道：“我自独挡屈采，众位可同大王夺路！”邓环本想助战，怎奈伤势发作，挣扎不起，只得让蒙杰当先。蒙杰手挺九环刀，大喝道：“屈采匹夫，休得猖狂！”骤上前去，抡刀便砍。屈采见是蒙杰，只得展开枪，往来厮杀，洪龙带领众贼夺路而逃，奔上岸去。贼兵落后的，都被楚兵杀得如破瓜切菜一般。洪龙在岸上见了，伤心泪落，又怕蒙杰有失。且喜蒙杰抽个空，跳身上岸赶来，洪龙大喜，一同奔向旱寨。屈采收队而回，天已发晓。孙参谋占了平山口，所得粮米、器械、甲衣、旗帜不计其数，杀死的尸骸掩埋停当，投降的贼众安插整齐。屈采到了，孙参谋笑面相迎，屈采说了备细。孙参谋道：“釜底之鱼，不过苟延残喘。”命人摆宴贺功，众将畅饮，满营腾欢。宴罢安息。孙参谋修了两封密书，命心腹人分头去鸦嘴滩、铁崖两处投递。消停一日，督率全营向插天岭进发。

且说斗元帅兵抵三关，虽有两次小战，胜负相当。斗元帅想大举围攻，怎奈华勋守御得法，无懈可击，只得暂时耐守。这日接得孙参谋的申报，水寨已破，洪龙逃回三关，不日即来会战，心中大喜，唤集众将道：“参谋已破水寨，洪龙逃转三关，我们毫不得手，殊觉可愧。众位可有计较？”公子成英道：“末将昨日探得西面有一条小路，可以上岸。只是近岸水浅，船不能到，须用竹筏渡拢岸边。来将领兵一队，悄悄从小路而进，逼近贼寨立营，贼人必来争夺。俟贼兵动时，元帅督兵上岸，两面夹攻，可获全胜。”斗元帅道：“倘若华勋那厮任你立营，屹然不动，又将奈何？”公子成英道：“华勋那厮沿岸列寨，我军被拒，无处用力，倘得末将在旱地立营，大军陆续上岸，结成大营，便好设法破他。”斗元帅大喜道：“此论甚是。将军作速动身，不必迟延。”公子成英回了本营，命人砍伐山竹，扎成竹筏。到了次日，载了本队军士，绕到西面上岸，悄悄从小路转到贼寨之西，列成阵势，厉声搦战。探子报进大寨，华勋听了，对洪龙道：“斗辛被我临水拒住，求战不得，便命人别寻路径上岸挑战，明明要我开寨迎战，他却领率大队抢上岸来，两面夹攻，以求一胜。”洪龙点头道：“此虑不差，但是如何对付他嘞？”华勋道：“我趁此将计就计，斗辛可擒。”随派颜渥领兵一千，开寨迎敌，务必死力相拒，自有救应。又派郝天宠领兵一千，伏在本寨东北，卜崇领兵一千，伏在本寨东南，楚兵上岸不必拦截，任他攻进寨来。郝头领横腰冲击，卜头领从后掩杀，可叫楚兵全军覆没。又派张信领兵一千，驾船去攻他的老营，攻破之后，放火呐喊，乱他的军心。又派副领孟陵、周宣各领兵五百，在寨内东北、东南两面多掘陷坑，上用芦席浮土盖好，楚兵跌下陷坑，用箭射去。又派副领柴能、万士雄各须兵五百，悄悄绕到公子成英后面，俟酣战之际擂起鼓来，两路抄杀，楚阵必乱。又对洪龙道：“关内空虚，大王可带蒙先锋进关固守，以防他变，众位也好养息伤口。”洪龙见华勋调度有方，十分喜悦。带了蒙杰、邓环、唐招、西门铎、蓝建德、费恭先进关去。颜渥等领令分头准备去了。公子成英逼寨搦战，见贼寨不开，叫军士高声谩骂。看看日已西斜，贼寨中鼓声大震，开了寨门，颜渥手挺蛇矛，领兵一千冲出，到了阵前，大喝道：“匹夫休得猖獗！认得颜渥么”？公子成英喝道：“堂党上将，哪认得你这无名小贼！”抡枪便刺，颜渥挺矛相迎，战鼓雷鸣，喊声大举。斗元帅探得贼兵出战，命梁邱守船，统了养子敬、斗必胜等一般战将，大队军士，一拥上岸，扑到贼寨，呐一声喊，奋勇杀入。贼兵纷纷退让，一班楚将正在耀武扬威，忽然天崩地塌，当先的都跌下陷坑，两面一声鼓起，箭似飞蝗般射来，楚兵纷纷倒地，自相践踏，陷坑内射死楚兵无数。养子敬等急急退时，郝天宠从东北横冲杀出，卜崇从东南掩杀而来，人人奋勇，个个当先。养子敬迎着郝天宠，斗必胜敌住卜崇，阵云乱卷，沙土飞扬。斗元帅将后队分作两路助战。公子成英此时听得贼寨中大声喊杀，料是元帅攻入贼寨，正想抖擞神威，杀退颜渥，哪晓得自家后队扰乱起来，被柴能、万士雄两路抄袭，楚兵未曾提防，只杀得抱头鼠窜。公子成英见阵势已乱，只得撇了颜渥，落荒而走。颜渥会了柴能、万士雄，四处赶杀。斗元帅见贼兵重重裹来，大势难支，只想退回本营，霎时之间，本营火势上冲，楚兵络绎不绝奔逃上岸，却被张信劫了大营。梁邱敌不过，也逃上岸来。知道楚兵被围，舍死冲入，见斗元帅已是手挥大戟，亲身冲杀，自家杀上前去，呐喊助战。无奈华勋立在高处指挥，众贼围得水泄不通。斗必胜被卜崇鞭打肩窝，养子敬被郝天宠的三尖刀划伤门面，渐渐要败退下来，全亏斗元帅一杆大戟挡住无数军器，只能勉力支持。忽见东北角贼阵大乱，一员大将骤马冲来，一杆枪忽起忽落，搅开一条血路，直趋近前。斗元帅仔细一认，见是公子成英，头盔不戴，卸了上半截战袍，赤着膀臂，浑身污血。正待招呼，贼将颜渥领了柴能、万士雄横截而来，柴能将公子成英挡住，公子成英吼声如雷，尽力一枪，直透柴能心窝，往上一挑，将柴能尸首挑起二三丈高，落下时，正打着万士雄，一跤跌倒。公子成英顺手一枪，结果了万士雄性命。颜渥大怒，挺起蛇矛，公子成英舍死相拼，直战到日色西沉。张信又到，围得铁桶相似，楚兵杀伤过半，楚将不死即伤，斗元帅几次冲突，都被乱箭射回，不能透出，只听四围叫道："楚兵俱已杀尽，斗辛还不投降，等待何时？"又见梁邱被张信一刀劈于马下，只气得三尸暴跳，七窍生烟，叹口气道："不想全军覆没，我斗辛死于此地！"正要拔剑自刎，转眼之间，火球滚滚而来，鼓声不绝，四面都是楚军旗帜，翻江倒海般冲入贼寨。贼兵乱逃乱窜，人头滚滚，血水成河。东面是屈釆，南面是陈音，西面是公子申，北面是斗荡，好似四只猛虎，剪尾摇头，咆哮冲突，贼兵几次围裹上来，都被杀退。斗元帅心中大喜，招呼众将，乘势突围。斗元帅领着带伤众将在前，屈采等在后抵挡贼兵，一拥而出，无人敢当。颜渥见屈采等直进直出，如入无人之境，怒气勃发，将头盔掷于地下，大叫道："斗辛顷刻就擒，竟被救去，不能擒回斗辛，誓不收队！"骤马追来。屈采见了，瞋目大呼，眦裂血出，勒转马头，照着颜渥一枪刺去，颜渥用矛架住，公子申见颜渥凶悍，取弓在手，搭上箭，对准颜渥咽喉射去，颜渥躲闪不及，一箭直透咽喉而亡。贼兵抢了尸首，飞奔逃回。屈采等缓缓按辔回到大营，孙参谋接了元帅并带伤的众将，计点军士，折了十分之六，余者带伤的多，一一安插。斗必胜右膀伤了筋骨，已成废人，养子敬虽带面伤，尚无妨碍。停息片时，用了酒食，斗元帅叹气道："不料今日误中华勋之计，遭此大败。若非参谋相救，势必片甲不回，真真令人愧死！"孙参谋道："胜败兵家常事，何必介意！略为消停，整顿军威，定要捣入巢穴，生擒渠魁！"斗元帅无言。次日，鸦嘴滩、铁崖两处去的人都回，呈上密书。斗元帅与孙参谋看了，大喜。到了次日，升座传令，命屈采、公子成英、陈音、斗荡四将去打三关，附耳吩咐，如此这般。四将领命督队而去。命公子申、王孙建二将去贼寨左近埋伏，附耳吩咐如此这般。二将领命督队而去。元帅自和参谋督领偏裨，随后接应。

先说屈采四将领了大队，直到三关，屈采、公子成英打东面，陈音、斗荡打西面，大声发喊，箭似飞蝗。洪龙听报，派邓环、唐招、费恭抵御西面，自带蒙杰、西门铎抵御东面，派蓝建德督率副领，随机策应。命人报知华勋，两面夹攻。此时邓环伤痕已愈，到了西门，叫唐招、费恭紧守关门，自己带了一千喽兵，开关而出，列成阵势，舞叉当先，大喝道："有本事的速来纳死！"陈音提刀出阵，喝道："杀不尽的贼徒，还敢恃蛮？着刀！"一刀砍去，邓环抡叉相迎，约有二十个冲锋，邓环回马便向刺斜里败走。陈音笑道："别人怕你的暗器，我偏要试试你的手段！”取弹在手，随后追下。邓环果然取镖在手，扭过身喝声“着！”陈音早已妨备，左手一伸，接镖在手，右手的铁弹发去，正中邓环嘴唇，打折门牙二个，满口流血，伏鞍而逃。陈音不舍，拍马紧追。邓环因陈音追得紧急，见路边是水，从马上一跃，跳下水去。陈音笑了一笑，将大刀挂在马鞍，也从马上跳入水中。邓环用叉对着陈音肚囊刺来，陈音身子一扭，让过叉尖，趁势将叉拧住，尽力一扯，邓环立不稳脚，向前一扑。陈音丢了叉，用脚踏着邓环背心，把牛耳尖刀在颈脖上一划，一颗头早切下来，提头出水，纵步上岸，跳上马背，跑回本阵。贼兵见陈音提了邓环的头，呐喊一声，回头便跑。唐招见了，急急拍马出关，让过贼兵，敌住陈音。此时洪龙在东关，见屈采与公子成英在关下驰骤，威风抖擞，西门铎忿然请令，出关会故，洪龙允了。西门铎手握狼牙棒，领喽兵一千，冲出关来。屈采见有贼将出关，将军士约退，叫公子成英押阵，自己横枪勒马，立在阵前。西门铎并不答话，举起狼牙棒劈头便打，屈采将枪一摆抵住，厮杀约有二十个回合。屈采见西门铎狠命相扑，将马一带，向刺斜里跑去。西门铎大吼道：“哪里走？”骤马追下。屈采见西门铎来得较近，把马一夹，让在一边，西门铎马快，收缰不及，突过前去。屈采本想用回马枪挑杀西门铎，到了此时，只得把枪在西门铎坐马的后股上尽力一戳，那马负痛，长嘶一声，后蹄一扬，把西门铎撤下马来，跌倒在地。屈采抽出枪向西门铎颈后刺去，直透咽喉，死于马下。屈采下马割了首级，提在手中，跳上马跑回本阵。贼兵见了，呐喊一声，正待逃回，蒙杰早已冲出关来，公子成英抢出阵去，敌住厮杀。两面正在酣战，华勋派了郝天宠、卜崇各领一支喽兵，分作两路前来策应。屈采抵住郝天宠，斗荡抵住卜崇，关上关下战鼓齐鸣。此时公子申与王孙建在贼寨左近埋伏，见郝天宠、卜崇到了，伏兵齐起，去扑华勋旱寨。华勋督率张信等开寨厮杀，四面杀声惊天动地。孙参谋带兵拥上，围着贼寨，正在死力相拒，忽然黄通理带了鸦嘴滩的全军，赵平带了铁崖的全军，好像约准的一起到来，人如狼虎，鼓似雷霆。华勋大喜道：“两路兵到，楚军休矣！”正是：

自古行兵不厌诈，暂时得意转成忧！

欲知两家胜败，且看下回分解。

第二十回

献鸩果迅机破巢穴　寻宝物设计赴漩潭

话说华勋督率贼将，抵敌楚军，楚兵四面围裹上来，正当十分吃紧，忽见黄通理、赵平各领全军，唿哨而来，心中大喜。眨眼之间，两员老将分两路杀进楚阵，楚兵纷纷倒退，如浪翻墙塌一般，不过片时，楚兵逃得干干净净，不知去向。华勋接着，两员老将正待下马，华勋拦阻道：“三关正在危急，烦请二位速去解救！”两员老将随即领军直趋三关，顷刻便到。黄通理往西，赵平向东。赵平到了东关，正遇蒙杰与公子成英杀作一团，骤马上前，一声大喝，嗖的一枪，将公子成英挑下马来。蒙杰急跳下马来，提起公子成英挟在肋下，翻身上马，楚兵吓退。洪龙在关上见了，欢喜不尽，吩咐开关迎接。此时黄通理到了西关，见唐招与陈音厮杀，唐招哪里是陈音的对手！理论来唐招早被陈音斩了，不知陈音什么意思，只将唐招裹住，延宕时辰，舍不得杀他。唐招已是浑身出汗，臂木眼花，战又战不过，走又走不脱，好不危难。黄通理一声大喝，冲到垓心。陈音一见黄通理，心中大喜，两膀用力，一刀劈唐招于马下。黄通理救应不及，恶狠狠一刀向陈音劈去，陈音用刀隔开，回手一刀去劈黄通理，被黄通理用刀逼过，凑上前去，轻舒猿臂，将陈音摘离雕鞍，提来横在马上，斗荡见了，只吓得收兵退走。黄通理也不追赶。费恭在关上望得真切，即命开关，不先不后，与赵平同时进关。先说赵平拍马进关时，蒙杰挟着公子成英刚到关门，被公子成英用力一挣，跳落在地，在贼兵手中抢了一把刀，横砍直劈，霎时人声鼎沸起来。洪龙见了，急待上前，蒙杰一口刀早已对着洪龙迎面劈下。洪龙吃惊非小，将头一偏，劈伤左臂。情知有变，回身便跑。蒙杰腾马追去。赵平同公子成英扼住关门，屈采一枪挑了郝天宠，飞马而来，一冲进关，逢人便砍。西关一面也是一片声嚷，费恭措手不及，被黄通理一刀劈死，拒住关门。陈音脱身，取了砍刀转斗卜崇，卜崇心慌，被陈音一刀斩于马下。陈音抢进关中去寻洪龙。此时斗荡领兵一拥而进，顷刻之间，关内布满楚兵。赵平、黄通理所带贼兵一时错愕，见大势至此，只得附和行事。蒙杰追赶洪龙，看看赶上，蓝建德见了，骤马向前，让过洪龙，横着钢斧，拦住蒙杰。蒙杰大怒，用尽全身气力，挥起砍刀劈头砍去，蓝建德把钢斧一架，当一声折成两截，复一刀从头劈下，将蓝建德劈作两片。洪龙已去远了，心中懊恨不已，转到关口，孙参谋已到，急命赵平、黄通理、蒙杰速领本队去破旱寨，擒拿华勋。三人去。又命屈采、公子成英、陈音、斗荡四面搜拿洪龙。

洪龙一直跑回巢穴，直到后堂，唤齐姬妾，并一个九岁的儿子，挥泪道："大事已去，楚兵纷纷进关，我的左臂受伤，不能对敌，如何保得你们逃生！众美人都在少艾，楚兵到来，谅来可免。只是这个孽种，斗辛断然不容，何苦落于敌人之手，受他裂尸之惨！"这九岁的小儿正伏在洪龙怀中啼哭，洪龙把牙关挫了一挫，恨声道："罢了！"把鸳鸯拐劈头一击，打得头颅粉碎，死于地下。众姬妾放声大哭，洪龙也是号陶不止。姬妾中有两个是在难中被洪龙救出来的，洪龙平日待这两人甚好，两人痛哭一会，跑回房中，双双自缢。洪龙倒呵呵大笑起来，道："她二人如此，我死得值了！"把其余的姬妾用手一挥道："金银尽有，你们各自带些去逃生罢！"众姬妾还在张张致致，洪龙不顾，立起身来，趋入后堂，抱了翡翠瓶，开后门走了。斗荡带领楚兵已由前面蜂拥而进，众美人吓得柔软无骨，一起跪伏在地，哀求道：“我们都是被洪龙虏来的，乞免一死！”军士问了斗荡。斗荡进内，见花花柳柳铺满一地，按名点查，共计九十八名，免其一死，问道：“洪龙哪里去了？”众美人见免了死，心已放下，一起莺声燕语，娇滴滴地应道：“向后去了，不见出来。”斗荡即命老成军士，将九十八名妇人带至空屋看管，带了精壮抢入后堂，细细搜寻，哪里有影子？只得转出正厅，去报孙参谋。

且说陈音四面搜寻洪龙，逢人便问，都回不见。寻至一处地方，甚是荒僻，树木丛骤，一条土冈，东面望去，都是茂林，看不出路径。西面是个悬崖，碧沉沉一个寒潭，毫无踪影。正待转身，见一樵夫肩担柴担，从冈上下来，停住脚，等那樵夫到了面前，拱一拱手问道：“樵哥从冈上下来，可见有什么人？”那樵夫把陈音上下望了又望，踌躇半晌，方应道：“尊驾想是楚营的将官，搜寻洪龙的？”陈音见樵夫颇有意思，急答道：“正是。”樵夫道：“且寻个僻处再说。”带了陈音，寻了僻处，席地而坐道：“洪龙正在上面，只是尊驾一人不能上去。”陈音道：“却是为何？”樵夫道：“在下也不是樵子，正是洪龙的心腹。”陈音听了，颇觉吃惊。樵夫道：“尊驾不必失惊，在下虽是洪龙的心腹，却是洪龙的仇人。适才洪龙抱了翡翠瓶跑上冈来，对着我等叹气道：‘赵平、黄通理叛了，三关已破，谅来旱寨也是难保。楚兵在各关口盘查甚紧，不能逃出，只得来此暂避，再图脱身之计。’”陈音道：“这样说来，上面不止洪龙一人，难道就在树林里栖身不成？樵哥如何是他心腹，又是他的仇人嘞？”樵夫道：“小子姓屠名辰，监利人氏，家有母妹，贸易为生。洪龙打听小子的妹子有几分姿色，带人来我家中，杀了我的老母，虏了我的妹子。小子那时不在家中，归来听得邻人告知，将我老母埋了，立志报仇。怎奈独立不能成事，因此改名魏辰，投在洪龙身边，打听得妹子已不从而死，屡想下手，一来洪龙手段高强，二来近身时候最少，三来他的护卫人多。这土冈上有三个土窟，所藏金银不少，派一个心腹党羽名叫墨新，带领小子等共是八人在此守护。这树林卫四处安着竹签，埋着毒弩，挨着便死。墨新也是一身好本事。这个地方，漫说外人不得而知，就是贼中心腹也无人晓得。我们在土冈上，平时不准擅离一步。今日是洪龙命小子扮做樵夫，下来探听消息。小子正要到楚营中报信，不想幸遇尊驾。请问尊驾贵姓大名？”陈音通了姓名，屠辰道：“原来是陈都巡，久仰大名！”陈音道：“大哥然何晓得贱名？”屠辰道：“贼中人人传说都巡本领高强。皇甫葵、洪涛通死于都巡之手。洪龙恨都巡入骨。哪人不闻都巡的大名？”陈音道：“闲话不必说了。我们如何打个主意，擒着洪龙，大哥的功劳也是不小。”屠辰道：“小子不想功劳，只想报仇！都巡可有什么妙计？小子无不尽力。”陈音道：“冈上的树枝可是枝枝紧接？”屠辰道：“正是。”陈音道：“如此，就不怕他的竹签毒弩了。大哥转去，可对洪龙说，阜寨已破，华勋被擒，现在网面搜寻，千万不可乱动，定住洪龙。我转去调人来此，四面埋伏，以防漏网。二更以后，我从树枝上而进。但是大哥须将洪龙住处做个暗号，省得探望。”屠辰道：“小子把这担干柴搁在树枝上作个暗号何如？”陈音点头称好，又问道：“大哥们是搭的帐棚，还是结的草屋哩？”屠辰道：“都不是，是用石块堆起墙壁，上面钉些木板，用些树枝树叶铺在板上，稍不留心就看不出。此时月尽，月色毫无，要加倍留心才是。”二人商议定了，分头走开。

陈音转回大营，已知赵平枪挑了张信，黄通理、蒙杰与斗元帅合兵，把一些副领如孟陵、周宣等辈杀个尽绝，华勋自刎，贼兵死的死，降的降，收拾得干干净净，随斗元帅齐集三关，遍索洪龙不得，翡翠瓶也不见下落，十分烦闷。陈音见了元帅，说明原委。斗元帅即刻要大队前去围拿。陈音禀道：“不必大队，八百人足矣。”斗元帅派了屈采、蒙杰、公子申，各带二百人，四面兜擒。陈音自带王孙建、雍洛，晚餐后络绎到了土冈，各派地段围守。陈音同王孙建、雍洛短装软履，直上土冈，爬上树上，踏枝而行，捷如飞隼。约有三里之遥，往东看去隐隐露出灯光，陈音悄悄对二人道："是了！"张望那担干柴，哪里看得出形影，再向前去，灯光愈近。陈音叫二人就在树上等候，自己轻轻落将下去，潜踪蹑步，到了灯光处，果然是从石缝漏出，一排五间，当中一间略为高大，余四间甚是矮小。忽听一人正说道："除非漩潭水涸……"又一人道："烂泥沟未必失守，只要偷出三关，绕去那里，再行号召四路的豪杰，何难恢复！"先的一人道："难、难、难！"陈音听见，知道是了，大喝道："洪龙老贼，好好出来受缚！"灯光忽灭，人声寂然，左右矮屋里倒有人走出，齐声喝道："什么人在此大呼小叫？"陈音正待回言，当中屋里黑沉沉飞出一件东西，迎面扑来，陈音不敢招架，蹲身躲过，将立起身来，遂即跳出一人，不知用的什么军器，只听得铁环当当地响，迎面搠来。陈音倒退一步让开，忽听王孙建在树上嚷道："恶贼逃向哪里去！"就在这嚷声当中，与雍洛一起跳下，就在这当儿，有人从身边扑了过去。料是洪龙逃走，即撇了眼前这人，抽身就赶。这人用家伙拦住去路，陈音情急，不问好歹，用手接着，趁势拄转，喝声"去罢！"这人仰面倒地。陈音不理他，抢行几步，王孙建二人正逼着洪龙相斗。洪龙一支鸳鸯拐舞得呼呼有声，陈音扑近，双手把洪龙拦腰抱住，洪龙用劲一挣，挣脱身便跑。三人一起追去，绕了几株大树，忽听哄龙哎哟一声倒在地下，陈音抢上去踩着洪龙的胸脯，雍洛抢到，用铁棍向腱骨上一敲，洪龙哼了一声。树后跳出一个人来道："洪龙老贼，也有此时！"陈音吃了一惊，喝道："什么人？"那人应道："小子屠辰。"陈音大喜道："屠大哥！可寻个火来。"屠辰接应道："有，有，有！"飞奔去了。陈音撙着洪龙，回头向王孙建道："另有一贼，须防着他。"王孙建应了，凝神静听，却无一点响声。顷刻屠辰撑着火把飞跑而来道："墨新那厮不知逃到哪里去了！其余的人也一个不见。"走近前，把火照着洪龙。洪龙闭着双眼，毫不呻唤。屠辰取出一根粗绳，陈音接来把洪龙绑好，雍洛驮了，转到石屋，果然一人不见。

陈音道：“屈将军等不见到此，且堆些柴草，放起火来。”屠辰同王孙建去抱了柴草，堆在空地，放火一烧，霎时烈焰骤空。屈采等见了，各举火把围裹而来。来至石屋，见洪龙已经绑好，众人大喜。屠辰见蒙杰手中提个人头，取火一照，道：“这是墨新，将军从何处取来？”蒙杰道：“上冈时见个人影闪到林里，料定是贼党，跟追进来，毫未费力便结果了他。”陈音道：“墨新既诛，余者不必深究了。王、雍二弟可带人看守洪龙。我们去寻翡翠瓶要紧。”众人称是。屠辰领着众人，在五间屋里细细搜寻，哪里有翡翠瓶的影子？又添些火把，往三个土窟里寻去。金银珠宝盖藏甚多，翡翠瓶仍然不见。大家吃惊，屠辰道：“我是明明白白见洪龙用黄布包好，背到冈上来。此刻如何会不见嘞？”屈采道：“我们去问洪龙。”众人齐声道有理，一起走到洪龙身边，问洪龙将翡翠瓶藏在哪里？再三诘问，洪龙一声不响。众人无可奈何，闷了一会，陈音忽向屠辰问道：“近处可有地方名叫漩潭？”屠辰道：“西面悬崖下即是漩潭。问他做甚？”陈音拍掌道：“瓶在那里了！”洪龙此时倒睁开眼睛，望了陈音一眼，仍自紧闭。屈采问道：“何所见得？”陈音把适才在石缝里窃听的话说了。众人道：“一定是了。”转问屠辰道：“洪龙把瓶掼下漩潭，大哥何又不晓得嘞？”屠辰道：“小子到了晚间，便寻了一根枣木棒在四下探望，等陈都巡来。直到后来他们追赶洪龙，小子跑转过来便躲在树后，洪龙正从那株树边跑过，被小子一棒打倒。大约他们把瓶掼下漩潭之时，正是小子四下探望的那会工夫。瓶既掼下漩潭，这瓶便永世不能出来了！”陈音惊问道：“却是为何？”屠辰道：“这漩潭深不见底不必说了，水势漩流，不论轻重之物，一到那水里，一漩便下去，再不浮起。人到那里还能撑持得住吗？”陈音听了，双眉紧蹙。屈采道：“我们且押了洪龙，转到大营，再作计较。”众人称是。留了四百兵，派公子申暂时留守此地。公子申应允。众人押了洪龙，转到大营，天还未晓。斗元帅听说擒了洪龙，满心喜悦，立时升座，慰问了众将，唤屠辰上去，着实嘉奖。带上洪龙，斗元帅看过了，换了镣铐，牵去与所擒的贼将洪涛、晏勇一同监好。陈音方把洪龙将翡翠瓶掼下漩潭，并把屠辰所说漩潭难到之话，述了一遍。斗元帅听了，愁闷起来，道："若不将翡翠瓶取回，此行不为全功。"又沉吟了一会道："众位且去安歇。天明后，大家到那里查看，或者有法可想，也未可知。"众人只得谢了，各去安歇。到了次日，斗元帅升座，先派赵平回铁崖，换成允去守二关。派黄通理回鸦嘴滩，换申黑去守头关。原来所定之计，赵平、黄通理离寨之时，就放成允、申黑夺了两寨。成允斩了王受福，申黑斩了魏子楚，就此镇守。所以孙参谋说的机括甚紧，与夺三关时一般无二。派蒙杰去烂泥沟，帮助蘧季高、武城庸攻打，三将领令去了。孙参谋督领公子成英等四面镇守。其余的都随元帅齐到漩潭。公子申迎接。斗元帅派人取了三窟的盖藏，运回大营，放火烧了石屋，方到漩潭崖上。见那水势漩流甚急，斗元帅命人抛下木板、木棒，果然一漩便下去了。看来屠辰的话不错。对着漩潭，沉闷无计。陈音上前道："末将愿舍命前去试他一试。"斗元帅摇头道："性命攸关，岂是容易试得的事吗！"大家呆呆地望着漩潭。

陈音思索一会，道："凡是漩涡，不是漩溜到底，不过水面三五尺，以下便缓了。但不知这潭有几何深？且先用绳一量，再来设法。"斗元帅听说有理，即刻命人取了粗绳，接联起来，缚了大石，从崖上放了，等待定了，拽起来细细一量，足足二十四丈有余。陈音道："这就难了！"斗元帅问道："这又为何？"陈音道："水若浅时，末将尚想仗着全身本事下去。潭水既深，漩流又紧，再要抱个瓶在怀，如何好用气力与那漩流相抵？十丈之水，便非一般劲可能上下。这水二十余丈，下去尚不要紧，上来时有瓶累赘，断断上不来！"大家听了，一个个搓手跌足。王孙建道："小弟有一计在此。"斗元帅问道："什么计？”王孙建道：“用巨绳将我系好，放下水去，寻着瓶时，上面一拽，岂不连人带瓶通拽上来了吗？”斗元帅听似有理，目视陈音。陈音含笑道：“真是个孩子主意！水里的勾当，到那紧急时，一股劲换不过来，便坏性命。人在上面拽，便身不自主起伏，如何得力？况上来到了漩流的地方，全靠身体灵活，与那漩水相争，岂是儿戏的事吗！”王孙建便不言语。陈音忽然顿脚道：“计却有了，可惜赵平不在此。赵平水性精奇，末将与赵平或能把瓶取出。”斗元帅急急询问道：“都巡且把计划定了，我即刻去调回赵平。”陈音迭着两指，把计说出。正是：

不施万丈深潭计，怎得骊龙颔下珠？

不知陈音怎样计划，且看下回自明。

第二十一回

习弩弓陈音留楚国　失宝剑卫老毙监牢

话说陈音因洪龙把翡翠瓶掼下漩潭，思得一计，须得赵平到来，可以取出。斗元帅急问："何计？"陈音道："用巨箩一个，粗索系好，内镇大石。末将与赵平坐在巨箩内，沉下水中约五六丈，不但免了漩涡急流，并可省一上一下泅水之劳。末将与赵平一人坐守箩内，一人泅到水底。大约瓶到水底，不知冲荡在什么地方。寻觅此瓶，也须准备二三时之久。如能一寻便着，甚好；不然，彼此调换，可免吃亏。万一水中有什么危险，也可保无事。不过借个巨箩养一养劲力，下面也无须用人牵拽。"斗元帅听来，颇觉有理，随说道："此刻且转大营，准备一切，飞调赵平回来，明日到此行事。"仍派公子申留此防守，带了众将，回至大营，即命公子成英速去铁崖，调换赵平，公子成英领命而去。

斗元帅命提洪龙、洪涛、晏勇三贼，须臾提到，三贼俱挺立不跪。斗元帅笑道："堪叹尔等有何伎俩，胆敢纠众负隅，欲图不轨？萤火也想敌月，螳臂何能挡车！今日被擒，还不跪求贷命，尚敢恃蛮倔犟，真真是个顽梗之徒！"洪龙冷笑道："英雄做事，论什么成败？今日不是赵平、黄通理两个老匹夫丧心负义，尚不知胜负所在。

既被擒拿，要杀便杀，此刻要屈膝乞命，当时也不独立称雄了！况且，这凭众据地的事，若非迫不得已，谁肯把性命身家自濒危险？朝廷上任一囊瓦，草泽中不知几何洪龙？除一洪龙，洪龙正多，岂能除尽！就算恃着兵力，一一除尽，谁不是朝廷的子民？多杀一份子民，实伤一份元气，究竟于朝廷何益？譬如元帅督兵到此，并无片纸只字，布诚开导，安抚招降，直把这云中岸当作异域之地，把这云中岸的大众视为化外之人，任意屠戮，以博封赏，略无恻隐之心。方今列辟竞雄，须知优在草野目为悍贼者，用作干城，即是劲旅。”正待往下说，洪涛厉声道：“我只晓得成则为王，败则为虏。死便死，何必与这贪残匹夫多讲！”斗元帅听了，暗暗点头，忖度道：不料这贼倒懂得这些道理。开口向洪龙问道：“你说这番话，不为无理。但是，那乘难行动，以戈刺王，今又拦劫宝物，是何道理？说！”洪龙又冷笑道：“囊瓦害国，任囊瓦者，昭王也。昭王不任囊瓦，我何至逼而为盗？一腔冤愤，有触必发。劫王劫瓶，不过聊以泄恨耳。”斗元帅又问道：“你广布党羽，杀人劫财，又是何说？”洪龙道：“既然做盗，这是强盗应分之事。难道做强盗的不吃饭穿衣吗？”倒说得斗元帅哑口元言，只得传令将洪龙仍然监守，解回郢都，洪涛、晏勇立时枭首。

左右将洪龙牵去。洪涛、晏勇面不改色，立候行刑。走过王孙建，屈膝请令斩此二贼，斗元帅允了。王孙建带了二贼出外，先将洪涛斩首，对着晏勇道：“你那洪泽湖的威风哪里去了？昔日你想杀我全家，今日受我刀刃。天网恢恢，疏而不漏。你到此时若不知悔，真是狗狼！若是知悔，可惜迟了，做强盗有何好处？”晏勇只把眼瞪着王孙建，一言不答。王孙建手起一刀，断了首级，提转缴令。斗元帅叫人把贼尸拖去埋了，又将洪龙的姬妾、贼众的家眷，遣归的遣归，分配的分配。又传令往燕子矶、卧云冈、鸦嘴滩、铁崖等处将关寨拆毁，所得贼人的船只，清查计数，派人管理，金银粮米，一一封识。

发落毕，退帐。

次日赵平已到，斗元帅把取翡翠瓶之话告知。随即传集众人，扛了准备之物，去到漩潭。赵平相了水势，把陈音的计划参详一会，想来只好如此，当下与陈音换了水靠。陈音腰间插了牛耳尖刀，赵平腰间插了匕首。巨箩绳索已经系好，二人跨进箩内坐定，慢慢地挨着崖石放下。一到漩涡，水势如箭一般漩了下去。果然，不到一丈，水势平缓如常。巨箩落定，赵平坐守。

陈音出了巨箩，往下一钻，一会到底。四围一看，哪有翡翠瓶的影儿？再向四面寻去，只见些大小石头，便向石前石后细细搜寻，毫无形迹。心中着急，想道：莫非洪龙不曾将瓶掼下此地？一面想，一面寻，周围二三里，实系不见。沉闷一会，便往上泅。好一会，到了巨箩，用手势关照了赵平。赵平见了，也是着慌，叫陈音坐在箩里，自己扑了下去。好一会，方才上来，仍然不见。二人呆了半晌，陈音挽着赵平再行下去。二人到了底，分头去寻，泥沙里都细细摸掏过，寻瓶不着。二人想来，只好罢了。

正想泅上去，忽然赵平用手向岸脚一指，陈音顺着手看去，却是一个石穴，一个极大的癞头鼋伏在那里。陈音一想：寻瓶不着，且把这癞头鼋杀了，带上去，也不至空来这一趟。照会了赵平，去寻了一块大石，抱起来，对准癞头鼋击去，恰恰击个正着。癞头鼋被这一击打破了头，负着痛向外一钻，扒动沙泥，水便浑了，二人向上一冒，癞头鼋对着赵平张着口扑来，赵平一闪身离开。陈音却在癞头鼋后面，腰间抽出牛耳尖刀，向着尾闾刺去，直到刀柄，用手一搅，癞头鼋痛极，身躯一扳，激动水势，乱翻乱涌。陈音不及抽刀，与赵平闪得远远的，见那癞头鼋一翻一覆，沉下水底。二人赶着到底，癞头鼋已不动了。略停一会，水清如前。赵平近前把匕首在鼋颈上戳了几下，用手捏着鼋颈，想将它提起，哪里提得动？陈音正想相帮，怕的是石穴里还有，往穴里一望，不禁狂喜起来，见翡翠瓶正在那里。奔进石穴，抱了出来。赵平也是大喜。陈音抽出刀，抱着瓶，满想泅上去，却不能行。瓶有二尺余高，抱着瓶如何泅水？倒弄得呆了。赵平想出一个主意：将两件水靠脱下，用一件包好，用一件系在背上，端整好了，方才泅上去。在巨箩里略歇一歇，一起向上泅去。泅到漩涡紧处，双双逼退。如是三四次，齐退至巨箩中休息。赵平想了个主意，关照陈音缘绳而上，到了漩涡，二人挽着巨绳，足蹬崖石，用全劲一节一节地挣出水面。岸上的人见了，一起用力收绳，将二人拽上，已是面黄气喘。消停片刻，立起身来，解下水靠，取出翡翠瓶，双手呈上。

斗元帅大喜，细看此瓶，浓翠欲流，血斑含润，高约二尺四五寸，大可一尺穿心，式样玲珑，雕刻精细，上下四围无半点瑕疵，果然是稀世之宝。众人传观一会，方才收好。二人把水中情形述了一遍，斗元帅着实地慰劳嘉奖，命人收了绳箩，捧了翡翠瓶，领了众将并公子申转回大营。孙参谋等大家又围观赞赏不止，专候烂泥沟的消息。

又过一日，蒙杰同薳季高转回三关，参见元帅。薳季高道：“牛辅那贼深知贼巢已失，坚守不出。末将与武城庸并力攻打，彼此都有折伤。幸得蒙将军到来，亲冒矢石，一跃上关，刀劈牛辅，杀散贼兵，方得成功。现留武城庸在那里镇守。”斗元帅一一记了功，即命薳季高先转烂泥沟，把关寨拆毁，大兵随后就到，薳季高去了。

斗元帅正要退帐，此时黄通理已回，与赵平、蒙杰一起鞠躬道：“小人们辱蒙元帅提拔，执鞭左右，今幸贼首已擒，小人们就此告辞，转回齐国。”斗元帅愕然道：“三位何出此言？此行若非三位弃绝私恩，深明大义，赤心相助，何能斩渠犁穴？仰仗鼎力，克奏肤功，正当同至郢都，奏请封赏，忽然说出要回贵国的话来，本帅断难从命。只得屈驾郢都，见了寡君，再定行止。”黄通理道：“过承元帅厚爱，自当依附麾下，趋叩关廷。奈敝国内难方兴，恨不得插翅飞回，看一看动静。或能效得一手一足之力，也不枉食毛践土，世受国恩。”斗元帅再三挽留，唯他三人执意要去，又因他三人说出国难一层，碍难强留，只得备了极丰盛的筵席，与他们饯行。众将都是依依不舍，执酒相劝。惟有陈音心如芒刺，泪似珠抛，与三人深谈密叙，私向三人道：“我在此多则三年，少则两载，学得弩弓，即回越国。回越之时，定从济南绕道，以图欢聚，将来尚多借力之处。”三人应了。陈音略觉开怀，畅饮一会，大醉而散。

次日三人向斗元帅辞行。斗元帅除厚备赆礼之外，又赠许多珍宝玉玩。三人推辞不得，只得收了。复与众将告别，一个个都有馈赠。陈音分毫无赠，只禀过元帅，带了王孙建、雍洛等，黯然相送，一直到了燕子矶。赵平拦住道：“送君千里，终有一别，请此止步。”陈音洒泪道：“相见太迟，相别太急，云山莽莽，江水悠悠，未免有情，谁能遣此？”大众听了，都挥泪呜咽，不能出声。只有蒙杰放声大哭道：“回是一定要回的，大哥是一定舍不得的。我这心里只憋得痛，恨不得把身子劈作两半，一半随舅父回国，一半随大哥往楚，转到济南再合拢来，那就快活了。”大家听了，倒破涕为笑起来。大家又叮咛了后会，方才分手。陈音停桡目送，见蒙杰屡次回转头来，十分凄楚，心中甚是难过。直望到水天接处，帆影迷茫，方长叹一声，带了王孙建等就此等候元帅。

第三日，元帅到来，薳季高、武城庸等，陆续俱到，会合已齐。到了云梦城，自有孟经迎接。斗元帅吩咐了话，都率水陆大军，高唱凯歌，转回新郢。陈音与雍洛等同至王孙建府中，叩见王孙无极。王孙无极满心欢喜，一家大小莫不眉开眼笑。摆了酒宴，陈音、王孙建同王孙无极妻妾一席，雍洛等十一人另坐两席。席间，王孙建把云中岸的战事，详细说了一遍。王孙无极这个老头儿一段一段地听去，直乐得把贵人的身份都忘了，一时摇摇头，一时拈拈须，对着妻妾两个手舞足蹈的，狂笑道：“我在洪泽湖船中就认定了陈贤侄是个英雄，是个豪杰。我的眼眼看定的人，断然不会差的。”陈音无言。雍洛等想起那时的情形，都低头笑了。众人见王孙无极已吃得酩酊大醉，都告辞散席。王孙无极笑嘻嘻地对王孙建道：“明日我请你伯伯来，再乐一天。你伯伯的伤，现已好了，听了一定大乐，也泄一泄心中之气。”老夫人见他说个不停，目视侍婢，扶去睡了，众人始散。

次日斗元帅上朝，献上洪龙，敷奏战功，呈了翡翠瓶。楚王大悦，命将洪龙斩于市曹，翡翠瓶赐于二太子。过了九日，随征将士各有封赏。陈音、王孙建为二太子所喜爱，召去相见，十分嘉奖。陈音乘机请道：“小臣不愿做官，愿侍太子左右，以效犬马之劳。”二太子大喜道：“孤左右正苦无人，如此甚好。孤明日奏过父王，就留在孤的宫中，代孤管领弩队。”陈音喜得心花都开，连忙叩头谢恩，同王孙建辞了出来。回去对王孙无极说了，大家代为快活。王孙建道：“朝夕与大哥在一处，如今大哥进宫去了，撇得小弟孤零，怎生过得？”陈音道：“雍洛等留扰尊府，朝夕讲习武艺，何至寂寞？愚兄随时可以出来，又不远离，愁什么孤零？”王孙无极是日果然请了王孙繇于来，大家畅饮，夜深方散。

次日，陈音进宫。二太子因喜爱陈音，朝夕在侧，陈音就此留楚学习弩弓，心中陡然想起盘螭剑一事，不知卫老祖孙可到山阴？甚是放心不下。

可怜陈音到楚之时，正卫老毙命、卫茜流离之日。当时卫老在乔村见陈音去了，一则眷恋难舍，一则感激甚深，十分难过，只想挨至天明，有了车便好动身。谁知卫老因受了许多惊恐，又夹些忧郁愤恨，忽然心气疼痛起来，双手按着胸腹，呻唤不止。卫茜急问道：“阿公怎么样？”卫老呻吟着应道：“肚中疼痛得紧，怎得一口热汤吃下方好。”卫茜听了，好生着急，四面张望，见前面隐隐有一间草屋漏出灯光，急取了钱走去。听得转磨之声，却是个豆腐店。用手叩门，即有一个老头儿开了门，问道：“是谁？”卫茜道：“我来买一碗热浆。”老头儿应道：“有。”卫茜不曾带碗，借了一个碗，将豆浆捧至卫老面前，低声叫道：“阿公，有滚热的豆浆在此。阿公用些。”卫老听说，一面呻唤，一面用口接着碗，在卫茜手中咕噜咕噜地喝了下去。喝完了，卫茜道：“阿公可要再喝一碗？”卫老点了点头。卫茜又去买了一碗来，卫老喝了一半，不要了。卫茜喝完问道：“阿公肚痛可好些？”卫老道：“略为缓点，只是不能行动。”卫茜道：“阿公既是行动不得，孙女且去寻个住处住下，阿公病好再行。”卫老点头。卫茜拿着碗，去至豆腐店付了钱，道：“请问老爹，此处可有客店？”老头儿道：“这乔村地方，不过二十余家户面，哪里来的客店？且问姑娘，为甚这样早天来买豆浆？”卫茜道：“奴随阿公从西鄙动身，去山阴投亲。因起得太早，到了此地，奴的阿公一时肚痛起来。此时吃了两碗浆，虽然好点，仍是行动不得，想寻个客店住下，阿公病好了再走。”老爹说：“来此处没有客店，这便怎么处置？”老头儿听卫茜说得委委婉婉，又见卫茜虽只十五六岁，那种愁苦惶急的情景令人可怜，随说道：“姑娘不必焦急，老汉屋里虽不宽敞，却只有老汉一人。不如就在我屋里权且歇下，把病养好再行。”卫茜道：“怎好搅扰老爹？”老头儿道：“这点些小事，说什么搅扰？快去把你阿公扶到这里来。”卫茜见那老头儿满面的慈善，甚是感激，道：“还有些须行李，敢烦老爹帮奴搬取。”老头儿急急地拭净了手，跟随卫茜来至卫老坐处。卫茜把话对阿公说了，卫老也甚感激。见那老头儿把行李一手夹着，一手提着，立在那里，等卫茜把卫老搀扶起来，方跟着慢慢地踱到店中。就在空处支起板床，铺好被褥，卫茜扶了卫老躺下。祖孙二人说不尽的感激。老头儿去将那未磨完的豆子磨完，漉了浆，再来招呼道：“此时天已大明，你二人想来饿了。我去收拾饭来，与你二人吃。”卫老摆着手，呻吟道：“不饿，不必弄饭。”卫茜也说道：“奴也不饿，老爹不必劳神，饿了再烧。”老头儿也就罢了，自去招呼生意。

卫老躺下沉沉睡去，卫茜一夜辛苦，就在阿公脚下侧身睡下。正在睡梦中，忽然拥进二十余人，声势汹汹把卫老抓了起来，大喝道："你这杀人放火的老贼，却逃在这里躲着！"卫老吓得浑身发抖，喘呼呼问道："你们是什么人？说什么杀人放火？想是错寻了人。"卫茜料是诸伦之事，心中好不发急。来的人中一个说道："不必同他多讲，且带了转去，听官处置。"老头儿见了，摸不着头脑，惊得身似筛糠，立得远远的。来的人中一个走拢去喝道："快把他们带的东西通拿出来，少了一件，提防你这颗老狗头！"老头儿战兢兢地一一搬出。一个人见了盘螭剑，急取在手，喝问道："就是这点东西吗？"老头儿战兢兢地应道："实系通在。"这里一个人插嘴道："只要宝剑到手，人未逃脱，余者问他作什么？"卫老见盘螭剑被人取去，病也忘了，喘呼呼要去争夺。卫茜连忙拦住。众人唤了几辆车来，把卫老二人推进车中，余人一起上车去了。此时围看的人却也不少，见众人去了，都赶着问老头儿。老头儿把早间的话说了，众人也猜不出是为的什么事，胡乱一会，各自散去。

卫老被众人截回西鄙。少时，新任关尹姓杨名禄第升座。差役呈上宝剑，带上卫老二人，跪下回了拿获二人的话。杨禄第把卫老端详了又端详，方说道："看你这个样儿，如何上得了那样高的房屋，杀了许多的人？依情理想来，定然不是你做的事。却是你乘夜逃走，现被拿回，宝剑又明明在你身旁，依情理想来，又定然是你做的事。我想来是不错，你且从实供来，免动刑杖！"卫老此时气得身颤音嘶，应道："剑是老汉世传的，自然该在老汉身旁。什么杀人放火的话，老汉全然不知！"杨禄第冷笑道："你这老贱骨头，不用大刑，谅你不招。"吩咐左右取大刑来。一声吆喝，夹棍、梭木取齐，将卫老夹起来。卫茜匍匐上前泣求道："阿公年老，小女子愿替阿公。"杨禄第喝人将卫茜拖过一旁，吩咐动刑。可怜卫老年纪老迈，又抱病在身，如何受得起这样大刑？左右一收，卫老头上汗出如珠，一声大叫："痛死我也！”立时面如黄纸，紧咬牙关。正是：

三木无情休滥用，一丝悬命且哀矜。

未知卫老性命如何，且看下回分解。

第二十二回

卫茜儿忍死事仇家　杨绮华固宠施毒计

话说诸伦庄上，被陈音焚屋数间，杀人数命，椒衍又伤了眼目。查看绾凤楼的形迹，晓得是为的盘螭剑，即将剑取下收藏，仔细一看，却非原物，大吃一惊，急急连夜报知关尹，派差役去卫老家中搜寻，人已逃去。回禀关尹，立时多派差役，协同诸伦的恶仆，四路追赶，在乔村将卫老追回。新任关尹杨禄第用大刑拷问，可怜卫老年老病衰，哪里受得住？大叫一声，昏死过去。卫茜见了，肝肠寸断，嚎啕痛哭，倒在地上乱滚，头发散乱，气促声嘶。杨禄第大喝道："把这泼辣女子拉远些去！这个地方，岂是由你胡闹的吗？"差役数人把卫茜横拖直拽，拉开一边。杨禄第吩咐暂时松刑，取过一碗水向卫老脸上噀去。卫老悠悠苏醒，气如游丝，已是不能言语。杨禄第吩咐带去牢中，好生看管，明日再讯。差役应了一声，两人搀着卫老进监去了。唤过诸伦家人将宝剑带回，家人领了宝剑禀道："务求大尹费心，在卫老身上追出那杀人放火的凶犯。"杨禄第点头道："我自有道理。你回去叫你家公子放心。"家人拿着宝剑，气昂昂地去了。杨禄第又吩咐差役把卫茜交官媒看守，方才退堂。差役要带卫茜到官媒处去，卫茜哭叫道："生死要和阿公一处，就是死也不肯别处去。"差役善骗一会，分毫不理，再用些话恐吓，哪里恐吓得她？倒只是顿足哭叫。差役弄得无法，只得将卫茜抬起，送到官媒家中交代。官媒领了，见卫茜不要命地大哭大叫，慢慢地劝解道：“姑娘哭也无益，阿公暂时受苦，明日自然申诉得清。我也替你去分辩，包你阿公无事。我不欺你，快休啼哭，想来肚中也饿了，我弄饭与你吃。”到底女孩儿家最肯听妇人说话，听说阿公明日无事，便止了哭，还哽哽咽咽地道：“多谢妈妈！我阿公不在这里，我如何吃得下饭？妈妈说我阿公明日无事，可是真的？”官媒道：“千真万真，我不骗你。诸伦不过想的宝剑，如今宝剑到手，心满意足了。难道想要你阿公的性命不成？大尹今日不过吓吓你阿公，明日就没事了。”卫茜听了甚似有理，又说道：“我要去望望阿公可使得？”官媒道：“姑娘不必性急，且到晚上我悄悄领你去。”卫茜只得等候，眼巴巴望着日头急切不肯西落，好生焦躁。想起阿公受刑的光景，扑簌簌泪似穿珠。暗想道：陈伯伯如今又不在这里，无人替我们出力，干妈不见到这里来，想是不晓得，有话又没个商量处，竟恁他的苦！又恨道：诸伦那厮，与我家想是前世的冤孽，为一口宝剑，害杀我家！怎地出得这口怨气？

正在四处思想，忽进来一人，把官媒叫了出去，在外间唧唧咕咕的，不知说些什么。卫茜疑心，敛神静气地倾耳细听。只听官媒叹口气道：“老的死了，小的也不能活命。”又听一人道：“低声些！”卫茜听了这几句话，好似巨雷轰顶，快刀戳心，几步抢出外间，颤巍巍地问官媒道：“我阿公死了吗？我也不要命了！”那人见了走开。官媒道：“姑娘不必伤心。你阿公死了的话是听来的，不知真假。”卫茜一听，一头向壁上撞去，嘣的一声，便倒在地。官媒急忙拉起看时，顶上碰了一个窟窿，血流如注，瞪目咬牙，口鼻无气。官媒慌了，把卫茜停放在床上，寻一条布包裹了头，一面叫人去报大尹，一面冲了姜汤，撬开牙关灌了下去。半晌，卫茜哇的一声，吐出一口鲜血，喉间抽气隐约是阿公二字，眼角痛泪汪汪。官媒心中大是不忍，叹道：“可怜这样花枝般的好女子，恁地孝顺，如此受苦！阿公死了，无人依靠，将来如何过日？”也零落落滴下泪来。一刻，大尹命人来看卫茜未死，吩咐官媒好生医治，等伤好了再行定夺。官媒应了，来人自去，天色已晚，点了一盏油灯，静悄悄坐在卫茜身边。又半晌，卫茜醒转，睁眼一看，一盏油灯半明半暗，四壁堆些破坏东西，满目凄凉，大有鬼趣。见官媒呆呆地坐在身边，愁眉泪眼的光景，呜咽道：“妈妈怎不放我死去？我阿公已死，我还能活在世上吗？”官媒道：“姑娘的苦情我尽知道，姑娘此时死了，也是白死了的。还须自宽自解，想个后路才是。”卫茜听官媒说出“白死了”三字，又说出想个后路的话，不觉心中一动，好像有许多念头兜的上心，郁勃勃的，热腾腾的，急愤愤的，冷清清的。乱了一会，一言不发，闭着眼睛想去，却毫无一丝头绪。有人送了菜饭来，官媒劝卫茜用些，卫茜哪里吃得下？对官媒道：“妈妈自己用罢。我想妈妈用过饭，引我去见我那死了的阿公。”说到这里，又痛哭起来。官媒道：“姑娘你听我的话，阿公死了，不能复生。且自将养身体，好歹我明日包你见着阿公就是。”卫茜料难相强，便不言语，躺在床上千回百转地胡思乱想。到了夜深，官媒就在脚下歪着身子睡下。心里乱了一夜，只恨自家是个女子，任是哪样想去，总难做到，愤恨一阵，哭泣一阵，直到天明，何曾合眼？只打定个拼死的念头，便缠住官媒，要去看阿公。官媒道：“此刻关尹已照会县尹前来相验，验过了再去。”卫茜无法，只得忍耐。

挨到黄昏，忽然差役来提卫茜。官媒对卫茜道：“过了堂便好去见阿公。”卫茜随官媒到了二堂。杨禄第吩咐道：“你的祖父昨日带病入牢，一时病发，医治不及，已是死了。倒便宜了他！本应在你身上追究那杀人放火的下落，姑念你年纪尚幼，不必追问了。你要懂得恩典！”卫茜只是低头掉泪，一言不出。杨禄第又道：“但是诸公子过于吃亏，我如今断你给与诸府为奴，你也有了依靠，岂不是两全其美？我这般周全你，你可晓得？”卫茜听说断给诸伦为奴，直气得面白手冷，浑身乱颤起来。杨禄第冷笑道："这样的蠢女子！我这样周全她，她倒做出这等样子来，真正不知好歹！"叫差役带去，交与诸府。卫茜哭道："为奴不为奴不必说起，我要去望望阿公。"杨禄第拍案道："你阿公早拖去埋了，休在这里胡缠！"喝令差役速速带去。卫茜此时觉九幽地狱无此阴霾，寸磔极刑无此痛苦，目黑心迷，身不自主，恍恍惚惚被差役交与诸仆，带到庄去。诸伦见卫茜这般光景，对家仆道："想她不曾见过大世面，吓昏了，带去交与管家婆看管，明日再去里面叩见大小夫人。"家仆应了，带去交与管家婆收了。管家婆见卫茜痴痴呆呆的，把来放在一间床上躺下，吩咐丫头好生看守，自己去了。

卫茜到了二更后，回过气来，睁眼四望，惊讶道："这是什么地方？我因何到了这里？"细细一想，谅来是诸伦府中，满心苦恼，灼肺燎肝。见一年约四十岁的妇人走进屋来，到了面前，叫小丫头点火递在手中，在卫茜面孔上照了一照，含笑道："好了，醒过来了。像这样面孔，什么八姨娘、九姨娘哪里赶得上？看来稳稳的又是一个姨娘定了！"把火递与小丫头去，便坐在床边笑吟吟问道："卫姑娘今年几岁？此时心中可清醒些？肚中想来饿了，可起来吃点饭。"卫茜不理，仍将双眼紧闭，沉沉而睡。那妇人唠叨了一会，见卫茜不理，着实厌烦起来，笑道："我来关心你，你倒装模做样。既到了这个地方，总在老娘手里过日子。你莫乔做作，须晓得老娘的厉害！"说罢，站起身，叫两个小丫头就同卫茜一床睡。两个小丫头应了，那妇人悻悻而去。两个小丫头也就睡了。

卫茜虽是闭了眼，不理那妇人，妇人所说的话一一听得明白，心中自忖道：我就死在眼前，谁要在你手里过日子？你厉害不厉害，于我何干？一心只等两个小丫头睡熟了，便寻个自尽去见阿公。静静地躺着，三更已交，两个小丫头都有了鼻息，一起睡熟，挣起身坐了，理了一理头发，碰破处也不觉得疼痛，肚子里也不觉得饥饿。灯光如豆，风动有声，暗暗啼泣道：我父母早亡，只靠阿公抚养，哥哥失了，至今不知下落，今年虽然十五岁，一个女孩儿有什么用处？如今遭此惨祸，家破人亡，孤苦一身，死在仇人家中。死如有灵，做鬼也要索了诸伦的命，方出得这口怨气！不知阿公此刻在什么地方，我死去可能寻得着？左思右想不觉已打四更，恨声道："时候不早了。"翻身坐在床沿，又想道：我是怎样个死法嘞？张望一会，不见个伤命的东西。沉闷之晌，不觉双眼一合，忽见阿公走来，满面含悲。卫茜跳下床叫道："阿公却在这里！"阿公垂泪道："不可轻生，报仇要紧！"说罢，转身便走。卫茜上前拉着不放，阿公一挣身，卫茜一跤跌倒，遽然惊觉，似梦非梦，心中凄惨，又呜呜地哭了一会。想起阿公的话，明明是叫我留着性命，再图报仇。可惜我是个柔弱女子，如何做得到？翻来覆去，已是五更天气，鸡声高唱，天将发明，仍然躺在床上，闭眼沉思，心中发恨道："天下有什么难事？我只立定这报仇的主意。譬如此时死了的，横着心肠，舍着性命，时时刻刻以报仇为事。或者天可怜我，得报大仇，也不阿公枉养我一场，落得个万古流芳。就是到了那时被仇家治死，我先后总是一死，有什么值不得？况且，男女都是个人，怎见得男子能做事，女子就是无用的？可见这轻生的念头是把自己看得无用了！我到了这里，必然要受他的折磨，我总一一忍受。留得一口气，便有报仇的一天。想罢，也不啼哭，也不悲惨，觉得精神陡长，十分清醒。略为安息，天已大晓。

管家婆走进屋来，唤醒两个小丫头起来，卫茜也跟着坐起。管家婆见了卫茜，面孔还是冷森森的，发话道："既然到了这里，替人为奴，就要晓得作奴婢的规矩。还要大剌剌地装模做样吗？趁早梳洗好，等夫人们起来好去叩头！"卫茜双眼光溜溜地望着管家婆，一声不响。管家婆鼻子里哼了两声，屁股一扭出去了。两个小丫头倒招呼卫茜梳洗吃饭。卫茜此时心中已是酸苦毫无，视身如寄。随着梳洗吃饭，问了两个小丫头的姓名。一个十三岁的应道："我名阿翠。"指着一个十一岁的道："她名如意，都是被人拐卖到这里，不过三四个月，还不能当正经差使。另外的丫头有二十余个，都各有执事。一半住在上房，一半住在隔壁三间屋里。"又问："适才说话的是什么人？"阿翠悄声道："这人是管家婆，姓马，最是凶狠不过。稍些触犯了她，非打即骂，若有点错处，便去上房回八姨娘同九姨娘。这两个姨娘比虎狼还毒，处治起奴婢来真弄得九死一生，一月里总得处死一个两个。"卫茜也悄声问道："难道公子同夫人通不管吗？"阿翠悄声道："夫人姓王，甚是善良。晓得时何尝不说两句，无奈公子宠爱的是她两人，还夸奖她两人治家有法。此时府中的事都是这两个人做主，谁敢正眼觑她们一觑？我两个狠狠吃了几回毒打。"说着，眼圈儿一红，掉下泪来，如意也是鼻酸泪落。

正待往下说，马婆进来，板起脸向着阿翠道："快同如意去后院汲水！难道就死守在这屋里吗？"两人不敢做声，皱着眉头去了。又问卫茜道："你头上包着布做什么？"卫茜道："是碰伤了的。"马婆道："这般模样怎好到上房去？"说着，走近身用手将布扯下一看，果然血迹模糊。叫卫茜用水洗净。寻了一张膏药出来贴好，就把卫茜带至上房。先到八姨娘房中，八姨娘正在梳头。马婆回了，叫卫茜磕头，卫茜只得磕头，下去磕了两个头起来，站在一旁。八姨娘斜睃了一眼，叫声"带去！"马婆又带到九姨娘房中，九姨娘还是云鬟不整，呆呆地坐在床沿。马婆回了，叫卫茜磕头。卫茜走近前磕头下去。九姨娘把卫茜一相，颇觉吃惊，暗想道：这模样儿生得如此美丽，公子见了必然中意，岂不是我的对头？我须得早早防备她才是。卫茜叩了几个头，她也不曾看见，卫茜站起身，只问一声："几岁了？"卫茜应道："十五岁。"九姨娘听了略略地点一点头，叫马婆带去。马婆带卫茜去各姨娘房中叩过了头，然后带去见王氏。诸伦正在房中，马婆回了。诸伦把卫茜上下打量，不觉心痒起来，暗道：宝剑是个死宝，这才是个活宝哩！王氏等卫茜叩头起来，见卫茜生得端丽娇妙，甚是爱怜。

问了姓名年纪，知是卫老孙女，回头见诸伦呆呆地望着卫茜，叹口气道："你也少作些孽，为什么饶她不得？"诸伦看得呆了，不曾听见。王氏见卫茜低着头立在一旁，眉头剔了又剔，面色微微泛红，大有难过的光景，就叫马婆暂且带了去好生照管，不得刻苦她。马婆应一声是，带了卫茜出房，转到原屋去。诸伦见卫茜走去，不觉失口道了一声"好"。王氏正要相劝，诸伦早立起身，扬扬地走开，王氏只有叹息而已。

且说九姨娘，是女闾中出身，姓杨名绮华，年十九岁，生得有六七分姿色，是诸伦新买进府的，十分宠爱。绮华整日价抹粉涂脂，迷惑诸伦，诸伦一刻也离她不得。夜里除八姨娘房中还不时去歇宿，其余的绝不过问，其中就有许多一言难尽的事。八姨娘姓殷名媚春，年二十岁，倒有八九分姿色，是诸伦抢得来的，心性狠毒，与绮华正是一对儿。绮华专宠，心中十分嫉妒，面上却不露一些，朝夕一堆，说说笑笑。绮华见媚春同她好，也把媚春姊妹般看待。诸伦三人有时同桌而食，有时共枕而眠，倒觉十分相得。这日绮华见了卫茜，心中着实惊疑，深知诸伦是个好色之徒，见了必然喜爱。将来有了她，就没了我，越想越怕。忽见诸伦跨进房来，笑嘻嘻道："你看今天来的这个卫茜儿可好？"绮华冷笑道："模样是绝好的，要想她被你弄得家破人亡，留在身边，我倒替你寒心。"诸伦哈哈大笑道："这样一个粉团儿会做哪样？你倒替我担起心来。"绮华随即转口道："谅来不甚要紧。只是她初到府里，先尽她同着丫头们吃吃辛苦，学学规矩便好。若是提拔早了，将来反不好制伏。"诸伦笑道："我不过说她模样儿生得好，哪得就说到这里来？"丫头搬上饭来，把话歇了，一同吃饭毕，诸伦出房去了。

绮华思量一会，未得个计较，便叫她一个心腹丫头，名叫粉蝶儿的，到房里来。这粉蝶儿，年纪十七岁，生得千伶百俐，专会在诸伦面上献乖讨好。诸伦甚是喜欢她，偷偷摸摸很有几次。因见绮华专宠，在起绮身上十分巴结。不说二姨生得丑，就说三姨生得蠢；不道四姨的长，就讲五姨的短；六姨如何的小气，七姨如何的无能，八姨虽好还不算全才，夫人已老只好享庸福，把个绮华捧上天。因此绮华很喜欢她，把她当做心腹，无事不同她商量。绮华叫她进房，细细地把心事对她说了，要她打个主意。粉蝶儿道："这个女子真长得俊，府中除了九姨娘她比不上，其余的谁比得上？若是公子把她收了，虽然碍不着九姨娘，总有点刺眼。趁她此时还是丫头，正好想法摆布了她，免得后患。"绮华道："我正是这样想。故尔叫你来打个主意。"粉蝶儿沉吟了一会，摆头含笑道："婢子有一个绝妙的主意，包管她不出一月两月就莫活命。"绮华急问道："什么妙计？快说给我听！"正是：

本比蜂蛇多恶毒，哪堪狼狈设阴谋。

不知粉蝶儿定何毒计，下回便见分晓。

第二十三回

碎宝器妖狐陷孝女　跃寒溪义犬救娇娃

话说杨绮华怕诸伦收了卫茜夺她的宠爱，唤了粉蝶儿替她打个主意，摆布卫茜死了，以绝后患。粉蝶儿想了一会道："计已有了。"绮华问她，她附着绮华的耳道："如此这般，摆布她死，九姨娘一点不露形色，让别个做恶人，她那小性命哪里还有？"绮华听了大喜道："真是好计！事情过了，我自另眼照看你。公子时常说要选个人，做个十全其美，包在我身上，保你稳稳地做十姨娘。"粉蝶儿抿着嘴笑道："婢子那有这样福气，不要折死了！"绮华道："你的模样儿那点不娇好？你的心眼儿哪样不聪明？只怕公子收了你，就把我撇在九霄云外去了，那时我才懊恼哩！"粉蝶儿道："婢子不是那种阴心险毒的人，九姨娘是知道的，从不晓得害人。倘有那一天，九姨娘就是要婢子去死，婢子也是情愿的。"绮华道："我不过说说笑笑，有什么不相信你？你就照你定的计去办罢，千万不可露了形迹，反为不便。"粉蝶儿道："九姨娘放心，我自办得机密。"说罢去了。绮华甚是得意，只等事情破露出来。

原来诸伦在这十日里得了两对羊脂白玉杯、两支金凤衔珠钗，十分珍爱，就分与殷媚春、杨绮华二人。二人得了，喜爱不尽，凤钗日日插在头上，玉杯日日摆在面前。一来喜得东西，一来显得宠爱。粉蝶儿定计之后。不时到媚春房中，无奈总有人在屋里。媚春也爱粉蝶儿能言会语，待得颇好，因此进出毫不碍眼，只等乘空下手。

且说卫茜自从叩见诸伦之后，马婆派她喂猫饲狗，卫茜低头做事，全不露一些神色。暇时同着阿翠一般小丫头不是劈薪，就是汲水，只寻些费力的事来做，心中想的多练点气力，到要紧时好用。在马婆面前总是和颜悦色，怎奈马婆因卫茜进府那一天冷落了她，牢记在心，只想磨擦卫茜。卫茜虽是百般勤苦，马婆还说她偷懒，不是说这样弄坏了，就说那样做迟了，横顺都有不是。卫茜全不放在心里，总寻些粗重事来做。一日失手碰碎了两个饭碗，马婆不在面前，悄悄地把碎碗搁在自己床下，却落在粉蝶儿眼中。粉蝶儿心中好生欢喜，却一声不响，倒叫卫茜不用声张，这是不要紧的事。卫茜甚是感激粉蝶儿。粉蝶儿随时带了卫茜到八姨、九姨房中走动，不时也到各姨处进出，随便做些零碎事体。卫茜不晓得的，粉蝶儿都细细教她。卫茜同粉蝶儿十分亲热。

过了月余，忽然八姨房中一对羊脂白玉杯不见了，闹得合府皆知。粉蝶儿加倍着急，逢人便问，各处搜寻。殷媚春气得要死，告知诸伦。诸伦把内宅的管婆仆妇、大小丫头一齐起唤去，挨次盘问，却无一人晓得。媚春道：“若不寻出玉杯来，你们一个个休想活命！好好地问这班奴才，谅来不肯供认，须用那极重的刑法，打他熬不过，自然供出。”诸伦点头道：“如此最好。”命人端整烙铁、竹签、藤条、木棒、粗练、碎瓷等件伺候。奴仆们见了都吃过这些苦来的，吓得心惊胆战啼哭起来。粉蝶儿上前回道：“此刻尚不知何人偷去，一概拷问，岂不冤屈好人？不如在各人房中去先搜一搜，有了形迹这就好了。若无形迹，再行拷问他们也可无怨。”诸伦依了，媚春即刻立起身来，斥叫马婆带了众人从上房使女们的房中搜起，一个不准离开。先到粉蝶儿房中细细搜寻，翻箱倒箧，破壁移床，搜了一遍，毫无影响。挨次搜去，甚至掘土搬砖，只搜出几件不要紧的东西，玉杯不见影子。上房搜过，再搜仆妇们的住处，仍然不见。媚春发急道："不用再搜了！谅她那些小丫头也不能到上房来，搜也无益。我只把这班奴才活活打死，出口气罢了！"说罢，转身要回房去。粉蝶儿暗暗着急，上前回道："或者上房的人偷了交给那小丫头收藏，也未可知。总得也去搜一搜，方使众人心服。"诸伦道："说得有理。"携了媚春的手往小丫头房里去，见媚春的手急得冰冷，又看脸上颜色也气得白了，连忙安慰道："就是搜不出，我另寻两对好的赔你。你何苦急得这个样儿，反伤了自家身体？"媚春也不言语，一同到了小丫头房里。马婆先动手，把阿翠、如意等床上床下、箱里包中逐一搜检，并无一犯眼之物。然后在卫茜床上翻来翻去，翻出一把极锋快的剪子。料是剪裁所用，毫不在意，掼在一边，余无别物。卫茜在旁边立看见剪子掼在一边，并不问及，便放了心安安稳稳看马婆搜去。忽见马婆把床移开，在床下丁丁当当拾起几片东西，口中狂叫道："有，在这里了！"卫茜只道是前日碰碎的饭碗，谅来不甚要紧。媚春早走拢去，从马婆手中接过来一看，恰恰是那羊脂白玉杯，却成了四片，气得双手发颤问道："这是哪个睡的床？"马婆用手指着卫茜道："是她。"卫茜此时吓得目瞪口呆，心中好似七八个吊桶，一上一下，说不出苦来。媚春斥马婆带到上房慢慢地拷问，马婆应了，又道："还有些瓷片，也带了去。"又将碗片拾起，拖了卫茜直到上房。

到了媚春的外房，媚春在一把椅上坐下。诸伦也随便坐了，心中十分惊讶，又十分难过，本想劝解，见媚春睁目竖眉，满脸怒气，不敢造次。马婆喝令卫茜跪下，媚春连声叫取家法，一时各样取齐，摆满一地。媚春又喝令马婆把卫茜的上下衣服全行剥下，马婆剥了下来，只剩一条单裤。诸伦一见卫茜浑身雪白，又爱又苦。媚春指着卫茜厉声斥道："你这贱奴才！是几时偷去？怎样碰碎的？好好从实说来！"卫茜心中已横着一死的念头，倒毫不惊慌，应道："婢子不曾偷取，并未碰碎，不知被何人陷害，婢子此冤莫白，但求速死！”媚春冷笑道：“你看，你看，这贱奴才还了得吗？明明白白在她床下搜出真赃，反说被人陷害，不打谅不肯招。”又对着卫茜道：“你想速死，我倒不肯叫你死得太快。且叫你吃点零星苦，替我玉杯偿命。”即叫马婆把藤条先抽这贱奴才三五百下再说。”马婆拽起袖子，取了藤条在手道：“我早看出她是个贼头贼脑，倒不料这样的大胆！”一面说，一面呼呼地上下乱抽。可怜卫茜虽是清寒人家的子女，卫老视如珍宝，哪里吃过这般苦楚？浑身打得肉裂血流。藤条一阵紧似一阵骤雨般打下，卫茜倒卧在地，紧咬牙关，瞑目待死，一声儿也不哼。不但诸伦心里难过，一些仆妇丫头，除了粉蝶儿，莫不心酸。大约抽了三四百下，媚春见卫茜一声不响，叫马婆住手：“休要教叫她死快了，便宜了她。”马婆歇了手，弯着腰仔细看时，见卫茜还有气息，笑道：“这样贱骨头，哪里就会死？”粉蝶儿皱眉蹙额地走近卫茜身边，带着悲声道：“妹妹你好好招了罢！免得皮肤吃苦，为姐又不能代你，真真痛煞我也！”卫茜只作听不见，一语不发。媚春道：“这贱骨头装作死人模样来吓人，府中不知死过多少，只算扑了一苍蝇。谅她是不肯招的，把竹签来，十个指头通与她戳进去！”马婆便取了竹签，每根约长一寸，一根一根从卫茜指甲缝里戳进。可怜十指连心，哪里经受得起？痛叫一声，昏死过去。

仆妇丫头不忍注目，都把头掉过一边，诸伦平日虽然见惯，只因心爱卫茜，也觉不忍，挣起身来向外面走。到了绮华房中，见绮华躺在床上一手支着腮，面有喜色。诸伦叹口气道：“不想卫茜小小年纪做出这样事来。”绮华忽然皱着眉头道：“你也该替她解劝解劝，不然活活治死了，岂不可惜？”诸伦只当绮华是好心，便道：“你何不去替她解劝一声？也是一桩好事。”绮华摇头道：“八姨的脾气，我是不敢犯她。你倒会使乖，叫别人去吃碰！”诸伦也就不言语。少时，粉蝶儿笑嘻嘻抢步进房，一见诸伦，脚便慢了，说道：“八姨把卫茜抬至露天空地，要把卫茜冻死。八姨说过，有人去看卫茜的，一同治死。可怜雪天长夜，小小年纪，如何熬得过去？谅来是没命了，真令人难过！”说罢，用手揉一揉眼睛，声带凄楚，立在那里。诸伦看了，想道：这娘子总算是有良心的。绮华此时，也是叹声不止。诸伦到了此时，只得割断柔肠，闷沉沉在绮华房中睡下。粉蝶儿服侍妥当，退出房门，自去睡了。

可怜卫茜遍体鳞伤，一丝悬命，侧卧在露天里。此时十二月下旬天气，朔风刺骨，大雪漫空，就是精壮汉子也早绝命，何况一个孱弱女郎，焉能生活？约摸两个更次，卫茜倒微微地苏醒过来，觉得胸前毛茸茸一团，紧贴胸脯，慢慢把手移左一摸，却是一只大狗。指上竹签触在狗的身上，一时痛彻心肝。想起自家的孤苦，眼泪如抛珠撒豆一般。眼见得性命不过苟延，大仇怎个报复？早知今日仍是一死，何不进来之时就寻自尽？阿公害了我也！又想起玉杯之事，不知被谁陷害。我在这屋里又不曾与人结怨，无端丧命，好令人难猜。想了又哭，哭了又想。四面黑沉沉，静悄悄，只有一只狗靠脸睡熟，也不去惊动它。且喜周身的疼痛略略止些，十指尖虽觉肿胀，不挨着它尚觉可忍。挨到天明，横着心等死，仍然闭目不动。马婆早已走来，此时那只狗先去了。马婆用手在卫茜身上一摸，见卫茜不死，说道：“这贼骨头这样经得冻，倒也奇怪。”说着去了。到了巳牌时候，媚春起来，马婆回了卫茜不死的话。媚春也自诧异，就对马婆道：“你去唤两个有气力的妇人，把她扛在后面去，掼在溪里淹死罢了。”马婆应了，唤了两个粗蠢仆妇，取了一床芦席、一根草绳，把卫茜裹好，用草绳扎起，寻了竹杠穿心抬起，从后门出去。约有半里，到了溪边，马婆相着溪水深处叫仆妇放下，连芦席掼下溪去。马婆站在溪边看着沉了下去，方才带了两个仆妇回去消差。

看官想想，寒天深水，浑身重伤，又被绳席扎紧，就有陈音泅水的本领也难活命，何况卫茜？眼见得性命是绝定了，大仇是罢论了，我的书也要中止了，岂不是极天极地一桩恨事？这书不好叫做热血痕，好叫做冷心案，何必挖心呕血去著它？哪知马婆等转身去了，突然一只大黄狗扑通一声，跳下水去。芦席虽沉水底，草绳却在水面，那黄狗咬着草绳用力拖起，顺流浮去，一直拖了三五里。到了一个僻静所在，靠岸几株杨树，一间茅屋，黄狗浮至岸边，咬紧草绳，跃上岸来，慢慢地芦席拖至岸上，吐了草绳，跑到茅屋，当门汪汪狂叫。茅屋里走出一个中年妇人，见一只大黄狗扬起头，张开嘴，对着屋里叫个不止，声音带着悲苦。那妇人斥道："哪里来的瘟狗？清晨早来这里嚎丧？想是我的什么晦气！"在门背后取了一根竹竿去打黄狗，黄狗掉过身，仍扭头朝着妇人一面叫，一面走。妇人赶着要打，一步步赶到芦席处。黄狗用口去咬草绳结头，妇人见芦席处一面露出头发，一面露出双脚，芦席湿透，像水中捞起的光景，大吃一惊。又见黄狗口咬绳结，叫个不住，妇人会意，料是要她救那芦席中的人。急走向前去，用手去解绳结。黄狗便不叫了，站在身旁，摇头摆尾，抖抖身上的水。妇人解了绳结，抽了草绳，打开芦席，见是个十四五岁的女子，只穿一条单裤，浑身是血，脸上青肿，血渍模糊。用手摸那胸前微有温气，知尚可救，连芦席抱在怀里，转回屋去。黄狗衔着草绳跟着进来。妇人将芦席放在当地，黄狗走拢去，用鼻在女子指尖上嗅了又嗅。妇人赶开狗，看那十指通有竹签戳进，心中骇异，急急地替她一一抽出，指甲里冒出血。抽至五七根，女子忽然呻唤起来。抽毕，妇人去至灶间烧了一碗姜汤，锅里另添了水。把姜汤拿来，将女子扶起坐了，缓缓灌了下去。约有半碗，女子肚中咕噜咕噜响了一阵，嘴里吐出水来。妇人让她消停半晌，又灌了几口姜汤，女子长长地抽了一口气。妇人道好了，急急放下碗，去至灶间，舀了锅中热汤，取了一条手巾来，替女子轻轻拭了脸上血渍。把血拭净，吃了一惊，颤巍巍的声音叫道："你不是我干女茜儿吗？"卫茜此时心中已有几分清醒，听得有人叫她乳名，睁开眼一看，不觉失声哭道："郑干妈因何在此？莫不是冥中相会？”郑氏听得果然是茜儿，便放声大哭起来，搂在怀中一阵儿一阵肉叫个不止。卫茜见了干妈，想起阿公，只哭得气断声嘶。黄狗也伏在旁边，两泪汪汪呜呜不已。哭了好一会，郑氏放下卫茜，把卫茜扶起踱到房中坐在床上，用水拭了周身，取出几件棉衣替卫茜穿上。卫茜待要诉说苦楚，郑氏道：“干女且暂将息，我去熬点薄粥来与你充饥，静睡半日再讲。”卫茜点了点头。郑氏去到灶间熬了稀粥，拿来房里与卫茜吃了，叫卫茜睡下，又把粥自己吃些，余者喂了黄狗。

卫茜直睡到日色沉西方才醒转，房中点了灯。郑氏坐在床沿，卫茜把苦情从头至尾细说一遍。郑氏一面听，一面挥泪。卫茜也哽咽一会，问道：“干妈为何住在这里？”郑氏住了哭，答道：“自从你同你阿公连夜去了，次日早晨我晓得是为诸伦的事。我怕牵连自己，便把衣物收拾好，唤了一辆车儿一早就搬在一个表姐家中。后来听说把你们拿回，你阿公受了苦刑，收在监里，你交官媒，我想第二天来看你。又听说你阿公死了，我想你晓得了不知怎样的苦。我急急到衙门里寻你，总问不出你在哪里。一些差役听我说是寻你，把些言语吓我，说诸伦晓得了一并要交官司，我又吓又急。过了两日，忽听得把你发在诸伦家中为奴，我直是哭了一个通夜。生怕你寻死，又打听不到一个实信。我因此搬在这里来，不时也在诸伦屋前屋后走动，总不见你一面。今早起来，见这只黄狗在门口汪汪地叫。我赶着要打，不想救了你。只是这只黄狗哪里来的？在水中救起你来，恰恰拖到我门口，真真是件奇事！想是天可怜你，叫鬼神驱着它救你的。昨夜在你胸前，温着你的胸口，不至冻死，大约就是这只狗。你可仔细看看。”卫茜挣起身，用灯照着一看，惊讶道：“这是诸伦家中的大黄狗。我喂了它月余，见了我总是摇头摆尾，同我亲热。不想救了我的性命，我倒要把它当作恩人才是。”郑氏叹道：“诸伦府中的人，哪个赶得上这只狗？我怕世上的人，要像这只狗的也少得很！”两人叹息一会，郑氏道：“干女再好好地睡一夜，暂时放宽心，养好身上再打主意。”卫茜应了，大家睡下，黄狗自去门外守看，略有响动，便汪汪地叫。

郑氏日夜替卫茜洗拭伤口，不几日过了年节，卫茜的伤痕渐渐好了。一夜，二人坐在床上谈心，忽听门外有人大喊道：“你这狗东西却跑在此地来了？捉你回府去活活打死你！”又听黄狗狂叫不止。二人一听，料是诸府着人寻到此地，只吓得三魂失主，七魄无依。正是：

一波未平一波起，大难甫脱大惊来。

欲知后事如何，且看下回分解。

第二十四回

雪天樽酒郑妈倾生　日夜笙歌杜鸨设计

话说卫茜在干妈家中住了半月有余，伤痕养好。一夜同干妈谈心，忽听门外有人喊叫，疑是诸伦命人寻到此地，一起大惊失色。卫茜扑的一声吹灭灯光，只听黄狗破声狂叫，夹着人声哄成一片，好一会方止。一个人喘着气道:“明日再来剥你的狗皮！”说罢，唱着歌去了。听了半晌，已无声息，郑氏取了火，把灯点燃携在手中。卫茜轻轻走到大门，又站着听了一听，方慢慢移过门杠开了门。郑氏先探出头来，左右望了一望，静悄悄没得响动，走了出来。卫茜携着灯跟在后面，一步步照去，不见黄狗。郑氏低声道:“黄狗哪里去了？”寻至杨树下，卫茜失声道:“黄狗却睡在这里！为何动也不动？”郑氏听了急急走去。卫茜把灯一照，哎呀了一声，说道:“为何被人打死了？”郑氏一看，见黄狗脑浆迸流，眼睛突出，倒在地上已经丧命，不禁淌下泪来。卫茜此时放灯在地，用手摸着黄狗，放声痛哭，十分伤惨，如丧亲人一般。郑氏止了哭，来劝卫茜，一时哪里劝得住？卫茜只待气闭声哑，方收了泪，说道:“干妈，我们今夜就把它埋好，略报它救命之恩。”郑氏称是，转身进屋，取了一把锹锄，一柄劈柴刀。二人去至屋后掘了一个深坑，把狗拖去安放坑里，把土掩埋好。卫茜又哭了一阵。郑氏携了刀锄，卫茜拿了灯，转回屋里，拴好门，放下刀锄，进房里坐下。喘息定了，卫茜道："适才听那人喊叫的声口，定是诸伦那里的人。倘如明日再来，被他看出形迹如何是好？"郑氏听说，想了一想，道："果然不错，须得好生防备才免无事。"卫茜道："哪里防备得许多？我想住在此地终不稳便，且不是个了局，总得另作计较才是。"郑氏道："且喜我们并没十分要紧的东西，不如连夜搬往别处，就没事了。"卫茜道："搬到哪里去，也须想定方好。"郑氏低头想了一会儿，拍着床沿道："有了！我有个内侄女，住在山阴的南林。离此不过三里之遥便是湖水，到那里雇个船只，不过七八日便到山阴。你的太姑爹也在那里，岂不是两便？"卫茜听了大喜。二人随即收拾衣物，粗重器具一概不要。五更天气，收拾好了，大家略歇一歇。远远听见鸡声，起来烧了汤，梳洗过，吃了茶饭。趁天未明，一人提了一个包袱出了门，将门虚掩好，急急向湖边走去。且喜一路无人，天将明时，到了湖边。

此时天色尚早，湖边虽有十余只船，却不见一个人。二人在石上坐了歇息，忽见一只小船上推开了篷，钻出一个人来用手揉着眼睛，在舱口边撒溺。二人掉开头，听得那人叫道："二位可是趁船的？要到哪里去？"二人回过头来，见那人已经跳上岸来走到身边。二人站起身，郑氏应道："要趁船到山阴南林的，只是不能另搭别客，只单载我二人。"那人把二人相了个仔细，连声应道："使得，使得，请二人作速上船，早点开船。"郑氏道："船价要多少也须说个明白。"那人道："容易，容易，且到船上再说。"郑氏道："先讲定了的好。"那人道："五两银子，饭食酒钱通在其内，可好？"郑氏一想，甚是便宜，点头应了。那人就提了两个包袱，一同上了船。那人叫道："瘌痢头，为甚睡着不起来？有了生意了，快起来收拾开船？"听得后梢上有人呵呵地应了几声，霎时后梢的篷也推开了，走出一个人来，巾帻未戴，头上光塌塌没一根毛，生得吊眉凹眼，耸肩挺胸，不像个善良之辈。卫茜见了，心中疑虑，再细看先前那人生得满脸横肉，鹘眼狼须，腰粗膀阔，年纪都在四十内外，便悄悄对干妈道："我看这两人都是凶相，我们另外寻船罢。"郑氏道："此去一路都是热闹的地方，谅不妨事。已经上了船，怎好下去？我们遇事警觉些便了。"卫茜只是闷闷不乐。瘌痢头早钻进中舱来，替二人打开包袱，取被盖铺好，向二人道："天气尚早，再睡睡罢。我们就此开船，等饭熟了来叫你们。"郑氏问道："船主贵姓？"瘌痢头道："我叫仇三，是雇工，那位才是船主，他叫贾兴。"贾兴在船头上叫道："不要耽搁了，快快收拾开船！"仇三应了一声，钻出舱去，从后梢跳上岸去，解了缆索，跳上船来，挂了双桨。贾兴在船头一篙点开，咿咿唔唔船便开了。郑氏因一夜未曾睡好，便伏着枕睡了。卫茜甚觉放心不下，靠在铺上，呆呆地不言不语。一路上，船上两人备茶备饭，甚是殷勤。走了两日，从未进过中舱，卫茜方略略放了心。

忽然一日，天降大雪，又夹着风狂雨骤，十分寒冷。行了十余里，实在行走不得，只得寻个避风的所在靠了船。贾兴两人呵着手，摇着头，齐声道："好冷！好冷！"盖好了篷，蹲在船头，贾兴道："怎得一壶酒来暖暖身上便好？"仇三道："这个荒僻地方人烟俱无，哪里去买酒？"卫茜听了偏着头从篷缝里望去，果然没个人家，只见雨雪交飞，冻云欲堕，暗沉沉十分幽僻，心中焦急，扭转头对郑氏道："干妈，难道船就停在此处吗？"郑氏道："雨雪大得紧，实实船行不动，等着雨雪小了，自然要走的。你身上冷，可多穿一件衣服。"卫茜道："尽可过得，干妈可要添衣。"郑氏道："衣不要添，倒想口热酒吃，暖和暖和。"这话却被贾兴听得，便接口道："我且上岸去寻一寻，若有买处，岂不是好？"郑氏道："我不过说说，船主不必寻去，怕耽搁走路的工夫。"贾兴道："看来今天的风雪一刻不会小的，且去寻些酒菜吃了，手脚灵活些，把船撑在前面热闹地方歇宿。天暗了，多走几程，不会耽搁。"贾兴一面说话，一面取钱，提了一个瓦罐，推开篷，戴顶箬笠，跳上岸去了。郑氏道："这船主人恁样和气，到了南林另外把几钱银子给他买酒吃。"卫茜点一点头，总觉心里不快。仇三自在后梢烧火烤足。

有一个时辰，贾兴转来，提着一只肥鸡，一块猪肉，兼有些葱姜食料，揭了箬笠，跳上船来，把篷盖好，连酒罐一起放下道："离此三里才有个小集镇，好在酒菜都有，火速弄来吃了好趱程。"仇三接去，灶里添了些火。半个时辰，煮熟了，分作两盘，酒也烫暖了，用了一把小壶盛了半壶，连菜递进中舱。郑氏接来安放好，便斟了一杯酒，先吃起来，又叫卫茜吃两杯。郑氏平日是喜吃两杯的，遇着这样雪天扁舟闷守，正是用得着酒的时候，便尽量地吃。不过五七杯，酒便没了，叫道："船家，酒还有么？"贾兴道："有，有，还多哩！"递壶出去，却满满盛了一壶递进来。郑氏接了，眉欢眼笑，满满斟了，到口就干，又逼卫茜再吃两杯。卫茜酒量最浅，吃了一杯，第二杯实难吃完。正待叫船家盛饭，忽见干妈眼斜口张流出涎来，倒卧铺上，急问干妈怎么样，想用手去扶她，不料自己也是头晕手软，坐不稳倒了下去，只听得船上两人在后梢拍手笑道："着了！着了！"此后便人事不知。

原来先半壶酒是好的，后来满壶放了麻药，因此郑氏与卫茜着了道儿。贾兴便对仇三道："还是依我的主意，老的一个结果了她，只留下小的稳妥。"仇三道："老的也好值十来贯钱，丢了可惜，还是依我的主意，分作两起安置。"贾兴道："老三，倘若到了那时声张起来，误事不少。你总依我的好。"仇三应了，便一起钻进中舱，先把郑氏的穿戴剥取下来，然后扛着掀开篷，掼下水去。可怜郑氏一片好心，竟自糊糊涂涂淹死湖中。二人理好篷又进舱来，打开那个包袱，却也有百十两白银、七八两黄金，钗环簪珥略有几件，好不欢喜。贾兴道："此去肖塘不过十三四里，我们此刻就开船，到了那里就是我前日对你说的那主儿。这个女子的模样儿至少也得取他三五百金，你我都有得日子过了。”仇三听了，喜之不尽，把被盖替卫茜盖好，一起出舱，急急吃饱了，便解缆推篷，打桨开船，望肖塘而来。

此时风雪仍大似上半日，那船行得极快，想是酒暖手活之故。申牌时分，到了肖塘。贾兴叫仇三在船看守，他去叫那主儿把车子来接，仇三答应。贾兴戴上箬笠，匆匆上岸而去。不到半个时辰，贾兴跟着一辆车子，到了船边。车里走下一个三十余岁的妇人，上了船。贾兴引进中舱，把卫茜指与妇人看了。妇人笑嘻嘻对贾兴道：“你在哪里弄来这样的宝货？真亏了你！只是八百金之数太多，三百两罢。”贾兴道：“嘻！你那霍娇奴、曹凤姐，可赶得上吗？你也是四百两一个弄来的，这样好一朵未破蕊的牡丹花，一年半载怕不替你挣上一万八千？听说吴王在各处选取美女，你只把她教会歌舞献上去，除赏你十万八万不算外，怕还封你的国丈娘娘，子子孙孙都是王亲哩！”妇人笑道：“休要油嘴！就是四百两。”仇三蹲在一旁，望着妇人，一言不出。贾兴道：“六百两再不能少了。”妇人沉吟了一会，又把卫茜端详了一会，说道：“五百金，此是头等身价，再多是多不去的。”贾兴故意望着仇三，为难片晌。仇三会意，道：“大哥看破些，就是这样罢。”妇人望着仇三笑道：“还是这位大哥爽快。”贾兴也就允了。妇人怀中取出三百两纹银，递与贾兴道：“再有二百两，同我取去。”贾兴收了银两，交与仇三收好，将卫茜抱起下了船，安放在车里，妇人跟着上了车。贾兴对妇人道：“我刚才对你说的她的情由，你莫忘了。”妇人道：“我自理会得，任她是剑仙侠女，到我手中总要降伏的。”贾兴笑了，随着车儿一路行去。仇三在船上等到天将傍晚，贾兴闪回船，怀中取出二百两银子，放在舱板上，去了箬笠，雨雪仍然不住，盖好篷，点起灯，洗了手脚，重新烫酒烧菜，二人开怀畅饮谈笑一会，打好主意，乘夜开船去了。后文自有交代。

且说肖塘地方，是个水路交通之区，商物聚会之所。闾阎整齐，车马辐辏，十分繁盛。自从管子在临淄创设女闾以安商贾之后，各国互相效尤。凡热闹城市，都有女闾。那买卫茜的人名叫宝娘，姓却不止一个，只认她最后的一个姓杜。杜宝娘闾中霍娇奴、曹凤姐，是顶出色的尖儿货。还有什么鹰儿、燕儿、红儿、翠儿，都是些应时货色，不过帮衬场面而已。今日买得卫茜儿，觉得娇奴、凤姐，一起减色，又是个年纪正好含苞未吐的鲜花，心中好不快活。卫茜的来历贾兴已对她说明，只说郑氏安放在别处，不曾说出谋毙的话。

杜宝娘把卫茜安在一个小院里，放在床上躺下。到了二更后，人都睡静，带了一个名叫阿春的使婢，掌了灯，自己取一碗冷水，含了一口向卫茜脸上噀去。卫茜吃酒不多，悠悠苏醒，睁眼一看，见满屋里陈设鲜华，光彩夺目，不是船上的光景，大吃一惊，叫声："干妈，这是什么地方？"杜宝娘挨近身去叫道："茜姑娘，这是你干妈表姐家中。你干妈同她表姐到亲戚家去了，不便带你去，把你留在这里托我照应。我同你干妈的表姐是妯娌，算是你的表姨妈。你肚中饿了么？饭是端整好的，可起来吃点。"卫茜听了，心中模模糊糊，摸不着头脑。只得挣起身坐了，周身软弱，十分吃力，只得叫声："姨妈，我干妈要去，为何不关照我一声？今夜几时回来？"杜宝娘道："亲戚家总得十日半月的留住，哪得今夜便回？说不定明日后日叫人来接你去哩！你只宽心在这里，急些什么？你干妈去的时候见你睡熟了，不肯惊醒你，再三嘱咐我好生照应。"此时饭已搬来，摆了一桌。卫茜只得下床与杜宝娘行了个常礼，杜宝娘携了卫茜的手，到了席上坐下，陪着吃饭。卫茜见满桌的珍馐，只得随便吃点就放了碗。杜宝娘也不深劝。阿春递了漱盂手巾，搬开碗筷。杜宝娘道："茜姑娘路上辛苦，好好睡罢，明日晏些起来不要紧，叫阿春在房陪睡。"出房去了。卫茜只得立起身送出了房，回身坐在床沿，呆呆地想道：从不听见干妈说此地有个表姐。前在西鄙曾到过表姐屋里，难道此处又是个表姐吗？为何从不提起？我明明白白同干妈坐在船上避风吃酒，为何不知不觉到了这里，干妈又不在身边？就要到亲戚处，为什么忙在今一夜？好令人难猜！就是这个什么姨妈，举止言谈虽说十分亲热，我看她的情形，总觉大家人不像，小家人不像，看人走路，另外有一种说不出的模样。到底不晓得是什么人家？看这房里光景，像是个豪富门户。且喜得不见一个男子，我只是格外留心，总要见了我干妈才得放心。正在胡猜乱想，阿春道："姑娘睡罢，天不早了。"卫茜见这丫头虽然生得粗钝，头上香油却擦得光光的，脸上脂粉却抹得浓浓的，衣服也还扎得整齐，只得应了一声，放下帐幔，倒在床上，翻来覆去，左思右想，不觉沉沉睡去。

到了次晨醒来，阿春舀了面汤，梳洗毕，杜宝娘笑嘻嘻地领了一个十七八岁的女子，颇有几分姿色，打扮得十分艳丽，后面跟一个仆妇，挟个衣包走进房来。杜宝娘指着那女子道："这是我的大女儿，名叫娇奴，与姑娘是姨姊妹。我怕你一人寂寞，叫她来陪陪你。"说罢，在仆妇手中接过衣包，在桌上打开，尽是些鲜艳衣服，又有些簪珥钗环，玉色金辉，耀人眼目，指着道："我把来与你换的，就叫阿春领到小房里去更换。"卫茜立起身来道："姨妈何必如此！我不过在此打搅一两日就要去的，我还是穿着自己的便当。就是换洗的也有，在我干妈手里。况且我阿公死了不久，也不便穿鲜色衣服。姨妈不必费心，只求姨妈引我去见我干妈。"杜宝娘沉吟半晌道："呵，我倒糊涂了！你干妈曾经说过，我另外替你做两件素衣服罢。我叫娇奴来陪伴你，你只放心住下。亲戚家不比外处，不过两三日，你干妈就回来了。"对着娇奴道："姨妹幼小，你要好好待她！"娇奴含笑应了。杜宝娘带着仆妇挟了衣包走去。娇奴问道："妹妹，点心可曾吃过？"阿春接口道："不曾。"娇奴道："快去搬点心来！"阿春去了，一刻搬上点心，卫茜同娇奴略吃了些。吃毕收过，大家谈论起来，倒还合意。卫茜道："姐姐，我干妈到底几时回来？"娇奴道："昨晚妹妹来的时候，我不在家，我又不曾见着干妈。我妈说十余日就回来，大约不会错的。妹妹尽管安心。"卫茜也不便再问，只与娇奴说些闲话。

午饭后，娇奴对卫茜道：“我看妹妹有些烦闷，我弹着琵琶，唱支小曲，替妹妹解闷可好？”一面说，一面叫阿春取琵琶来，把弦索调准，抱在胸前，侧着面，一路弹，一路唱。手滑声柔，十分动听。所唱曲子却淫荡不过，无非要想挑动卫茜。怎奈卫茜心中有十分的忧疑，百分的悲怨，哪里听得入耳？不但词曲听不出，就是琵琶的声音也像不曾听见一般，痴痴地坐在那里发呆。娇奴只当卫茜听得入神，越发地轻捻慢拢，低唱高歌。正在十分有兴，忽听门外有人大声喝彩，倒把卫茜大吃一惊，探头向外一看，只见姨妈同着一个少年，立在门边。那少年拍手蹬脚地道：“妙儿！妙儿！可要了我的命了！”见那姨妈扯着少年急急地走出去，那少年还一步一回顾，不住地摇头晃脑。卫茜心中诧异。正是：

方从骇浪惊涛过，又引狂蜂浪蝶来。

欲知后事如何，且看下回分解。

第二十五回

拒奸淫独奋霹雳手　惧强暴同作鹧鸪啼

话说娇奴正在弹唱，卫茜听得有人在外面喝彩，探头一看，见那鬼鬼祟祟的情形，心中十分诧异。恰好娇奴也停了弹唱，笑眯眯望着卫茜道："妹妹你听这支曲可是有趣？"卫茜微微地点了点头。娇奴道："妹妹若是喜爱，我慢慢地来教你。像妹妹这样的聪明，不过一两月就全会了。"卫茜此时哪里有心同娇奴讲话，只说道："姐姐不要弹唱了，我此时很觉困倦，我要躺一会。"娇奴道："妹妹只管躺一会，我去去就来。"说罢，放下琵琶去了。卫茜躺在床上细细想：适才的光景，说那人为的是娇奴姐姐，为什么姨妈引着一道来？明明为的是我。姨妈这样的举动，显见得不怀好意。无奈干妈又不在身边，我倒要步步的留神才是。心中越想越惨，越想越怕，闷闷沉沉过日，指望见了干妈的面，再作计较。无奈再三探问，终不得一个确信。且喜宝娘等不常来聒噪，只得耐着性儿挨过日子。

一日黄昏后，忽见宝娘笑嘻嘻地走来道："茜姑娘，你干妈叫人来接你，车子在门口，快快收拾好。"卫茜听说干妈来接，好似囚犯得了赦诏一般，心中好不欢喜，随答道："我用不着收拾，就烦姨妈领我去便了。"宝娘引了卫茜，弯弯曲曲到了一个小门，果然门外停了一辆小车。卫茜不分好歹，急急地上了车，只说了句搅扰姨妈，再来酬谢的话。杜宝娘含笑点头。车轮一动，也不知向何方行走。约一小时，车轮已停，御人先跳下车去了。少时便走来一个中年妇人，后面跟一小丫鬟，执了笼烛，来扶卫茜下车。车子随即咕噜咕噜地去了。卫茜下了车，见到的地方是个大庄院，粉壁朱门，气象宏阔。一步步跟着那妇人走进，所走之处虽看不得十分清晰，却都是垂帘荡雾，曲槛约花。走了好一会，到子一个小院，四围竹木黑鸦鸦的不知多少。门是开着的，一直走了进去，满眼的金碧交辉，直晃得人的眼花，卫茜也无心细看。转过围屏，是个池塘，靠池塘是一排三间的小屋，帘幕卷红，氍毹贴翠，麝香四溢，蜡炬双辉。进了东首一间屋里，床帐台椅，色色精良。书楼上摆设些物件，大约都是古董。叫卫茜去细看，她实在无心；叫做者去铺叙，他未免无趣。那妇人便开口道："姑娘请在此少坐，我去请你干妈来。"卫茜声谢道："有劳妈妈。"那妇人转身出去，叫小丫鬟备了茶水送到房里，匆匆而去。小丫鬟送了茶水，仍然退出房外。卫茜一人冷冷清清坐在房里，呆呆等候。无奈自从那妇人去后，约有一个更次，静悄悄毫无声息，心中便觉难过起来。

约摸三更天气，忽听外面足声橐橐，渐走渐近，心中一喜，忙立起身来，走近门口。门帘开处，一个人跨进房来，晃眼一看，哪里见干妈？却是一个男子，心中老大吃惊，不觉张皇失措。只听那男子笑说道："姑娘等久了。"一面说话，一面向卫茜一揖。卫茜只得勉强敛衽还礼，偷眼细看，颇觉面熟，沉心一想，忽然记起那日偷看喝彩的人，心中明白。这一惊非同小可，急急定一定神，退一步坐在几上，低头瞪目，一声不响。那男子回身向门外吩咐："你们快将酒饭搬进来！男的散去，只留女的在此伺候。"门外哄应一声，一时壶酒碗菜，陆续搬进，摆列一席。那男子走近卫茜身边，满面笑容，曲躬柔气道："姑娘想已饿了，可随便用些酒菜。"卫茜不答话，也不动身。那男子又道："自从那日得睹仙颜，我的灵魂儿通被姑娘收去，终日颠颠倒倒，寝食不安。且喜今日仙子下临，小生就有命了。这也是前生注定的姻缘，小生修下的艳福。姑娘既到此间，且同饮三杯取乐，休误了千金一刻的良宵。"卫茜坐在那里，仍然一言不发。那男子反哈哈大笑起来，又说道："新人害羞，这是古今的通例，须得新郎的脸放厚点，方能济事。"说罢，即用手来牵卫茜的衣袖。卫茜见他逼近身来动手动脚，心中一急，陡地立起身来，剑眉倒竖，星眼圆睁，指着那男子说道："你这不顾羞耻的猪狗，不存天理的强盗！胆敢作此犯法蔑良之事，串通奸人，欺辱良女！我的性命早已拼着不要了！我是大仇在身，视死如归的人，你若知我的详细苦情，能够使我见干妈，你也是积阴德，我虽是个女流，或者有个报恩的日子。你若是恃势逞奸，想我从你，我头可断，身不可辱，只有一死对付你！冥冥中有鬼神，恐怕终有失势破奸的一天，那时悔之晚矣！"可惜卫茜这般言语，那男子哪里听得进一字？只涎着脸凑近身来，笑央道："姑娘的话，我一些也不懂。我是费了若干心机，才得姑娘到此。别的话暂且搁起，今夜成了好事，明日再作商量。"说罢，又用手来扯卫茜。卫茜把手一摔，两个鼻翅一扇，哼了一声。正待发作，那男子却拍手跌脚起来，狂笑道："我呆了！我呆子！"两步抢到门口，对着外面道："你们女的通去睡罢，用不着你们伺候。"外面同声嗷应，一齐去了。那男子即将房门拴好，向卫茜一揖道："好了，男的女的通去了，我晓得姑娘是因有人在此，不好意思。此刻只有你我夫妻两人，不须作态，来，来，畅饮几杯，再休张张致致，酒菜通冷了。"便用双手来抱。卫茜一急，一掌向那人胸前推去。那男子不防，一个跄踉颠去五六尺远，几乎跌倒，不觉暴跳起来，指着卫茜吼道："你这不识抬举的小贱人，你倒敢出手打我！你既到了这个喊天不应叫地不灵的地方，任你哪样倔强，要想逃脱，万万不能！你既不识抬举，我也不耐烦与你讲礼义，看你怎样！"说罢，张牙舞爪，奔上前来。卫茜心中一急，生出计较，忙将桌上的酒壶抢在手中。那男子恰好奔近身来，卫茜举起酒壶，劈头击下，不偏不斜，端端正正击在那男子的头上。只听哎呀一声，跌倒在地。卫茜放下酒壶，坐下略为歇息，然后立起身来，举起蜡烛一照，见那男子已是脑花迸裂，浑身是酒，死于地下。

卫茜放下烛台，重又坐下，沉思道：此贼已死，我又不知此地的路径，无处逃走。不如趁此时无人去赴池水而死，落得干净。想罢，心中毫不痛苦，轻轻地抽了门拴，悄步走出。到了池塘边，正待赴水，忽然隐隐约约走来一个人影，叫道："干女儿苦了，休寻短见，快随我来！"卫茜一听，是干妈的声音，心中好不惊喜，急应道："干妈快领我去！我打死了人了！"干妈一声不答，只向西走去。卫茜只得紧紧跟随，只觉隐隐地干妈在前行走，自己总赶不上。林黑风凄，四围寂寂，也不管路径高低，也不知时候早晏，迷迷忽忽走了一会，忽听干妈在前凄惨惨地说了一句："我去了！"卫茜心神一振，只叫得一声干妈，前面的人影已不见了，心中又惊又苦。听得鸡声啼唱，忽觉两脚酸痛，跌坐在地。略为宁静一时，悲恨惊惧，涌上心来，不知不觉倒在草地里。

此正二月初旬天气，十分寒冷。卫茜惊醒转来，天已大亮，一蹶劣坐起，身在凉窟，心如丝棼，想来行止无路，终是一死，又想起昨夜的情形，谅来干妈已是凶多吉少，只剩伶仃一身，大仇难报，不禁号啕痛哭。哭了一会，正想寻个自尽，立起身来，忽听水声淙淙，似有人浣濯衣物的光景。四面张望，果然相离不远有五六个年轻女子在溪边浣纱。便懒懒地走至溪边，悄悄立在众女子身后。见水光之中有两个女子，生得眼澄秋水，眉画春山，粉鼻朱唇，琼牙玉颊，那一种娇媚，真有比花解语，比玉生香之妙。两个之中，一个尤为出色，风情态度，描写难尽。其余的都是清华秀丽，袅袅动人。正在看得出神，哪晓得自己的尊容已落在那水光中，被那个绝色的女子先看见，吃了一惊，回过头来，见卫茜呆呆地站在身后，衣服虽是纯素，那一种端庄杂流利、刚健含婀娜的天姿，却不能掩。心中十分诧异，却一声不响，只暗暗扯她近身那个美女的裙角，用嘴向后一努。那个美女回头一望，见了卫茜的形景，便停了手，立起身来，开口道：“你这位姑娘，从哪里来的？为何呆呆地站在此处？”卫茜听了，定一定神，忙应道：“我是行路之人，昨在前途失了同伴，不知路径，想向姐姐们问个路径。因见姐姐们手忙，不敢惊动，在此立候。”那美女道：”姐姐从哪里来？要往哪里去？”卫茜道：“我从西鄙来，要到山阴寻亲去。本来有个干妈同伴，不料干妈在前途死了，只剩得孤单一身。”说着眼圈儿一红，那眼泪便如那断线的珍珠一般，咽喉堵塞，不能成声。此时众女子都停了手，听了这样的言语，见了这样的情形，一个个都有些伤感的样儿。还是那美女道：“我们都是一步不曾出门的人，哪里晓得路径？我看姐姐的模样，大约是昨夜失了睡的光景，不如到我家中，略为安息，再作行路的计较。”卫茜道：“多承姐姐美意，只是萍水相逢，何敢搅扰？”那美女道：“姐姐休要这般说，大家都是女孩儿，要什么紧？”说罢，将未曾浣过的纱收好，一统放在一个藤筐里，挽了卫茜，正要动身。那个绝色的美女也收拾好了，对那美女道：“修姐莫忙，妹妹想来，姐姐家的人多，许多不便。妹妹家中只有母亲一人，不如叫这位姐姐到我家里，修姐也同去，岂不更好么？”那美女叫修明，听了沉吟片刻道：“夷妹的话不错。我们就到夷妹家里去罢。”

二人别了同伴，便挽了卫茜，一路同行。卫茜见那二人情真话挚，也不谦让。约行半里，已经到了一个村庄。进了村口，不过三五家人家。见一带竹篱，围着一座直两进横三间的草屋，十分清洁。一同进内，忽听左屋里隐隐有哭泣之声。那绝色女子大为吃惊，也不暇招呼卫茜，急急地走进左屋去了。修明也觉惊异，悄悄叫卫茜坐了。听得左屋里哝哝唧唧说了半晌，那绝色美女也痛哭起来。修明此时忍耐不住，对卫茜道：“姐姐暂且安坐，等我进去问个明白，到底为着何事？”卫茜只得皱眉点头。修明出去，又咕噜咕噜说了半晌，连那修明都哭起来了。卫茜摸不着头脑，一人坐在那里，想起自己的苦楚，始而叹声，继而洒泪，不知不觉也大哭不止。这一哭，才把屋里的三人惊觉了，一起止了哭，大约问了个明白，一同走出屋来。两个上前叫道：“姐姐为什么事哭得这样伤心？”卫茜听了，止了哭声，拭了眼泪，立起身来，见后面立一年约四十岁的妇人，忙问那绝色美女道：“可是伯母？”绝色美女道：“正是家母。”卫茜连忙向前磕了两个头。那妇人连忙还礼，两个女子连忙搀扶起来。妇人招呼一起进房里去，坐下，问了卫茜的姓名来历，卫茜说了，转问：“伯母尊姓？”妇人道：“我们这里叫苎萝山，通是施姓。”指着绝色的美女：“这是我的女儿，叫做夷光，今年十四岁。”指着修明：“这是我干女儿修明，今年十五岁。夷光的父亲，五年前死了，是我苦守苦作，只想苦出了头，后半世有靠。不想今天凭空的弄出祸事来。”说着，母女两人又哭起来。修明道：“茜姐此时想已饿了，我且去弄点吃食来。大家哭也无益，总得打个主意才是。”说着去了，母女方止了哭。施氏道：“我真是气昏了，卫姑娘来的是客，竟自招呼都忘了。”立起身也要出去。卫茜急忙站起，拦住道：“伯母休得劳动，我并不觉得饿，但不晓得伯母说的祸事到底为着什么？”施氏仍然坐下，先叹了一口气，一手指着夷光道：“这祸却是由她而起。”夷光低下了头，暗暗涕泪。“离这苎萝山西去四十里，肖塘地方有个土豪，姓熊，叫做什么熊孔坚，年纪不过二十余岁，广有家赀。仗着父亲从前做过武职，认得些官府，如今父亲过世了，只有一个母亲，纵容他无恶不作。见了中意的妇女，不是明抢，便是暗骗，平日间不知作了多少孽！他有一个堂弟，名叫熊叔坚，就住在这离村不远处。因见我女儿有几分颜色，便在熊孔坚面前去献美。刚才女儿浣纱去了，熊叔坚闯到我屋里来，说是来替女儿做媒，把与熊孔坚作妾。我就一力推辞，说已经有了人家。他哪里肯听？后来发话道：‘你若好好依允，聘财礼物，件件都有。若是推三阻四，管叫你家破人亡！三日为限，准来取人。’丢下两匹彩缎，悻悻地去了。他们弟兄平时的凶恶都是人人惧怕的。转眼就是三日，我们孤儿寡妇如何对付他？”说罢，又哭。卫茜听了也挥泪不止。修明已将菜饭搬来，摆列好了，叫施氏道：“伯母且慢伤心，我们吃了饭，再慢慢地打主意。”施氏只得收泪，立起身来，招呼卫茜坐下。大家坐好。施氏母女哪里吃得下？卫茜与修明略略用些，也就罢了。

修明搬去，收拾好，转身到房里坐下，施氏才细细问卫茜的底里。卫茜也不隐瞒，从头至尾详细说了一遍。二人听了，又惊又苦，又恨又怜，倒把熊家的事忘了。施氏道：“这样说来，南林如何能去？一则姑娘的亲眷不晓得个实在住处；二则一路之上，孤单弱女行动不便；加以近年来闹捐闹荒，弄得遍地是贼，地方官装聋卖哑，不管百姓的死活，禁城地方还要劫财害命，通衢大道都是盗贼的世界。姑娘如何去得？我劝姑娘且在我家宽住几时，或托人到南林探听的确，那里派人来接；或有别的妥人要往南林去，同伴而行，方觉稳便。”卫茜道：“多承伯母的厚爱，只是我大仇未报，心急如火，度日如年，万难延阻；加以伯母此时家中亦遭横事，住在这里，大家不安。”施氏道：“快不要这样说，姑娘在这里，祸事是有的；姑娘不在这里，祸事也是有的。况且我们总是要打主意，大家都是同病相怜，姑娘还是住下为是。”夷光、修明也从旁挽留，卫茜只得应了。修明道：“我且回家看视，再来陪伴茜姐。我也把这里的事告诉阿爷，或者打得个什么主意，也未可知。”卫茜道：“修姐家离此多远？”修明道：“我家在这村的东首，相隔不远，一刻就来。”说罢辞去。施氏母女又提起熊家的事来，说来说去，总想不着一个对付他的法子。不是说死，就是说逃，无奈死又无甚益处，逃又没得去处。越说越伤惨，越伤惨越没主意，足足闹到傍晚，施氏方到厨房端整夜膳。卫茜也随夷光去相帮，收拾好了，搬进房来，大家坐下。怎奈大家都是愁锁眉梢，恨填胸臆，哪里食得下咽？正在那里茹苦含辛，忽听修明笑声嘻嘻地走了进来道："好了！好了！要恭恭敬敬向大恩人叩头了！"众人齐吃一惊，正是：

愁云堆里驰红日，急浪滩头遇好风。

不知如何好了，且看下回分解。

第二十六回

闻喜信合家敬烈女　艳娇姿大盗劫饥民

话说施氏母女正同卫茜愁苦在一堆，忽听修明笑声嘻嘻，叫好不绝，走将进来，三人一齐诧异，睁着眼呆呆地望着她进来。修明满脸笑容，走拢来扯着夷光道："你好好同伯母向茜姐姐多磕几个头，她就是你们的大恩人。"夷光弄得糊糊涂涂，望着母亲。施氏光着两眼，望着卫茜。卫茜也不晓得是从哪里说起，望着修明出神。修明只逼着夷光磕头。夷光发了急，挣脱衣袖道："修姐姐到底是何缘故？你也说个明白！你只提葫芦捉弄人，叫人摸头不知脑。"修明笑道："我此刻欢喜得了不得，爱我的茜姐爱得了不得，你们不磕头，让我先磕了，再对你们说。"一面说，一面跪了下去。卫茜真弄得云里雾里只得也跪下去还礼。修明一口气磕了七八个头，方才站起来叫道："我嫡嫡亲亲的茜姐姐，我从此要供你的长生禄位牌了！"施氏不等说完，急插口道："到底是个什么因由？你也好直说了。这样张张致致的，真令人可恨！"修明道："干妈不要恨我，说出来干妈怕比我还喜哩！早起不是茜姐说过，有人把她骗到家里，强逼她成亲，茜姐一时情急，用酒壶击破他的脑袋，死在地下，她逃走出来吗？干妈你猜茜姐打死的是哪一个？"施氏道："我晓得是哪一个？"修明道："巧呀，巧呀！恰恰就是今天要占娶夷妹的熊孔坚那个杀才。你说快活不快活？”施氏道：“你又如何晓得哩？”修明道：“我适才回家，到了午后，我阿叔从肖塘转来，说起今天肖塘地方，闹得烟雾迷天。众人传说，熊孔坚串通杜老鸨骗一个异乡女子到家里去，逼奸不从，被那女子用酒壶打死。女子乘夜逃走，不知去向。效尹已去验尸，派人四面追捕这个女子。杜老鸨的门户已经封了，妓女一同交官媒关押，要在杜老鸨身上追这女子的踪迹。这个女子不是茜姐姐是哪一个？”说着，忽然顿足道：“我真乐昏了！我阿叔还在外面，我去招呼进来。”施氏母女听了，这一喜真出意外，双双跪在地下，与卫茜磕头。磕一头不了，卫茜慌得跪下搀扶，哪里搀得住！三人搅在一团。却好修明同了阿叔走进来，大家乱了一阵，方才起来。

施氏招呼修明的阿叔坐下，大家坐定，施氏对卫茜道：“他是我干女的阿叔，我们都叫他良二叔。”卫茜听了，起身与施良见礼。施良见卫茜年纪幼小，举止端庄，因在家中已经听得修明说了她的来历，十分敬爱。卫茜见施良年纪四十以外，面容慈善，知道是个长厚人。施氏合掌道：“天网恢恢，疏而不漏。孔坚已死，想那叔坚小鬼也不敢再作怪了。此时菜饭已冷，夷儿可去添点酒菜来，一来与你恩姐洗尘，二来与你恩姐酬劳。从今后她便是你亲姐姐，你要好好孝敬她才是。”夷光笑盈盈地应道：“这还要母亲吩咐吗？”说罢去了。真是一天惨雾愁云，化为光风霁月，大家好不欢喜。须臾，夷光已将酒菜添上，一同上座。施良道：“熊孔坚平日固然害得人不少，那杜宝娘也不知坑陷了许多人！今日天假手于茜姑娘，除了这两个大害，真真是替一方造福。”卫茜问道：“良叔，那杜宝娘到底是做什么事的人？”施良道：“茜姑娘还不晓得吗？她家是个女闾，她就是个掌管。”卫茜又问道：“什么叫做女闾？”夷光修明也不晓得，痴痴地听。施良哈哈大笑道：“难道女闾你都不晓得吗？”施氏接口道：“良叔休怪茜姑娘不晓得，就是她姊妹两个也从不曾听见说过。”修明听了便急急问道："阿叔，到底是个什么生意？可详细告说，我们也长长见识。"施良瞪着眼，哼了一声道："不晓得便罢，谁要你问？"修明反嗤嗤地笑道："既是生意，又怕人晓得，却又作怪！"向着卫茜道："茜姐姐在她家中住了些时，总会晓得，可告诉我。"卫茜摇头道："我不晓得。"施良喝道："你怕疯了，不准再说！"修明不敢做声，只闷闷在心。施良又道："据我想来，茜姑娘也不好在此久住。此地离肖塘不过四十里，万一有人走漏风声，如何得了？"夷光道："良叔休要这般说，难道就叫我恩姐去吗？我是不肯放的。"施良道："夷姑娘留她固是情意，怕的弄出事来反为不美。"施氏听了，只是皱着眉梢，点了点头。卫茜道："我也是心急如火，今日我就要去。一者伯母的情不可却，二者我也要看看夷姐的事如何结果，如今夷姐也没事了，我准定明日动身。"施良道："茜姑娘孤单一人，万难行走，此去南林将近二百里，一路艰险，甚不容易。且喜这条路我走过三五转，南林地方我也有两个熟人，我没有甚要紧事，我送茜姑娘去。"施氏道："这样我们方放得心下。"卫茜道："如何敢劳良叔？还是我一个人去罢。"修明夷光同声道："良叔肯同去，我们不好强留，若是恩姐一个人去，我们死也不放你。"卫茜道："只是劳动良叔，心实不安。"修明含笑道："我倒有个主意，只是委屈恩姐。"卫茜道："修姐有何主意？说什么委屈我的话来？"修明笑道："我阿叔今年四十五岁，膝下无儿无女，阿婶又过世了。恩姐不如寄拜我阿叔，一路之上又亲热，又便当，岂不是好？"施良听了张着口嘻嘻地笑，两眼注定卫茜。卫茜随即立起身来，向着施良磕下头去，口称干爷。施良此时真十二万年无此乐，忙立起来道："请起，请起。"施氏同修明姊妹大家都喜之不尽，一同坐下，吃菜饮酒。

卫茜想起干妈死得不明不白触动伤心，不好哭出，只得暗暗饮泣吞声，众人也不觉。施良道："事不宜迟，我此刻回去收拾点行李路费，明日一准动身。"说罢，起身要走。夷光凄然道："我早说过，恐有变动，如何是好？以后日子长，等事情冷了，欢聚的日子正多哩。”大家无言。施良对修明道：“你今夜就在此伴茜姑娘，明日一早，我就过来。”修明道：“阿叔就要我回去，我也不肯去。阿叔回去就对阿爷阿娘说一声。”施良点头去了。三人重新泡了一壶茶，又畅谈起来。提起陈音的侠义，大家赞叹一番；提起诸伦的强横，大家咒骂一番；提起阿公的冤惨，大家又痛哭一番；提起干妈的恩苦，大家又悲感一番。谈谈讲讲，不觉天已发白。夷光去烧水煎茶，大家梳洗毕，又烧了茶饭。此时大家心定，都吃了一个饱。施氏取了十余两散碎银子，夷光寻了两套自己心爱的衣裙，打成包裹，卫茜推辞不得，从直收了。修明道：“我没有别的，我头上这支碧玉簪儿，是我祖母给我的，我就送与茜姐，茜姐休得嫌弃。”卫茜明知不可却，也就收了，一一称谢，包裹停妥。

一刻，施良来了，肩上背个包袱，带了些零星什物，问道：“可吃过饭？”众人应道：“吃过了。”施良道：“不要延迟，就此动身，我已将车雇好了，停在村东口。”施氏把包裹交与施良道：“包裹内有几两路费，良叔检好，路上良叔留心些。”施良笑道：“我自家的干女儿，还要你嘱咐吗？”众人也都笑了。卫茜叩辞了施氏，又与夷光姊妹拜别，那一种凄凉宛转的情形，是人生最难堪的。洒泪牵衣，不过形迹，唯有那心酸肠断，话不出来的苦楚，才叫难过哩。三人一直送到村东口，到了一家门首，有年近五旬的夫妻两个，携一十二岁孩童，立在那里。修明对卫茜道：“这是我阿爷、阿娘，这是我阿弟辅平。”卫茜急忙向前见礼，叫一声伯父伯母，又叫一声阿弟。夫妻两个已知卫茜来历，甚是欢喜。此刻行色匆匆，心中着实不舍。施老在怀中取出一个小包，递与修明道：“交与茜姑娘，在路上买点茶水。”修明接来，递与卫茜，并不推辞，叩谢起来。施老又吩咐施良，路上早宿晏起，遇事小心。施良应了。施老对卫茜道：“这是东村，夷姑娘那面是西村，下次来时，便不会错。”卫茜诺诺谨记。施良将包袱等物安放在车上，便扶卫茜上车。卫茜双泪齐抛对着众人称谢，众人也是寸心如割对着卫茜说声珍重。施良随即跳上车沿，坐好了。车夫鞭声一响，马行轮转，向东而去。众人含泪而转，修明、夷光大哭出声，直待山林遮掩，尘影迷茫，方才懒懒地回家。后文自有交代。

且说卫茜同了施良上路，一路上，遇店便歇，择地休停，不肯过于辛苦。当日无事，走了三十余里便歇。第二日辰时动身，沿路观山玩水，一一指点与卫茜赏玩，以破烦闷，不时谈些乡村琐事，倒也不知不觉走了四五十里。日方坐西，到了一个村集，名叫赤岑，也就歇了。进了店中，一切都是施良料理，卫茜甚觉安适，清清稳稳住了一夜。第三日仍是辰牌动身，照着前日，指指点点，笑笑谈谈，行到午牌后，到了一个地方，叫做羊头堡，树林掩映，山石嵯峨。施良在车上正在眺望，忽然树林中拥出三四十人。一个个身穿破衣，赤脚蓬头，面黄肌瘦，手中拿的都是木棍、锄把、劈柴斧、切菜刀之类，齐声乱嚷道：“抢呀！抢呀！”车夫早已跳下车去躲了。卫茜吓得浑身发抖。施良见了，只得向前对众人道：“我们是短路过客，并没得多的油水。”众人哪里听他，一拥上前，把牲口拉向树林中去。树林中还有些妇女、小男，都是穷苦光景。众人在车上把卫茜扯下来，卫茜立不稳脚，便坐在草地里洒泪。施良一面遮拦，一面分诉，众人不理，只向车中攫取包裹等物，抢一个罄尽。一个人道：“他们身上的衣服，还可值钱。”说着，手执劈柴斧，向着施良喝道：“快快脱下，免得我们动手！”施良到了此时，只得战战兢兢地哀告道：“包裹行囊众位都拿去了，只剩这两件衣服，留与我们前途作路费罢。”那人大喝道：“放屁！我们不要你两个的狗命，就是仁慈了。这两件狗皮还舍不得吗？”施良还在央求，一个人抢步上前，手中木棍向施良横腰一扫，施良哎哟一声，倒在地下。两人按住，把衣服剥了，同喝声道：“饶你的狗命，你要晓得感恩图报！”又回过头来，见卫茜坐在那里啼哭。一个道：“这个雌儿倒生得标致，我们带到前途，还可变卖几十两银子。”

一个道："甚好，但是如何带得走？"一个道："这有何难？现在有马在这里，只要一个人把她抱在怀里，骑在马上，就可带去了。"一个跌脚道："还是阿哥有大才，我去牵马来。"急急去牵马，早被一个人骑在马上在那里扬鞭驰骤，哈哈大笑。这个人大喊道："二顺子，快把马骑到这里来！"二顺子听说，把马带到这边，跳下来大笑道："我今天很乐，可见这个路道是顶快活的事。从今以后，我只跟着阿哥们干这件事，就是一辈子的福气。"那阿哥笑道："我昨日劝你，你还有推推诿诿，说什么犯王法，伤阴德。如今世道，王法制的是良民，阴德骗的是愚民。像我们这样，哪些不快活？"一面说，一面抱卫茜。卫茜见两人按住施良剥取衣服，早已哭得泪人儿一般，又见有人来抱她，便不顾性命地呼天抢地，放声大哭，手撑足蹬，口口声声地寻死。那阿哥道："到了这个地方，喊叫也无益，就让你去死，谁还与你立座贞节牌吗？"

正在危急之间，忽听鸾铃声响，急骤而来，一路进了树林，有人大吼道："什么人在此，干得好事？"施良此时躺在地下，好不悲苦，听得有人呐喊，料道有救，急睁眼看时，见是四个大汉，各骑骏马。头一个面如渗金，浓眉巨眼；第二个面如噀血，五绺长须；第三个黑面红须，双眼突出；第四个面如蓝靛，发似朱砂。手中各有军器，身上都穿战袍，气象威猛，吼声如雷。头一个手横大砍刀，骤马近前，喝道："干些什么事？"施良爬起，跪在地下，叩头道："他们都是强人，把我们的衣服行囊抢尽了，还要抢我的女儿去卖。"马上人听了，向着卫茜看了一看，也不言语，只对着那班人喝道："抢的东西在哪里？快快拿出来！"那个大才阿哥与二顺子等，见他来的只得四个人，哪里惧他？便唤齐众人，一个个扬起劈柴斧，挥动切菜刀，直的是木棍，弯的是扁挑，锄头柄横在肩上。大才阿哥，当先大喝道："尔等是什么人？敢来断我们的路道！不要走，试试我的家伙！"把劈柴斧对着马头砍来。马上的人哈哈大笑道："这等小鬼模样，也要耀武扬威！”把大砍刀一拨，敲在一边，顺手一刀，劈头砍下，哗的一声，劈成两片，一副阳卦，摆在地上。众人见了，一起大喊，围裹上来，乱嚷乱劈，好似群鸦噪树，乱柴翻空。马上四人一起动手，不消一个时辰，比割鸡宰狗还要容易，杀得干干净净，不曾跑脱一个，连那妇女小孩通作了刀头之鬼。四人跳下马来，将马拴在树上，去搜寻他们的东西，除了施良他们的包裹行囊外，其余的都是败絮破衣，饭团荞饼之类。头一个笑道："大约这般人都是些逃荒的饥民，出于无奈，干此勾当，也是可怜。”三人点了点头。

施良爬近前来，叩头哀告道："多蒙众位英雄救了性命，生生世世，不忘大恩。恳求将包裹行囊掷还，也好趱程。”那头一个大汉道："此刻辰光也不早了，前面没得宿处，不如到我们那里暂过一夜，明日早行。但是你们的车夫到哪里去了？”施良道："贼人出来的时候，车夫就不见了。”那大汉扬起头来，四面一望，只见一个草堆里，一个人在那里探头缩脑的。大汉大喝道："你那鬼头鬼脑的可是车夫？快到这里来！”果然是车夫，一伸一缩地走进树林来，痴痴呆呆立在那里。那大汉道："你快将马驾好，随我们去。”车夫诺诺连声，牵马过来，将车驾好。那大汉叫施良扶了卫茜上车，大家坐好。那四个人两个在前，两个在后，向南而行。曲曲弯弯地走了四五里，日已沉西。到了一座猛恶林子，前走的唿哨了一声，林子中跳出七八个人来。前走的把嘴向车子一努，七八个人把车子一拥上山。卫茜在车子里见一路上都插得有刀枪旗帜，料道不是个好去处，悄悄对施良说了。施良只是攒眉蹙额，不发一言。须臾到了山顶，走出四个大汉来，与这四个大汉相见，一同上正厅一并排坐下。叫施良扶卫茜下车，两人战战兢兢站在当地，忽听上面大喝道："把那老头儿和那车夫开发了！”就拥上七八人，把两人鹰拿燕捉，扯了下去，须臾提了两个人头上来。卫茜此时心如刀割，大哭大喊道："你这班强盗！为什么把我干爷杀了？我要性命何用？”一头向石柱上撞去，左右的人不防，撞个正着，满头是血，倒在地下。一个大汉急急跳下座来，近前一看，见卫茜发散血淋，牙关紧咬，连叫道：“可惜！可惜！”正是：

落月衔山光欲灭，游丝系鼎势难延。

未知卫茜性命如何，且看下回分解。

第二十七回

崆峒山卫茜习剑术　蓼叶荡陈音试弩弓

话说卫茜见强盗杀了施良，心中惨痛，一头向石柱上碰去，头破血淋，倒在地下。一个强盗跳下座，走近前来，见了这个样子，连叫可惜，又用手在卫茜鼻尖上试了一试，且喜还有丝气息。强盗道：“人还未死，我且抱在后寨去，慢慢医治。”众盗同声称好。这个大盗撩衣卷袖，来抱卫茜，陡然空中起了个大霹雳，震得屋瓦都飞，庭柱岌岌摇动。就这雷声中，一团雷火飞来，把要抱卫茜那个大盗须发全行烧尽，哎呀一声，也倒在地下。一霎时，风号天晦，伸手不见五指。座上的众盗，一个个都吓得心惊胆战。大家跳下座来，跪在当地，呼天悔罪。半晌工夫，雷霆风火，全无声息。众盗方才心定，起来搀扶那个大盗。见那大盗被雷火烧得焦头烂额，须发不留，只得命人扶后寨去医治。却不见了卫茜的尸首，大众惊疑不止，命人去前后寻觅，哪里有个影子？只有罢了。这班强盗以后都有交代。

且说这雷火，却是崆峒山的广成子在空中游行，忽然一股怨气冲动云头，拨云一看，见了卫茜撞柱寻死，随即号召风雷，惊慑群盗。一阵神风，将卫茜摄往崆峒山去，安放在云床上，命紫霞童儿取了一粒还魂丹，用仙露研化，灌入口中，又取了一粒化血丹，也用仙露研化，敷在伤处。果然仙家的妙用，片刻之间，卫茜便悠悠苏醒，哎哟了一声，睁开双眼，见一个道家装束的人，立在身旁，面如红枣，眼似流星，海口剑眉，须长过腹，心中大吃一惊。细细想起在山上寻死的根由，不觉放声痛哭。广成子在旁点了一点头，就吩咐紫霞、赤电两童儿道："她方回过气来，由她静养一会，再引来见我。"两个童儿应了，就坐在卫茜身旁等候。卫茜又沉迷了一会，醒转来时，红面道人已不见了，只有两个童儿坐在身边，急坐起来，问两个童儿道："适才那个红脸道人是什么人？你二位坐在这里作甚？"赤电童儿把师傅如何救她的话，说了一遍。卫茜滚下云床道："烦劳二位引我去叩谢师傅。"二人将卫茜引至静室，广成子正在静坐。卫茜上前跪下，磕了三个头起来，站在一旁。正待申诉苦情，广成子道："我通知道了，只是你一个孱弱女子空有刺虎之心，苦无缚鸡之力，怎能履险蹈危，做那惊天动地之事？而今在我洞中，用心习练，数年之后，包管你大仇立报，还要轰轰烈烈做些百世流芳的事业。"卫茜听了，又磕了几个头，垂泪道："望师傅慈悲。"广成子对紫霞、赤电两童子道："你两个每日晨起，就引她出洞去山前山后，登高蹑险。到了履险如夷，不变色、不喘气的时候，大约半年光景，可以做到；再教她折取竹梢，或逐猿猴，或刺虎豹，须到那发手必中，无物能逃的时候，大约也得一年光景，方可做到；然后习练内功，操习剑术，为师自会教导她。"两个童儿应了，见师傅无话，就引了卫茜出来。从此卫茜就在崆峒山学习剑术，后来报仇灭敌，做出许多惊人骇世的事来，与陈音争雄媲美。

再说陈音在楚国学习弩弓，无奈这弩弓是楚国不传之秘，虽是二太子喜爱陈音，哪里肯轻易地倾心教授？不过在练习时，暗中留心审察它机彀所在，试验它用法如何。将及三年，始略略晓得个梗概。传闻吴王夫差已将越王释放回国，屡想还越，只奈弩弓不曾学会，只得耐心苦守。光阴荏苒，瞬息九年，吃了几多辛苦，费了若干心机，然后把这弩弓的制造、用法，一一精通，心中好不畅快。一日，到王孙无极府中与王孙建、雍洛等闲谈。王孙建道:“大哥前日所造的弩弓，我拿在郊外射猎，果然箭无虚发，兽不及走，鸟不及飞。看来大哥的弩弓，就在楚国也要算头等了。”雍洛道:“我将弩箭用极长的丝线系牢，在水中去射鱼，也是百不失一。弓力又大，中必洞穿。大哥暇时须得教导我们，也好替大哥出力。”陈音道:“这个自然，只是我已经打定主意，就在这几日里，告辞太子，回转越国。今日特地来通知一声。”王孙建与雍洛齐声道:“大哥要去，我们是要一路的。”陈音道:“王孙兄弟是不能离家的，雍贤弟等此刻也不能同行。”雍洛道:“王孙贤弟二老在堂，无兄无弟，自然是走不开。我们毫无沾挂，如何不能同行?”陈音道:“我此时不能径直回越，须到齐国去寻赵平诸人，再到西鄙。加以我还有一桩心事，我是对你们说过的，那盗剑留柬的人有牤山后会的话，我要沿路打听牤山这个所在。耽搁时日，不必说了，同行人多，有许多不便。等我回了越国之后，再行修书前来相约。那时王孙贤弟再禀明老伯，到越国一行，或者老伯准允，也未可知。若是你们有一个不到，我倒不依。”众人听了，俱是皱眉点头。王孙建道:“大哥所说固是，难道不能在此再住三五月吗?”陈音叹口气道:“贤弟，愚兄的心事，国耻父仇，刻不去怀，恨不得插翅飞回，安能久住?老伯回府，烦贤弟代为禀明。大约不过两三日，愚兄就要动身。”众人都觉凄然，又闲谈一会，陈音辞别回宫。

果然第三日，陈音辞了二太子，来至府中，当面对王孙无极告辞。王孙无极哪里舍得?苦留了半月光景。陈音执意要行，只得备了极丰厚的筵席，与陈音饯行。饮酒之间，说不尽离情别绪。王孙建洒泪道:“我与大哥萍水相逢，一者保全我一家的性命，二者教授我一身的本领，只想白头相聚，哪晓得忽然就要远离!这一别，不知何年何日方得再会?叫我心里哪得不痛!”一席话，说得大家都流泪不止。王孙建又道:“我想父亲、母亲，虽然年老，都甚康健，不如随大哥一路，大哥也有一个伴。把大哥送到越国，我就回来，谅来不过一年半载，我的心就安了。”说罢，两眼望着王孙无极。王孙无极正待开言，雍洛笑道："贤弟正当新婚之际，如何忍得心远出？依我的主见，同行的人多，大哥说是不便。我是孤零一身，不如鲍贤弟等留在此地，我随侍大哥去，一路替大哥招呼，大哥也少费若干心。"王孙无极急急接口道："真真好极了！陈贤侄一路有伴，我们都好放心，就是这样定议，不必疑难。"陈音一想，如此也好，当即应了。雍洛甚是欢喜。忽见家人同王孙繇于走了进来，众人一起起身招呼。王孙繇于道："听说陈贤侄要回越国，特来送行。"陈音道："小侄正拟明日趋府禀辞，何敢劳大伯父枉驾？"王孙无极道："大家不要客套，且坐下畅饮几杯，情礼都尽了。"家人添了杯筷，大家归坐，又畅谈一会方散。次日王孙繇于差人送了路仪二百金，陈音推辞不得，只得收了，过府叩谢而回。王孙无极备了一千金。陈音道："老伯惠赐许多，小侄如何携带？小侄近来也略略有些积蓄，又承大伯父那边的厚贶，路上已经累赘。老伯的惠赐，断不敢领。"王孙无极道："贤侄若不收下，老夫心中万万不安。若嫌路上累赘，我把来换成黄金，便好携带了。"陈音再三不领，无奈实难推却，也只得叩谢，裹束停妥。到了次日，陈音带了弩弓并牛耳尖刀，雍洛用一根熟铜棍做了挑担，向众人辞行。众人自有一番留恋，不必细表。王孙建直送到三十里外，方才洒泪而回。

陈音二人由旱路往齐国而行。此时七月天气，甚是炎热。一路上晓行晚宿，按程前进。约走了五六日，一日到了一个地方，名叫枫桥，人烟凑集，颇觉热闹。日当正午，难以趱行，二人走进一家酒店坐下。雍洛放下肩担，揭了斗笠，坐在横头，取出一柄纸扇扑扑扑地扇个不住。陈音也揭了凉笠，坐在上首。酒保捧了面汤来，陈音正在净面。忽见雍洛一蹶劣挣起身来，抓了斗笠，抢步出门。陈音大吃一惊，急起身往外一看，见雍洛跟着一个头戴箬笠、短装赤脚的人，向南去了，心中甚不明白，只得坐下守着包裹。酒保已将酒菜端来，顺手把面汤取去，问道："客人，你那同伴哪里去？"陈音道："就要来的。你只把那上好的酒暖来就是了。"酒保应声而去。陈音坐在店里一杯一杯地饮起来，直饮到日色偏西，还不见雍洛转来。眼巴巴望着店外，又是好一会，始见雍洛跟着前去的一个人，又是一个黑壮大汉向北转来，到了门首，却不进店，只用手式向陈音一招，叫陈音等候的意思。陈音不知就里，好不纳闷，三人一直向北去了。陈音仍浅斟慢饮一会，见雍洛同那个大汉转来，大汉向南去了。雍洛急急走进店来，满头是汗，大叫酒保快舀盆面汤来。酒保应了一声，端上面汤。雍洛一面拭汗，一面吩咐酒保道："酒不要了，快端饭来，我们吃了有事。"酒保应了，须臾捧上饭来，又添了一碗热汤，取了面盆走开，雍洛方才坐下。陈音问道："到底是什么事？这样的鬼鬼祟祟、急急慌慌？"雍洛笑道："今日要替大哥泄一泄怨气。大哥还记得洪泽湖的事么？"陈音道："如何记不得？"雍洛道："先在门口过去的瘦小汉子，名叫胡镍，排行老三。后首转来一路的那个黑壮汉子，叫刘良，排行老大。二人专在洪泽湖一带劫杀单身客商。那时他二人因见大哥不好对付，送到我们船上。后来我们动手时，他二人驾小船逃去，不知他们如何到这里来了。我见胡老三由此过去，我便跟着他走。朝南不过三里，向一间矮屋里进去，好一会方同刘老大出来，一同转北到了市集尽处。一只大船靠在那里，船上扯起旗号，大约坐的官宦。可惜不认得字，不晓得旗上写的是什么字。他二人跳上船去；又好一会，刘老大下船，胡老三在后面叫道："老大快来！今日要趁夜凉开头，不要误了事。'刘老大应道："就来的。'因此仍向南去。我想他们的言语，大约今晚又要干那杀人劫财的勾当。我们快吃饱了饭，去河下觅一只小船，尾着他们的船走，一来救了那船上的客官，二来除了水面上的后患，三来泄一泄大哥的怨气，岂不好吗？"陈音听了道："好极了！只是你跟着他们走的时候，他们就不认识你吗？"雍洛道："我将斗笠戴在额上，遮了半截脸，又离得他们远远的，他们哪里留心？况且心有急事的人，一心只在筹划事体，以外便都忽略了。"陈音点了点头道："你可吃点酒？"雍洛道："吃酒恐怕误事，我们快些吃饭罢。"

大家急急地吃饱了，会了钞，取了包裹等物，出门向北而行。到市尽处，果然见一条水道，大小船只密麻也似。雍洛指着一只大船道：“就是这只船。”陈音见船上的旗号写的“宋大乐署工正桓”七个大字，料道是宋国的乐官。雍洛走到河干，雇定了一只小船。二人上船，船上也只两人，却不瘦不黑，大约是规规矩矩靠船业为生活的样子。陈音二人进了中舱，放下包裹等物，就叫船家把船移在那只大船的后梢紧靠。二人坐在舱中探望，到了日已西沉，方见刘良又带了两个粗蛮汉子，由后梢上船。胡镍接着，蹲在一堆儿咕咕噜噜一会，各自散开。霎时，便听得镗镗的锣声响亮，水手各执篙橹，开船而行，向南进发。陈音也叫船家跟着开行。且喜来往船只甚多，尚不碍眼。约走了十里水面，已是二更时候，下旬天处，月色毫无，四望迷茫，寂无声息。那大船便在河中抛锚停住。陈音在后面也将小船停泊在岸边。雍洛道：“他们大约就在此地动手，我们的船相离略远，怕的一时救应不及，岂不误了人家的性命？”陈音道：“他们动手，不见得就杀人。只要一有声息，我们就赶紧前去，断无来不及之理。只是我们船上有这许多要紧东西，万一有失，如何是好？”雍洛道：“据我想来，胡老三这班人有甚伎俩？只消我一人向前，尽够开发他。大哥只在这小船上留心照应，若是我支持不住，大哥再向前去，我就退回来，就放心了。”

正说着，忽听大船上大喊救命。一霎时，人声鼎沸，火光乱闪，雍洛急唤船家解缆。两个船家正从睡梦中惊转，听得有人大喊救命，只吓得浑身乱抖，见雍洛要他解缆，把船开拢去，口里格格地应道：“那，那，那是杀，杀人的贼，贼船，我，我们是不，不敢拢，拢去。”雍洛发了急，一步跳上岸，扯断缆索，翻身跳上船来，用篙一点，那小船便如放箭一般，直向大船溜去。一眨眼，早经挨拢，已听得扑通扑通似有人掼下水去的声息。火光中见胡老三拿一把板刀，站在船头，三五个水手都拿着铁器，乱哄哄嚷闹不休。后梢站着两大汉，各执刀斧，在那里瞭哨，见雍洛船到，大喊道：“那是什么人划船？快休来寻死！”雍洛就在这喊声中，一跃上船。众水手见了，齐举兵器来拦，被雍洛把熟铜棍一搅，一个个东倒西歪。雍洛大叫道："胡老三！认得我雍洛么？"胡老三一见，大吃一惊，正待与雍洛答话，早被雍洛劈头一棍，打得脑浆喷出，倒在船头，眼见不得活了。水手大叫道："船上有了强人，刘大哥快快出来！"刘良正在中舱行凶逞狠，听得水手喊叫，急急钻出舱来。见雍洛打死胡老三，大吼道："雍洛，你怎敢来搅扰我们的道路，伤自家的兄弟？"说罢，就是一钢板斧，朝雍洛砍来。雍洛把熟铜棍一架，当的一声，挡了转去，震得刘良两膀麻木，大叫道："众弟兄快来帮我一帮，擒此匹夫！"顷刻之间，后梢的两个大汉带了众水手，围裹上前，把雍洛围在当中，斧棍叉刀，乱砍乱劈。雍洛舞动熟铜棍，风车般抵住四面。约有半个时辰，雍洛虽然猛勇，怎奈寡不敌众，渐渐有些支持不来。陈音在小船上看得亲切，不便跳上大船，恐自己船上有疏失，又怕雍洛有伤，心中一急，想起弩弓来了，暗想道：我且试它一试。急向舱里取出弩弓，觑个准着，嗖的一声，喝道："着！"刘良哎呀一声倒了。众贼见刘良被射死，一个个心惊胆战，有的被雍洛打死，有的扑水逃命，只有两个大汉还在狠命相持。雍洛此时知道陈音相助，胆力已壮，不过片时，一个大汉被铜棍扫下水去，一个大汉被熟铜棍扫着膝盖，立时跌倒，呻唤不止。雍洛见他无用，提了熟铜棍跨进中舱。忽见一人散披着头发，满面流血，扑近身来，把雍洛吃一大惊。正是：

眼前凶暴无遗类，意外惊疑猝不防。

不知后事如何，且听下回解说。

第二十八回

诘囚徒无心了旧案　射猛兽轻敌受重伤

话说雍洛把刘良、胡锒等诛除尽绝，跨进中舱，忽见一人披发浴血，扑近身来，大吃一惊。那人伏在舱板，扯着雍洛衣服，哭喊道：“好汉救命！”雍洛听那人出了声气，仔细一看，知是被贼伤害的人，忙用手挽起道：“贼人已经杀尽，起来慢慢地说。”那人爬起来。此时陈音手提包裹，也进中舱。雍洛正要盘问那人，陈音道：“且把外面打伤的贼人绑缚好了，再问别的。”雍洛醒悟，寻了一根麻绳，跳到船头，把那大汉捆了，提进中舱，撇在船板上，与陈音坐下，问那人道：“尊兄哪里人氏？要向何往？”那人拭泪道：“不才姓桓名魁，忝为宋国乐正。吾兄名魋，官授大司马之职。此行要往吴国去见伯太宰，有密事相商。在濉阳动身就雇了胡锒的船，自己带了十二个从人。一路上那胡锒甚是殷勤小意。今日到了枫桥，我要趁风直行，他说他有要事，须在枫桥耽搁半日。我哪里拗得过他，只得由他。哪晓得他贼心贼胆，勾引强徒，到这荒僻地方，把我的从人一个个抛下水去。我吓得魂飞魄散，只喊救命，被一贼人一斧砍伤额角。幸蒙好汉相救，感恩非浅。从人死了不关紧要，我随身的宝重此时不及清检，不晓得有无损失。”说罢，也不问二人的姓名，只两只眼睛向四面闪约。

陈音见了，只鼻子里哼了一声，向雍洛道："你只问问这贼汉，那胡锦、刘良为何到了这里就罢了。"雍洛心中也是十分不快，便向贼汉喝道："你叫什么名字？把你与刘良这班贼人同谋的来由，从实说来！饶你不死。"那汉子呻吟着，答道："我叫曹阿狗。那刘老大同胡老三，本不是此地人，五六年前到的此地。原只驾一只小船，常靠在枫桥地方。我有至好弟兄，叫陆阿牛，就是刚才被好汉打下水去那个，要算枫桥的头等好汉。刘老大二人同我们混熟了，便商量做那杀些不关要紧的人，劫些不伤天理的财。不过五七转，便换了一只大船，就把我们平日手下的弟兄做了水手，便阔壮起来，胆也粗了，手也滑了。且喜两三年来，上天保佑，事事顺遂。今天午后，刘老大来寻我们，说胡老三装了个大生意来了，只因有十几个从人，怕一时做他不下，约我们一同上船相帮，不想遇着好汉。这宗事我们只做过三五十转，今晚实系初犯。我还有一百三十几岁的母亲，求好汉饶命，再不同胡老三刘老大们一道了。"雍洛笑道："三五十转，还是初犯？你的年纪大约不过三十岁，哪里有一百三十几岁的老母？真正胡咬！只是刘老大、胡老三同那阿牛都是你的好弟兄，你说再不同他们一道，我要你同他们一道去，才算得交情。"阿狗急急分辩道："我平日是极不肯讲交情的，好汉不要错认了！"陈音与雍洛不禁哈哈大笑。雍洛道："此处叫什么地名？"阿狗道："此地叫蓼叶荡，我们在这里做这宗事，才得十六转，实系不曾多做一转，求好汉原谅。"陈音又大笑不止。雍洛道："这宗蠢东西，留在世间做甚？"举起熟铜棍劈头打去，只听叫了一声，同着老大老三阿牛们仍是一道儿去了。桓魁见了，吓得籁簌地抖。雍洛还待要替桓魁处分，陈音立起身道："我们去罢。"雍洛心中明白，随同起身。桓魁口里格格格地说道："承你二位救命大恩，等我取几两银子送与二位喝杯酒也好。"二人不理，跨出中舱，陈音在刘良左肋拔了弩箭，一起跳过小船。两个船家吓得哆嗦在一堆。陈音叫船家仍然开回枫桥，船家诺诺连声，将船撑转。雍洛道："桓魁今夜在那船上一人没有，不晓得他怎样摆布？"陈音冷笑道："我们今晚倒错救他了，这样的腌臜东西，管他做甚？"雍洛点头。陈音既不管他，做书的也只好不管他了。

不过一个更次，已到枫桥。二人在船上消停一会，又叫船家弄饭吃了。天将发晓，雍洛取出二两银子，给与船家，船家称谢不止。陈音二人跳上岸，趁早凉行走。不止一日，将到济南地界，地名石牛铺。见许多人围在那里，雍洛挤入人丛中，见是两辆囚车，两个囚犯，一个老的，年约六十余岁；一个少的，年约三十余岁，都是垂头丧气。雍洛挤出来，对陈音说了，陈音道："不关我们的事，管他做甚？不如在这酒店里买碗酒吃。"二人走进酒店，酒保递上酒菜，雍洛忍耐不住，向酒保问道："门外这两个囚犯是什么人？"酒保因店中无人，尽有闲工夫白话，便站在那里应道："说起这话，是九年前的事了。那个年轻的名叫魏蒲，平日与一个名叫韩直的，专做些劫财拐人的事。九年前正月，他二人不知做了些什么事情，韩直在家中被人一刀戳破小腹死了。韩直的娘，也在房中自勒而亡。过了两天，邻家才晓得。大家猜疑一阵，因为魏蒲平日是天天要到韩直家中的，近来不见踪迹，一定是他二人不是因分赃不匀，定是挟嫌伤命，便报到官府，派差去拿魏蒲，果然逃得无影无踪。这情形越是真了，便四处搜缉。直到今年四月，始在那个年老的囚犯家中拿获。年老的姓江，名叫江诚，平时专做些窝盗分赃的事，无恶不作。上年三月里，他窝藏的人拐了田家的女儿到家，逼作媳妇。田家失了女儿，告到官府。后来漏了声息，打探的确，官府派了兵役，围家搜拿。不但把田家的女儿搜出，领了回去，连魏蒲也一起拿获。如今是解到府里去，大约一讯之后，就要斩头。倒是一个绝好的果报录。"雍洛道："你说韩直是魏蒲杀的，既无人眼见，又没得个确据，安知不是比他们更狠的强盗杀的吗？"酒保道："若不是他杀的，到了官府他如何肯认？"雍洛还要辩论，陈音蹑了雍洛的脚道："天不早了，快吃了酒上路，又不关我们的事，管他做甚？”雍洛方不言语，酒保走开。二人吃了酒，会钞出门，囚车已先去了。二人慢慢行走，陈音见前后无人，方把那年送孙氏到济南的事，细细告知雍洛。雍洛听了，只笑得拍掌跌脚道：“这果报录还要加上三个字，叫做‘巧中巧’。大哥总说不关我们的事，哪晓得正是我们的事！巧极了！巧极了！”说着，天已傍晚，投了宿处。

一路上耽搁延缓，直到八月中旬，方至济南苦竹桥。到了赵允门首，问了庄客，晓得赵平、蒙杰都在庄上，心中甚喜，通了姓名。庄客进去，一刻之间，蒙杰早已一路喊叫出来道：“我的阿哥，想煞我也！”抢步进前，手挽着陈音，面对着雍洛，大笑道：“快请进去！”庄客上来，接了挑担，一同进庄。赵平、赵允弟兄二人，都已出来，笑脸相迎。到了正厅，陈音雍洛与众人见了礼坐下。赵允正要开口，蒙杰抢着说道：“我们屡次接了大哥的信，我总想到楚国。可恨许多牵牵扯扯的事体，舅父也是随时生病，真弄得我像热锅里的蚂蚁一般。”说着，又叫庄客：“快去把那极肥壮的鹅鸭多宰几只，把那极香辣的陈酒多烫几壶，我今天要痛饮痛饮。”众人都笑了，庄客自去安排。赵平问了陈音在楚的光景，赵允问了雍洛的姓名，一一说了。陈音道：“黄丈住在哪里？略为消停，烦引我去拜会才是。”赵平叹一口气道：“我那表兄已经上月死了。”蒙杰愤然道：“我们这几日，正想去牤山替我黄亲翁报仇。且喜大哥来得凑巧，我们明日一准动身。”陈音听了牤山二字，心中愕然道：“牤山离此多远？与黄丈有什么仇？”蒙杰正待要说，庄客已将酒果搬上来，调开桌儿，摆列好了。赵允让陈音首座，雍洛对面，蒙杰与赵平坐在横头，自己主位相陪。陈音还要推让，蒙杰发躁道：“不要客套了！大哥是直性人，也学这些忸忸怩怩的样子，想是楚国的官做坏了！爽爽直直地坐下，我们好说正经话！”大家方才依次坐下。蒙杰抢过酒壶，斟了一巡，便大喝起来，一连喝了几杯。

陈音道：“你莫忙吃酒，且先把牤山报仇的话，说与我听。”蒙杰道：“我要把几杯酒，浇浇我填胸的块垒，才能说得出来。”又喝了几杯，方道：“牤山离此不过三十余里，生得山势高耸，树林蓊郁，山中野兽甚多。上月里，黄亲翁无事，一个人带了弓箭，骑了一匹马，去到牤山地界打猎消遣。树林中跳出一只金钱豹子来，被黄亲翁一箭射中后胯。那豹子带箭逃走，黄亲翁追了下去。突然，山上冲下一个小杂种来，手中拿两条画杆戟，一马拦着豹子的去路，迎头一戟，就把豹子刺杀了。黄亲翁见了，还在极口称赞他是少年英雄。谁晓得那个小杂种，狂妄无知，跳下马来，提了豹子，便掼上半山去了。黄亲翁上前道：‘少英雄，豹子后胯上有一支箭，是老汉的，烦取来还我。’那个小杂种，反嘻皮笑脸地把黄亲翁上下一望，说道：‘偌大的高年，逞什么豪气？小小的一个豹子，射它不死，还有脸向我讨箭呢？’说了这几句奚落话，便不瞅不采，纵马上山。直把黄亲翁气个半死，大叫道：‘你那孺子，休得狂妄！可有胆量在老汉手中试一试厉害？’那个小杂种真个勒马下山，仍是嘻皮笑脸的，举戟便刺。黄亲翁只带得随身宝剑，连忙拔出，与那小杂种厮杀。哪晓得小杂种甚是厉害，杀了三十余回，黄亲翁右腕上被他敲了一戟，立时抬不起来，只得拔马逃回。那个小杂种也不赶下，只立马狂笑道：‘这样的脓包，饶你去罢！’大哥想想，黄亲翁一世的英名坏在这小小孺子之手，安得不气？回转家中，叫人来请我们过去，把这事告知我们。我们再三宽解他，说道：‘且把伤痕养好了，一同前去报仇。’谁想有了年纪的人，经不起气，加以右腕青肿得厉害，老年人气血不足，只挨得三日便死了。”说罢，便哽哽噎噎号啕起来。众人俱是伤心掉泪。庄客舀了面汤，递了手中，大家拭了泪。随将鹅鸭鱼肉，络绎不绝地捧上来，摆满了一桌。赵允敬了一回菜，蒙杰凄然道：“提起黄亲翁来，我哪里还吃得下去？我只多喝几杯酒罢。”便痛饮起来。陈音道：“黄丈可有儿子？”赵平道：“儿子是有一个，往秦国去了。我们专人送了哀音去，大约这几日也可到了。不多几日，才把我表兄的祭葬办好。只因天气炎热，不便久停在家等候我那表侄。”陈音道：“理应如此，但是报仇二字，看来颇不容易。”蒙杰正在喝酒，听了这话，停杯在手，愤然作色道：“大哥为甚凭空地长他人的志气，灭自己的威风？他就是活虎生龙，我也要去撩他一撩！”陈音道：“贤弟休得动气。愚兄的话，不是凭空说起。”便把那年在绾凤楼盗剑的事，详细说了一遍。“看他留下柬帖的话：‘牤山不远，与子为期’，这人住在牤山无疑了。莫非黄老丈遇的，就是此人？贤弟想他是何本领？岂是轻易胜得过的？”赵平听了，连连点头。蒙杰虽不言语，却将酒杯放下，低头纳闷。雍洛道：“大哥在楚国动身之时，就说要探访牤山。大哥同那人既有前缘，且到见面时再看罢。”众人称是。大家又吃了几杯酒，方才吃饭散座。赵允道：“陈大哥与雍大哥行路辛苦了，且安静几日，再作计较。”赵平道：“这话甚是。”仍把二人引至东偏房，床帐被褥，铺设一新。略坐一会，天色已晚，众人道了安寝，各自去了。

陈音二人自家也觉得辛苦，便沉沉酣睡，直睡到次晨辰刻方醒。梳洗未毕，蒙杰已来，等候完了，齐到正厅。孙氏娘子牵着阿桂，来至厅上，与陈音磕头。陈音还礼不迭。阿桂已经十岁，出落得眉清目秀，不像阿爷的神气。磕头起来，阿桂叫了一声伯伯，孙氏也问了好，方退进房去。陈音道：“这又何必呢？”蒙杰笑道：“我还嫌她的头磕少了。”雍洛笑道：“你嫌少了，可代娘子多磕几个。”蒙杰道：“正该，正该。”说着就要跪下。陈音拦住道：“休得取笑，我只问老伯母可迁葬了么？”蒙杰道：“我从楚国转来，先办此事，就迁葬在这屋后，墓木已拱了。”陈音道：“甚好，甚好。”随叹一口气道：“我的事不知何日方得办到？”说着泪流。众人都知道陈音的父亲埋在吴国，代为惨切，只得曲为宽解。大家用过饭，谈些别后光景。

住了五六日，蒙杰催促要往牤山报仇，陈音也急于要会那人。大家结束停当，各带随身军器。赵允叫庄客牵出四匹马来，大家骑上，先到黄通理家中，在供灵前祭奠一番，也不耽搁，一起催马向牤山进发。日刚正午，到了牤山，大家下马，在树荫浓处拴好，解襟纳凉一会。蒙杰跳起身来道：“我们不是来避暑的，让我先去会会那小杂种。”将鞍搭上马背，拴好肚带，提了大砍刀，翻身上马。众人见了，都各提了军器上马同行。蒙杰已前去半里之遥，一路吆吆喝喝，吼骂道：“小杂种不要躲在山坳里，快来蒙爷手中纳命！”叫骂得满头流汗，哪里有个人影？众人赶上，齐劝道：“不必这样费气力，总要遇着他的。”蒙杰道：“那小杂种不晓得藏在哪里，怕不把人肚子气破？恨不得立时拿着那杂种，剥了他的皮，抽了他的筋，再挖了他的心，祭奠黄亲翁，方泄我一月来肚子里闷气。大约他是晓得我来寻他，在那草窝缩了。”忽听飕的一声，一支雕翎从山上飞下。赵平手快，一伸手接着雕翎道：“那贼来了。”将箭插在腰间，早听鸾铃乱响，哗喇喇冲下山来。众人勒住马，一字儿排开观望。马上的却不是使画杆戟的少年，却是满口钢须，面如油漆，手舞双鞭，声如雷吼。众人不觉惊异起来。正是：

天下英雄无限数，眼前恶战定惊人。

不知来者是谁，且看下回分解。

第二十九回

激义愤群英挑恶战　读遗书豪杰复本宗

话说陈音等正在牤山脚下，列马候战。忽听山上有人，一马冲下山来，生得气如猛虎，声似巨雷，手舞双鞭，大喝道：“哪里来的野徒，在此大呼小叫？”话声未了，蒙杰拍马向前，喝道：“看你这个样儿，大约是在这山里做强盗。我今天来此，却是寻一个小杂种的。你只去把那小杂种唤下山来，饶你不死！”那个黑汉并不回言，唬的一鞭，当头盖下。蒙杰急把九环大刀一架，觉得沉重，不敢疏忽，随把刀杆虚挑一挑。黑汉用左手的鞭护着前胸，右手的鞭刚正收回，蒙杰大刀早已趁势劈下。黑汉即将鞭一横，挡个正着，一个刀光闪灼，一个鞭影纵横，八个马蹄恰如撒钹，四只膀臂好似穿梭。正当着烈日悬空，只杀得征尘乱滚。龙争虎斗，大战六十余合，黑汉鞭沉手捷，蒙杰一时战他不下。赵平见了，急急把马一夹，挺着手中的浑铁枪，冲到垓心，嗖的一声，旋风也似向黑汉左肋刺去。黑汉眼明手快，左手的鞭往下一压，赵平早已抽回，这叫做败枪势。若非赵平手快，被他压住，定然晃下马来。蒙杰见有帮手，重振精神，与赵平二人一把刀、一条枪，裹住黑汉，不放一丝松缓。哪晓得黑汉却不慌不忙将双鞭舞得呼呼风响，越斗越健。陈音见了，心中诧异，对雍洛道：“不料荒山僻地，竟有这样的英雄？据我看来，要想取胜，倒是难事。”雍洛点头。果然战到一百余合，赵平二人毫不得一些便宜。雍洛此时忍耐不住，扬起熟铜棍，奋勇向前，大吼道：“黑贼休得逞强！某来擒你！”直挺着棍向鞭影里点去。谁知刚到面前，当的一声，弹迸得火星乱溅，大叫道：“好家伙！”不敢怠慢，只风车般横敲侧击，寻他的破绽。又战了二三十合，黑汉的鞭法渐渐乱了起来。陈音见了大喜，暗想道：我不如暗助一弹，便成功了。正想向皮囊里取弹，忽然半山里树林中，飞出一匹雪练般的马来。马上坐一个少年英雄，面如粉腻，唇似朱涂，眼细眉长，口方鼻直。年纪不满三十。身穿绣英白绫箭衣，腰系錾金碧玉鸾带，头戴束发紫金冠，高插雉尾，额上一朵红绒，颤巍巍迎风乱动。手提两支画杆戟，相貌堂堂，威风凛凛，纵马下山，厉声叫道：“彪哥休慌，某来也。”陈音急急拍马向前，赵平先已抽出浑铁枪，丢了黑汉，来战少年。少年大笑道：“休仗人多为强，若是饶放尔等一个，不算好汉。”左手的戟一旋，右手的一戟直向赵平胸口飞来。赵平把枪往刺斜里一逼，把戟逼开，顺手一枪，比风还快劈胸挑去，少年急把左手的戟抬开枪锋。却好陈音赶到，挥起大砍刀，向少年的头脖抹去。少年并不招架，只凤点头儿，从刀口闪过，陡的两支戟，如双龙掉尾，直扑二人的咽喉。且喜二人都是会家，一起躲过，刀枪并举，风驰雨骤般裹上前去。少年见二人武艺高强，便不敢希图取胜，把双戟舞动，两道圆光，忽起忽落。丁字儿厮杀，荡起一团阵云，真有摇山倒海之势，比那蒙杰三人，分外战得凶恶。一直战到一百余合，只交个平手。陈音见少年的戟法精熟，料道难以力取，忽地把刀扬起，用个泰山压顶势劈去。少年抽出一戟来架，陈音收回刀，将马一兜，跳出圈子外。赵平见陈音跳出圈外，一人抵敌，分外留神，一杆枪奔云掣电，丝毫不肯放松。少年见赵平枪法一步紧一步，便变了戟法，一支护身，一支取敌，成了铜墙铁壁，半分儿攻取不透。陈音离开约三十步远近，取出铁弹，向少年的面上掷去，大喝一声："着！"只听当的一响，一弹打中戟枝，激得火星乱溅。少年笑道："暗器伤人，不算好汉。"话犹未了，陈音已是两个铁弹，流星赶月般蝉联而出。少年见有人暗算，早已收回取敌那一支戟，舞得花飞雪滚，上护其身，下护其马，两弹通被磕开，滚到草地里去了。陈音不禁骇然，看看天将傍晚，蒙杰三人都是杀得呼呼喘气，见赵平已是勉强支持，便骤马向前，用力把少年的双戟架住道："且住。"少年听了，霍地跳开一丈余远，道："怯战的匹夫，有话快说。"陈音道："谁来怯你？只是天已不早，人就不乏，马也疲了，明日再决胜负。"少年道："明朝日上三竿，勒马相候。不来的不算男儿！"赵平声带喘息道："战你不下，誓不甘休！饶你多活一夜。"少年正要回言，陈音道："你且留下姓名，好来寻你。"少年笑道："我行不改姓，坐不更名，不才晏英便是。你两个也通个姓名。"陈音道："他叫赵平，我叫陈音。那面使刀的叫蒙杰，使棍的叫雍洛。且问你那大汉叫什么？"少年道："他是我义兄司马彪。话已说定，去罢。"晏英即骤马到那边去，双戟从中一隔，几般兵器，齐被隔开，三人跳出圈子。晏英道："天已晚了，明日再战，去罢。"说罢，便与司马彪掉转马头，哗喇喇纵马上山。一眨眼，已转入树林深处。

蒙杰、雍洛都是浑身汗透，喘气吁吁，齐声道："好斗呀，好斗！"大家跳下马，卸了鞍鞯，放马吃青，坐在那里消停。陈音道："休怪黄老丈失手，果然骁勇，就是云中岸的洪涛，也及不得此子。"赵平道："此子本力敌不过洪涛，战法却比洪涛来得神妙，不晓得是什么人传授他的？"陈音跌脚道："我竟把绾凤楼盗剑的话忘了！若是问他一问，或者不至有这场恶战。"蒙杰道："天将晚了，我们回去罢。"众人称是，各备好了马，一起转回苦竹桥。已近二更天气，赵允问了牤山的情形，蒙杰说了一遍。酒饭早已准备，大家用过，方作商量。陈音道："像这样恶战，就战十天也无益处。我们须得想个法子，方能制胜。我看他二人都不像强盗行径，为什么守在牤山？令人不解。从前替我留的柬帖，明明在牤山后会，如今到了，却是一场恶战，还不知战到哪天呢？”赵平道：“今天原是我们切于报仇，鲁莽一点，本该大家问过明白才是。”蒙杰道：“有什么问的？我们只想法子擒着他，便都明白了。”陈音道：“擒他的话，谈何容易？我想明天见了面，先提问盗剑的事。若有关系便罢，不然，我们用过车轮战法，把他溜乏，胜他自然容易。我将弩弓带在身边，离那里不远，择一树林深茂的地方藏着。若车轮战还不能取胜，便诈败逃走。我用弩箭射他，断无不胜之理。”众人同声称妙。陈音道：”夜已深了，不必多议，准定照此而行。大家早此睡，养好精神要紧。”众人应了，各自安寝。

次晨起来，吃了饭，大家收拾停妥，骑了马向牤山而去。到了牤山，恰才巳牌时候，晏英、司马彪早已在那里并马等候。蒙杰大吼一声，把马一拍，扬起九环大刀，冲上前去。谁知晏英二人并不接战，一起滚鞍下马。陈音等甚是诧异。听得晏英大叫道：“那位陈音，可是二十六年十月在西鄙盗剑的陈壮士？”陈音知道是了，骤马向前，应声道：“不才正是。前在西鄙，多承搭救，特来拜谢。”晏英道：“不是小子之事，此话甚长，且屈众位大驾上山一叙。”陈音道：“甚好。”便约众人同行。蒙杰道：“大哥休要信他，明明是骗我们上山，摆布我们。我今天只与这小杂种拼一个死活！”陈音道：“贤弟不必多疑，愚兄自有主意。”晏英二人都上了马，在前引路，一直上山，穿过几处茂林，到了一个庄院，垒石为垣，依树结屋。到了门首，一起下马，拴在树上。晏英拱手道：“众位少待，小子先去禀明师傅，再来迎请。”众人点头。晏英同司马彪进屋去了，好一晌不见出来。蒙杰发躁道：“为甚钻了进去就不钻出来了？莫非真有什么圈套吗？我们去罢，休上他的当。”陈音道：“圈套断然没有，贤弟不必疑心，”正说着，晏英二人出来，对着众人道：“众位等久，只因我们下山之时，师傅还在家中。此时回来，师傅不知到哪里去了。到处寻过，毫无踪迹，且请众位进去稍坐，我师傅昨夜有许多话，要奉告陈壮士呢。”众人应允，进得门去。见里面甚是宽敞，架上的刀枪，壁上的弓箭，满眼都是。到了一个厅里，晏英招呼众人坐下。里面走出一个小厮，晏英叫他接过众人的军器，陈音、赵平、雍洛都将器械交付小厮。蒙杰道："我这把刀吃饭睡觉都不离开，放在身边最好。"晏英笑了一笑，随叫小厮去烹茶暖酒。陈音道："有话请说，不敢奉扰。"晏英道："日长天热，何妨煮茗一谈，以消永昼？"小厮去了，晏英与司马彪方才坐下。晏英道："我们昨日回来，对我师傅说了交战之事。师傅道："可曾问来人的姓名？'我把众位的大名一一告知。师傅道："陈壮士可是生得膀厚腰圆，浓眉大眼的？'我道：'正是。'师傅道：'且喜各无损伤。这陈壮士与你家有莫大的关系，你要重重地拜谢才是。明日来了，务必请上山来，我有要事交代他。'我们今日下山之时，师傅好端端地坐在家中，为甚回来师傅就不见了？真令人猜测不出。"陈音道："令师尊姓大名？"晏英道："姓晏，名是一个冲字。往常也是下山的日子多，或一月、两月，或一年半载。来去的时候，总对我们明说。为什么今日去得这样闪烁？"陈音道："或者就要回来，也未可知。"司马彪道："昨夜我师傅还说那年在诸伦庄上，我被诸伦所擒，多亏陈壮士放火烧屋，调开众人，师傅才得将我救到这里。今天应得叩谢。"说罢，扑翻虎躯，便叩头下去。陈音道："哎哟哟！那夜行刺诸伦的，就是兄台吗？幸会！幸会！"也跪下去，将司马彪扶起。司马彪道："我屡次要下山去刺诸伦，师傅总不肯放，只说俟有机会，再去不迟，却不晓得什么是机会？真正闷煞人！"陈音道："不才在西鄙盗剑，若非令师从中搭救，暗里帮扶，险些丢了性命。可惜不在家中，不得当面叩谢。"小厮捧上茶来，晏英挨次奉了，随问小厮道："师傅去的时候，你可晓得？"小厮应道："我不晓得？"晏英皱了皱眉，叫小厮去门外牵马进来，解鞍喂料。陈音道："令师既不在家，我们就去了，不必如此。"说着，都立起身来。司马彪道："好容易相逢，敝师虽不在家，也得杯酒相敬，略表寸心。"陈音三人都止了步。蒙杰道："谁耐烦吃他的酒！我们的人救了他们的人，他们的人倒伤了我们的人！你们吃得下，我实吃不下，糊糊涂涂把我们弄上山来，毫无一点头绪，可要气闷人。”说着，在身旁取了九环大刀，大踏步便向外走去。陈音三人只得跟着走出。晏英二人哪里阻拦得住？只得叫小厮将军器取出，小厮飞跑进去，掮了出来，六人已经走出厅屋。

陈音忽然抬头见墙壁上挂了一块粉板，写的胡桃大小的字，墨痕兀自未干，上面横写的“陈义士鉴”，即停住脚看去。众人见陈音停步不行，望着墙壁，也随着陈音眼光望去。内中晏英、司马彪见有他二人名姓在上，急抢步近前，取了下来。大家围着观看，上写：

> 晏英即是卫英，司马曾刺诸伦。
> 国耻父仇家恨，都是有志未伸。
> 从今化仇为爱，结作一团精神。
> 男儿当存忠孝，方算世间伟人。
> （末后注一“冲”字）

晏英嚷道：“这字是我师傅写的，看来师傅还在屋里，快去寻师傅！”赵平道：“令师这样举动，谅来是不肯见面了，寻也无益。我们且再坐坐，把这粉板上的话解释解释。”陈音此时，一双眼睛只注定晏英，听了赵平的话，道：“是的，是的。”大家转步，哪晓得蒙杰已经走了出去。雍洛抢步出门，将他拖转来，仍在厅屋坐下。蒙杰一言不发，小厮仍将军器放好，自去暖酒备菜。陈音问晏英道：“兄台是哪里人氏？家中有些什么人？”晏英道：“且慢。九年前，我师傅在西鄙转来之时，曾交我一封纸裹，叫我紧紧收藏，且待有姓陈的到了这里，再行拆看。适才我却忘了，今见粉板上的话，陡然记上心来。我且去取来，拆看便知。”随即到右间屋里取了一个纸包出来，对着众人拆开。大家看时，写的是：

汝本姓卫名英，越国西鄙人氏。父母早亡，家唯祖父，名曰安素。

姊亡妹存，妹名卫茜。汝九岁时，被匪人拐至白水沟，经我夺得，带至此山，教汝读书。十三岁后，教汝武艺。二十六年我路过西鄙，适遇诸伦夺汝祖父家藏宝剑。一时路见不平，夜往诸伦庄盗剑。却有陈音义士，为汝祖父出力。三次冒险，是我暗中帮助，将剑盗出，由陈义士交还汝祖。汝祖挈汝妹到山阴伊家避祸，我将彪契救回，与你一同习艺。当时应告汝知晓，一来汝方十六岁，年纪尚幼，二来武艺未精，恐汝任性误事。我曾留柬与陈义士，大约陈义士必来此相访。我知陈义士到吴国省亲，必有几年方能到此，那时汝的武艺已成，心性已定，方能干事。我无论在山不在山，可随陈义士返越。家仇国耻，须刻刻在心，方不负我教训汝一片苦心。切记，切记。假汝晏姓，认作叔侄，原以安汝之心也。某年月日付。

众人看罢，卫英号啕痛哭，跪在陈音面前，口称恩公。陈音将他扶起，也是凄然泣下道："休得这样称呼。"众人莫不叹息。蒙杰见此情形，问了赵平，知道备细，想道：黄亲翁的仇报不成了。小厮捧上酒菜，大家坐下。陈音问卫英道："令师行为，真真令人佩服！不知令师到底是何等人？"卫英道："我平日只道是叔侄，哪里留心别的？今年不过四十岁，生得十分文秀，从不见他疾言厉色。那力气却不知有多大，任你千万斤重的东西，举起毫不费力。平时只许我们二人在本山前后走走，从不许远走一步。衣食器用，也不知从哪里来的。据我师傅之言，是要随恩公回越了，不知此后还能够见我师傅么？"说着放声大哭，司马彪也是挥泪不已。赵平便将黄通理受伤身故，昨日来此的话说了，卫英甚是不安，对了众人再三认了不是。蒙杰还是气愤愤地不理。大家吃了一会酒，陈音道："大约令师是不能见面，贤弟既愿回越，可否此刻收拾，与司马兄一同下山？到苦竹桥略住几日，也好动身。"卫英道："我此刻恨不得飞到山阴，还有什么俄延？"司马彪也急欲下山，二人便进去收拾随身衣物，打了包裹，提了出来，叫小厮来收拾杯箸，随写了两个辞禀，交与小厮道："师傅回来，呈与师傅，切莫忘了。你好好看守门户，我们此刻就要下山。”两人将些零星物件，都赏了小厮。小厮取出军器，各人带上，又将马牵出，搭了鞍鞯，同走出门。正要翻身上马，卫英叫道：“我忘了一件要紧东西。”转身进去，顷刻出来，手中却拿的一支雕翎。赵平认得是黄通理的，心中一酸，洒了几点老泪。卫英三人将包裹搭在马鞍后，提了军器，一起上马，走下山来。天已过午，走不到十里，忽见对面一匹马追风般急骤而来。马上一人浑身重孝，手横一杆干缨烂银枪。大家吃了一惊。正是：

英雄结伴扬镖出，孝子衔仇劈面来。

不知来者何人，且听下回分解。

第三十回

忧国难赵平抒伟论　归神物卫茜报大仇

话说陈音等带了卫英司马彪二人，下了牤山，一直转回苦竹桥。约有十里，忽见一人身穿重孝，手横银枪，骤马而来。蒙杰眼快，认得是黄通理之子黄奇，急把马加上一鞭，突过前头，如飞地迎上去，叫道：“表弟想是今天回家的？来的那提双戟的，便是仇人，休放松他！”黄奇本是今天回家，在父亲灵前痛哭了一场，闻知赵平等四人去牤山报仇，咋日战了一天，未曾取胜，今日又去了，便穿了重孝，提枪上马，向牤山走来。见赵平、蒙杰之外，另有四人同行，通不认得，心中想道：为何多了两人？正在疑惑，忽听蒙杰对他说提双戟的便是仇人，心中越是犯疑。本待细问，赵平在前、四人在后，已走近来。赵平正要问话，黄奇已怒哄哄骤马挺枪，向卫英戳去。卫英一个冷不防，挥戟不及，忙把左膀一隔，将枪挡开，黄奇正要二枪戳去，赵平急急抢上，扳着黄奇的右臂，叫道：“表侄休得卤鲁，而今算是自己人了。”黄奇怪叫道：“他是我杀父仇人，我只与他拼个死活，表叔休要阻我！”挣脱赵平的手，又是要的一枪。卫英料道是黄通理的儿子，知是急于父仇，不敢还手，一手将黄奇的枪头握着。陈音怕卫英动手，黄奇吃了亏，不好收拾，便叫道：“卫贤弟休得计较。”卫英应道："小侄不敢。"黄奇被卫英握住枪头，收不转来，只急得暴跳。赵平拢来，双手抱着黄奇，喝道："快撒了手！回家再说。"卫英见赵平抱住黄奇，把手放开。陈音使个眼色，叫雍洛引了卫英、司马彪二人先回。雍洛带了二人，将马加上几鞭，腾云一般先回苦竹桥去了。黄奇摆挣不脱，见卫英去了，更急得放声大哭。赵平见卫英去远，方才松手。黄奇要放马追赶，赵平、陈音苦苦拦住，劝道："回家去说明原委，再行计较不迟。"赵平指着陈音道："这是你父亲时常提念的陈巡官，陈伯父。若不是急于替你父报仇，昨天我们也不恶战一日了。今天才晓得你陈伯父是他的恩人，他的师父又是你陈伯父的恩人，此仇万不能报。大家且回家去再说。"黄奇无奈，只得含泪下马，与陈音见礼。陈音也下马相还，再行上马而回。

将到苦竹桥，陈音对赵平道："烦赵丈与蒙杰弟同黄公子回家，明日再见。"赵平应了，与蒙杰把黄奇送至家中。陈音到了赵允家里，卫英二人的来历雍洛已详详细细对赵允说了。赵允见卫英人才出众，又知他武艺超群，见司马彪也是凛凛威风，堂堂相貌，十分起敬，安置在大厅上献茶。陈音进来，大家立起身招呼，一同坐下。陈音道："黄公子父仇在心，卫贤弟休得介怀。"卫英道："这是小侄自家理亏，何敢怪黄公子？只是其中还望陈伯父好言化解，方好见面。"赵允在旁，听了卫英这几句话，心中越发敬爱。陈音道："我们须得想个法子，平一平他的气方好。"卫英道："但凭陈伯父的主意。"正说着，庄客搬上酒饭，大家坐好，一面吃酒，一面商量此事。说来说去，苦无善法，倒是雍洛想出一个主意来，说道："卫贤弟明日不如身穿孝服，捧了黄丈那枝箭，到黄家去匍匐灵前，哭奠一场。我同大哥随去，以防意外。更烦赵丈同行，在旁劝解。那边还有赵丈蒙哥帮衬，谅无不了之事。"陈音道："此计甚好。但是要想你蒙哥在旁帮衬，那是最靠不住的。不信你看他今日在山上的情形，在路上的光景，他还要暗中挑拨，哪里肯在其中化解？不过有我们许多人在场，也不怕他弄出别样事体来。”又对司马彪道：“明日仁兄在此宽耐一日，俟他二人的气化开了，一同都要过来的。”司马彪道：“我也要同去才放心，何必守在这里？”陈音道：“话是不错，怕的是你二人同去，越是犯了他心的，不甚妥便。”司马彪道：“如此说来，我不进门便了，立在远远地瞭望。卫贤弟无事，我就悄悄地随大家转来。倘若决裂了，我也好出出力救护。还有一层，你们去时须暗暗带着防身的家伙，不可大意，上他的当。”陈音道：“家伙不必带，他若是真要决裂，谅他也无便宜。不过碍着情理二字，不好与他硬作对。”众人称是。大家吃了饭，赵允将司马彪、卫英安顿在西偏房歇了。

到了次日起来，赵允早代卫英备了一副极厚的祭礼，制了一身的孝衣。卫英见了，连声称谢。梳洗毕，用了早膳，卫英穿了孝衣，捧着那支翎箭，庄客拿了祭礼，一路向黄府而去。到了门首，陈音叫卫英、雍洛暂在门外稍待，约了赵允先走进去，寻着赵平，把卫英来祭奠的话说了一遍。赵平道：“如此甚好。”便同赵允去寻黄奇，却见黄奇与蒙杰在那里咕咕唧唧地交头接耳，大约是打报仇的主意，佯为不知，叫道：“表侄这里来，我有话告诉你。”黄奇随了赵平、赵允，到个空屋里坐下，说道：“表叔有何吩咐？”赵平道：“你父亲死了，休怪你不肯同卫英甘休。但是，这其中还有个解说。常言说得好：‘将军上场，不死带伤。’难道卫英与你父亲有什么仇吗？不过性命相搏的时候，一个不饶一个，致有损伤，与那谋杀故杀的仇不同。如今人死不能复生，你一定要与卫英过不去，原是你的孝心，只是其中又碍着你陈伯父。适才你陈伯父来说，卫英今日身穿重孝，来灵前跪奠，总算尽情尽理了。我劝表侄千万不可执拗，弄得几面下不来。你我至亲，难道我还帮着外人不成吗？”赵允也在旁边，牵三扯四地劝了一会。黄奇一想：我若不依此事，如何收场？难道把卫英杀了来偿我父亲的命不成？昨日在路上相遇，他不动手。今日又身着重孝，灵前跪奠，叫我如何别这口气？思索一会，只得点头。蒙杰立在一旁，见黄奇点头应允，知道这件事只得作罢，便讪讪地走开。赵平弟兄便挽了黄奇出来，对陈音道：“天大的事，只看陈伯父面上，一概冰消瓦解了。”陈音称了谢，走出门外，招呼卫英进来。卫英手捧翎箭，眼含痛泪进了门。陈音引至灵前，将箭接过，放在案上。庄客摆列尊仪，焚香点烛，卫英伏在地下，放声大哭。赵平把黄奇拖来跪在旁边谢奠，黄奇见卫英哭得伤心，自己也痛哭起来。众人见了莫不心酸泪落。哭了好一会，赵允拭了眼泪，先来劝卫英。赵平、陈音止了哭，来劝黄奇，再三劝住起来。卫英又向黄奇叩下头去，道：“不才一时鲁莽误犯老伯，今日特来请罪，还望公子宽恕。”黄奇也跪了下去道：“杀父之仇，不能报复，何堪为人？只因屈着陈伯父、赵表叔的情面，含血罢休。”便向灵哭叫道：“父亲阴灵不远，儿总算是世间的罪人了。”众人急上前将他二人扶起，又宽慰了一阵，赵平便挽卫英到客屋里坐了。黄家自有人点茶相奉。卫英拜烦赵平，到里面黄老夫人处请安谢罪。内外通安服了，然后一路转回苦竹桥。司马彪在路上问了备细，方放了心。

夜间赵平、蒙杰也转来了，大家饮酒闲谈。陈音向赵平道：“我看令表侄将来决非凡品，一时屈着他把事了结，我心中总觉不安。”赵平道：“世间这宗事，最是难处的。你们去后，他在灵前呼天抢地的，大有痛不欲生之状。我直劝到这时候方得安静。须得多过几天，才能渐渐地丢得开。”众人又谈了一会，各去安寝。一连住了十余日，卫英天天催着动身，无奈赵平弟兄决意不肯。直捱到十月初旬，赵平弟兄见众人去心已决，万难强留，只得备酒饯行。席间议定司马彪同卫英往山阴，陈音、雍洛往西鄙。蒙杰执意要随陈音一路，陈音允了。赵平举杯向陈音道：“本当执鞭相随，怎奈衰年朽质，了无用处。但愿此去，重整宗国，尽雪旧仇。老朽风烛瓦霜，如得及身闻见，固属快事；倘天不假年，九泉有知，亦甚含笑。”随叹一口气，接着道：“我国之事，已成累卵。在廷诸臣，一班谗谄匹夫，把祖功宗德一概忘了，只去趋附权奸，妄希非分，还对着人夸口说是识时务者为俊杰。可惜好好一句话，被这班卖国求荣的贼窃去做门面语，真真可笑！不晓得这班人的肺腑是哪样生的？又有一班庸奴，时势到了这等危急，一个个如燕雀处堂，只图过一日是一日，还要争位谋利，朝夕为私人攘位置，为身家计久长。公家之事，照例敷衍，成败不管，利害不争。这班人的想头说是国存一日，他自富贵一日；一旦国亡，他们的富贵自在，何必忧他？全不想敌国谋覆人国，不惜千万金钱，买活他这班人替他做内奸，温语厚施，有加无已，只要把你的领土夺到手里，便把你当奴隶牛马看待，先把那卖国内奸借事全诛，不留遗类。说道：'这班人既肯卖他的祖国，良心是丧尽了。我若用他，倘有别的人用钱买他，他又照样把我的领土卖与别人，如何留得？'据这样说来，道理是丝毫不错的。性命且不保，说什么富贵？到底卖国有什么好处？如何披肝沥胆，替祖国勤修内政，抵御外侮，以报世受之恩，邀天之福，得以转危为安，反弱为强，不但祖国誉之为志士，就是敌国也要称之为伟人，何患富贵？万一不幸，心竭身死，为竹帛增光，为河山壮气，众口的赞颂，万世的馨香，那富贵何等的长久？这是明明显显的通理。无奈这班人利欲熏心，全不在此等处思索，真堪浩叹。"众人听了，同声赞叹。蒙杰道："我近来为黄亲翁的事，沉闷来了不得。今天听了舅父这一段话，我这肚子里的闷气通化到瓜洼国去了，好不快活！"便把酒斟一大碗，一口气喝干。陈音道："据赵丈说来，贵国之事，竟不能挽救了。"赵平摇首道："难、难、难，不出十年，就见分晓。到了那时，老朽若还未死，也无颜为异姓奴隶，就是老朽与世长辞之期。"说着，点点滴滴滚下泪来。赵允道："今天是特意与他们众位饯行，大家须得畅谈畅谈，这些话不必再提了。"赵平方拭了泪道："谁非国民，何堪设想？"陈音此时想起本国的仇辱，好似油煎肺腑，刀扎心肝，酒杯在手，一滴不能下咽，便辞席散坐。到了次日，各人收拾停妥，告辞起身。自有一番牵衣洒泪，不必细表。

黄奇也来送别，众人谢了，上马而行。到了路上，陈音对卫英道："你到山阴访着令祖，即在山阴等我。我在西鄙，至多不过一月就到山阴。"又对司马彪道："卫贤弟年幼，尚望沿路照应。"司马彪道："何待吩咐？"同行几日，过了徐国的界址，地名樊屯，已近吴界，大家分路。卫英向陈音洒泪，同司马彪往山阴而去。

陈音带了蒙杰、雍洛在路上不多几日，已到西鄙，寻了个僻静的寓所住下。到了次日，便嘱蒙雍二人留守寓中，自己换了衣服出门，想到诸伦庄上探看动静。走到热闹地方，忽见许多人围在那里，一个个抬起头向墙壁上望去。陈音也挤了进去，随众视看，却是吴国监事出的榜文，上写：

> 案照诸复禀报：九月十三日夜间，吴绅诸伦被仇家卫茜越墙而进，杀死男女四十七丁口。诸伦及伊第八妾殷氏、第九妾杨氏、第十妾粉蝶儿、管家婆马氏、教师椒衍，尤遭脔割，血肉狼藉，惨不忍睹。盗去盘螭宝剑一口，蘸血书壁，"卫茜报仇"四字。越国关尹杨禄第亦于是夜，全家男妇亲丁口十二名被杀。墙壁上亦是血书"卫茜报仇"四字。两家财物，无从清查，次晨据报，勘验无讹。当即多派巡役捕差，挨门搜捕未获。似此交汇重地，卫茜胆敢杀死人命至五十九名之多，尤敢书名直认，实系凶恶已极。除勒捕严拿外，为此仰诸邑人等知悉，有人拿获卫茜到官者，审得属实，赏银一万两；或知风密报，因而拿获者，赏银五千两。储银待赏，决无短少。本监事为保全治安起见，不吝重赏。诸邑人等，亦当同懔危险，协力缉捕。切切此示。计开凶犯卫茜女，身年约二十余岁。二十六年，曾因犯案随伊祖卫安素，经杨禄第拘案审讯。卫安素监毙，从宽发给诸伦为奴，逃匿未获。大周时王纪元三十五年某月日示。

陈音看完，只惊得头发一根根地竖起，周身毛眼都开，呆立半晌，闷闷地转回寓所。进房去坐在床沿，如痴如醉，不发一言。蒙杰、雍洛问道："大哥为何恁地快就回来了？"陈音好像不曾听见。二人见他这样光景，心中诧异，又同声问道："大哥为什么事这般样儿？"陈音痴呆了一会，口中只说了四个字道："奇怪得很。"二人摸不着头脑，又停一会，再问道：“大哥为着什么事？”陈音此刻似觉醒悟，两只眼望着二人，长长地伸了一口气道：“真正奇怪！”便叫二人近身，悄悄地把赏文上的话详告一遍。蒙杰听完，禁不住双脚一跳，狂叫道：“天地间有这样的事？我真要快活死了！”陈音吃惊，急用手去掩他的口。早把寓主惊动，急急跑来问道：“什么事大惊小怪？”陈音忙着笑应道：“刚才我这同行的午睡，梦见挖了金窖，醒来还在快活，因此发狂。”寓主笑着去了。陈音悄悄对蒙杰道：“嚷出事来，非同儿戏！”蒙杰住了声，坐在那里搔头挠耳。雍洛低声问道：“卫茜是个柔弱女子，如何能够一夜之间杀得许多人？”陈音低声应道：“我也是这般想。杨禄第的官署不必说它，那诸伦的庄上，我也险遭不测。她如何恁地容易？真令人不解。”雍洛道：“这事莫非又是卫英的师父做的？”陈音沉吟片晌道：“不是，不是。我们在牤山，正是九月中旬，卫英师父恰在牤山。若有此事，焉有不对卫英说？据我看来，不但此事不是他做的，就是卫老监毙，卫茜为奴的一段事情，他还未曾晓得嘞。我想能做到这宗事的人，必定是一个大有本领的英雄。既是大英雄，断不肯嫁祸于人。这事必卫茜自己所作。但是她如何有此本领？我原想到诸伦庄上探看动静，夜间去看看我父亲的坟，哪晓得走到市中见了这张榜文，把我吓得耳鸣心跳，就此回来。不知卫茜人在哪里，天遥海阔，叫我从何处去寻？”雍洛道：“据我想来，山阴地方她总得要到。我们何不往山阴一行？大约可以寻着她。”陈音道：“此话颇是。我想既然杀了关尹，越国也要通缉的，就到了山阴，也不容易打听得出。卫英二人此去，我倒担起心事来了。”雍洛道：“为甚担心？”陈音道：“卫英年幼，司马彪鲁莽。到了山阴，若是逢人便问，倘被办公的人听得，必定弄出事来。”雍洛道：“大哥尽可放心，既有榜文到山阴，大约各处都有了。他们在路上总会看见。”陈音点头，小二搬了夜饭来，大家喝酒。蒙杰喝着酒，只叫快活，狠命地痛饮。陈音道：“俟夜深人静，我去父亲坟上走走。你们只管安睡，切不可惊张。我们明日就动身往山阴去，会得着他们便好了。且喜人众，分四面去明探暗访，断无访不着之理。”雍洛称是。忽然蒙杰用手在桌上一拍，狂叫道：“不好了！”不但陈音、雍洛吃惊，小二也惊得跑拢来，问道：“客官，甚事不好？”陈音明知蒙杰为的卫茜之事，深恐露了破绽，急应道：“不关你事。他吃鱼被刺戳了喉咙，没什么要紧，你去罢。”小二笑着去了。陈音悄悄问道：“什么事不好了？”正是：

大恨雪时齐忭舞，快心深处转惊疑。

不知蒙杰如何回答，且听下回解说。

第三十一回

敌猿精山前施妙技　诛鼠贼庙里救表亲

话说陈音正与雍洛谈论卫茜之事，忽听蒙杰狂叫不好了，大吃一惊，小二去了，便悄悄问道:“什么事不好了?”蒙杰道:“我想卫茜报仇，杀得爽快，我心中快活得了不得。我又细细地想，四处张起榜文捕她，万一被做公的捕着了，那还了得！我替她一急，不知不觉便叫了出来。”陈音道:“原来如此。你就不想既有这样的本领，如今的公人只有讹诈乡愚、串害良善的本事，或者捉些蟊贼，铺张大案，希图领赏，如遇着犯事人略有点本领，他反藏躲起来。这些事虑它作甚?”蒙杰想了一想，笑道:“大哥的话真正不错。想起渔湾的事，我倒有点懊悔起来。”大家吃了饭，闲坐一会，天已不早，蒙杰、雍洛睡了。陈音又挨了片时，轻轻开门蹿上房屋去了，约有两个更次，方才转来，唤醒雍洛。雍洛起来，见陈音脸上泪痕犹自未干，细声问道:“怎么样?”陈音道:“没什么事。明日早起，收拾动身。”大家睡下。次晨起来，大家收拾停当，还了房货，向山阴而去，寻访卫茜。

原来卫茜整在崆峒山住了九年，不但剑术精通，连蹿高纵远的本事，都异常短捷，竟成了个女侠。广成子见她剑术已成，便叫到面前吩咐道:“你此时尽可下山去了你从前的心事。你既有了这一身本领，切不可恃强生事，逆天而行，致干天忌。你家那盘螭剑，是黄帝时的神物，本名曳影剑，腾空而舒，若四方有兵，此剑则飞起指其方向，无不克伐。未用之时，常在匣里作龙虎之吟。黄帝死后，此剑不知下落。到了唐尧之世，大禹治河，得之于衡麓，用以斩妖诛怪。因剑柄上有盘螭一条，便取名盘螭，不晓得如何落得你家。取到手时须仔细珍用，千万不可污亵。西鄙报仇后，还须做些扶危济困的事。现在你国与吴结了世仇，你既是越国子民，国家的仇辱就是国民的仇辱，若不能替国家尽力，国家要你子民何用？平日恤刑薄税，无非是想培养民气，有事时民气可用，上下一心，敌国便不可欺侮了。务必苦心孤诣，效力国家，报仇雪辱，也不在我教你一场。切记，切记。”卫茜叩头受教。广成子又道：“此去西鄙数千余里，跋涉不易。我有道友寄养一匹黑驴在此，我借来赐你坐骑，日行八百里，夜不迷路，入火不烧，逢水不溺。每日只给与青草一束，净水两次，不必用别样去喂它。”即叫赤电去后洞牵出，须臾牵到。见那驴儿高有六尺，长有七尺，浑身墨黑，只有四个蹄子雪一般白，十分神骏。广成子道：“这叫乌云盖雪。”又叫紫霞取了鞍鞭，卫茜接了，搭配整齐，重行叩谢。广成子道：“去罢。”叫紫霞、赤电同送下山，广成子退入静室。卫茜牵了驴儿，带了常用的宝剑，名青棱，随着赤电、紫霞，走下山来，又与二人拜别，谢了九年照顾之情。二人也是依依不舍，俄延半日，只得分手。

二人回山，卫茜才跨上驴儿，不知路径，只向东行走。不到三里，忽见一个年约七八十岁的妇人，对着驴儿撞来，一跤跌倒在地，立时面如白纸，口吐涎沫。卫茜吃了一惊，急从驴背跳下。那驴儿竖起两耳，大叫不止，用前蹄去踢那老妇。卫茜用鞭子在驴蹄上打了几下，急急地去扶老妇。老妇躺在地下，已是气息毫无。及至卫茜近前去扶，她突然把口一张，吐出一口白气，光闪闪向卫茜面上冲来。卫茜知是有异，把头一低，刚正躲过，急拔出宝剑出鞘，老妇早已一跃而起。那股白气，盘旋不定，卫茜急用宝剑敌住。且喜这口青棱剑也是仙物，吐出青光，与白气绞作一团。约有一个时辰，老妇见不能取胜，只得将白气收回，跃开三五丈远，用手指着卫茜道："杀吾子孙之仇，终当报复！"说罢，跳进一个深林里去了。卫茜将剑入鞘，翻身上驴而行，心中想到："我与她一面不识，何得有杀他子孙之仇？好令人难解。"思索一会，也就丢开。

不过五六日，到了西鄙。正是九月十三日，杀了诸伦、杨禄第的全家，取还盘螭剑，略拿些金银。要想寻找阿公的坟地，哪里寻得着？只好罢了。趁天未明动身，向山阴行去。路过乔村，腰间取了一锭十两重的银子，到卖豆浆的老头儿店门，转到后面，从驴背上一跃，进到屋里。听老头儿正在推磨，便将银子放在灶头上，一跃出来，上了驴背趱行。到了天明，那老头儿见灶上一锭大银，心中疑异，端在手中，看了又看，一时欢喜，一时恐怕，只得藏在柴灰里。过了些时，没有什么动静，方慢慢地置衣买米。一个残冬，十分快活。闲话不赘。

卫茜一路毫无耽搁，到了山阴，在城外寻了个荒僻古庙住下，把驴儿寄下，自己穿了贫家的衣服，四处寻访。夜间便回古庙，吃些干粮，喂了驴儿，就在正殿神龛侧面打盹。原来这古庙地方，正是郑干妈说的南林，地方荒僻，香火全无，庙祝跑得干干净净，弄得人迹俱无，离庙三五里方有人家。卫茜住了一夜，次日便去买了些烧饭的器具，又买些棉衣被垫。见后殿左面一个小房，还可以遮蔽风雨，便将来打扫洁净，铺了被垫；寻些石头，支起灶来，寻些枯枝败叶烧饭，倒觉清静适意。日日打听她太姑爹的消息，约过半月，才得打听清楚。太姑爹已于四年前病故，一个表叔名叫伊衡，娶妻章氏。伊衡往楚国去了，两个表兄，一个叫伊同志，年二十五岁，已经有了妻室；一个叫伊同德，年十六岁，尚未婚配，耕田度日。从前住在城里，三年前搬在乡间，不知是什么地方，光景甚是清苦。卫茜打听明白，甚费踌躇，弄得去住两难。

又挨了几天，到了十月中旬，天气渐渐寒冷。一大夜里，从睡梦中惊醒，忽听有妇女哭喊救命之声，急挣起来。且喜月光皎洁，轻轻开了房门，侧耳一听，声音甚是切近。忙转身取剑在手，藏在背后，悄悄走至前殿。隔窗一看，此时月光正射进殿来，看得十分清楚。见两个男子逼着一个年约二十岁的妇人，在那里罗唣。妇人颇有五七分姿色，身上衣服甚是寒俭。用手撑拒，哭喊救命。一个男子道：“这个地方，你就喊破喉咙，也无用处。我们见你生得有这个模样儿，过那样的苦日子，老大替你过不去。不如随我们到个热闹地方，包你吃用不尽，任意快活。你还要感激我们哩！”一个男子道：“今夜且同我们乐一乐，明日我去寻个便船就走。”妇人只是喊哭。卫茜起先听了两个人说话的声音，甚觉耳熟，及后细细看他两个的面貌，陡然想起就是那贾兴、仇三两个。便两步抢出殿上，喝道：“你这两个蟊贼，认得我么？”一声喝断，三人齐吃一惊。贾兴一看，见是一个女子，却不认识，便定了神，向前喝道：“你是什么人？从哪里来的？”卫茜尚未开口，仇三也跑拢来，月光之下，却认出是卫茜，比从前越是俏丽，便拦住道：“大哥这是肖塘变钱那雌儿，如何到此来了？想是我们兄弟的福气，她自己送将来。我们一人消受一个，再作别的计较。”贾兴一认不错，见仇三用手去搂卫茜。卫茜冷笑一笑，伸起右掌，劈面打去，打个满天星，跌去两丈，倒在地下，鼻口流血，哼声不止。贾兴见势头不好，回身便跑，卫茜伸手爬着他的衣领，喝道：“哪里去？”提起来一掼，也掼了两丈多远，正掼在一座石香炉上，碰破顶门，脑浆乱溅，狂叫一声，直挺挺躺在地下。

仇三见了，心惊胆战，狠命挣起，要想逃走。卫茜抢上去，把左手的剑从背后抽出来，指着仇三道：“你若动一步，便把你的狗头剁下来，再同你说话！”仇三见了明晃晃的宝剑，哪还敢动弹？便直挺挺地跪在当地，哀求道：“都是那贾兴的主意，全不干我的事。”卫茜道：

“你到了此时还想推干净吗？你仔细看看，可认得我吗？”仇三此时，身似筛糠头如捣蒜道：“如何不认得姑娘？只求姑娘开恩。”卫茜道：“你且把那年谋害我干妈的事，从实直说，我便饶你的狗命。”仇三只得把那年的事细细说了一遍。只说是贾兴起意，贾兴下手，自己再三劝阻，贾兴不听。卫茜听了，想起干妈死得惨苦，泪如涌泉，又问道：“你二人如何到此地来了？”仇三道：“我们得了杜家的银子，便把船卖了，总共七百余两银子，贾兴得了五百余两，讨了一个老婆。我们两人不是吃喝，就是嫖赌，不到三年，都弄得赤手空拳，无法度日，便商量去做那一个字的行道。”卫茜道：”什么叫一个字的行道？”仇三道：“偷。”卫茜笑了。“又混了一年，后来贼星不照，被人捕获，追赃究党，吃了多少刑法。禁押起来，直得去年夏间，方得释放。贾兴的老婆也跟人跑了，大家都是赤条条一身。不但身上没得一件衣服，连家伙通没有了。吃了官司，当地又不能住，只得各处飘荡。度日的苦楚，真是一言难尽。我们又商量，另换了一个字的行道。”卫茜道：“又是一个什么字？”仇三道：“抢。”卫茜皱了一皱眉头。“我们日里打闷棒，夜里安绊绳，多少不饶，仅仅度日。上月混到这里来，总想一件大点的事儿。”用手指着那妇人，“因见她每日出来拾柴种菜，模样儿长得好，贾兴便起心把她骗到热闹处去卖。我劝他这是伤天害理的事，做不得，他不肯听，硬逼我同他做伴。今天黄昏时候，恰好在前面松林里等个正着，便弄到这里来，不想遇着姑娘。姑娘看我可是做这没天理事的人吗？通是贾兴把我牵连了，望姑娘饶命！”卫茜两个鼻翅，扇了一扇，哼了一哼，道：“世间哪里可以留得你这样的人？”正想把剑劈下，又恐污了宝刀，当胸一脚，把仇三踢离一丈余远，立时口中鲜血直喷，张口躺在地下。走近前去，用脚在咽喉处一蹬，唧的一声，眼突舌伸，同着贾兴仍是一个字死。

卫茜透了一口气：“这才把我干妈的仇报了！”回头问那妇人道：“你姓什么？为何被这二贼所劫？”妇人见两个人一刻弄死，只吓得面黄身抖，战战兢兢答道：“我娘家姓吕，住在此处的东面。婆家姓伊，住在此处的西面。今天在娘家住着，婆家叫小厮来接我，说是婆婆有病，接我回去。已是黄昏时候，便急急同着小厮走回。不料遇着这两个贼人，把小厮推下崖去，把我推到这庙里来。我一路喊哭，无奈这是荒僻去处，无人搭救。幸喜遇着姑娘，总望姑娘救我。”说罢，便伏在地下磕头。卫茜道：“你公公叫甚名字？”伊氏道：“叫伊衡，出门去了。”卫茜道：“你丈夫哩？”伊氏道：“叫同志。”卫茜不禁满心欢喜，用手扶起伊氏道：“这样说来，你正是我的表嫂了。不想在此地遇着，快快起来！”伊氏立起身，两只眼睛滴溜溜地望着卫茜，一句话也答不出。卫茜道：“表嫂且在月台上坐一坐，我把这两个贼人的尸身安顿了，再来细谈。”伊氏便坐在月台上，卫茜想了一想，道：“有了。”便提着仇三的一只脚，用自己的脚踏着那仇三的那一支，把手一起，嘶的一声，撕成两片，提在庙后去丢下枯井。又把贾兴的尸身照样办理。地上的血迹，在香炉中撮些灰来掩了。便问伊氏道：“回家的路径，你可认识？”伊氏道：“认识得。”卫茜道：“我就此刻送你回去，免得表婶悬望。”同到后殿，把房门锁好。

出了庙门，恰好一轮耀彩，万寓舒晴，小路分明，四围寂静，二人慢慢行走。约摸三更天气，伊氏指着一带茅屋道：“那就是了。”顷刻已到。伊氏前去叩门，呀的一声，门开处却是接他的小厮出来。伊氏反吃一惊，问道：“你是如何回来的？”小厮道：“我跌下崖去，却被些葛藤绊住身子，未曾跌伤，不过昏晕一阵。醒了转来，慢慢地扳藤附葛，爬上来时，已不见人，我就急急回来，告诉主母。主母急得什么样，叫我同大官人四处寻觅，不得影响，刚正回来。主母哭得如醉如痴，快快进去。”伊氏便挽着卫茜，一同走进。小厮在前，大叫道：“少主母回来了，还有客一路呢！”忽见东首房里走出两个男子来，一个年长的，急忙忙地问道：“怎么回来的？”伊氏指着卫茜道：“这就是救命的大恩人。”又听里面一个妇人声音，呻吟着叫道：“快到这里来，说给我听。”于是一同进房。床上睡的妇人，也挣着下床来，招呼坐下。小厮一面烧茶，伊氏一面把庙中的情形细说一遍。男妇三人时而愁苦，时而惊骇，时而狂喜。听罢，一起跪下磕头，口称恩人，卫茜急忙跪下扶起。伊氏又将认作表亲的话说了。章氏听得揉揉眼睛，对着卫茜道:“你就是茜姑娘吗？”卫茜道:“正是茜儿。”章氏喜得眉开眼笑，近前握住卫茜的手道:“你如何会有这样的本领？怎么独自一人到这里来？六年前，我叫你表兄到西鄙去看看你家，回来说起，你阿公被诸伦那天杀的害死了，把你发给诸伦为奴。你又逃走了，探不着你的下落，我同你表叔不知流了多少眼泪。万不想你今夜会到此地。你把你的事，细细说给我听。”卫茜放下宝剑，伏在地下叩头。章氏连忙扶起道:“姑娘辛苦，不要行礼。”原来卫茜是四五岁时见过章氏，去今约有二十多年，实实记忆不清。伊衡倒是见过几次，凑巧不在家中。适才听了章氏一席话，知是不错，立起身来，大家坐下。卫茜道:“表婶有病，还是躺着的好。”章氏笑道:“我的病此刻不知跑到哪里去了。你快快说你的事罢！”随叫伊氏带着小厮去端菜饭。卫茜直从夺剑起，今夜止，详详细细说了一遍。众人听了，又是惨伤，又是快活。章氏道:“亏你过出性命来，如今好了，既有这样本领，没人敢欺了。可惜你表叔不在家中，要听了你这番话，不知道如何欢喜呢？”说着伊氏把酒饭搬在正屋，铺设好了。章氏也同着出房吃了饭，仍到房中坐谈。章氏道:“茜姑娘怎么不将行李带来？”卫茜道:“那庙里清静，我还是住在庙里的好。”章氏急躁道:“岂有此理，我这里房屋虽窄，你一个人总住得下。家里虽穷，添你一个人也不会累到哪里。”便向大儿子同志道:“那个庙你可晓得？”同志道:“离此不过六七里，我怎么不晓得？不过地方冷静些，平时不到那里去。”章氏道:“你快去把你表妹的行李取来。”同志应了一声，欢欢喜喜，立起身就要去。卫茜起身拦住到:“表兄莫忙，表婶听侄女说，侄女住在庙里好，断然不必搬到这里来。”章氏道:“这是什么道理？”卫茜叫同志坐下。正是：

娴娅相亲当聚处，雄心未了怎羁留。

不知卫茜何说，且向下回听去。

第三十二回

寻旧仇兄妹欣聚首　入险地盗寇共惊心

话说章氏命同志去庙里搬行李，卫茜拦住不肯。章氏道："这是何说？"卫茜道："侄女来此，专意看望表叔表婶。且喜天缘相凑，今夜见着，此心已安。侄女身上还有许多未了之事，怎敢安居？明日陪表婶一天，后日即要动身，何必搬移？"章氏道："你的事任是那样多，也不能去得恁地快，若是不搬到这里来，我就恼了。"卫茜道："侄女随身不过一驴双剑，几件衣被而已，随便都可安置，不必表婶操心。"正说话间，天已大明，小厮烧了汤，大家梳洗了。章氏逼着叫同志到庙里去，卫茜解说不听，只得取了钥匙，交与同志，同志去了。大家歇息一会，同志已将驴儿衣剑取来，把驴儿拴在空屋里，另外打扫个干净小房，与卫茜安歇，无事闲谈。

卫茜道："我干妈有个内侄女，住在这南林地方，可惜不曾问得姓名，无从探访。"章氏道："我们留心，遇着人便问可有西鄙郑家的亲戚，或者问出，也未可知。"住了几日，十月将近，屡次告辞，章氏只是不放。直挨到十一月初间，卫茜有师傅的话在心，实系不能耽搁，苦苦要去。章氏知难再留，做了两件棉衣，取出二两银子，给与卫茜。卫茜道："表婶的厚情，侄女心领，侄女身上的衣服，尽够御冬，即或要添，到处可买。银子更可不必。表婶这般寒苦，留着自家缴用。”说着，打开包裹，取出两封银锭道：“这是我在诸贼家中取的，大约有一百两。我送了豆浆店老头一锭，尚有零星之数，不少在此，路上尽可够用。这两封银锭，就奉与表婶添些柴米。”双手递过，章氏哪里肯收？说道：“侄女在路上哪里不要钱用？如何少得？我们是过穷日子惯了的，你快快收好！”卫茜道：“表婶何必见外？侄女路上要用，随便可以筹措。”章氏笑道：“怎样筹措？大约就是仇三说的一个字的行道。”卫茜也笑道：“侄女怎么敢？天下不义之财取不伤廉的，多得很哩！”章氏便接了过去，棉衣定要卫茜带上。卫茜道：“路上累赘，表婶留着自穿。”再三再四，只得领了一件，打在包裹，搭在驴背上，告辞出门。同志弟兄送了一程方回。

卫茜跨上黑驴，直向苎萝山行去。行至羊头堡，见山石依然，树林如故。想起施良死得伤惨，双眼流泪，停住驴儿，向南呜咽道：“干爷阴灵不昧，女儿在此，可随儿转回苎萝山。”伤心一会，蓦然想起那些大强盗来，暗忖道：“我何不向南寻去，或者遇着，得报前仇，也未可知。便把驴儿一带，向南行去。也是弯弯曲曲，走了五六里，却不见那猛恶林子。四无人家，无从问讯，路径越走越荒僻。前面一个土岗，便把缰绳一带，走上土岗去。四面眺望，见东南角位一座大山，黑压压树木蓊郁，想来是了，只因一直向南，反走过了。下得岗来，向着东南方走去。一路都是苦藤碍路，落叶满林，且喜驴儿健壮，尚能行走。约行二三里，隐隐听得杀喊之声，心中惊异，骤着驴儿，趁着声音走去。一个山岭，横阻去路，便纵上岭去。喊杀之声，惊天动地，向前一看，却是极大的一片草地。见三五百人，层层围裹，刀枪旗帜，麻林一般，大声喊杀。重围中，见六个强人，围着两个客商，一个黑面大汉，手舞双鞭；一个白面少年，手挺双戟。三人战一个，只杀得烟云乱卷，尘土飞扬。战黑汉的强人，一个面如噀血，使的月牙铲；一个面如油漆，使的丈八蛇矛；一个脸分鸳鸯，使的溜金瓜锤。战白面的强人，一个面如渗金，使的大砍刀；一个面如蓝靛，使的狼牙棒；一个面如削瓜，使的紫铜锤。马蹄忙乱，人臂纵横，黑汉渐渐招架不住。卫茜急把黑驴一碰，追风般纵下岭去，手中盘螭剑迎风一晃，一团白光，滚进垓心，两旁的人头乱落。到了跟前，那使蛇矛的先看见，便呼的一矛，照卫茜的面门刺来。卫茜把剑削去，蛇矛便成两段。使矛的大惊，正想跑出垓心，瞥见白光在项下一旋，叫声不好，身首异处，倒于马下，霎时踏成肉泥。使锤的见了，气愤愤来战卫茜。黑汉见去了两个，心中大喜，精神陡健，双鞭如雨点般打下。使铲的强人，哪里招架得住？被黑汉左手的鞭敲开月牙铲，右手的鞭劈头盖下，脑门打破，跌下马去。黑汉也不来照管卫茜，只大叫道："贤弟我来帮你！"便挥起鞭打进那边圈子去。这边使锤的与卫茜交手，卫茜见强人锤重，不肯削它，恐伤宝剑，只把剑舞得雪片相似。使锤的强人，初时尚能挡拨，四五个回合，便眼花手乱起来，被卫茜觑个破绽，一剑戳去，直透重甲，尖出背心，使锤强人双锤坠地，倒于马下。众小贼见了，吓得魂飞魄散，哪里还敢喊杀？哄了一声，散如鸟兽。那边使刀的、使锏的，双战少年，使棒的独战黑汉，正在苦斗。使刀的见这边三人顷刻丧命，知道不妙，趁卫茜未到，把马一兜，跳出圈外，没命的逃走。卫茜杀了个使锤的强人，想去拦截，已被他跑上山去，勒住驴儿，看他四人交战。少年一戟把使锏的强人挑下马来，加一戟结果了性命，即来帮助黑汉。使棒的强人，先已骨软筋酥，哪里还经得起双战？正想逃命，少年一戟，直透心窝，趁势一搅，成了个血窟窿，眼见得没命了。黑汉还要追杀小贼，少年拦住道："已经跑远，追之无益。看是什么人替我们解围。"卫茜早已迎上来，问道："二位所为何事同这班强人厮杀？"少年见是个美貌女子，颇觉诧异，应道："我们且下马歇息再谈。"一起下马拴好。

少年二人拜谢解围之恩，卫茜连称不敢，礼毕坐下。少年问道：

“请问姑娘尊姓大名？”卫茜道：“我姓卫名茜。”少年听了，霍的跳起来道：“可是西鄙的卫茜？”卫茜见这少年这样举动，也觉惊疑，忙应道：“正是。”少年近前握着卫茜的手，双眼流泪，硬噎道：“我的妹妹，想煞我了！我就是你的哥哥卫英。”卫茜听了，也牵着哥哥的手，放声大哭，二人哭作一团。黑汉正是司马彪，见他兄妹相逢，伤心痛哭，想着自己妹妹为诸伦逼死，只落得孤独一身，也号陶起来。大家哭了一阵，将泪拭干，卫英把司马彪的来历，约略说了，卫茜见了礼，方才坐下。

正要细谈，卫英道：“此处不是说话之所。我们趁天色未晚，寻个栖身之处，慢慢说话。”司马彪便跳起身来道：“我去我去。”便四面跑了一会，转身来。卫英问道：“可有人家？”司马彪道：“想是被这些强盗扰害光了，烟火俱无。”卫英道：“可曾留心有庙宇吗？”司马彪道：“通没有。我想寻个大树下歇歇便了。”卫茜道：“此去偏西，我来时见有一个倾塌的茅棚，不晓得有人没人。我们去那里再说。”三人一起牵着马，缓缓走去。不过二里，到了那里。一座茅棚倾倒了一半，司马彪抢上前去，喊叫道：“有人么？”叫了几声，无人答应，便把缰绳递与卫英，跑了进去，回身来道：“没人在里面，进去罢。”大家把马牵进去，四面一看，且喜还有遮蔽风霜的地方，将马拴好。司马彪扯一大堆茅草下来，一半铺在地下，一半堆在那里。便敲石取火烧起来，一者当灯，一者御寒，说道：“就此坐卧罢，我再去寻点水来。”周围望去，并无一个杯碗。寻到墙角，见一个破土盆，便拿起来，走到山溪边，扯些乱草，洗拭干净，舀了清水，拿到茅棚。大家取些干粮吃了，喝了几口凉水，又喂了牲口，方才坐定。

卫英先把他的事一一说了，卫茜才把自己的事从头至尾详说一遍。司马彪听说杀了诸伦，直乐得拍掌跌脚道：“我要在场，定把这贼剁成肉酱，方遂我心。”卫英听得妹子得了仙传，心中十分快活。卫茜道：“陈伯父他们到了西鄙，若知妹子的事，定要寻到山阴，大约就在这几日，可惜不能会着。”卫英道：“我们在樊屯分手，他们不过多绕两日的路，若是不耽搁，算来总在这几日。若会不着，如何是好？”大家闷了一会，卫茜道：“哥哥们如何同这班强盗厮杀起来？”司马彪接着道：“妹妹听我说，我们因为不认识路径，走到小路去了。我们在马上闲谈，英弟说此处山路崎岖，恐有强盗。我道就有三五百蟊贼，也不算什么。不防后面一骑马冲上来，挨身过去。马上一个人，鹰鼻兔腮，面黄肌瘦，回头望着我一笑，加上一鞭，哗喇喇的去了。我们也不在心上。英弟道：‘路上休息惹祸，快些走罢！’我们便加鞭趱程。不想走到山脚下，树林中便拥出那使蛇矛的人来，带了二三百蟊贼拦住去路，叫我们将行囊马匹献上。我也不问他青红皂白，便与他战起来。使矛的战不过我，才添一个使月牙铲的，英弟便上前抵敌。他们战我们不过，便一个一个地添上来。足足战了两个多时辰。不是贤妹相助，我实在有点支撑不住了。”卫茜道：“为何不见那鹰鼻兔腮的人？我那年被这班强盗掳上山去，那大厅上一字儿排坐，约有八九人。今日逃走了那个渗金脸强盗我从前是见过的，不知他们山上有多少头目。难道就罢了不成？我们须得想个主意，把这伙强盗诛尽。一来报了仇，二来替行路的人除了大害，替附近的人断了祸根，也是一件好事。”卫英、司马彪都点头称是。司马彪道：“我们明日再去撩他，他若下来，一个个地砍了他的头，就完结了。”卫茜道：“倘若他们惧怯，不肯下山，如何办法？”司马彪答道：“我们就赶上山去。”卫英道：“我们不知山上的虚实，身入重地，恐遭不测。”卫茜道：“待我今夜独自上山去，探看他的虚实，回来再作计较。”司马彪道：“我随贤妹去。”卫茜道：“你去不得，我一人去的好。”卫英见妹子孤身深夜要入险地，颇有难色。卫茜知道他哥哥的心意，随便道：“哥哥放心，妹子此去，决然无妨。”立起身来，头上扎好渔婆巾，身上穿一件元色细绫窄袖排扣的紧身小棉袄，系一根洒花垂须的黑腰带，下系一条青绉百褶裙，拽在两肋，脚穿一双乌油挖心小皮靴，腰挂一柄盘螭宝剑。结束停当，又在包裹取出一把剑来，还与卫英道：“这口剑是师父给我的，也是神物，名叫青棱。不但削铁如泥，还能震慑邪魅。妹子下山时，若非此剑，险遭那妖妇的毒手。哥哥用罢，只是不可污亵。”卫英见这青棱剑，宝光灼灼，寒气腾腾，心中大喜，接在手中，向崆峒山叩头谢了。卫英道：“我送妹妹到山脚，彪哥在此守着。”司马彪应了。兄妹二人也不骑马，便慢慢地走到山脚。卫茜道：“哥哥转去罢，妹子去也。”话声刚了，腾身一纵，便如苍鹰掠树、紫燕穿帘般飘忽而上，转眼不见形影。卫英心中又惊又喜，不肯便回，坐在树下，静听消息。

且说卫茜纵上山去，沿山之上虽是刀枪密布，寨栅谨严，卫茜却从树枝上腾踔而上，全无一人知觉。到了山顶，见一丛三人合抱不着的大树，围着一座三进的大庙宇。从树枝上纵过屋瓦上，到了二进，见灯火照耀，香气氤氲。伏在檐口一看，见三个强人，一个渗金脸，便是那使刀逃走的；一个黄瘦面，大约就是司马彪所说那人；一个紫膛面皮，满口虬髯，伏在地下，挥泪不止。当面设有五个牌位，想来是祭奠日里死的那五人。黄瘦面居中，含泪道：“我们不将那三个狗男女杀尽，替兄弟们报仇，誓不为人！”说罢，一起立起，当中设了一席，三人坐了，一些人上酒上菜。渗金脸的道：“先来那两个，已是劲敌了。不料后添一个女子，武艺越是高强。所以弟兄们失了手。只是那个女子，当时我就觉得面熟得很，此刻仔细想来，甚像九年前，我在山头堡带回、碰柱寻死那个女子。却料不着她有偌大的本领。”黄瘦脸的道：“我们弟兄占据这虎牙山，将近十年，不知经过多少厮杀。不但弟兄们毫无损伤，就是小卒也不曾折失一个。不想今日我弟兄丧了大半，这口怨气如何能消？”紫膛面的道：“大哥不必悲伤，人死不能复生，悲伤也无益。那几个狗男女，明日必然再来，我们须得想个主意擒他才是。”渗金脸的道：“要想一枪一刀，阵上擒他，看来是不能的，要好好设计方妥。”黄瘦脸的道：“我想今夜叫小卒们先在皂角林掘下陷坑，上面用乱草浮土盖好。明日战得他过最好，战不过时，假意败走，引至深坑处擒他。二位贤弟以为何如？”紫膛脸的道：“大哥休得自己灭了威风，任他三头六臂，小弟明天定要与他见过高下。”渗金脸的道：“依小弟看来，怕难胜他。”紫膛脸的大怒道：“明天战他不过，我自己把头刎了，无颜与二位兄长相见。”黄瘦脸的道：“五弟不必急躁。常言说得好：‘未曾行兵，先防败着。’但愿五弟得胜最好，恐有意外，我们有了准备，总无妨碍。”紫膛脸的不发一言，犹自怒气不息。

卫茜听得明明白白，暗忖道：“我既到此，且惊他一惊。四面张望，见后面黑沉沉不知堆些什么，便蹿到三进，在房上仔细一看，却是一堆稻草，紧接着厨房。便跳将下来，向厨房一张，见许多人在那里烧菜烫酒。忽听更柝之声，远远而来，已是三更二点，便离了厨房，到一棵大树后，隐着身子。一会，更夫已至跟前。前面一人，提个灯笼，手敲木梆；后面一人，手敲铜锣，各个腰下都插得有短刀。四围更柝之声，络绎相应。悄悄走到后面，拔出宝剑，向后面的颈上一抹，头已落地，身子兀的未倒。前面听后面有了声息，回头看时，一剑杀去，劈成两片。可怜两个人声也不曾出，便呜呼哀哉。提了灯笼，依着更次，敲了两下。听得一起住了，在那人身上割下一片衣服来，遮了灯光，去到草堆处，四面点起火来。夜风一刮，烘然而起。一步纵上房去，早惊动了三个强人，督着众贼，前去救火，趁着正厅无人，跳下去把五个牌位，抢在手里，仍飞上屋。也不停留，从屋上纵过树枝去。四围探望一遭，仍从原路下山。到了山脚，见山顶上火光兀自正盛。卫英接着妹子，转回茅棚。司马彪见了，问道：“山上怎么样？”卫茜把五个牌位掼在地下。司马彪道：“这是什么东西？”便在地下拾起来，在火光处一看，一个写的二弟曾刚之位，一个写的四弟范皋之位，一个写的六弟唐艺之位，一个写的七弟焦云之位，一个写的八弟章鸿飞之位，笑道：“贤妹把这样东西拿回做甚？”卫茜把在山上的话说了。卫英叹道：“看来强盗倒有点义气。他既掘下陷坑，我们明日不追他，便不中他的计。”三人摊开被盖，略为歇息。到了天明，司马彪又去取了水来，大家胡乱梳洗过，喂了牲口，各人吃些干粮，翻身上马，直到虎牙山勒马叫战。正是：

既有群雄探虎穴，岂容小丑再鸱张。

不知可能诛灭三盗，下回自有交代。

第三十三回

诛余党陈音逢故人　论世事宁毅抉时弊

话说卫英、卫茜、司马彪三人，来至虎牙山索战，叫了半日，山上并无响动，心中大疑，司马彪道："莫非这班强盗逃跑了？待我上山去探看探看。"卫英道："彪哥休得鲁莽，强人今日不下山，莫非有什么诡计？"卫茜道："彪哥之言，亦似有理，且待我上去看看。"卫英还想阻拦，早见卫茜把缰绳一抖，驴儿昂着头，一步步蹿到山上去了。约有半个时辰，忽见卫茜在半山上，用手相招，二人连忙骤马上山。卫茜迎着道："山上跑得人影都没有了。"三人一直走到山顶，果然一人不见。四处丢些破旗断枪，粗重物件，倒剩得不少。司马彪跑到后面，见那悬崖瘦削，衰草纵横，忽然荆棘丛中一阵乱动，想道："莫非有人藏在里面？便走拢去，大喝道："还不快与我滚出来！"喝声未断，果然一个人钻将出来，浑身发抖，跪在地下。卫英兄妹二人听得司马彪的喝声一起走来，见司马彪喝问道："你是什么人？为甚众人都跑了，你却躲在这里？"那人战战兢兢道："小人名叫魏阳儿，在山管草料。昨夜草堆失火，头领说我疏虞，把我打了六十大棍，因此走动不得。"卫英道："山上的人为什么跑得一个没有？"魏阳儿道："昨夜失火之后，三个头领转至正厅，见五个头领的牌位不见了，甚是惊骇。查了一会，没得影响。接着巡山的来报道，北山口的更夫二名，不知被何人杀了。三个头领吓得面面相觑，商量一会，便传齐各处头目，就说散伙的话。把些金银衣服，分散众人，趁天未明，便四散逃走。”卫英道：“这三个头领，叫什么名字？如今到什么地方去了？”魏阳儿道：“黄瘦脸是大头领，名叫牟惠；渗金脸是三头领，名叫戴成；紫膛脸是五头领，名叫辛皇。如今逃到哪里去，小人实不晓得。小人一向在山管草料，从不曾下山杀人放火，望好汉饶命。”卫英听了，知是真话，正要叫他滚开，突被司马彪唬的一鞭，打死在地。卫英道：“彪哥何必打死他？”司马彪道：“这样人留在世上，终是害人的，不如打死了干净。”卫英不语，大家下山。

卫茜约往苎萝山肖塘一行，三人走了一程。天将近午，司马彪在前，忽见一骑马对面冲来。马上一人，倒拖叉杆，甚是张皇。司马彪仔细一看，认得是那黄瘦脸牟惠。急在马鞍上，抽出鞭来，拦住去路，大喝道：“牟惠往哪里走？那人抬头见是司马彪，吓得手足无措，想要落荒。无奈两面逼住，只得强打精神，掉转叉杆，来战司马彪。卫英兄妹勒马观阵，不到三五个回合，司马彪一鞭，把牟惠连马打落崖下。司马彪回过头来，笑道：“这是他该死在我手里，可惜跑脱了两个。”正说话间，忽听前面大喊道：“拦路贼，往哪里跑？”三人齐吃一惊，各取军器在手。喊叫的人正到面前。卫英眼快，急叫道：“蒙大哥为何到此”？司马彪听了，也叫道：“蒙大哥你一个人吗？”蒙杰见是卫英、司马彪大喜，又见另外有个女子，问司马彪道：“那女子是什么人？”司马彪对他说明。蒙杰滚鞍下马，来到卫茜面前，喝个肥喏，卫茜慌忙跳下驴儿，见了礼。卫英正要细谈，蒙杰道：“陈大哥同雍大哥还在同两个贼人厮杀哩，我们快些去罢！”司马彪早已拍马前去。蒙杰上了马，卫茜上了驴，直往前进。不到半里，陈音、雍洛已经同司马彪迎面来了，身上血迹未干。众人见了面，一起下马。卫茜抢上前去，口称陈伯伯，拂了一拂。陈音还礼不迭。雍洛也上前与卫茜见了礼。一个个色动眉飞，手舞足蹈。卫英道：“那两个强盗可曾诛灭？”陈音道：“一个渗金脸，被雍贤弟一棍打死；一个紫膛脸十分了得，与我战了四五十合，雍贤弟得手后来帮助我，才把他劈了。还有十余人，一哄而散。因蒙贤弟追一强人下来，我们恐有差池，急急赶来，却遇司马贤弟。幸得强人已诛。”卫英道：“陈伯伯如何遇着这三个强人？”陈音道：“我们一路行来，这三个强人带了十余人，慌慌张张一路上横冲直撞。蒙贤弟的马跑得快些，对面一碰，把为首的马惊了。为首的强人，便肆口大骂。我怕蒙贤弟闯祸，上前去陪话。哪晓得这班强人，趁势要劫夺我们的行囊，因此厮杀起来。”司马彪哈哈笑道：“这班强盗，可见是天下不容他。恰恰遇着我们。”卫英便把虎牙山的话说了，大家拍手称快。

陈音道：“你们欲向何往？”卫英说了。陈音道：“令妹之事，前面各处都张着榜文，去不得了。我们此刻且寻个僻静处，商量妥当，再定行止。”众人上了马，四面张望。卫英用鞭梢向西北角一指道：“那山坳里树林深密，且到那里停顿。”众人依着鞭梢望去，果然不错，一行人放马走去。既到跟前，现出一座小小草亭。众人大喜，下了马拴好，进亭子里去，十分洁净。大家坐定，陈音问卫英道：“难道你们在山阴道上一路上不见榜文吗？”卫英道：“不曾看见，大约还未曾张挂。”蒙杰道：“大哥何必这样胆小？我们只管行走。若遇着做公的动手动脚，我们便杀他娘个干干净净。”陈音道：“不是这样说，王法要紧。”蒙杰道：“王法，王法，把人气煞！”司马彪道：“这班强盗杀人放火，我们两天之内，杀死若干人，难道不犯王法吗？”陈音道：“我们杀强盗，是王法所许。我们若杀公人，王法便不容了。依我的主意，茜姑娘暂回转南林，隐藏一时，我们到了都城，此刻国家用人之际，我们若得进身，大家合词奏闻，聘请姑娘，同立功业。岂不是好？”卫茜道：“我有两个姐姐，一叫夷光，一叫修明，住在苎萝村，我须得去看一看。且我施干爷为我丧身，若不到他家中叩谢，此心何安？”陈音道：“若是为此，姑娘更不必去了。”卫茜道：“这是什么缘故？”陈音道：“我们从苎萝村来时，听得多人传说，这苎萝村通是施姓。西村一个姑娘，名叫夷光；东村一个姑娘，名叫修明，二人都是天姿国色。去年被我国范大夫用重金聘去，转献吴王。吴王见了二人十分大喜，异常宠爱，朝夕不离。就命人来苎萝村，把两家亲属，都接到吴国，尊宠荣华，一时无比。这两个姑娘如今在吴宫里，夷光叫西施，修明叫东施。西施尤为专宠。这是千真万确的话，姑娘去也无益。”卫茜道：“陈伯伯可曾由肖塘过路？”陈音道：“怎的不走肖塘？姑娘问它怎的？”卫茜道：“可听说熊孔坚被杀之事么？”陈音道：“却不曾听得。”卫茜便把那年击杀熊孔坚之事说了一遍，众人同声称快。又说到熊叔坚硬行替夷光作媒，去奏承熊孔坚，就是打坐了第二日的事，众人不觉哄然大笑道：“天地间竟有这样的巧事？令人畅快！”陈音道：“这样说来，杜宝娘既尔提押，闾女都交官媒，谅来是不能逃出法网的。熊孔坚既死，熊叔坚失了依靠，谅来也不敢作怪了。姑娘何必挂在心上？”卫茜听了，心才释然道：“如此说来，我心中的事，件件都结了。只是下山之时，师傅再三敦嘱，亲仇报了，当竭力为国报仇。陈伯伯到了都城，须得寻个进身之阶，早日寄信与我才好。”陈音道：“这是自然，但你住的地方，要详细说明，方好寻请。”卫茜道：“南林在山阴之南，约十二三里，有一荒僻古庙。庙前有两株大枫树，庙后有一枯井，便是。”陈音记在心里，便道：“天已不早，我们各自启程罢。”众人纷纷上马。卫英意欲同妹子到南林，陈音道：“贤弟主意就不是了。令妹是因避祸而往南林，不过暂时之计。我们当得早图进身，我们有了效力之路，令妹才有出头之路哩。”卫英听了，心中豁然，反催促动身。卫茜辞了众人，自转南林，也不通知伊家。

陈音等一路上毫无耽延，到了会稽。陈音且不回家，一起进了都城，寻个客寓住下。次日，陈音换了衣服，去到军政司访问宁毅。有人告知宁毅的住处，陈音到了那里，却见门户辉煌，墙垣高耸，十分气概。寻着守门的，通了姓名，烦为禀报。守门的进去片刻，走出来叫声请，陈音随着进去。宁毅仍是驼背跛脚，抢出来笑叫道："陈大哥回来了，好极！好极！"便携手进一个书房里，分宾主坐下。宁毅叫人泡茶，开口问道："陈大哥几时回来？我的眼都望穿了！大哥的心愿可了？"陈音道："侥幸如愿。"宁毅拍手笑道："是豪杰，是丈夫！"陈音道："昨日进城，天已不早，今日特地趋候。利大哥可在这里？"宁毅道："他有事出去了，大约三两日就回。我们喝两杯酒，把你在楚国的事情，细细告我。"陈音也不推辞，宁毅命摆酒席，就摆在书房里。少时搬来，二人对坐，饮了两巡。宁毅催着快说，陈音便从黄泥冈起，一直说到此时。宁毅侧耳细听，嬉笑怒骂，狂喜激愤，一时都有。听罢，把大指头竖起，对着陈音道："好的！大哥此去，算来是九个年头了，大哥辛苦了，亏大哥坚忍，看来天下事，有志者事竟成。现今我们越国的人，到外国去学本领的，不知多少。有的一年就回来了，有的两年就回来了，能够到三年这便是表表出众的大才，甚至有半年或三五月就回来了，他还逢人便自夸，说他是曾经到外国去习过艺的，真真要羞死人！大哥想想，我们要到外国，原是要学那强似我国、高过我国的本领。一年、二年就可以学得成，那就不是什么惊人的事业，何况半年三月！就把我国最浅近的事做比方，学个铁匠木工，凭他如何聪明，如何勤备，也得三五年方能精熟。岂有治国经邦、自强外御的本事，去跑了一趟，便能成功吗？况且，我国人到外国去，言语不通，嗜欲不同，更有那制度、文化不得一样，我怕去的人，半年三月还弄不清楚，如何就会学成？可笑我国竟要靠这些人做事体，焉能有效？虽是国家此时需才亟切，这人才二字，哪里能够逼得出来的？难道从外国回来的，内中岂即无人才？倒是真正人才，反难见用，真要气煞几回人！等到这些胡闹的误了事，就说凡是去过外国的，都不可用。痛脚连累好脚，更要屈煞几回人？何不于遣送之时，留心选择；归来之时，认真考验，破除情面，因才授职？何患人才不出，国家不兴？我把那些只顾私情、不顾公室的匹夫，真真恨死！大哥你看我这话是不是？”陈音道：“上官之言，固有至理，未免过激。难道那些大位，真不望国家强盛吗？不过一时差错，一事因循，便误了国家，到了悔不可追的时候，就遭了万人的唾骂，连外人亏他得了便宜，还要从旁窃笑他哩。办事谈何容易？请问上官，我国的事，现今的光景，可望振作么？”宁毅道：“从古及今，哪有不能振作之国？只看治国之人如何耳！我国自从为吴所败，每年勒取献纳，依期奉缴，数目甚巨。我国理财诸公总在百姓身上想法，这样勒捐，那样苛派。若是通通作了国家之用，百姓们世受国恩，这也是应尽的天职。无奈官府从中饱其私囊，胥吏乘间任其加索，弄得民困日深，怨声载道，处处地方伏莽堪虞，万一酿成内乱还了得么？”陈音道：“既要交纳小款，国家哪里有这许多钱？不取于民，从何措办嘞？”宁毅道：“依我之见，国家撙节些虚糜之财，官府改除些奢华之习，再开通天地自然之利，抽提民间无益之费，何患不足？”陈音点首道：“果能照此实力奉行，尽心筹划，不但交付外款绰绰有余，就是自己要兴办什么事，也不愁不给。那理财诸公全不想把百姓剥穷，元气斫丧，实是国家吃亏。”又问道，“我国的兵现在可用么？”宁毅喟然道：“甚难，甚难！当此列强竞争之日，哪国不厚集兵力，讲究武备，以图特立于竞争之场？我国从来兵人的名誉，颇不甚劣。自从为吴所败，遂觉名誉扫地。据那訾议的说起来，甚至比土块木偶还不如些。其实持论的也太过当了。难道从前槜李之战，我国不是大胜么？屡与邻国相争，我国通是大败吗？不过看这将兵的人如何耳！现今全国的兵，都改仿外国的兵式，军械衣号，通行改造。据式样看，似乎顿改旧观。殊不知外国成一兵制，不知几许世，几何人参酌方能尽善。岂有练兵的都是旧将，督操的纯是旧人，不过东去模仿些式样，西去摭拾些章程，杂凑拢来，便夸新兵，如何会好？须知兵事全在精神上讲究，要人人有国耻在心，刻刻以国耻为恨，一遇敌人便咬牙切齿，恨不得食敌之肉，寝敌之皮。到了这步地位，便可用了。你看野人衔恩以救秦穆，唐狡奋勇以报楚庄，难道那野人也曾习过步伐来吗？唐狡岂是依着纪律来吗？而况事事袭人的皮毛，步步落人的后尘，全不能想个制服别人的法子，还要求才于敌国。若真是敌国良才，焉肯乐为我用，替我尽心？且喜大哥回来，这弩弓是楚国的绝技，既能得其精奥，不难训练成军，威服敌国。”陈音道：“草茅下士，何能上达？只怕辜负上官的厚望。”宁毅慨然道：“这句话，古今埋没的英雄，同是这副眼泪。且喜我国的范大夫与文大夫，都是朝臣的尖儿，同心为国，屈己求贤。我与范大夫不时聚首，我自把大哥力荐，不愁不用。”陈音起来称谢。宁毅道：“谢我的话，真是不通。大家为朝廷出力，大哥见用有效，我也十分光彩。只怕眼里不曾见过有用的人，肚里不曾有这有志之士，妄自尊大，无贤可荐，实系斗筲之器。管仲用齐而齐霸，人人都说鲍叔荐的；郤缺用晋而晋强，人人都说毛偃荐的。至今鲍叔、毛偃的声名，何曾弱似管仲、郤缺？为什么那些力能荐人的人，总不肯为国求贤？只把些故交世谊、外戚内亲，不管他才不才，将些要紧地方、重大职守，交把他，自己以为我能照顾亲友，岂不是油蒙了心？国家大事岂有把你去做私情的吗？还有一起贪贱鄙夫，收门人，拜义子，贽见馈送，动逾千金，并且以职位之肥瘠定价，价之低昂，不顾公家，徒遂私欲。若是认真纠察起来，实在诛不胜诛。独不想国破家亡，你就有敌国之富，不但看掳夺之患，就是新主也要想方定计，攫取你个罄尽，还恐性命都不能保。大哥你只看近来灭亡之国，哪一个富室贪人不吃这个亏？明明历有榜样，非不警心，只要一个大大的钱字搁在眼面前，便糊涂了。你说可叹不可叹？”陈音也叹息了，随道：“小子回来，还有几个朋友，都有一片的热心，寸长的末技。上官若不厌烦，明日引来叩见，一总望上官栽培。”宁毅欣然道：“甚好，甚好！大哥称引的，断然不是庸才，越多越好。明日我专候惠临，面请大教。”陈音见宁毅欢喜，又道：“还有一个超群绝伦的异人，若得此人效力，真不愁强敌不灭，国耻不洗。只是身上犯了那含悲茹痛的罪案，不能出面，真正可惜！”宁毅听陈音说得如此郑重，不禁矍然立起身来，急问道：“是哪个？快说出来，大家商量。”正是：

老臣忧国心如毁，孝女含冤志莫伸。

欲知后事如何，且看下回分解。

第三十四回

昆吾山越王铸八剑　演武场卫英服三军

话说陈音要替卫茜进言，宁毅便矍然起立，问是哪一个。陈音便把卫茜的事，从头至尾详说一遍。宁毅听得眉飞色舞，赞叹不绝。听毕，皱皱眉头，沉吟半晌道："杀诸伦一家不要紧，杀杨禄第一家，这罪可犯得不轻。现在四处访拿，看来一时不能替她解释，且慢慢看机会。只要可以用力，老拙自然尽心。"陈音又起身谢了，重复坐下。畅饮一会，陈音便问宁毅的近况。宁毅道："老拙那年回越，一路甚是平安。寻了住处，便在兵政司报到，把利颖的功劳也报了。大王回国，念我二人都是临阵受伤，不忘本国，便赏了我个半俸，坐享天年，无非为后来临阵者劝。利颖忠义可嘉，授了戎右之职，半月前同泄大夫聘楚去了。上年遇着年荒，我把贼巢所得的财物，一概报效赈济。范大夫替我奏闻，赏授下大夫之职。每有朝政，倘得与闻。只恨自己才疏学浅，身废年衰，不能替国家效丝毫之力，实在惭愧。"陈音道了贺，吃过饭告辞。宁毅直送出大门，再三叮嘱明日等候的话。陈音领诺，回至寓所，对众人说了，众人甚喜。听了那番议论，没一个不赞服。

次日，陈音引了众人去见宁毅。宁毅见他四人，都是英风飒爽，豪气飞腾，留酒畅谈。宁毅见卫英英俊，司马彪猛勇，蒙杰刚直，雍洛朴质，十分叹赏，便将众人留住府中。众人再三推辞，怎当宁毅坚意苦劝，只得称谢。宁毅叫人去寓所搬取行李来，在西首一个小院住下。早晚畅谈，好不高兴。陈音过了两日，告辞回家，众人都要同去，陈音不肯，只得罢了。

陈音到了家中，韩氏娘子接着，十年离别，一旦相逢，好不欢喜，略慰问了几句路上的辛苦。陈音问道："继志哪里去了？"韩氏笑道："他在后面，也像你小时，专喜舞枪弄棍。"陈音笑着，连声道好。韩氏要去呼唤，陈音摇手，携了韩氏，悄悄同到后面隔着窗偷看。见继志正在舞动花枪，使得挑拨有势，拦隔得法，翻身如蛟龙搅海，腾步似虎豹下山，舞得紧时，呼呼风响，枪影翻飞，不见人影。陈音不觉失口夸道："好枪法！比我强。"这一声把继志吓了一跳，急收住枪，问道："什么人？"韩氏急急走出，叫道："儿呀，你父亲回来了！"继志听得父亲回来，慌忙撇了枪，连跑带跳，见了父亲，叩头下去。陈音见他长得仪表非凡，只乐得哈哈大笑，牵着手，到了厅堂，问他近年读的什么书，这枪法是何人教的。继志此时已经十六岁了，立起身来，垂着两手，对道："坟典以外，读些兵书。这枪法是儿去年在后面舞弄，忽然来了个丐儿模样的人在旁笑儿胡弄，儿自家晓得未经传授，不过看别人使运，想看样儿使得断然不好，便苦苦求他使与儿看。他把枪舞了一回，真正矫捷非常。儿便不放他去，要他传授。那人道：'我不传你，也就不来了。'教儿舞了几路，舞到吃紧处，他就去了。儿遍寻不着，心中好恨。不料，到了次日，依旧来了，儿好不欢喜，告诉母亲，备些好酒好菜，请到堂前。他不肯进来，叫把酒菜搬到后面，坐在地下胡乱吃完，又教儿一遍。从此日日必来，教了枪，又教刀棍鞭斧，件件武艺，完全指点。刚整半年，他忽然不来了，累得儿城厢内外，寻得好苦。"陈音道："你何不先问他的住处？"继志道："儿何曾不问？他总不肯说。只说远得很，远得很。儿恐生疏了，日日在后操演，不知爹爹回来，恕儿失迎之罪。”陈音知道是异人传授，满心畅快，韩氏道：“那个人本来稀奇，满脸的尘垢，一件衣服大约打了百十个结，远远的都闻那臭秽难当。严冬霜雪，也是那一件，从不见他畏寒。我替他备了一件新厚棉袄送他，当天拿去，次日不见他穿。问他时，他说换酒吃了。最可怪是那身臭气，继志说闻着是香的，你说可怪不可怪？”陈音不住地点首，勉励了儿子几句话，又把自己的事，详说一遍。韩氏道：“虽然常接着你的书信，哪里放心得下？且喜今日回来。只是公公的尸骨，总得早早搬回安葬，才是人子之心。”说罢，流下泪来。陈音也挥泪道：“眼前不能说起，且待破了吴国，自然风风光光地载回。”继志见父母伤心，也暗暗地饮泣。韩氏进内，端整酒饭，继志帮着搬出来，大家吃过。陈音道：“我不能在家久住，所在行囊被盖，都在宁大夫府中，稍住几日，即进宁府。我想孩儿已经成立，娘子抚养不易，又要诸事操劳，愚夫心甚不安，可寻个婢妇，执爨浣补，替娘子分劳。”韩氏道：“为妻的做惯了的事，也不觉劳苦，何必寻什么婢妇？”继志道：“儿曾向娘说过几次，娘总不肯。总得依爹爹之言，寻个婢妇。”韩氏见丈夫儿子一般体贴，不忍强执，点头应了。继志大喜，便飞跑出去托人寻觅。夜间至亲三口，又细谈卫茜诸人之事。继志听了，好不惊喜，恨不得立时见面。又听得卫英本事如何高强，心中也是羡慕。谈至夜深，方各就寝。久别的夫妻，虽是中年，这恩情二字总不能忘，不必细说。次晨，婢妇已来，韩氏一一交代过，陪着丈夫，带着儿子，围聚闲谈，何等适意。不觉过了五日，陈音自到宁府，不时回家看望。

话休烦琐，到了周敬王三十七年，越王卧薪尝胆，朝夕谋伐吴国。只因吴国将勇兵强，伍子胥智勇盖世，无人可敌；又有莫邪宝剑、吴鸿扈稽神钩，不能抵敌。连年费尽心力，用白马白牛祭了昆吾之神，命工人采取昆吾山之金，铸成宝剑八口。一名掩日，把剑指着日，日光就掩蔽了。这剑是金的纯阴炼成，阴盛则阳灭也。二名断水，把剑划水，水即分开，半日不能复合。三名转魄，把剑指月，月中蟾兔颠倒。四名悬翦，把剑悬在半空中，鸟雀飞过，触在刃上，便成两段。五名惊鲵，带着此剑泛海，鲸鲵望影而逃。六名灭魂，挟着此剑夜行，魑魅远避。七名却邪，无论是何妖邪，此剑到处，便潜伏不动。八名真刚，将此剑切玉斫金，迎刃立断。铸此八剑，以应八方之气。虽说多着奇异，苦于无人教练，又不知能否敌得莫邪。又因吴国兵阵坚整，非强弓巨镞不能推陷，加以吴越滨水之区，水战不习，万难制胜。时时忧虑在心。也曾出榜招募些人，也曾因荐录用些人，无奈真才绝少，徒费时日，不见实效。这时宁毅已将陈音、卫茜诸人对范大夫详细说过，范大夫曾请陈音诸人相见，试验多次，十分信心。

一日，越王与范大夫商议报仇之事，因国无能人，愀然不乐。范大夫乘势把陈音诸人极力荐举，且道："经臣屡次试验，这五人实系真才实学，必能为国宣力。如有错误，臣甘同罪。"越王听了大喜，便立时宣请。内侍至宁毅府传宣诏命，陈音五人整理衣冠，拜舞毕，由宁毅带领上殿，俯伏阶下。越王传诏起立，五人一字儿排立在殿左。越王见五人一个个精神壮健，气象威严，暗暗心喜。传诏道："臣妾之耻，寡人刻不去心，隐忍十年，每一念及，肺腑寸裂。越之家国，寡人与尔等实共之。尔等忠义性成，当以寡人之心为心。兹范大夫竭力荐举，极称尔等之能，寡人需才正亟，特赐尔等列将之职。着陈音督练弩弓队，兼练水军，雍洛为佐；着司马彪、蒙杰训练骑兵，归畴无余管辖；着卫英训练军阵，归诸稽郢管辖。尚其勉旃，毋负委任！"五人俯伏谢恩，齐奏道："敢不竭犬马之力，以报殊恩？"陈音复奏道："臣驽骀劣质，难胜兼任。臣有一老友，齐国人氏，姓赵名平，即蒙杰舅父。此人水势精通，在臣之上。更有鲍皋、鲁直等十人，熟习水性。臣在楚随征云中岸，甚得臂助。伏乞准臣致函来越，趋朝候试，自能不负委任。"越王满脸欢容，对范蠡道："陈音初入朝班，便能荐贤让位，甚是可嘉，当准所奏，赵平未到，仍着兼摄。”范蠡顿首道：“多士奋兴，并得借材异地，国家之福也。臣为大王贺。”宁毅也同声称贺。

越王退朝，范大夫带领众人出殿。宁毅同陈音五人，自回宁府，置酒庆贺，互相勉励。陈音道：“我们当到范大夫府中叩谢才是。”宁毅道：“这话错了。官爵是朝廷的，悬以待天下士，人臣荐贤，份内之事，何谢之有？若是受爵公廷，拜恩私室，直以禄位为市恩之地，这还成话吗？范大夫公忠为国，诸位若去叩谢，范大夫反而不乐，不去为是。就是同朝同事的人，依礼往拜可也，不必虚文酬应。”陈音五人诺诺连声。酒后，陈音便修书一封，差人送往齐国与赵平，书中谆谆劝驾；修书一封，差人送楚国与鲍皋诸人；并修一书与王孙建，大旨是如能离楚，务望早降。如老伯执意不允，不敢强邀等语，兼问候王孙无极夫妇的安，又修禀与二太子请安。把信发了，回家对娘子说知，继志也知道了，欢喜无限。陈音把继志交付卫英，令他在戎行学习。卫英甚是喜爱，呼兄叫弟，一如同胞。

陈音五人各有职守，尽心报效。却有一班浅见小量之人，见陈音五人骤得重用，心中不服。初而目笑腹诽，后来便任情毁谤。范蠡听了，与宁毅商议道：“大王听我们的举荐，陈音五人不次擢用。近来一班小人，甚是不服，啧有烦言，恐互相猜忌，一旦有事，贻害不小。如之奈何？”宁毅沉吟了一回道：“大夫不如启奏大王，以考拔骁将为名，定期在演武场调齐各将，当场比武，不愁人心不服。”范蠡点头称是。次日奏过越王，果然传下诏命：五月初三日，在演武场挑选骁将。无论军民人等，有膂力出众，技艺超群者，准当场演武，一体录用。这道诏命一下，一个个磨拳擦掌，准备当场角胜。那一班讥刺陈音五人的，聚在一处商议道：“我们自家人，不必争强夺胜，只与他们比较。务要使他们一个一个当场出丑，才不失我们的锐气。”众人称是。陈音五人见了这道诏命，聚齐众人道：“范大夫因众人不服，替我们打的主意。我们当得步步留心，占着上风，方不辜负范大夫的用心。”众人称是。却好利颖已回来对众人道：“宁大夫着我来关照众位，比武之际，只可取胜，不可恃勇杀伤，恐致激怒，反而不便。”陈音五人齐应道：“我们体会得。”利颖道：“到了初三日，我也要去观场，寻个弱的来臊皮臊皮，也是快活。”只有蒙杰心中烦躁道：“他们既不相容，我自回齐国去，要这官来何用？”陈音道：“贤弟千万生心不得，我们骤然超拔，怪不得众人。”大家劝说了一会，蒙杰才罢了。利颖别去。

到了初二日，已将演武场打扫得干干净净，座帐、将台、战场、箭道，一一收拾齐整。初三日，天尚未晓，执事的人便去悬锣，架鼓，设垛，扯旗。正厅上，设了公案，插上令箭，旗牌，摆列朱墨笔砚，当中竖起一杆红旗。将台上，竖起一杆白旗，临风招展，呼呼有声。刀枪架上，安放着十八般军器。座帐后面，一片空地，钉了无数的系马桩。果然布置得十分严肃。应试的人陆续到来，不但越国的武将，人人想来角胜，就是江湖上的散人，草野间的豪士，并有外国的游客，都想到此当场出色。至于看热闹的，挨挨挤挤，真个人山人海，黑鸦鸦圈着围场，异常嘈杂。

陈音五人都披挂整齐，带了军器，走到帐后，系好了马，那班忌刻的人，见了指指点点，交头接耳，大有鼻嗤目笑之状。陈音恐蒙杰、司马彪发作，暗暗禁止，只当不见。到了卯牌时候，远远的声音嘹亮。众人哄道：“大王来矣。”少时旌旗仪仗，挨次而来，场中奏起军乐，四匹骏马，金鞍玉勒，拖着宝辇，越王端坐在内。武夫前导，内侍后随，大夫范蠡、文种，元帅诸稽郢，大将畴无余、泄庸等，随驾而至。直到帐里，换了戎衣，鼓乐齐鸣。越王升座，文武大臣两旁侍坐，以下雁翅般两列排齐。畴无余立在将台，场里场外，肃静无哗。鼓乐声止，越王昭告大众道：

“寡人不德，辱吴两年。上承天宠，得归故土。仇深耻重，夙夜在心。窃念际此群雄竞争之秋，非战无以立国，深恐奇技异能，屈在草野，无由自效，特从左右诸臣之请，开场演武。无论军民人等，有能当场胜众者，寡人不惜高爵厚禄，破格超升。其各勉旃，无负孤望。至于刀枪来往，不死即伤，生死听之，寡人不罪。”

告毕，帐右隆咚咚击起鼓来，三通鼓罢，将台上吹起军号，麾动白旗。一个武官手擎着令箭，立在正厅，高叫道：“开演。”此时来演武的人，都上了马。陈音等五人齐在左队，勒马观看。传令方毕，忽见左队中一骑马跑到垓心，那人生得白面微须，全身披挂，手执大刀，勒马大叫道：“俺单辅在此，谁来比试？”右队中跑出一骑，那人生得豹头燕颌，手执水磨竹节鞭，大喝道：“某来也！”单辅认得是夏奎，见他一鞭盖下，即横刀招架，还刀挑进。夏奎急掣转鞭梢一挡，将刀碰开。战到五六个回合，夏奎一鞭将单辅打落马下。单辅满脸羞惭，爬起来，牵马退下。右队中一人大叫道：“夏奎休得逞强！认得俺薛耀德么？”话声未了，已到垓心。夏奎并不答话，挥鞭接战，薛耀德举枪相迎，翻翻滚滚，战了十余合。忽听一声大喝：“去罢！”众人看时，夏奎滚下马来。两边喝了一声采。众人见薛耀德生得面阔额宽，腰圆膀细，煞是威风。右队中冲出一骑，并不答话，挺戈便斗。陈音一看，见是利颖，皱着眉对卫英道：“利大哥不是敌手。”卫英点头。果然不到十合，被薛耀德一枪挑入肋下，将战袍挑去一大块。利颖大惊，拨马而回。左队中冲出一骑，与薛耀德交手，不到三合，也败下阵来。薛耀德连败七将，勒马垓心，好不高兴。雍洛实在忍耐不住，挥起熟铜棍，骤马而出，厉声喝道：“某来擒你！”一棍扫去，薛耀德举枪相还。二人大战三十余合，原来薛耀德武艺不在雍洛之下，只因战了多人，气力乏了，手略一松，被雍洛一棍，点到心窝。薛耀德哎哟一声，拨马而逃。右队中一人咆哮而出，大叫道：“匹夫休狂，着家伙！”哗的一矛，抛梭般递到。雍洛把棍撇开，用个猛火烧天势，滚将进去。那人将矛一卷，将棍弹开，唬唬唬一连几矛，杀得雍洛手忙脚乱。司马彪见了，把马一拍，骤上前去叫道：“雍大哥且退，小弟来也！”雍洛掉转马头，退入左队。喘息着，见司马彪把双鞭一起一落，舞得呼呼风响，那人一支矛也是左飞右舞，狠命相斗。陈音见那人武艺不弱，悄悄问挨身的人，知是司晨皋如之弟，名叫皋锷。两人龙争虎斗，大战七十余合，两面喝采声不断。忽见司马彪鞭影一闪，喝声着，皋锷丢了矛，拍马逃去。司马彪大叫道：“不怕死的快来！”左队中恼了一人，摆动八棱金锤，跃马而出，大喝道：“侥幸一胜，何足道哉？”一锤打来，司马彪举鞭相还。一个两锤打来如流星赶月，一个双鞭到处如落叶飘风，酣杀约一百个回合，不分胜败。蒙杰恐司马彪力乏，舞动九环刀，撞上前去，大叫道：“彪哥稍歇。”便把刀从中划入。那人大叫道：“你两个一起来，我里璜惧你的，不算好汉！”司马彪那里肯退，无奈蒙杰已经同里璜交手，只得怏怏退下，对陈音道：“再得二三十合那厮就要败了。”陈音点首，两只眼睛望着二人厮杀。见蒙杰展开刀，好似瑞雪飘飘，梨花点点，滚作一团。约略五六十合，二人中一人落马。正是：

英雄且慢夸无敌，胜负相当猝不分。

不知是谁落马，且看下回分解。

第三十五回

试弩弓陈音显绝艺　叩剑术卫茜阐微机

话说陈音见蒙杰大战里璜，正在出神。忽见两人中一人落马，吃了一惊。定睛看时，却是里璜被蒙杰的刀尖划开臂上的层甲，吃了一惊，手便慢了，蒙杰一刀杆，将他敲下马去。里璜爬起，拾起金锤，含羞牵马而退。蒙杰勒马退归本队。本队中突出一骑，拦住道：“我与你见个高低。”蒙杰见那人生得黑面有光，黄须倒卷，身上无甲，只穿一件短衣，十分破烂，头上无盔，只扎一块青布，跨下一匹黄色劣马，手中一杆虎头錾金枪，腰悬一条紫铜锏。蒙杰哪里把他看在眼里？便转到当场，横刀以待。那人把虎头枪一摆，劈面刺来。蒙杰把刀隔开，乘势滚进，横砍直劈。那人一支枪，左盘右旋，也是神出鬼没，直战到一百余合，两旁的人都看呆了。那人忽然把枪一掩，把马一夹，败下阵去。蒙杰杀得高兴，那里肯舍？骤马追下，恰恰马头连着马尾，蒙杰扬起九环刀，照脑后砍去。那人霍地掉转身，左手持枪，隔开刀锋，右手耍的一锏，打中蒙杰左肩。蒙杰负痛而退。

卫英见了，只气得眉竖眼睁，刚跑出队，见右队中一人，声如巨雷，大吼道：“胥弥在此，快来领死！”众人认得是胥犴之子，齐声喝采。胥弥手握蘸金斧，飞奔而来。那人不慌不忙把虎头枪一弹，枪尖起花，直扑胥弥的咽喉。胥弥并不招架，头一偏恰恰躲过，蘸金斧已横腰扫来，喝声“着！”那人并不收回枪头，只把枪的尾梢一拨，拨开一边。胥弥性起，挥斧恶战。那人舞枪相迎，斧头到处，山岳立倾，枪影飞来，蛟龙远避。二人命拼性赌，百合以外，毫无上下。不但两边的人喝彩不绝，就是越王，也是连连地点头。那人战胥弥不下，心生一计，把马一兜，跳出圈外，向空地跑去。胥弥扬起金蘸斧，拍马追下，看看追近，双手举斧，劈头盖下。那人陡地把马一勒，闪身躲过，胥弥连人带斧，扑到那人怀中。那人轻舒猿臂，把胥弥摘离雕鞍，向地下一掷，只跌得面肿血流。四围齐声喝彩，胥弥挣起，拾斧归队，那马自有人带住。卫英方欲出马，右队又跑出一人，挥戈便战，被那人一连几枪，杀得盔歪甲散，败回本队。那人一口气直杀败左右两队一十八人，喝彩之声，上下哄成一片。

陈音叹道：“好勇将！”卫英按捺不住，手挟双戟，拍马向前。那人见了，劈面就是一枪。卫英把戟一架，道：“且慢。”那人道：“有何话说？”卫英道：“你连战十八人，想来气力乏了，赢了你，也不算本事。”那人笑道：“我与你战三百合，怯战的非丈夫。”说着，一枪刺来。卫英大怒，把戟往下一叉。那人不肯着手，把枪收回，一个乌龙探爪势，向卫英左肋下飞来。卫英左手的戟，向那枪杆一搅，碰开尺余；右手的戟早已风车般快，直扑那人的肩窝。那人肩窝一闪，恰从戟尖闪过，把枪舞得腾云掣电相似，一手紧一手。卫英急把双戟展开，恰如两条蛟龙，摇头摆尾，搅成一片。二人战四十余合，忽见司令官手掌令箭，跑到垓心，大叫道：“大王有令，二位且慢。”二人听了，霍地把马纵开，停住手，跳下马来，把枪戟插在地下，系好了马，随着司令官走到厅前叩头。越王问那人道：“尔姓甚名谁？哪国人氏？”那人道：“小人曹渊，本籍秦邦，寄居吴国，颇有家私。不料近年来，家中人口相继死亡，家财耗尽，在外飘零。”说着眼中滴下泪来。越王道：“你既有这般本事，何愁不能显达？为甚弄得这样难堪？”曹渊道：“要显达，非钱不行，本事全无用处。”越王点头叹息，命人取了一副细鳞熟铜铠，一顶撒缨烂银盔，一根镀金勒甲带，一双黄皮衬底靴，吩咐二人起来，着曹渊到帐后结束。少时好了，出来叩谢，司令官手擎令箭，传令复战。二人得令转身就走。越王又叫道：“且慢。”二人转身，重行跪下。越王道：“你二人的马，想也乏了。可一并换过。”二人谢过，便有人从帐后牵出两匹战书，鞍镫俱全。二人正要上马，越王道：“且慢。孤看你二人气概，都是虎将。孤王正需人之际，唯恐二虎相争，必有一伤。若就此不战，又不足以服众人之心。你二人只可争强斗胜，不可有伤性命。违孤旨意，虽胜不录。”二人领诺。越王便命就此上马，二人扳鞍而上。曹渊装束一番，方显出英雄气象，合场的人无不称赞。

到了原处，曹渊抽起枪，卫英抽起戟，那两匹马自有人牵过。卫英因蒙杰为曹渊所伤，含着愤恨。曹渊因越王加恩赏赐，整起精神。二人枪戟并举，重战起来。真是两条龙溦水，一对虎争餐。越王又命人击鼓助战，只杀得阵云乱卷，杀气腾空。直战到二百余合，难定输赢。四围喝彩之声，轰雷一般。越王也立起身来，看得呆了。将台上也大叫：“好斗！”到底卫英本事，另有秘传。两支戟出神入化，愈战愈紧。曹渊觉得有些招架不来，深恐败于卫英之手，失了光彩，又战了二十余合，把虎头枪向外一吐，荡出空隙，勒马便走。卫英知道他必有计，笑道：“怕你不算好汉。”骤马追去。八个马蹄，翻盏撒钹般在草地里紧凑相逐。曹渊见卫英赶近，暗取铜锏在手，把缰绳一抖，忽的闪在旁边，卫英的马，一直突过前头。曹渊满心欢喜，挥起铜锏，觑得亲切，向卫英背心打去，喝声“着！”卫英却早防备，趁鞭未下，忽的弃了右手的戟，扭转身躯，伸手正接个正着。冷不防夺锏在手，呼的一声，向曹渊打去。说时迟，那时快，曹渊只得把头一偏，将台上却镗镗地鸣起金来，挥动白旗。卫英只得收手，吓得曹渊一身冷汗。此时人山人海，喝彩之声，直是惊天动地。越王立在那里，也是摇头叫险。二人见鸣金止战，一起跳下马。卫英拾了戟，牵着马，上厅跪下。越王见卫英英勇绝伦，再三称赞，赏了一副黄金盔甲，立时升为大将，为诸稽郢之佐，曹渊也封为列将，两匹马就赏了二人，二人叩头谢恩退下。曹渊心服卫英，便随卫英来与陈音等相见。赵王又传胥弥、蒙杰、里璜、司马彪、薛耀德、雍洛、皋锷等上厅，各有赏赐。众人叩谢下来。越王暂时退帐，用些茶点。

驾到箭棚，演试弓箭。二百四十步设一箭垛，涂了三个红心。众人报名，挨次而射。有中一箭的，有中两箭的，甚至有一箭不中的，只有胥弥、薛耀德、蒙杰、司马彪连中三箭。卫英来射时，请将箭垛移至三百二十步，一连三箭，俱透红心。鼓声不绝，众人喝彩。曹渊挟弓而上，正要放箭，忽见空中一群飞鸟，联翩斜掠而过，一声高喝："我射活的！"嗖的一箭，当头一鸟，应弦而落。看的人齐声叫好。越王方悦，卫英上前道："臣能一箭双贯。"随即搭上箭，拽满了，左手上扬，右手撤直，喝声"着！"弦声响过，果然双鸟贯胸，带箭落下。喝彩之声，如雷贯耳。越王对着文武道："楚之养由基，不过如是。"群臣称贺，二人退下。陈音带了臂弓，叩请道："臣闻楚之潘党，力穿七扎。臣之弓力，可穿十扎。"越王即命人取了十副铠甲，架在三百二十步。此时看的人都纷纷私议道："铠甲十扎，要想一箭穿透，只怕未必。"话声未了，呼的弩声一响，一支箭直透出十扎之外。惊得众人目瞪口呆，连彩也喝不出。共是三支箭，支支透过。越王大喜道："任是铜墙铁壁，何愁不摧？"陈音复奏道："弩箭所至，兽不及走，鸟不走飞。请大王面试。"越王道："演武场中，何来鸟兽？"恰巧，一双皂雕横空而起，陈音当的一箭，喝道："穿它左翼！"皂雕带箭坠于场外里许。有人飞奔去拾来呈上，越王一看，果然左翼洞穿，大加赞赏。左右两队的人，莫不惊服，哪一个还敢上箭比射？越王颁了赏赐，大奏军乐，上了宝辇，文武拥护回宫。

陈音约了曹渊，到了家中。此时陈音另有住宅，甚是宽敞，服役的人也很多。置酒款待，利颖在座，便把那年盗马的事说了。大家狂笑，曹渊也笑了一笑。陈音道："曹大哥的尊眷可在此地？"曹渊道："流落此地，于今三年矣。"陈音道："敝处房屋尚多，不多移来暂住，再图奠居。"曹渊生性直爽，起身称谢。陈音命人同着曹渊去接。曹渊一妻二子，还有一个女儿，名叫素蕙，现年二十三岁，十分娇艳。韩氏娘子甚是喜爱。

陈音数人日日各勤职守，尽心教练。忽听吴王杀了伍子胥，越王大喜，便与范蠡、文种，谋伐吴国。文种道："子胥虽死，吴兵尚强。我国受吴大败，军心久怯，士气不扬，须杀三牲以告天地，杀龙蛇以祀川岳。一则天地呵护，川岳效灵；二则宣示杀气，振作兵心。"越王道："三牲自是易事，要杀龙蛇，却是万难。"文种道："落雁山中，有一毒蛇，屡害行人。赤沙湖里，有一孽龙，叠着妖异。大王诏示群臣，自有能人应命。"越王准奏，颁发一道诏命：有能斩除毒蛇孽龙者，不次升用。诏命一下，就有许多人分头任事，或是明攻，或是暗取。无奈那龙蛇，都是千百年的妖物，不但于它毫无损伤，反丢了多人性命。转把龙蛇触恼了，落雁山一带，被那毒蛇噬人畜，践禾苗，蹂躏殆遍；赤沙湖一带，被那孽龙掀波涌浪，周围四五十里，通成泽国，一片汪洋，水势有增无减。

越王心中十分着急。陈音此时，同了宁毅，向范蠡称扬卫茜的本事，若蒙大王赦其小罪，责以大任，必能尽除孽怪。如不见效，甘与同罚。范蠡允了，对越王奏道："大王平日忧虑吴国莫邪之剑，吴鸿扈稽之钩，不能抵御。今又龙蛇为害，百计难除。臣近闻南林有一处女，姓卫名茜，就是大将卫英之妹。此人精通剑术，随身有一盘螭剑，即黄帝时的曳影，剑锋指处，无物可当。伏乞大王宣请前来，教练剑术，何患钩剑不敌，龙蛇不除耶？"越王道："卫英之妹既有如此异能，何不早奏？"范蠡奏到："只因曾在西鄙，挟祖父之仇，激杀杨禄第一家。大王曾有榜文，四处缉拿，因此不敢冒昧呈请。现今龙蛇为患，势甚披猖。卫英、陈音等向臣柬请，如卫茜到来，不能收服，甘与同罪。臣念杀死杨禄第是激于亲仇，事虽不合，情尚可原。当此用人之际，伏恳施恩，赦其小罪，俾得效力，责以大功，社稷之福。不然，卫茜既抱奇异之才，若是逼仰太甚，恐一旦为敌国所用，复患何堪设想！”越王沉吟一会，道：“才固难求，法亦当立。若招来之后，仍是无效，将如之何？”范蠡奏道：“任而不效，按律治罪，彼亦无怨。”越王允奏，先传了一道赦书，后备了一道宣诏，命牙将武伦捧诏，往南林宣请。陈音、卫英同写了一封书，派一妥人，开了居址，同武伦前往。不一日，到了南林，寻着卫茜，把诏旨书信呈递。卫茜见了，心中感悦，即随武伦动身。

武伦二人坐车，卫茜骑驴，行经山阴道上，两旁竹影横斜，浓翠欲滴，薰风习习，爽气扑人。突见一个白发老翁，趋至驴前，拱手道：“来者可是南林卫茜？”卫茜见了老翁生得清奇，问得突兀，应道：“正是。”随即跳下驴来道：“老翁有何见教？”老翁含笑道：“有何奇技异能，敢应越王之聘？特来请试。”卫茜道：“小小技能，何敢自夸奇异？老翁既欲赐教，但凭尊便。”老翁随手向竹林中挽取竹枝，如摘腐草一般，意欲来刺卫茜。所折竹枝还未坠地，卫茜早将竹梢折在手中，向老翁咽喉刺去。老翁大吃一惊，措手不及，丢了竹枝，将身一纵，飞在一株大树上，指着卫茜道：“你在崆峒山时，日日逐杀我的子孙。下山之日，满拟报仇，恨未得手。今日又几为你所伤，眼见此仇难报，容再后会。”说罢，化为白猿，长啸一声而去，转眼已不见了。后来蜀汉周群游岷山采药，见白猿从绝峰而下，对面挺立。周群抽身上佩刀，向白猿砍去，白猿化为老翁，手中执一玉版，长有八寸，递与周群。上皆图纬历数之术，自云生时不知年月，轩辕时始学历数。黄帝之史容成风后，皆其学徒。周群后来历术日精，皆出自白猿所授。当时卫茜听了白猿之言，知是初到崆峒山学习剑术之时，紫霞、赤电日日引去逐刺猿猴，将及一年，算来所伤不少，心中才明白下山时所遇的老妇，是白猿所化。此时武伦见了，好不惊异。卫茜上了驴儿，一同起行。武伦于一路之上，奉为神明，丝毫不敢怠慢。进了都城。武伦自去复诏，卫茜径到卫英府中候宜。兄妹相见，喜庆自不必说。陈音等都来聚叙，十分高兴。

次晨，越王传宣卫茜上殿，两旁文武侍立。卫茜拜舞毕，谢了赦罪之恩，俯伏在地。越王命卫茜起立，见卫茜生得蛾眉犀齿，琼鼻脂肤，袅袅婷婷，异常娇艳，却不信有偌大的本领，赐了座位，问道："剑术之道若何？"卫茜道："其道甚微而易，其意甚幽而深。道有门户，亦有阴阳，开门闭户，阴衰阳兴。凡手战之道，内实精神，外示安佚，见之如好女，夺之如虎。布形候气，与神俱往。杳之若日，偏如腾兔。追形逐影，光若仿佛。呼吸往来，不及法楚。纵横顺逆，目不及瞬。闻斯道者，一人当百，百人当万。王若不信，愿请试之。"越王听了，半信半疑，随即传集勇士百人，就在丹阶之下，各持长枪大戟，当殿演试。卫茜立起身，缓步下阶。众勇士一声口号，腾步向前，四围枪戟，麻木般向卫茜攒来。不但两旁文武替卫茜担惊，就是陈音等深知卫茜的本领，此时却是一双空手，心中也替卫茜捏一把汗。却见卫茜不慌不忙，伸手如神龙探爪，腾步似猛虎翻身，顷刻之间，连夺三五十支枪戟，纷纷掷于地下。越王狂喜，急命勇士各退。两旁文武，惊得瞠目结舌。陈音等也是心悦诚服。卫茜却面不改色，气不略喘，从从容容，升阶而上。复命坐下，越王即加卫茜之号，名曰越女。意是此女唯越独有，以夸显异也。即时传诏，委卫茜斩除孽龙毒蛇，军士听便调用。卫茜领命，起身叩谢，越王退朝。

卫茜同卫英约齐陈音、曹渊、司马彪、蒙杰、雍洛，齐到府中，探问孽龙毒蛇之事。雍洛道："我曾随着那班人去过的。毒蛇是亲眼见过，粗有十围，其长难以尺计。头生一个红肉角，浑身黑白两色，错杂成斑。刀箭着身，毫不知痛。吐信之时，毒气直射，人若触之，立时昏倒。穴在落雁峰下，两头皆通。那孽龙却不曾见得清晰，前次那班人去撩拨它时，只见波涛矗立，水头隐隐有一黑凛凛的物件，摇头摆尾，涛吼如雷，浪翻似墨，眨眼之间，周围十余里，通被水淹。近来直淹了四五十里。”众人听了，莫不以为怪异。”陈音道：“姑娘想来，可能制服得住它？”卫茜道：“这两样东西不过是两间乖戾之气所生，却不是什么灵物，曾经修炼得道，沉郁多年，一朝发泄，便要蹂躏土地，陷害人民。文大夫说要杀来祀川岳，以宣杀气而振军心，不为无理。谅这两个蠢恶之物，不难除它。”正是：

禹王昔日曾驱放，越女今朝尽斩除。

不知卫茜如何除以二毒，且看下回分解。

第三十六回

泄龙精村妇贪重赏　治蛇毒唐懿传妙方

话说卫茜领了越王之命，斩除龙蛇，问了备细，便邀陈音、蒙杰、司马彪、雍洛，同哥哥卫英，带了五百名军士，先到赤沙湖，离湖五里择地扎住。当下众人沿湖巡查一周，果然一片汪洋，水势有涨无退。转回住所，卫茜道："看此情形，人多无用。只须陈伯伯同雍叔，连我三人，足矣。哥哥带着众人，只要鸣金擂鼓，摇旗呐喊，略助声威便了。"陈音道："一任姑娘调度。"卫茜道："哥哥有青棱剑一口，是我下山师傅所赐之物，曾敌白猿。陈伯伯仗此宝剑，泅下湖去，寻着孽龙，与它争斗，引至近岸，我自诛它。雍叔架一只小船，四围照应，以防不虞。"二人依了。

到了次日，陈音穿了水靠，仗了卫英的青棱剑，坐在船中。雍洛撑到湖心，陈音跳下湖去，四下张望，果然一个深潭里，盘着一条乌龙，昂着头，摆摇不定。陈音抢上前去，举起青棱剑，劈头便砍。那条孽龙霍地把头一伸，尾梢一摆，立时浪涌如山，直向陈音掀来。陈音一剑砍了个空，见浪头来得厉害，不敢抵抗，只得回身便跑。哪知孽龙见陈音跑去，并不追赶，仍旧盘着不动。陈音回头不见孽龙追来，暗想道："我不如从它的后面近身。想定主意，便一个大转弯，绕到孽龙身后，悄悄走近前去。见那孽龙的尾梢，不住地摇动，便举起青棱剑，横向尾梢剁去。果然仙家的宝物，一股青气直将尾梢截断二尺余长，血流不止。孽龙负疼，一掉身对着陈音扑来。陈音见来势凶猛，不敢迎敌，拔步便跑。孽龙紧紧追赶，势如放箭。若不是陈音水性精通，万难逃脱。陈音用全力向上一钻，透出水面。说也奇巧，恰恰在雍洛的船头，一跃上船。雍洛极力向卫茜立处撑去。孽龙离船不过一丈之远，张牙舞爪，飞奔赶来。波涛随着孽龙涌起，声如雷霆。

卫茜骑着黑驴，立在那里，看着陈音上了船，孽龙随后，势甚危急，正在着忙，那波涛滚滚而来，一瞥眼已到面前。卫茜却待退让，哪晓得波涛到了面前，便嘣的一响，退了转去。卫茜蓦然记起师傅说过，此驴入火不烧，逢水不溺，我何不凑上前去？急把驴儿一催，果然水向两边分开，恰恰让过小船，孽龙扑到面前，卫茜举起盘螭剑迎面挥去。孽龙探出一只前爪，来抢宝剑。哪晓得盘螭剑的厉害，白光一旋，把龙爪剁下。孽龙痛得厉害，身子一掉，波涛排山般涌起，把一只小船荡翻，陈音二人齐坠湖中。孽龙钻入湖中，霎时波平浪静。卫茜握着剑，呆呆望着湖里。陈音二人一起泝上岸来摇头道："好厉害！"卫茜道："孽龙被我剁了一爪，大约就在近处，陈伯伯可去寻了上来。"陈音听了，与雍洛泅入水中，须臾寻了上来，鲜血淋漓，足有水桶粗细。卫茜道："这孽障若是不出水面，就难制了。"陈音道："我再下去，撩它上来。"此时金鼓齐鸣，与呐喊之声，仍然未绝。陈音探手向着众人摆了几摆，住了声息。雍洛已将小船拖起，把龙爪放在船上。陈音坐了船，仍到湖心，跳下水去，走到原处。哪有那孽龙的影子？四下里往来寻找，毫无踪迹。约摸一个时辰，泝到岸边，对卫茜说了，好生诧异。卫茜道："既无形影，留此无益，且回住所，再作商量。"雍洛已跳上岸，系好了船，抱了龙爪，大家转回住所。卫英等已回，看了龙爪，人人吐舌。陈音说了寻无形影的话，一起纳闷起来，七嘴八舌，打了若干主意，毫不得用。

过了两大，且喜湖水定了，不往前涨，却不肯退。卫茜道：“湖水不退，孽障还在湖中无疑。如何想个好法，引它出来才好。”忽见曹渊拍掌道：“我有一计了。”众人忙问：“何计？”曹渊道：“龙性极淫，须得三五个壮大的村妇，赤身裸体，各坐一小船，不论昼夜，在湖心来往游荡。溲溺姅水，流在湖中，孽龙定然上来，与妇人交媾。元精一泄，制之不难。”众人齐声称妙。陈音道：“哪里去寻这些妇人？”卫茜道：“他们周围一带的居民，被这孽障扰害得人畜房地糟踏不少，岂有不寒心的吗？我们悬下重赏，寻着本地的乡老，叫他们自去预备。他们一则要除本地的巨害，二则要贪我们的重赏，想来断无做不到的事。”众人一想不错，便悬了二百金的重赏。不过三日，就有乡老寻了四个极壮极肥的村妇来。一个个蓬头粗服，见了人，全然不晓得羞耻。用了四条小船，把四个妇人分装在船上。且喜是七月天气，十分炎热，妇人赤身裸体，卧在当中。每人一面红旗，一个旗花，只待孽龙精泄，日举红旗，夜放旗花为号。交待清楚，日夜在湖心游荡。卫茜、陈音、雍洛各人另坐一般，紧紧不离。

且说孽龙被陈音断了尾梢，被卫茜剁了前爪，负了重伤，不敢出头，把身子缩来，同小蛇一般伏在崖穴里养伤，所以陈音寻抓不见。过了几天，伤痕略愈，便时时有这些污秽气味冲到鼻里，动了淫兴。不时潜到水面游弋，嗅那股腥臊之气。一日傍晚，孽龙一听水面上清清静静，毫无声响。看官，龙既无耳，所以聋字，从龙从耳，如何能听？原来龙听以角，与马听以目一样，读者须知。孽龙便冒出水面，恰好一只小船，凑在面前。孽龙便腾身上船，伏在妇人身上，淫荡起来。约有一个时辰，卧着的妇人，放起旗花。卫茜在前，陈音在后，鼓棹近前。孽龙正要腾身下水，被卫茜一剑劈去，砍下头来。陈音在后面，拦腰一剑，劈成两段。霎时之间，身体粗大如前，不似在妇人身上的小蛇样子，真也奇异。见那妇人已是面黄身瘫，四肢不动。急叫人把被盖好，余者都穿上衣服，一并送上岸去。几段龙身，拖在岸上。那湖水便挨次退落。陈音另外取了五十两银子，赏与受伤的妇人，遣发去了。卫茜带领众人，回朝缴旨，越王大悦，赏赐有差。

略歇数日，卫茜领了众人，到了落雁峰，四围巡查过，定了一个主意，同陈音商议道："地方辽阔，去寻毒蛇，岂不费事？我的主意，四围放火，把山一烧，那蛇便藏身不住，出来时除它，何等省力？"陈音称妙，吩咐五百名军士，四面堆积枯柴，洒满硫磺焰硝，加些鱼油，约定时辰，四面一起放火。卫英、曹渊在西，陈音、雍洛在南，蒙杰、司马彪在北，卫茜一人在东。顷刻之间，火热飞腾，毕毕剥剥，黑烟腾空，火星乱落，十分猛烈。蒙杰、司马彪正在瞭望，忽然火光对面飞来，箭射一般，躲避不及。蒙杰脚步快，一口气跑开五六里，虽然头面受伤，却无大碍，已是捧着脸，蹲在地上，哼声不止。司马彪逃跑不及，烧得焦头烂额，倒在地下。众军士跑脱者，不过十之二三，余者概被烧伤。卫茜听得人声嘈杂，急急把驴儿一磁，跑到北面来。火势正往前进，卫茜迎将上去，见火光中隐隐一条大蟒，对火吐信，急骤而来。且喜火到了驴儿面前，便都退转。卫茜见师傅之言都验，乘势迎着火光，一冲向前。驴儿昂起头，长叫一声，展开四蹄，比箭还快。火势倒退，一条黑白斑纹的大蟒，头生红肉角，身体与毒龙不差粗细，对面扑来。卫茜一剑刺去，毒蛇吐出信来，与剑锋相敌，宛转相交，不能伤它。原来蛇信上有一股毒气，经数百年凝练而成，无论金铁，迎着便化。且喜盘螭剑是个神物，不能伤损分毫，只刚刚敌个住。相斗许久，卫英、陈音两处得了消息，一起奔来。卫英仗剑相助，二件神器，蛇信招架不来，一掉身向南纵去。卫茜兄妹随后追去，驴快脚慢。卫茜追了二三里，忽见毒蛇向丛树钻了进去，四面寻了一会，不见下落。卫英赶到，又四下仔细寻觅，哪里有点踪迹？只得转回。

遇着陈音说了，约齐众人，转到住所。见蒙杰、司马彪呻唤不止，司马彪伤痕尤重，命在垂危。许多军士，轻重不等，众人心中十分难过。陈音道："不如写了招贴，命人四处发贴。如有人能医此病，从重相谢。或有人来此医治，亦未可知。"卫茜一想，不能坐视其死，只得知此，或有一线之望。便叫人多写招贴，四处去贴了。不到半日，果然有一个老翁，葛巾野服，拄杖而来。卫茜迎接坐下，正要问他姓名，老翁道："此时不暇闲谈，且去看病要紧。"卫茜便同老翁去至蒙杰二人床前。老翁详细看了伤痕，指着蒙杰道："此人伤轻，容易医治。"指着司马彪道："此人伤势极重，再迟两日性命休矣。"又看了军士，随即取了笔墨开方。蒙杰的先用真桐油敷之，敷后加食盐少许，再用生大黄研末掺上，外用新汲水调香白芷末一片灌之。司马彪的是用蚯蚓数十条，加白糖拌入，用碗盖之，少时即化为水，搽之，再用两刀在水内相磨取水饮之。军士通用此水。开毕，一面命人去置办，一面留老翁点茶相待。叩其名姓，老翁道："老汉姓唐名懿。"陈音失惊道："老先生可是昔年做过西鄙关尹的唐长官吗？"唐懿也失惊道："尊官如何认得老汉？"陈音大喜，即对卫英、卫茜道："这就是当日因诸伦那厮夺剑，替你令祖不平，与吴人力争不遂，挂冠而走的唐长官。"兄妹二人听了，急急离席叩头称谢，慌得唐懿手足无措，立起身道："二位是谁？老汉断不敢当。"二人叩头起来，陈音方把二人的姓名说出，又把以前一切事说个详细。卫茜取出宝剑，递给唐懿看道："我阿公丢命，就是为的此剑。"说着，与卫英都流泪不止。唐懿甚是感叹，把剑看了一回，给还卫茜。大家坐下，唐懿道："且喜大仇已报，神器已归。今又为国宣力，将来为国雪耻，竹帛记勋，名垂万世，令祖九泉也自含笑。"卫英兄妹逊谢几句。陈音道："长官为何在此？"唐懿叹口气道："老汉挂冠之后，见时事如此，宦情已淡，自知庸碌无能，不能替国家争得分毫之气，徒虚糜朝廷厚禄。每一念及，浃背汗流，因此挈家到此，守着几亩薄田，督耕自给，不时为儿辈课读。虽有时想着国事，寝食不安，到了此时，只好付之无可如何而已。"卫英道："长官几位公子？"唐懿道："一个犬子，今年二十五岁，虽略略懂些，却不是个有用之材。有一弱女，今年十六岁，名叫翠娟。"卫茜道："这是长官自谦，公子谅来必是不凡。贵宅离此多远？何不请来相见？"唐懿道："归时再叫他来与诸君候教。"军士搬酒上食，大家入座畅谈。卫茜提及毒蛇一事，唐懿道：“此地被这孽畜扰害得人民逃散，土地荒芜。若蒙诸位除得此害，造福不浅。”卫茜把今日的事说了，唐懿道：“不必寻它。这孽畜每日巳时两刻，必然出来，垂头在山南溪涧里吸水。只见半截身子，半截盘在树林里。只要想个好法子制它，何愁它不出来？”众人听了大喜。又饮了几杯，曹渊走来道：“老先生真神医也。”众人问道：“如何？”曹渊道：“照着老先生的方子，先敷了复灌药，不过片刻，都止了呻唤，朦胧睡着。不是老先生妙手回春，焉能有此神效？”众人称谢，心都稳了。唐懿起身称谢道：“老汉厚扰了，暂时归去，明日再携小儿同来。一则诊视病症，二则着小儿领候众位的大教。”众人起身相送去了。

转身来，卫茜对陈音道：“既是这孽畜天天要赴溪吸水，我心中想了一个主意，与陈伯伯商量。”陈音道：“有何妙计？”卫茜道：“陈伯伯将弩弓端整好，箭头上多涂毒药，埋伏在两旁。俟孽畜出来，一起施放。我立在它进去的要路上，迎击它的头。我哥哥去暗击它的尾，再叫曹叔击它的腰。它首尾不能相应，且受了弩伤，断然无力相斗，谅来可以得手。”陈音道：“大妙，大妙！就照此而行。”大家先去看了，蒙杰二人果然睡得沉静，伤痕也轻缓许多，把心放下。陈音自去安排弩弓，煎了浓浓的毒药，涂抹得厚厚的。到了次日卯时，大家便悄悄至山南左近瞭望。到了辰正，果然那条毒蛇伸出林来，垂头在溪涧里吸水，吸得渍渍有声。直到巳正，方昂起头来，望空南向，吐了一回信，方慢慢地缩了进去。众人看得真切，心中大喜，转来大家准备。却好唐懿带了公子到来，众人迎接。唐懿指着公子道：“小犬必振特来与诸位大人请教，众人齐称不敢，见唐必振生得温厚儒雅，举止大方，十分敬爱，招呼坐下。唐必振侍立在父亲身旁，不肯就坐，众人极力相强，方从权侧坐了。唐懿去看二人的伤痕，都能起身称谢，蒙杰脸上已经结疤。唐懿嘱咐不可轻动，又与司马彪开了一方，用嫩叶黄荆捣法敷之。又看了军士，转到客座，见儿子与众人谈得高兴，不觉喜形于色。众人让坐，陈音道：“适才卫氏兄妹之意，要约公子一同至都，稍酬长官从前顾恤之恩，万祈勿却。”唐懿掀髯笑道：“犬子得随诸位左右，老汉求之不得，焉有推却之理？至于西鄙之事，老汉不但与令兄妹无些须关涉，就是令祖也与我无一面之识，顾恤不敢言，何敢言恩？身受国家职任，自应替国家尽心。老汉当时只行我心之所安，于民无枉，斯于君无愧己志。不行，不去，何待？这就是老汉的本心。不想倒结识了诸位，也是老汉意外之幸。”众人听唐懿说得光明正大，甚是钦敬。大家开怀畅饮，饮毕约定日期，唐懿带了唐必振回家。

陈音去看蒙杰二人，把安排的计说了。蒙杰道：“我要去亲手把这孽畜剁成肉泥，方泄我胸中之气。”陈音止住道：“千万不可，唐长官言过，十日之内不可受风，千万保重身体，不可轻动。”蒙杰只得罢了。又与司马彪说了几句，方出来挑选健汉，乘着夜黑，把弩弓安顿好了。到了次日，仍是卯时就去，卫茜兄妹与曹渊三人，各寻了地段，隐身等候。一到辰正，毒蛇蜿蜒而出。由卫茜三人面前，一节一节地过去，好一会方不见动。陈音见毒蛇垂下头去，一声梆子响，弩弓齐发，攒在毒蛇身上如刺猬一般。毒蛇初时扬起头来，两面吐信，似瞭望的光景。霎时毒发，突地把身子一起向溪水里钻去。卫英正待下手，忽见蛇尾刷的一声，就不见了，吃了一惊。正是：

击首不妨翻击尾，毒物还须以毒攻。

欲知毒蛇如何斩除，且看下回分解。

第三十七回

战西鄙越王初试兵　截江口陈音大破敌

话说卫英正待用剑去击蛇尾，忽然刷的一声，蛇尾不见，直向前追。连曹渊也措手不及，幸得卫茜手快，嗖的一剑，斩断后梢，前段已入溪里。三人赶至溪边，见毒蛇在溪水中翻腾掷跃，是毒药性发的光景。沿溪的树木通被扫断，满溪的泥水都被搅浑，渐渐力尽，软瘫在溪里。卫茜骤着驴儿，跑下溪去。溪水分开，直是一条坦路，直到蛇颈处，一剑挥为两段。上得岸来。叫军士们下去，一节一节地砍断，拖上岸来，与后身堆在一处，直堆一座蛇山。只取蛇头复命，余者将干柴四围堆满，纵火焚之，腥闻数十里，军士多有晕倒的。恰好唐必振到了，他也懂得些医方，叫人买了一担甘草，煎水来洗，方得大家无事。卫茜领了众人，把蒙杰、司马彪用安车载好，军士一并装载，回朝复命。越王嘉劳甚渥。到了次日，杀了三牲并龙头蛇首率领文武，祭了天地，祀了川岳。祝告一番，然后将龙头蛇首埋了。越国百姓闻知此事，没一个不说："我国出了如此异人，孽龙毒蛇通屠戮，何患吴仇不报？"从此，人人怀敌忾之心，时时以国耻为念。

一日，越王探得吴王亲率国中精兵，由邗沟北上，大会诸侯于黄池，只留太子友、王子地、王孙弥庸守国，心中大喜，急聚文武，商议伐吴之策。范蠡曰：“吴国空虚，趁此时代之，虽不能灭吴，一战而胜，亦可以作越国之锐气，而抑吴国之骄心。”越王称善。时周敬王三十八年，越王命畴无余为前部先锋，蒙杰、司马彪为左右翼；陈音督率水军，雍洛副之；卫英同诸稽郢督率陆军，曹渊副之；卫茜带剑士三千人随征。卫茜荐唐必振为军中参议。越王亲率范蠡、泄庸等一班文武战将，随后进发，留文种守国。

且说先锋畴无余浩浩荡荡，直到西鄙，扎下营寨。消息早已传至吴国，太子友专人飞报吴王，带了王子地、王孙弥庸，统领一万精兵，在西鄙顿扎。畴无余不待左右翼兵到，即时提刀上车，直抵吴营讨战。王子地与王孙弥庸商议道：“我先去与那厮会阵，将军领兵埋伏在南关近处。我将他引下，将军夹兵攻之，定能取胜。”王孙弥庸应了，领了三千兵，先去埋伏。王子地束扎停当，提枪上车，带了三千军士，击鼓开营，到了阵前，横枪大骂道：“尔等乃是笼鸟釜鱼，吾王施恩，放尔等活命，尚敢前来犯境，擒着尔等，再休想活命！”畴无余认得是王子地，并不答话，挥鞭上前，抡刀便砍。王子地挺枪接战，战到二十余合，王子地虚掩一枪，败下阵去。畴无余大喝道：“匹夫逃到哪里去？”驾车追赶。王子地往南面逃走，追不上三里，忽然鼓声大震，王孙弥庸红袍金甲驾车而出，从后面拦截。畴无余大惊，急待退回，王子地挥兵转身，两面夹攻，杀得畴无余盔歪甲散。正在危急，驾车之马中了一箭，蹶下前蹄，将畴无余掀在地下，走过吴兵，将他绑了。越兵杀得七零八落，逃脱的不得一半。王子地二人押了畴无余回营，太子友大喜。军士推上畴无余，太子友骂道：“此等忘恩负义之贼，留在世上，必生后患，推去斩了！”须臾，献上首级。

次日，蒙杰、司马彪兵到，一个直性男儿，一个鲁莽汉子，哪里忍耐得住？立时带了人马，抵营讨战。太子友闻知，对王子地二人道：“我国强将精兵，都随父王在外，越兵势大，难以抵敌，依孤主见，不如坚守为上。”王孙弥庸道：“越人屡为我败，畏吴之心尚在，只看昨日之战，便是榜样。加以远来疲敝，胜之必走。万一不胜，再守不迟。”太子友只是不肯出战，王孙弥庸哪里肯依？披挂齐整，提了大刀，腾车而出，太子友只得命王子地带兵接应。王孙弥庸令人挑了畴无余首级，来至阵前，用刀指着笑道：“畴贼之头，已挂高竿，尔等何苦又来寻死？”蒙杰大怒，冲上前去，抡起九环刀便劈，王孙弥庸挥刀相敌。正在酣战，王子地已到，挺枪助战。司马彪见了，舞动双鞭，接住厮杀。混战一场，天色将晚，各自收兵。

第三日，诸稽郢大队已到，越王随后亦至，听得畴无余被擒丧命，甚是感伤。卫英献策道：“大王不必伤感，臣已定下一计，管替畴将军报仇。”越王问道：“计将安在？”卫英说了如此如此，越王大喜，着依计而行。次日，范蠡领一支兵在左埋伏，泄庸领一支在右埋伏，蒙杰、司马彪诱战，许败不许胜。曹渊带领里璜、薛耀德绕至吴营左面，自己带领胥弥、皋镠绕至吴营右面。只等吴军空营而出，夺他巢穴。布置已定，蒙杰、司马彪领兵前去讨战。太子友道：“探得越王大队已到，共有四万大兵，三倍于我，何能相抗？依孤之见，总以坚守为上，以待父王大兵到来，破贼易矣。“王孙弥庸道：“昨日未见输赢，何能自隳志气？今日定要决个胜负。越兵若败，从此不敢相犯，数十年之安也。”太子友拗他不过，又见他锐气甚盛，便道：“孤今日亲身接应，以成将军大功。”王孙弥庸大喜。探子报道：“越将讨战。”立时开营，跃踊而出，两家都不发话，厮杀起来。不上十合，蒙杰拖刀败走，王孙弥庸乘胜追下，太子友也挥兵前进。不过三五里，范蠡从左杀出，泄庸从右杀出。一班宿将含恨已久，全军士卒养锐已成，一个个舍生忘死，有进无退，将吴兵冲出两段，不能相应。王孙弥庸见越兵势大，心中着慌。蒙杰、司马彪翻身转来，裹住厮拼，一丝儿不放松。泄庸抢到，一戈刺中王孙弥庸咽喉，死于阵中。太子友被围，左右冲突不能脱身，恐被擒见辱，拔剑自刎而死。王子地得报太子被围，吃了一惊，统率全军，倾巢而出。行不到一里，曹渊带领众将，夺了大营。卫英手挥双戟，带领胥弥、皋镠，拦住厮杀。王子地哪能抵敌？只得弃了盔铠，跳下车，杂于乱军之中逃去。一路招集残兵，知道太子自刎，王孙弥庸阵亡，心中十分伤惨，退至阳城，闭关紧守，申报吴王告急不提。

且说诸稽郢收兵，所得粮饷器械，不计其数。记了众将功劳，大排贺宴。越王执杯而言曰："寡人忍耻衔仇十三年于兹矣！今日略得一泄。愿与诸君痛饮此盏。"众将齐声称贺。忽见唐必振起身言道："一战之胜，愿大王勿以为喜。吴王全军在外，均系精锐，闻报归来，必有一场血战。愿大王稍留意。"越王听了，便有戚容。唐必振道："吴王归来，由淮入江。大王可饬陈音在江口要处，准备齐整，出其不意，苟得一胜，吴兵锐气隳矣。"越王大喜道："卿真智士也！"即时传命，着陈音好作准备。诸稽郢统带大军，攻打阳城。王子地调了几路兵将，协力提防，坚守不出，一时攻打不破。

且说吴王在黄池与晋争盟，得了急报，心内大惊，苟且敷衍了事，整军而归，由淮水至邗沟，转入大江。陈音探听明白，密嘱雍洛如此如此，雍洛领计而去。吴王前部是王孙骆，带了一万军士，大小船约二百只，是夜泊在江口。二更以后，大众安歇，忽王孙骆座船漏水，前后冒涌，一时大哗。列将济于急将王孙骆扶过别船。一时之间，十余船齐行破漏，鼎沸起来，人人惊慌。忽然汉港里鼓声大作，火势高涨，雍洛领了一队战船，唿哨而出。吴兵骇得心惊胆战，慌慌慌张张，装束不及，被雍洛横冲而来，将吴船冲成两段。越国水军都是曾经训练好的，又兼积忿已久，一个个舍命冲突，杀得吴兵四下乱窜。又见后队船只霎时着火，王孙骆招呼不及，只得随同济于乘乱逃走。约走十五里，见敌兵已远，方才停止。招集败兵，已损伤一半。喘息未定，又听金鼓齐鸣，人声呐喊，火光照耀，如同白昼，一队战船，横截而出。船头一员大将，浓眉大眼，凛凛威风，手横大刀，大喝道："吴贼还不束手受缚，等待何时？"济于只得挺枪而出，与陈音厮杀，王孙骆乘乱逃走。济于战不到十余合，被陈音一刀劈于水中，王孙骆已经去远。杀死吴兵无数，夺获船只不少。

有脱逃的报与吴王，吴王大惊，催船前进。及到江口，人影俱无。四路哨探，了无踪迹。再往前进，王孙骆接着，叩请失机之罪。吴王道："一时不防，中贼诡计，恕卿无罪。"王孙骆谢了吴王，又道："为甚敌人船只，一路不见形影？"王孙骆道："臣失败之后，屯扎在此，不曾见有敌船经过。"大家猜疑。相国伯嚭道："事已至此，阳城围困甚急，速去接应要紧。"原来陈音杀败王孙骆之后，将船散入汊港芦苇深处隐伏，探得吴王大队已过，方行驶出，缀尾而行。吴王催军前进，到了淞江登岸，只得一半离船，突然之间，两边鼓声如雷，冲出两队人马。一面卫英、胥弥，一面曹渊、利颖，鼓噪而来，大声喊杀。越兵两次获胜，锐气十分。吴兵晓得国家被袭，心胆俱碎，加以急急奔回，疲惫已甚；又被陈音杀败，前锋斗志全无，已上岸的四散奔逃，未上岸的心慌意乱。恰遇陈音赶到，督同雍洛呐喊冲杀，只杀得头如瓜滚，血溅波心，岸上的杀得七零八落。吴王已先上岸，亏得骁将王子姑曹、西门巢等保着，杀条血路而逃。登岸的陆续招集，未登岸的也渐次逃来，会合齐时，折伤大半。逃至西鄙，又遇诸稽郢、范蠡、泄庸冲杀一阵，到得阳城，只剩三分之一。王子地迎接入城，喘息方定，越兵已跟踪追来，把阳城围得水泄不通，只得派人四面防御。

过了数日，诸无忌、季崇见围攻甚急，力请出战，吴王应允。诸无忌带了莫邪宝剑，季崇带了吴鸿扈稽二钩出战，连伤越将薛耀德、皋锷、蒙杰三将，皋锷伤重丧命。幸得卫茜出阵，同诸无忌、季崇连环接战，莫邪一剑、吴鸿扈稽二钩，不能取胜，季崇受了重伤。三千剑士，杀得吴兵纷纷逃窜。

吴王胆落，不敢出关，面责伯嚭道："昔日勾践求成，是你一力承诺，而今勾践不怀旧恩，恃强反叛。若听子胥之言，不放勾践归国，焉有此事？今日命子往越营求成，但得越兵退回便罢。倘有不然，属镂之剑尚在，子自裁之！”伯嚭听了，吓得面赤汗流，唯唯而退，也像文种当日。到了越营，通报进去，范蠡请见。伯嚭跪而致辞，十分卑下。范蠡笑道：“相国请起，暂时留此，候奏明寡君，再行定夺。”范蠡去见越王，说吴王遣伯嚭求成之事。越王勃然道：“寡人与吴有切齿之仇，安得允其成？”范蠡谏道：“吴尚未可灭也，始许行成，得其犒礼，修备军实，俟气力充足，吴国可一朝而下。”越王点头依允，传伯嚭进见。伯嚭膝行进见，不敢仰视。越王道：“孤念太宰昔日之惠，曲许行成。太宰归告吴王，毋忘寡人今日之恩。”伯嚭叩头称谢而出，回至阳城复命。吴王准备犒军之礼，一一如越当日之数，越王收了，班师回国。吴王幸得无事，自回都城，与西施取乐。此时修明因妒西施之宠，早已郁郁而死。

且说越王回国，众将封赏有差。不日赵平已由齐国来，鲍皋等已由楚国来，王孙建因父亲抱病，不能离开，详详细细写了一封回信。陈音看过，只好复书安慰。越王见赵平年虽七十以外，却是精神矍烁，水性精通，鲍皋十人，没一个不深谙水战，十分大悦。便令赵平带了鲍皋等，督练水军，陈音专教弓弩，卫茜专教剑术，卫英、曹渊等各有重任。此时越国士气已伸，另是一番气象。陈音为媒，曹渊小女素蕙许配了卫英。赵平有个堂侄女名婉姐，即是赵允之女，许了司马彪。唐必振之女名翠娟，曹渊为媒，许了陈继志。鲍皋等在楚时都有了妻室，只有雍洛未娶。此时姻娅往来，越是亲热。

陈继志已是十八岁了，一身本事，不亚乃父，只是性烈如火，遇事挺身。陈音屡次教诫，哪能一时改变得来。一日带了从人，去郊外射猎。出城不到十里，忽见一乘彩舆，蜂拥而来，许多人围在左右。彩舆中有妇女啼哭之声，甚是悲切。陈继志笑道：“好容易盼到今天，为什么又要啼哭？”让她过了，接着鼓乐随行。后面一个年约三十岁的人，骑一匹白马，浑身绮罗，十分得意，想来是新郎了。陆续让过，忽见一个老汉，须发雪白，头面带伤，衣服破碎，一面飞跑，一面哭喊道："清平世界，抢人女子，难道没得王法吗？"陈继志心中诧异，立定马拦住去路，问道："老头儿为何这样急苦？"那老汉见有人拦住，发急道："想来你们都是一党，老汉不要性命了！"便低着头颅，歪着颈项，向马头撞来。陈继志着忙，把马带过一旁。老头儿撞了个空，倒在地下，打滚哭喊。陈继志慌忙跳下马来，叫从人把他扶起。老头儿还是哭死哭活。陈继志道："你不要着急，有什么冤苦，对我说来。我可替你设法。这般哭有何用处？"老汉听了，把了陈继志望了一眼，带着喘息，用手指着前面道："那是抢我女儿的，看看去远了，我只赶去与他拼了这老命罢！"说罢，又要往前跑。陈继志听得一个抢字，也不暇细问事由，便叫两个从人，拦着老头儿，自己带了两个从人，翻身上马，加上一鞭，哗喇喇向原路跑回。不到一里，已经赶到，越过骑马那人，直到舆前，勒马拦住去路，大喝道："光天化日之下，狗子何敢掳抢良家妇女？快快停下！"一些人齐吃一惊，见陈继志仪表堂堂，气象猛勇，一半睁起眼睛望着陈继志，一半回过头望着后面骑马的人。彩舆中的女子听得有人拦阻，知是救星，哭叫救命，声甚凄楚。后面骑马那人，见了前面情形，骤马而来，大喝道："什么人在此撒野？可晓得公子爷的厉害吗？"陈继志此时方把那人细细一看，生得尖额削腮，鼠眼鹰鼻。知道不是个善良之辈，不觉勃然大怒。正是：

本来世上无公理，谁为人间削不平。

不知陈继志如何发作，且听下回分解。

第三十八回

御强暴雍洛得佳偶　报仇恨越王获全功

话说陈继志见那人面貌生得薄削，不是个善良之辈，早已勃然大怒；又听他的声口十分横蛮，哪里忍耐得住？大喝道："王法所管的地方，何得任尔横行？好好将人交还，饶尔不死。你要牙缝里迸个不字，管教你眼前流血！"那人大吼道："真正反了！你这小小孺子，是个什么人？敢来问我！"喝叫家人，"与我打这狂妄小子！"陈继志不等众人动手，早即跳下马来，叫从人牵去，挥起双拳，把众家奴打得落花流水，四下逃跑。骑马那人，见势不好，正想跑开，陈继志抢上前去，捉住他一只脚，用力一扯，喝声下来，那人便从马上横滚而下。陈继志拳打脚踢，打得那人哀告饶命。此时行路之人，围看的却也不少。有认得那人的，说道："今日也有吃亏的时候，平时的威风哪里去了？"陈继志见那人已是眉青目肿，方放了手，指着骂道："暂且饶尔的狗命，下次再要遇着，休想得活！"去到彩舆前，叫从人扶着，照原路转回，自己上了马押着，交与老汉。老汉见了，伏在地下，磕头不止。老头儿正要申诉苦情，陈继志道："不用说了，你把你女儿带回去罢。"老头儿已经向从人问了陈继志的家世，知道是位公子，口称公子道："公子去了，那贼再来，老汉父女性命休矣！"陈继志一想不错，问道：“你家还有些什么人？离此多远？”老头儿道：“老汉本是楚国人，投亲不遇，流寓在此，只有父女两个，往处就在前面。请公子到草舍略坐片时，点茶相奉，聊表寸心。”陈继志道：“那可不必。即是家无别人，何妨到我府中去住，也免那贼来㝑恼。”老头儿道：“好是极好，只是怎好到府噪乱？”陈继志发躁道：“不要这样啰啰嗦嗦。愿意去，我就叫从人随你去收拾；不愿去，我不强你。”老头儿连声道愿去。陈继志便叫从人同去，自己立马等候。老头儿走至彩舆前，对女儿道：“女儿就在这里，等我去收拾好就来。”女儿应了一声，老头儿同着从人，急急去了。陈继志立在那里，远远见着那班人跄跄跌跌，把那人扶上马去了。还有两个人立在那里，望着不走。约有一个时辰，老头儿掮了两个包袱来了，一同转身。陈继志也不射猎了，走到厮打的地方，那两个人也飞奔跑去。

一直进城，到了府中，陈继志先进去对母亲说明。韩夫人甚喜，问道：“这老头儿叫什么名字？”陈继志呆了半晌，方道：“儿还不曾问他。”韩夫人道：“你总这样粗心浮气，如何是好？快把他们招呼进来！”陈继志应了，转过身，笑道：“真是湖涂！打了一阵，连两人的姓名都不晓得，实实胡闹！”来到中厅，叫老头儿同他女儿进去。

陈继志此时才把那女子看出，年纪二十余岁，生得容颜娇媚，举止端庄，虽是荆钗布裙，却是落落大方，令人可爱可敬。行过中厅，自有仆妇迎着引进。老头儿方转身与陈继志见礼。陈继志问：“老翁尊姓大名？”老头儿道：“老汉姓屈名永，楚国渔湾人氏。十年前，被一个亲戚横暴不仁，逼索老汉之女为妾，告在官里。老汉吃尽亏苦，幸遇一个好汉，路见不平，把他全家杀了，取了他三百两银子，给与老汉做路费，去投亲眷。”陈继志问道：“救你这人叫什么名字？”屈永道：“老汉问他，他不肯说，只记得他大指旁边有个枝指，面孔黑如油漆，身躯甚是雄健。”陈继志曾经听过蒙杰杀人，血痕留迹之事，心中明白救的是此人了，又问道：“老翁为何又到越国来了？”屈永道：

“只因投亲不遇，楚国官司，缉捕甚紧。从前老汉有个族弟，名叫屈明：贸易来越，听说在此立了家业，咽此奔到这里。已是九年前的话了，不料来此打听不着，便在老汉住的地方，地名茅坪居住。老汉种些荒地，小女做些针黹度日。老汉来此是异乡人，茅坪又是个荒僻之地，小女今年二十七岁了，无从扳亲。不料三日之前，小女在门外汲水，被今天那人看见。次日便来两个人，拿了两卷红缎，二十两银子，对老汉说，他是扈公子府中差来的，特地来替小女做媒，与扈公子作妾。老汉虽贫，也是耕读传家，焉肯把女儿与人作妾？又与扈家一面不识，如何肯允？二人见老汉不允，把红缎银子丢在老汉家中，发话道：‘聘礼在此，不由你允不允！’气冲冲地去了。老汉着了急，与女儿商议，躲避那厮。无奈没一个相识的人，无路可走。不料今天那厮便带着人来怙抢。若非公子相救，老汉父女两命都没有了。”说着磕头下去。陈继志慌忙扶起道：“从前在渔湾救你那人，现在这里。你愿不愿见他？”屈永道：“老汉父女时时叹念，焉有不愿之理？烦公子叫人引老汉叩见。”陈继志立时叫人引屈永到蒙杰家去了。彩舆一乘，叫人拉至空地，拆散烧了。

不一时，屈永转来道：“且喜恩人做了大官，方遂我父女时时感念之心。”傍晚陈音回府，陈继志把此事回明，陈音甚喜。屈永上前叩了头，陈音吩咐在东偏小院居住。进了内宅，韩夫人又说一遍，叫仆妇引玉英来叩见。陈音见玉英人才端丽，甚是喜悦。心中一动，想起雍洛相随十余年，忠朴勤能，十分可靠，如今年近四旬，尚无妻室，便存了作伐之思，暂不说出，只叫收拾一间静室玉英居住。玉英朝夕不离韩夫人，如母女一般。

陈音一想，默念道：这个扈公子，莫不是扈赫之子？扈赫为人，尚无大恶，为什么有这样的儿子？原来扈赫官授戎右之职，越王颇加宠爱。只因性情良懦，只有扈慎一个儿子，过于溺爱，扈慎肆无忌惮，屡行不法，众人不敢轻犯，他胆越大了，便做出白昼抢人的事来。被陈继志殴打一顿，哪肯甘心？后来打听是陈音之子，又晓得屈永搬到陈府，哪里敢去惹他？他只忍气吞声，从此也不敢像从前那般横霸了。

过了几日，陈音与蒙杰商议，替雍洛玉成此事，两家俱甚欢喜。雍洛与玉英十分和睦，不时到陈蒙两府。只因蒙杰的孙夫人送婉姐来越婚配，就留在越，赵允不时也来越国，好不有兴。这是众人的家事，通有着落了。

且说越王胜吴回来，仍是励精图治，不忘国耻，抚恤人民，训练士卒。陈音、卫茜一班人日夜勤劳，不敢片刻安逸。直过了四年，是周敬王四十二年，探得吴王荒淫酒色，不理朝政；相国伯嚭，专权骄恣，贿赂公行；朝无直谏之臣，野有流离之苦。于是，大集群臣，商议伐吴之策。范蠡道："吴国荒乱至此，是天假我以报仇之机也。不趁此时殄灭，万一昏君死了，另出英主，选用贤能，大非我国之福。四年以来，吾国剑术弩弓，水军陆战，事事精熟，以此灭吴，如热汤泼雪耳。"陈音、卫茜亦极力请战。越王大喜，仍命诸稽郢为元帅，卫英佐之，统率全军；司马彪为先锋，利颖佐之；曹渊、胥弥为左翼，蒙杰、里璜为右翼；赵平督率水军，鲍皋十人佐之；陈音督率弩弓队，雍洛佐之；卫茜督率剑士，陈继志佐之；越王亲率范蠡文种一班文武随后。祭纛之日，越王坐于露坛之上，鸣鼓排阵，斩有罪者三人。次日大军离城，又斩有罪者三人。今曰：军中有不遵号令者，以此为例。自是军心肃然。国人送其子弟于郊野之上，涕泣诀别曰："此行不灭吴，不复相见。"皆作离别之词，以送曰：

跞躁摧长恶兮，擢戟驭殳。所离不降兮，以泄我王气苏。三军一飞降兮，所向皆殂。一士划死兮，而当百夫。道祐有德兮，吴卒自屠。雪我王宿耻兮，威振八都。军伍难更兮，势如貔貅。行行各努力兮，於乎於乎。

闻者感泣，勇气百倍。越王又下令于军中曰：“父子俱在军中者，父归；兄弟俱在军中者，兄归；有父母无兄弟者，归养；或是衰老，或有疾病，不能胜兵者，准其告诉，给与药饵糜粥。”军中感越王恩德，欢声如雷。

整队出郊。路上见一大蛙，睁目胀腹。越王肃然起敬，凭轼而起，左右问道：“大王何故敬此蛙也？”越王道：“孤见此蛙，怒气正盛，如有欲斗之状，所以敬之。”此话传遍军中，齐声道：“吾王敬及怒蛙，我等隐忍吴国十数年之耻，蒙吾王十数年之恩，岂反不如蛙乎？”于是交相劝以灭吴为志，战死为快。越王闻之，私心窃喜。大军行至江口，又斩犯军律者五人，越王对众垂泪道：“所斩者皆吾爱士，虽太子不能过也。及其犯罪，太子亦不能免，岂孤所愿哉？立法不能不然耳！”说罢，痛哭失声，又命人设祭，亲自哭吊。军士见越王如此，心中又感又畏。行至江口，吴王已经得报，亲率一班战将，六万雄兵，扎营江北，以御越兵。越王屯兵江南，相拒两日。

第三日，王子姑曹领兵五千，横江讨战。司马彪带同利颖出阵，两边列成阵势。王子姑曹大喝道：“侥幸小人，快来领死！”司马彪挥起双鞭，冲出阵前。王子姑曹挺长矛，迎面便刺。司马彪接着相斗。王子姑曹是吴国第一名将，杀法骁勇，战到四十合，利颖见司马彪不能取胜，挥刀助战。王子姑曹瞋目大呼，一矛刺中利颖的手腕，弃刀退回。司马彪心慌，鞭法渐乱，刚正败退，曹渊领一支兵从左冲来，蒙杰领一支兵从右冲来，两翼齐出，敌住王子姑曹。王子姑曹毫无惧怯，一杆长矛，运动如飞，势甚猛勇。且喜曹渊、蒙杰，俱是上将，一场恶战，司马彪翻身相敌，杀得阵云乱卷，江水横飞。吴阵中西门巢见了，恐王子姑曹有失，使一支画戟，冲到阵前，绞在一处。喊杀之声，震动山谷。卫英正在掠阵，见吴将十分骁勇，便到阵角旗影里，弯弓搭箭，觑准西门巢射去，射中盔缨。西门巢吃了一惊，倒拖画戟，退下阵去。王子姑曹见三人武艺高强，谅难取胜，也虚掩一矛，抽身退回。曹渊三人见二将骁勇，恐有疏失，收兵回营。

越王听说吴将骁勇，难以取胜，心中焦急。陈音上前道："臣有一计，望大王采纳。"越王问："是何计？"陈音道："将全军分为三大队：一队衔枚息鼓，趁夜驰至上流，悄悄埋伏；一队趁明日昏黑之时，直捣他的中营；一队从下流悄悄渡过北岸，击他前阵。臣与赵平带领水军，用弩队冲锋先进。吴阵一乱，三队齐起，定获全胜。"越王大喜，即派范蠡、诸稽郢、曹渊为右军，文种、卫英、蒙杰为左军，越王自率卫茜、陈继志、司马彪等为中军，陈音同赵平为前驱，分派停妥，各去准备。

到了次日黄昏，陈音率弩队在前，赵平在后，一声鼓起，船似抛梭，箭如撒豆，直向吴营冲去。弩弓的劲力，前文已经详说，吴营哪里抵敌得住？立时阵势大乱，满营鼓噪。赵平所带水军，都是久经训练，出波入涛，势似凫鸥，砍营而入，纵横莫挡。季崇急来抵敌，怎奈弩箭势大，重甲立穿，一箭射伤左腿，倒在船上。越王带领中军，亲自援桴击鼓，排山一带，直捣中坚。王子姑曹挺矛立于船头，大吼道："军士有乱动者，立斩！"吴兵听了，方想立札，怎奈卫茜仗剑当先，一班剑士弄剑如丸，腾踔踊跃，添上所铸八剑，满营之中，只见白光闪灼，人头乱滚。王子姑曹挥矛抵敌，被卫茜拧着矛头，一纵步凑近身边，盘螭剑一挥，王子姑曹头首落下。中军见了，吓得魄散魂飞，乱喊乱窜。

吴王见阵势大乱，急命诸无忌、季楚分两路堵御。忽然上流头鼓角齐鸣，范蠡一队急骤而来；下流头火光冲天，文种一队唿哨而至。霎时之间，满江都是越船，把吴营冲得七分八裂。吴王仗剑在手，还想支持，怎奈军心已丧，越国之兵，人人衔恨，个个奋勇，加以弩声猛烈，剑气飞腾，黄落之叶，怎挡迅风一扫？王子地、王孙雄在前，王孙骆、诸无忌、季崇保着吴王居中，西门曹断后，乘乱冲杀逃走。王孙雄正在冲锋，被一弩箭直透咽喉，倒坠江中。王孙骆瞋目切齿，挥动大刀，舍命冲突，吴王方得突出重围。一路招集残兵，聚合余船，不敢稍留，奔至笠泽，方才停歇，就在笠泽扎营。

吴王痛哭道："孤自用兵以来，所向无敌。不料，今日遭此大败。孤何颜再返吴都耶？"王孙骆道："胜败兵家常事。我国带甲之士，不下十万，大王急速调集前来，再与越国决一死战，以报今日之仇。何得自隳志气哉？"吴王只得命人四路催趱兵马。第二日皇吉带兵一万，被诚带兵一万二千先到，分头立营，吴王心中略稳，准备迎敌不提。

且说越王当夜大胜，直到天明，方才收队。计点军士，伤亡者不过五六百人，所得舟只粮械，不可胜数。暂时歇息，开筵庆贺。越王举酒道："十年之前，孤与夫人入吴时，曾在此地。夫人吟诗悲哀，寡人掩袂呜咽，至今回首，心犹惨切。今赖众卿之力，大破吴兵，略洗当年之耻，为江山改色。"群臣称贺，尽欢而罢。

次日，范蠡对越王道："吴王败走，锐气全隳，正宜乘此长驱，以期早日殄灭，若待养成锐气，图之不易，我军远来，久持非计，愿大王思之。"越王听了，即时传令前进，仍是司马彪带兵先行，大军一路浩浩荡荡，直到笠泽扎寨。越王见吴营旗帜整齐，戈矛密布，心中惊异，对范蠡道："不料吴国尚有此军容。若不早为驱灭，诚如大夫之言，为害不浅。"是日两军坚壁相持，各无动静。到了二更以后，越营右面，忽然喊声大起，鼓角齐鸣。越王失惊，便想开壁迎敌。卫英谏止道："吴兵先我在此，必有布置，黑夜交兵，恐被他暗算，只命陈音以弩队御之，自然无事。"越王一听有理，便传令着陈音率队御敌。陈音得令，带了弩队，鼓棹而来，对着吴兵，蝉联射来。怎奈吴船有进无退，箭到身上，不见一人倒下，十分骇然。正是：

自古行兵不厌诈，况当深夜更难防。

未知吴兵为何不退，下文便见分晓。

第三十九回

破笠泽陈音殉国难　战吴都卫茜显奇能

话说陈音见吴船逼近，用弩箭连排射去，吴船有进无退，十分骇然，即命雍洛泅水前去探看情形。少时回报，吴船上都是草苇扎成人形，前后八人推桨，都用极厚挡牌遮身。陈音知道吴人必然另有诡计，即使飞报全营，切勿乱动，恐中奸计。果然左面又是照样发喊而来，卫英、曹渊两人镇定，不许军士乱动。闹了两个更次，吴人见越军不动，料知觑破奸计，各处伏兵，全行撤回。若不是陈音仔细，险为吴人所算。

到了次日，吴营全无影响。赵平哨探回来，说道："吴营此时，四面悬起粗竹排、软皮障，意在死守。"越王听了，带了众将前去探看，果然遮护得严密。众人看了，束手无策。越王道："我兵越境而来，利在速战，似此死拒，何能久持？"众将默然，正在眺望，忽见竹排皮障一起卸下，吴营中一声鼓角，箭如飞蝗般射来。越王急命回船，俟船离远，顷刻之间，竹排皮障，一起支起。众人见了，不由不目瞪口呆，无法可设，闷闷回营。

陈音转到自己船上，暗想道：似此死拒，国耻何日能雪？大仇何日能伸？无奈他这样布置，破他不得。倒在床上，翻来覆去想了半夜。忽然醒悟道：他既能一时卸下，一时支起，必然有个总机关。只要把他的总机关坏了，朓然以兵乘之，吴可破矣。我不免趁此夜深，泅水前去，探看一遭。若是寻着他的总机关，就好设法。想到这里，片刻也不安枕，立时翻身下床，取了水靠穿好，带了牛耳尖刀，连雍洛也不通知，悄悄泅下水去。到了吴营，冒出头来，见四围遮得严谨，更析分明，营内情形，一毫不能望见。便泅入水去，直到中营，从空隙里伸头探望。见四面都是细铁链牵连不断，分成前中后三处。把眼光顺着铁链寻去，果然一起总归在一处，上用巨石镇压。约计此石，不下千斤。心中一想，是了，只要把此石推下，全船的铁链一松，竹排牛障，便都御下。把那块巨石细细审视一会，定了主意，又到前后两营看过，一般如此，悄悄入水，泅回本船。

天已发晓，略睡片时，便去参见越王，说了昨夜所探之事。又道："臣愿前往，推落巨石。大王调齐大兵，四面等候，排障一落，弩箭当先，大兵随进，破吴兵如摧枯拉朽耳。"越王道："此行太险，既是全营排障，系在一处，必派健将把守。稍有差池，何堪设想？况且千余斤的巨石，如何容易推得它动？此计太险，容再思别计。"陈音道："大王受吴大辱，臣痛心切齿，至今十余年。今幸军威已振，吴国指日可灭，若同他死拒；万一军心一隳，大王十余年的卧薪尝胆，为着何来？臣等十余年的茹苦含辛，寝食不安，又为着何来？臣愿舍死前去，以求一效，但得国耻尽雪，大仇克报，臣虽死九泉，目亦瞑矣！"此时，范蠡、文种侍坐左右，见陈音如此激烈，甚是赞叹，齐劝越王照着陈音之议行事。越王见陈音誓死报国，点头道："但愿功成，越国与卿共之。万一不测，卿之妻子，寡人当善觑之。"陈音叩头称谢。范蠡、文种会齐诸稽郢、卫英，调兵准备不提。

陈音回在本船，方与雍洛说知此事，就叫雍洛督率弩队，当先冲杀。雍洛听得呆了一晌道："大哥一人前去，未免太险，此事还当斟酌。"陈音道："吾志已决，不用多言。大丈夫死得其所，虽死犹生，你只去准备便了。”雍洛只得怏怏而去，准备一切。

是夜二更以后，陈音穿上水靠，腰间带了牛耳尖刀，照会了众人，泅水而去。一直泅到中营，洑在水面，一听人声未静，伏着不动。等至三更，方无声响，陈音冒出水面，在船隙里冒出头来，轻轻扒去船上。四面张望，见军士都和衣睡倒，但闻四面摇铃唱号之声，悄悄走到总机处。不暇端详，用尽平生之力，迸着一口气，使劲把巨石一推，嘣咙一声，巨石坠落船板，果然中营排障一起落下。这一声响，早惊动守中营总机的西门巢，蓦然惊醒，翻身跳起，跑到总机处。陈音刚待转身，西门巢挥起铜鞭，劈面打下。陈音用手接着，两个死劲相夺。此刻雍洛早已督率弩队，风雨般射进吴营。赵平、卫英大队跟进，逢人乱砍。西门巢心中着急，飞起一脚，直中陈音小腹。陈音哎呀一声，松了手中的鞭，一筋斗翻下水去。雍洛看在眼里，让卫英等与吴将厮杀，自己跳下水去，寻着陈音，负在背上，洑回陈音本船，放下睡倒。陈音摇了摇头，口一张，哇的一声，鲜血长淌。原是推石之时，用劲已过，又与西门巢夺鞭，力气更用尽了，被西门巢踢伤小腹，故尔鲜血长淌，吐了一地。雍洛心中难过，滴下泪来。陈音吐了血，面黄气弱，双眼紧闭，躺了下去。远远听得战鼓如雷，陈音微微睁眼，用手挥雍洛去助战。雍洛正在伤心，不懂其意。陈音发急，喘了两喘，挣了一口气，大声道：“你去助战罢。”说了这一句，仍然倒下发喘。雍洛急叫服侍陈音的人，一面报与越王，一面报与陈继志。雍洛守着，哪里肯离寸步？片刻，陈继志飞棹而来，跑到跟前，见父亲如此模样，不禁放声大哭。倒把陈音惊醒，睁眼见是继志，微微点了两点头，便用手挥继志出去。继志号啕不止。接着，越王已遣军医来诊视。正在用手诊脉，只听陈音狂叫道：“继志吾儿，休忘了国耻！”喉间一响，却已死了，呜呼哀哉！继志、雍洛跪在床前，抚尸大哭，直哭得死而复生。军医也叹气流泪一会，转去复命。

此时众将都出战去了，只有卫茜守营，得了信，飞奔而来，见了也是呼天抢地，哭个不休。约有一个更次，方才止哭，同雍洛极力劝解继志。继志止了哭，雍洛把西门巢踢伤的情形说了。陈继志咬牙切齿，哭道：“不把西门巢那贼碎尸万段，怎泄此恨？”听外面鼓声犹厉，知道还在相持，便叫人取了银枪来，头盔不戴，脱了锦袍金甲，只穿短衣，便叫军士驾只小船去寻西门巢。卫茜立起身道：“我同继志弟去。”雍洛叫人看守尸身，便与陈继志驾船，放箭般向吴营冲去。

此时吴国中营已破，前后两营都杀得纷纷大乱。一班越将耀武扬威，四面冲杀。事有凑巧，西门巢正同王子地、皇吉、被诚保着吴王，尽力冲突。继志却认不得西门巢，雍洛见了，指告陈继志。正是仇人相见，分外眼红，挺着枪凑进前去，也不言语，牙齿咬得咕咕有刷的一枪，向西门巢心窝挑去。西门巢舞鞭相敌，陈继志一支枪神出鬼没，又加恨深力猛，趁空一枪，敲开铜鞭，顺手一绞，枪锋已到西门巢的咽喉，直透颈后，跌倒在船。陈继志丢了枪，跳过船去，拔剑割了首级。不防皇吉见西门巢失手，抢向前来，一矛对陈继志顶心戳去。幸得卫茜眼快，跃步过船，一剑将皇吉长矛削成两段。皇吉吃了一惊，正想逃走，卫茜逼上，一剑横腰挥去，杀了皇吉。雍洛驾了船，三人一同回营。吴王乘乱逃去。

越王大胜回营，急到陈音本船。陈继志哭着跪接，越王也禁不住两泪滔滔，把陈继志扶起。雍洛把陈继志杀了西门巢取头回来的话奏知，越王叹道：“父子忠孝如此，孤之幸也。”随即命人铺设祭坛，以上大夫服制殓之。陈继志谢恩后，把西门巢之头设祭，哭奠尽哀。越王命陈继志扶柩还都，陈继志叩头道：“臣父死时，以国耻为嘱。今吴国未灭，遽行归柩，非先臣之志也。”越王叹息道：“陈音忠勇性成，舍身报国，寡人不灭吴，无以对陈音也。”即准陈继志戴孝从征。欲加陈继志官职，陈继志叩头泣道：“父骨未寒，滥邀封赏，臣窃耻之。”越王叹道：“有子如此，陈音不死矣！”后来陈音葬于山阴，在山阴西南四里，至今呼为陈音山，此是后话。

且说吴王败回吴都，好生忧闷，连日调集车徒，婴城固守，旦夕同西施饮酒取乐。过了数日，越王大军已到，将吴都紧紧围困，鼓角之声不绝。吴王登城瞭望，见越军雄壮整齐，甚是胆寒。诸无忌、季楚道："臣受大王厚恩，今日兵临城下，愿出城决一死战，替大王分忧。"吴王尚未开言，王子地道："二位将军出战，臣愿前去掠阵。"吴王没了主意，只得点头应允。

三将结束齐备，诸季二将在前，王子地在后，一同领兵，开城而出。越军略退，让出战场。胥弥、蒙杰接着厮杀，诸无忌仗着莫邪剑，季楚仗着二钩，连伤越将，不是削断军器，就是刺伤人马。卫茜听知，同卫英出战。卫茜舞着盘螭剑，卫英仗着青棱剑，卫茜敌诸无忌，卫英敌季楚。吴军是王子地掠阵，越军是陈继志掠阵。先说卫茜与诸无忌战了二十余合，两把宝剑如神龙搅海，飞虹亘天，光芒起落，两阵看的人眼都花了。诸无忌恃着勇力，卫茜得自仙传，战至深际，卫茜把剑锋向莫邪剑口一挫，只听当的一声，莫邪剑向空飞去，一道白光，瞥然而没。此剑直到六百余年之后，晋朝留吴张华丞相，见斗牛之间有紫气，闻雷焕妙达象纬，召而问之。焕曰："此宝剑之精，在豫章丰城。"张华即补雷焕为丰城令，焕既到县，掘狱屋基，得一石函，长逾六尺，广三尺，开视之，内有双剑。以南昌西山之土拭之，光芒艳发。以一剑送华，留一剑自佩之。华报曰："详观剑文，乃干将也，尚有莫邪，何为不至？虽然，神物终当合耳。"其后焕同华过延平津，剑由鞘中跃出入水，急使人入水求之，惟见两龙张鬣相向，五色炳耀，使人恐惧而退。以后二剑更不出现，想神物终归天上矣。今丰城有剑池，池前石函，土瘗其半，俗称石门，即雷焕得剑处也。诸无忌见莫邪飞去，心中吃惊，抬头张望，被卫茜一剑斩于阵前，便来助卫英。

卫英正与季楚杀得难分难解，一个青气一条，上下纵横旋不定；一个白光两道，屈伸交互势难当。卫茜把盘螭剑划入白光中，只听嘎然一声，吴鸿、扈稽两钩斩为四段，便成废物。季楚张皇失措，被卫英一剑劈头剁去，季楚丧命。陈继志指挥军士，一拥上前，杀得吴兵如破瓜切菜一般。王子地急来相救，被陈继志一枪挑于车下。吴兵逃走者不到一半，败兵入城。

吴王闻知三将阵亡，又失了两般神物，叹道："孤屡被围困，赖以逃脱者，均赖此两般神物。一旦丧失，孤不免矣。"此时骁将只剩王孙骆一人，其余被诚等将，谅来都非越将之敌，惊急万分，手足无措。越军连日攻打，范蠡、文种欲毁胥门而入。夜间望见吴南城上有伍子胥之头，巨若车轮，目如闪电，须发怒张，光射十里。越国将士，莫不惧怕，暂且屯兵。到了夜半，暴风疾雨，从南门而起，雷电交加，飞沙扬石，疾于弓弩，越兵遭者辄伤。范蠡、文种情急，一起肉袒冒雨，遥望南门叩头谢罪。好一会，风雨方止。是夜范蠡、文种二人，一同梦见子胥白马素车而来，衣冠甚伟，严如生时，开言道："吾前知越兵必来，故求置吾头于城楼之上，以观汝之入吴。不忍越兵从吾头上而过，故为风雨以阻汝军。然越之灭吴，天也，吾安能止哉？汝等可从东门进兵，我当为汝开道，贯城以通汝路。"二人次日告于越王，使士卒开渠。自南而东，将及蛇匠二门之间，忽然太湖水发，自胥门汹涌而入，波涛冲击，竟将城墙荡开一大穴。有鳟鲟无数，逐涛而入。范蠡道："此子胥为我开道也！"遂大驱军士入城。夫差闻之，大惊失色，又听伯嚭已经降越，慨然曰："孤恨不手刃此贼，以泄子胥之冤，出我胸中之气！"时越兵已逼近吴宫，吴王不及携带西施，只带了王孙骆及其三子，乘乱逃出，奔于阳山。昼夜奔驰，腹饿口渴，双眼昏花，不能行动。越王领了一队大军，跟踪而至，围之数重。

吴王写了一封书，系于箭头，射入越军。越军拾得，呈与范、文二人观看。词曰："吾闻狡兔死而良犬烹，敌国破而谋臣亡。大夫何不存吴一线，以自为余地？"文种作书答之曰："吴有大过六：戮忠臣伍子胥，一也；以直言杀公孙，二也；伯嚭残佞而相信任，三也；齐晋无罪，屡伐其国，四也；吴越同壤，频相侵伐，五也；越亲戕吴之前王，不知报仇，而纵敌贻患，六也。有此六大过，欲免于亡，其可得乎？昔天以越赐吴，吴不肯受。今天以吴赐越，越其敢违天之命乎？”吴王得书，读至第六款大过，垂泪而言曰：“寡人不诛勾践，忘先王之仇，为不孝之子，此天之所以弃吴也。”王孙骆道：“臣请见越王而哀恳之。”吴王道：“寡人不愿得国，若许为附庸，世世事越，于愿足矣。”王孙骆到了越营，范蠡，文种拒之营外，不许入内，王孙骆涕位而去。越王远远望见，心中恻然，使人谓吴王道：“寡人念昔日之情，置君于甬东，给夫妇五百家，以终王之世。”吴王对使流涕而言曰：“君王幸赦吴，吴亦君之外府也。若废社稷，覆宗庙，而以五百家为臣，孤老矣，不能从编氓之列，孤有死耳。”

越使者回宫，吴王虽是这般说，却不肯自裁。越王对范蠡、文种道：“二卿何不执而诛之？”范蠡道：“人臣不敢加诛于君，愿大王自为之。天诛当行，不可久稽。”越王乃仗步光之剑，立于军前，使人告吴王道：“世无万岁之君，总之一死，何必使吾军士加刃于王耶？”吴王听了，叹息数声，四顾而望，泫然涕泣道：“孤不听忠言，屈杀伍子胥、公孙，至有今日。孤死晚矣！”顾左右道：“假使死而有知，孤有何面目见子胥、公孙于地下耶？孤死可用重罗三幅，以掩吾面。”说罢，拔剑自刎而亡。王孙骆解下身上所穿之衣，以覆吴王之面，即以组带自缢于旁。越王命以侯礼葬于阳山，使军士每人负土一篓，须臾咸成一大冢，流吴王第三子于龙尾山。正是：

卧薪尝胆君须霸，信佞诛忠国必亡。

欲知后事如何，且看下回分解。

第四十回

大报仇勾践灭吴国　深寓意晏冲留箴言

话说越王将吴王逼死阳山之后，转回吴都，令人放火，焚了姑苏台。却不见西施踪迹，四处搜寻不见，心甚诧异。原来是破吴之时，卫茜因前日在苎萝山时，承西施母子一番情义，如今西施之母已死，诚恐西施为越王所杀，趁越王领兵去追吴王，当夜纵进吴宫，寻着西施。西施已吓得魂飞身软，见了卫茜，已不认得，越发吓得无主，战战兢兢，面无人色。卫茜把来意说明，西施方才回过气来，流泪牵着卫茜之衣道："姊姊如何救我？"卫茜道："我不救你，也不来了。可脱去华衣，换了青服，略带珠宝。我带姊姊到个去处，可保无事。"西施急急换了衣服，带了几件珍宝。卫茜把西施驮在背上，纵上宫墙，从荒僻处蹿出宫来，把驴儿与西施骑了，直送到山阴南林，安置好了。转回吴都，天尚未明，真神人也。后来西施老死于南林。人说是越王班师，携西施归国，越夫人潜使人引出，负以大石，沉于江中，说道："此亡国之物，留之何为？"又有人说，范蠡载入五湖，遂有"载去西施岂无意，恐留倾国误君王"之句。看官试想，范蠡扁舟独往，妻子且弃之，岂吴宫宠妃而敢私载乎？又有人说，范蠡恐越王复迷其色，乃以计沉之于江，都是荒谬之谈，拟议之说。

闲话休提，且说越王据了吴王宫殿，百官朝贺，伯嚭亦在随班、自以为有旧日之恩，面有德色。越王笑而言曰：“子吴之太宰也，寡人何敢相屈，汝君在阳山，何不从之？”伯嚭满面羞惭而退。是夜，越王命卫茜前去，将他杀了，并家属二十余口，一个不留。卫茜道：“吾替忠臣伍子胥泄愤也。”卫茜复了命，越王抄其家私、珠宝玩物，不计其数，黄金白银，约三十余万，都是贪婪得来。越王将一半分赏军士，一半运回越国。

过了一月，诸稽郢、卫英等分定各处，均已回来，从此吴国全境，都归于越，尽报前日会稽之仇，一雪当年石室之耻。于时，周敬王已崩，周元王嗣位。元王使人赐越王衮冕圭璧，彤弓弧矢，是为东方之伯。越王受命，各国诸侯俱遣人来致贺。命人筑贺台于会稽，以盖昔日之耻。置酒于吴宫文台之上，与群臣为乐。命乐工作伐吴之曲，乐师引琴而歌之。其词曰：

> 吾王神武蓄兵威，欲诛无道当何时？大夫种蠡前致词：吴杀忠臣伍子胥，今不伐吴又何须？良臣集谋迎天禧，一战开疆千里余。恢恢功业勒常彝，赏无所吝罚不违，君臣同乐酒盈卮。

台上群臣大悦而笑，越王面上毫无喜色。范蠡见了，私自叹道：“越王不欲归功于臣下，疑忌之端已见矣。”从此便有退志，只因未返越国，恐失人臣之义，隐忍未发。

陈继志与卫英兄妹同时启奏，一个要将祖父陈霄之尸改葬，一个要悬赏求祖父卫安素之尸，奏明前日原委。越王十分叹息，一一准奏，都用上大夫之礼祭葬。不多几时，西鄙之人晓得卫英兄妹建了大功，授了显职，关役把卫老埋处指明，事隔十余年，两个老人都只剩得枯骨而已。且喜陈音当日所插竹枝，竟已成林，此乃孝心所致。越王就把诸伦府宅，赐与卫英兄妹，原楚府宅赐与陈继志，三人谢了恩。卫茜叫人送了一千黄金到山阴伊衡家，伊衡已死，交与伊同志弟兄收了。卫茜见国事家事已了，一夜留下一张柬贴而去，上写道：

国耻已雪，家仇已报，自念此生，无亏忠孝。春生冬伐，四时之道。孑身来往，戛然一笑。

次日卫英见了柬贴，惊皇失措，各处命人寻访，哪有踪迹？连那匹黑驴儿也不见了。后来见青棱剑，已换了盘螭剑，知道妹子决不回来，大哭了几场，只得奏明越王。越王也是惊叹，道："越女屡立奇功，寡人正待厚加封赏，以酬劳绩。不想不辞寡人而去，孤心何安也？"命人寻访不见，随即罢了。司马彪也寻了妹子的骸骨安葬。

越王班师回越，灭吴半年，封赏不闻。范蠡叩头辞越王曰："曩者奏职无状，致大王见辱于吴，臣所以忍辱偷生者，以冀或得一雪耻之日耳。今赖宗庙之神灵，大王之威德，旌旗所指，吴国为墟，臣愧无尺寸之功，请从此辞。"越王愕然道："是何言也？寡人之有今天，子之力也。寡人正图酬子之劳，奈何竟忍舍寡人而去？子住乎，分国共之；子去乎，妻子受戮。"范蠡道："臣闻君子俟时，计不朔谋，死不被疑，内不自欺，舍既逝矣，妻子何辜？"叩头而出，私与文种道："吴王有言，高鸟已散，良弓将藏；狡兔已死，良犬就烹。越王为人，长颈鸟喙，鹰视狼步，可以共患难而不可与共安乐。大夫不去，将受其害。"文种道："大夫之虑过矣！越王蒙于耻辱之中，得群臣翼而起之。大仇已报，大功已成，而忍自诛肱膂乎？大夫之虑过矣！"范蠡曰："大夫岂不闻四时之序乎？进退存亡之际，不可不察也。"文种只是不信，范蠡当夜弃了妻子，独乘扁舟，出三江，入五湖，人莫知其所适。

次日，越王知之，挨户大索，形影毫无，乃愀然变色，问文种道："蠡可追乎？"文种道："蠡有鬼神不测之机，今既飘然长往，不可追也。”文种辞了越王回府，将近黄昏，有人投书一封。文种拆开视之，其言曰：

天不祚越，祸连勾吴。国之危亡，不绝如线。求成之耻，越与大夫实共蒙之。吴夫差幸胜而骄，昵谗戮忠，贪利渔色，越得乘隙而甘心焉。沼吴之宫，墟吴之庙，夫差授首，全吴之地，胥入版图。行者言功，蠡实不德。居者之力，大夫实多。今者大敉定，诸大夫相与庆于朝，论功行赏，为大夫首，而蠡窃有不能不为大夫虑考，盖有说焉。君之去国也久，越之政令，大夫主之；越之人民，大夫抚之；越之僚佐，大夫左右之。昔天不绝越，系于大夫之手；今天复昌越，启于大夫之手。大夫之志行矣，大夫之功伟矣，而大夫之祸亦伏矣！君在蒙难中忍耻含垢，惟延旦夕，以冀幸生。及返国，卧薪尝胆，惟切仇怨，以图报复，虑在外不在内地，志在人不在己也。今则疆宇已启，敌国已破，大耻已雪，积忿已伸，窃念倾危之际，维持调护，诸臣中，计孰秘？功孰高？计秘者，难于防；功高者，难于赏。又念大夫主政令也久，知必悉；抚人民也久，情必亲；左右僚佐也久，势必顺；好为秘计，而又挟不赏之功。如不如志，其倾覆我越国也，直反掌间事。中夜深思，心震荡而不安，必思有以处大夫。大夫其能免乎？大夫明哲善察，何难审此？独是古今来，能以危机中人，卒至中人危机而不觉者，明于料人，昧于料己也！蠡系舟湖口，将倘佯于烟波中，与凫鸥相狎。弟念与大夫交最契，殊难恝置，用敢沥告不至。后之忠而见疑，功而见杀者，援大夫以为喻，大夫之幸，亦蠡之幸也。如大夫自多其功君必不负，盍观子胥之弃楚投吴也？三战破楚，吴遂以霸，后又练兵训武，覆越以复吴仇，勋业之隆，大夫能比拟乎？而胡为见杀于属镂也，且沉之江？大夫念及此，其亦可以悚然矣。祸福之际，惟大夫图之！

文种在灯下看了又看，细细思想，总觉范蠡过虑，随即搁开，才想起送书的人，叫从人来问，从人道：“那人投了书就去了。”文种觉得心内踌躇难安。后来见越王封范蠡妻子百里之地，盟于国人道：“有敢侵之者，上天所殃。”又使良工铸金象范蠡之形，置诸座侧，朝夕论政，日昃之后，必亲祝奠。想道：越王如此眷念功臣，何至如书中所言？便但然了。

不料，数月之后，凡泄庸、皋如、计砚一班旧臣，渐次疏远，不觉内忧起来，每每托疾不朝。越王左右，有与文种不睦者，进谗言于越王道："文种弃宰相之位，而令君称霸于诸侯。今官不加增，位不益封，乃怀怨望之心，愤发于内，色变于外，故不朝耳。"越王本有疑忌文种之心，听了这般谗言，越发疑忌，便日夜在心，想寻文种过失，借词杀之。无奈文种，毫无差错，寻思已久，只得横了心肠，因文种告病不朝，假意去看文种之病。文种听说越王来了，装作病容，勉强迎接，越王解了佩剑坐下道："寡人闻之，志士不忧其身之死，而忧其道之不行。子有七术，寡人仅行其三，而吴已破，尚余四术，将用焉之？"文种愕然，只得对道："臣不知所用也。"越王道："愿以四术，谋吴之前王于地下可乎？说罢，升舆而去，遗下佩剑于座。文种取而视之，剑室有属镂二字，即夫差赐子胥自刎之剑也，不禁仰天叹曰："吾悔不听范少伯之言，乃为越王所害，岂非愚哉！"又自笑曰："后世论者，必以吾配子胥，亦复何恨？"遂伏剑而死。越王听得文种已死，心中大快，默念道："方去我心腹之患，葬文种于卧龙山。后人因名其山曰文种山。葬一年，海水大发，家忽崩裂，有人见子胥同文种逐浪而去，故前潮汍候者伍子胥也，后重水者文种也。

一班文武见越王薄待功臣，莫不心怀怨气。赵平同蒙杰商量道："现在听说我国变乱将作，势甚垂危，何心留此？不如请辞归国。"蒙杰称是，与陈继志卫英等说知。陈继志正当守服，未与朝贺，文种一事，心中甚不平，早与韩夫人商议，决计告退，韩夫人甚愿。那日听了赵平蒙杰的话，极口称是，并不阻留。赵平、蒙杰辞了越王，虽有赏赐，分毫不受。卫英约同陈继志、司马彪与二人饯行，饮酒中间，卫英道："我久已有心要同彪哥到牤山看望师博，只因朝中文武，纷纷告退，怕的连接辞朝，反触朝廷之怒，只得暂时隐忍。不过三五月，我们往牤山时，先到尊府请候。"司马彪道："我是恨不得一时飞到牤山去，做官有何好处？真把人气闷死！"赵平道："老朽年近八旬，风烛瓦霜，苟延残喘。众位正当英年，尽好替国家出力，也不枉人生在世。”蒙杰道：“我看越王嫉功妒能，难与相处。虽说为国宣力，分所当然，也要明于进退，方是保身之道。你看范文二大夫，就是榜样了。”众人点头称善。大家畅谈，痛饮一会，方散。次日，赵平、蒙杰告辞回齐去了。

又过了半年，陈继志、卫英、曹渊、雍洛十一人等，陆续告退。唐必振已官至司直，也告了终养。就是宁毅、利颖见朝事如此，都退隐深山，耕种度日，几于朝署一空，所以越王虽暂时称霸。此时勾践二十六年，到了三十三年，越王薨后，传至兴夷，便一蹶不振。国势之强弱，系于人才之盛衰，失道寡助，而欲国势振兴，其可得乎？

再过些时，卫英约了司马彪去牤山看望师傅，陈继志也要同去。择了吉日，带了从人，往齐进发。先到苦竹桥，赵平因田和篡国，愤而死。蒙杰伏于稷门要杀田和，虽然伤了田和许多卫卒，奈众寡不敌，为众所害。黄通理之子黄奇逃得快，幸而不死，却只好埋头牖下。只剩赵允年近七旬，接待三人，告知一切。三人听了一起洒泪。次日到各人坟上，哭祭一番，便辞了赵允，直往牤山而去。

到了牤山，正是四月天气，野花怒发，芳草平铺，丽日悬空，和风荡袂。一直走上山去，到了庄院，静荡荡的毫无人声。从人将马系好在树上，三人走进里面，架上的刀枪，壁上的弓箭，一件也没有了。急急到师傅所住的房去，门上并未下锁，推门进去，哪里有师傅的影子？床帐桌椅，却好端端地摆得齐整，略无纤尘。随即出来，四下寻找，各处都是草满径荒，帘破门榻，从前那一个小厮也不见了。灶房内蛛丝结网，尘土厚封，是个久不住人的光景。

三人一同转到师傅的房中坐下。陈继志道：“如此看来，令师不在此处了。我们既然到此，总表了师弟之情，不如下山，早早回去。”卫英道：“就是当年，师傅也不长居此地，一月来三五次不等。我想，师傅房里，如此洁净，师傅还是不时来此，也未可知。我们回去，无甚要事，不如在此略住几日，或者师傅到来，得见一面，也不枉我一场跋涉。”二人一听有理，便叫从人另外去打扫个地方，设了铺陈，把带来的锅炉支好，弄些干粮吃了。大家路上辛苦，一起睡了，日里无事，便在山前山后，恣意游玩。夜里便聚在一处谈叙，颇不寂寞。且喜带得干粮充足，十日半月，还可支持。

过了三天，一夜大家安睡，约有三更光景，忽听檐前扑的一声，势如鹰隼斜掠一般。卫英一蹶劣翻身起来，道：“师傅来了。”二人也连忙起身，衣服都不及穿，一同跑出房去，哪里有个人影？只见星斗满天，寒烟四塞而已。卫英连忙敲了火，点燃蜡烛，到师傅房里去看，却煞作怪。桌上放着一张帖子，三人急忙取看，上写道：

危哉时局，险哉世途，
忽而坦易，忽而崎岖。
阴阳二气，消长盈虚，
祸福倚伏，吉凶或殊。
吴之兴也，越作囚徒。
吴之亡也，越启霸图。
优胜劣败，岂独越吴？
太宰伯嚭，食佞当诛。
大夫文种，死于属镂。
同是一死，各判荣枯。
陈音忠勇，殉难身殂。
卫茜功成，遁于荒墟。
一时忠孝，万世楷模。
报仇雪耻，是大丈夫。